KB042849

도연명의 사상과 문학

김창환

서울대학교 대학원 중어중문학과를 졸업(문학박사)하고, 서울대학교 사범대학 중국어
교사 특별양성과정 초빙교수와 같은 대학 중등교육연수원 중국어과정 주임교수를 역임
하고, 현재 서울대학교 인문대학 중국어문학연구소 책임연구원으로 일하고 있다. 주요
논문으로는 「『五經算術』初探」, 「『論語』를 통해 살핀 孔子의 敎授法」, 「中國 隱逸文化의
類型考」가 있으며, 저서에 『중국어 유래어휘사전』(제일어학, 2006), 『세계의 고전을 읽는다 -
동양문학편』(공저, 휴머니스트, 2005), 『인터넷 시사중국어』(공편, 지구문화사, 2005) 등이 있다.

도연명의 사상과 문학

초판 제1쇄 인쇄 2009년 4월 5일
초판 제1쇄 발행 2009년 4월 10일

지은이 김창환
펴낸이 정지영
펴낸곳 (주)을유문화사

창립 1945년 12월 1일
주소 서울특별시 종로구 수송동 46-1
전화 734-3515, 733-8153
팩스 732-9154
이메일 eulyoo@chol.com

ISBN 978-89-324-7147-1 93820
값 16,000원

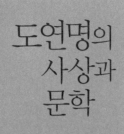

도연명의
사상과
문학

김창환 지음

❀ 을유문화사

역대 중국의 문인 가운데 도연명(陶淵明: 365~427)만큼 시대와 국경을 초월하여 애호와 존경을 받아온 이도 드물 것이다. 그 이유로는 그가 남긴 작품이 훌륭한 점, 그의 삶이 참되었던 점, 그의 인품이 고상했던 점 등을 들 수 있겠지만, 사실 이 세 가지는 같은 의미이다. 중국 근대의 문예이론가인 유희재(劉熙載: 1813~1881)가 『예개(藝槪)』라는 책에서, "시(詩)의 품격(品格)은 사람의 품격에서 나온다.(詩品, 出于人品.)"라고 하였듯이, 도연명의 높은 문학적 성취는 그의 고상하고 위대한 인격에서 나왔기 때문이다.

그러나 지금까지 도연명에 대한 관심은 그가 도달한 사상적 깊이에서 나온 문학적 성취보다는 주로 전원문학(田園文學)이라는 한 부분에 치우친 면이 있었다. 그것은 "돌아가자. 전원이 장차 거칠어져 가는데 어찌 돌아가지 않겠는가.(歸去來兮. 田園將蕪胡不歸.)"라고 시작되는 도연명의 「귀거래사(歸去來辭)」가 워낙 유명했기 때문이기도 하다. 이러한 편향은 도연명을 전원시인(田園詩人)으로 한계지어 도연명 하면 전원시(田園詩)를 떠올리게 되고 그의 작품 속에 내재된 사상적 깊이는 크게 주목받지 못해온 것이 사실이다.

도연명은 혼란한 시대를 살면서도 자신의 개성과 지조를 지키면서 훌륭한 인품을 완성하였다. 그것은 중국의 양대 사상인 유가(儒家)와 도가(道家)로부터 각각의 장점을 계승하고 조화해 낸 데에서 가능하였다. 그는 젊은 시절에는 유가로부터 영향을 받았지만 전원으로 돌아간 후에는 도가에서 많은 깨달음을 얻었다. 특히 장자(莊子)의 영향이 지대하였으니, 도연명의 시를 읽다보면 편마다 구절마다 장자를 만날 수 있다.

도(道)를 체득하고 그에 따르는 삶이 도가의 가르침이다. 도연명은 소요유(逍遙遊)의 경지이자 삶의 터전인 전원(田園)에서 직접 농사지으면서 도가의 가르침에 따라 살았고, 삶의 감회(感懷)와 체득한 이치를 시로 형상화(形象化)해 내었다. 도연명시의 가치는 전원시보다는 이러한 깨달음을 시화(詩化)한 설리시(說理詩)에 더 비중이 있다고 하겠다. 따라서 도연명시에 대한 제대로 된 이해는 도연명의 사상이 문학으로 승화(昇華)된 모습을 규명하는 데에서 비롯된다고 하겠다.

오래 전부터 필자는 장자와 도연명을 좋아하였다. 그래서 몇 해 전에 도연명시를 주제로 하여 한 편의 박사논문으로 정리하였다. 도연명의 작품에 대해서는 중국문학 전공자뿐만 아니라 다른 분야에서도 관심을 갖고 애호하는 이들이 많고, 또 관심 있는 분들의 권유도 있어서 도연명의 문학적 성취를 보다 많은 이들이 향유할 수 있는 방향으로 손을 보았다.

여러모로 어려운 지금이지만 도연명이 살았던 시대만큼 혼란하고 힘들지는 않을 것이다. 도연명의 인품과 그가 남긴 작품을 접하고, 현실의 힘든 삶속에서 조금이나마 마음에 깨달음과 위안을 얻을 수 있었으면 좋겠다.

공부의 길에서 변함없이 이끌어 주시는 서울대학교 중어중문학과의 송용준 선생님과 항상 관심을 기울여 주시는 허성도 선생님, 이영주 선생님께 깊이 감사드린다. 출판을 허락해 주신 을유문화사에 감사하며, 특히 권오상 편집부장님의 깊은 배려를 잊을 수 없다.

2008년 12월
김창환

차례

1장

머리말

도연명은 혼란했던 진(晉)·송(宋)의 왕조 교체기를 살았던 사람이다. 후한(後漢) 말부터 시작된 혼란과 불의(不義)는 그가 살았던 동진(東晉)의 후반기에 이르도록 계속되었다. 시대별로 현저한 사건을 든다면, 후한 말 이래 계속된 위(魏)·촉(蜀)·오(吳) 세 나라 간의 전쟁, 위나라에서의 조씨(曹氏)와 사마씨(司馬氏) 간의 정권 쟁탈전, 서진(西晉)에서의 정치 혼란과 북방 이민족의 침공, 동진에서의 빈번한 반란, 농민 봉기, 그리고 계속되는 자연 재해 등이 있었다. 도연명의 생애 중에는 383년에 전진(前秦)과 동진 간에 일어났던 비수지전(淝水之戰), 402년에 환현(桓玄: 369-404)의 반란, 420년에 유유(劉裕: 363-422)의 찬탈(簒奪)에 의한 왕조 교체 등의 사건이 있었다.

이러한 때에 사람들은 좌절하여 자포자기하거나 일신의 영달을 위하여 변절하기 쉽다. 그러나 도연명은 참된 삶의 이치를 추구하면서 진지하고 일관된 가치관을 견지하였다. 그것은 현실과 사회를 중시하는 유가사상(儒家思想)과, 자연을 숭상하고 개인을 중시하는 도가사상(道家思想)으로부터 각각의 장점을 계승, 발전시키고 승화시킨 결과였다.

유가사상이 국교(國敎)로 존중되었던 한대(漢代)와 달리, 위진대(魏晋代)에는 도가사상이 유행하였다. 그것은 난세를 살면서 고통 받고 방황하던 지식인들이, 혼란한 현실을 피하여 개인적 자유를 추구할 것을 강조하는 노장의 가르침에 관심을 갖게 된 때문이었다. 위(魏)의 하안(何晏: 190-249), 왕필(王弼: 226-249)은 유가의 명교(名敎)를 반대하면서 노장에 근거를 둔 현학(玄學)을 제창하였다. 이에 도가적 현허(玄虛)를 추구하는 풍조가 일시에 성하여 문학에도 큰 영향을 미쳤다. 완적(阮籍: 210-263), 혜강(嵇康: 223-262)을 위시한 죽림칠현(竹林七賢)은 노장의 무위(無爲)를 추구하고 방달(放達)을 일삼으며 도가적 정취(情趣)를 시문(詩文)으로 표현해 내었다. 진(晋)으로 들어와 곽박(郭璞: 276-324), 손작(孫綽: 314-371) 등은 신선(神仙)의 경지를 동경하는 유선시(遊仙詩)나 피세적(避世的) 현리(玄理)를 추구하는 현언시(玄言詩)를 지었다. 이와 함께 현리를 담론하고 청담(淸談)을 일삼던 사변적(思辨的) 경향이나 사회 규범을 무시하고 방탕을 고상으로 착각하던 풍조도 일어났다.

도연명은 이러한 시대에 살면서도 현실에 대한 관심을 버리지 않고 직접 농사지어 생활하였으며, 불교의 윤회설(輪廻說)이나 신불멸론(神不滅論), 도교의 신선 추구 등에 대해 부정적인 태도를 분명히 하는 등 현실적이고 합리적인 태도를 잃지 않았다. 또한 달관적 삶의 자세, 천진(天眞) 추구, 자연에 순응하고자 하는 모습 등 노장적 가치관을 지니고 있었다.

도연명은 이러한 사상적 바탕 위에, 『시경(詩經)』에서 악부(樂府)로 이어지는 고시(古詩)의 질박한 시의 형식과, 한위(漢魏) 이래 혼란과 위기 가운데 깊이가 더해진 시의 내용을 계승하여 오언시(五言詩)를 최고의 경지로 끌어올렸다. 그는 당시의 경향과 시풍(詩風)에 반대하여 진실된 인간의 본성을 추구하며 생활 속에서 체험하고 깨달은 이치를 시로 형상화(形象化)해 냄으로써, 유선시·현언시에 의해 삭막해진 시단에 시의 예술성과 서정성을 회복시켰다.

따라서 도연명이 지니게 된 사상, 즉 인생에 대한 가치관, 현실에 대한 태도, 자연과 인간의 관계에 대한 인식 등을 고찰하는 일은 역사적·문화적으로 복잡했던 시대를 살았던 그의 문학세계를 이해하는 전제가 된다. 즉 도연명시에 대한 전반적이고 깊이 있는 이해는 도연명이 사상적 바탕 위에서 이루어낸 문학적 성취를 규명해 냄으로써 가능해질 것이다. 이 책에서는 그가 남긴 시[1]를 전원시, 설리시(說理詩), 영회시(詠懷詩), 영사시(詠史詩), 교유시(交遊詩) 등으로 나누어 그의 사상이 시로 형상화된 모습을 밝히고자 하였다. 아울러 내용과 형식의 조화를 통해 드러난 풍격(風格)의 고찰을 병행함으로써 도연명시가 이룬 문학적 성취와 그 의의를 종합적으로 규명해 보고자 하였다.

---

[1] 현재 전해지는 도연명의 전체 시는 사언(四言)이 9수, 오언(五言)이 116수로 모두 125수이다.

도연명의 생애와 사상

1. 시대 배경

1) 역사적 배경

위진(魏晉)이라고 칭해지는 200년에 걸친 세 왕조인 위(魏), 서진 (西晉), 동진(東晉)은 왕위에 오른 이들이 지배력과 정통성을 확보하지 못하여 정권을 안정적으로 유지할 수 없었다. 이런 이유로 호족 (豪族)들의 지지를 얻기 위하여 이들을 중용하고 특권을 보장해 준 것이 도리어 정권의 안정을 해치는 결과를 초래하였다. 조조(曹操: 155-220)는 호족의 지지를 얻기 위하여 명문사족(名門士族)인 사마의 (司馬懿: 179-251)[1]를 초빙하였다. 그러나 이후 그의 두 아들인 사마사 (司馬師: 208-255), 사마소(司馬昭: 211-265)에 의해 위(魏)의 제3대 황제

조방(曹芳)은 폐위되었고, 4대 황제 조모(曹髦)는 시해되었다. 이 과정에서 사마씨 집단은 그들에게 동조하지 않는 인사들을 무참히 살해하였고,[2] 급기야 사마소의 아들인 사마염(司馬炎: 236-290)이 원제(元帝) 조환(曹奐)을 몰아내고 진(晉)나라를 세움으로써(265년), 위나라는 45년이라는 단기간의 왕조를 마무리하였다.[3]

서진은 무제(武帝) 사마염이 280년 오(吳)의 항복을 받아 삼국 통일의 대업을 완수한 이후 더욱 혼란해져 갔다. 사마염은 통일의 성취에 자만하여 주색에 빠져들었고 정치와 민생을 외면하였다. 290년 사마염이 죽고, 아들 혜제(惠帝) 사마충(司馬衷: 259-306)이 왕위를 계승하였으나, 어리석고 무능하여 황후인 가남풍(賈南風: 256-300)이 악행을 일삼았다. 300년 가남풍이 태자 휼(遹)을 살해하자 각지에 분봉(分封)되어 있던 왕족들이 난을 일으켜 '팔왕(八王)의 난'이 시작되었다. 306년 혜제는 독살되고 동생 회제(懷帝) 사마치(司馬熾)가 즉위했으나 이미 나라의 기틀은 뿌리째 흔들린 상태였다. 311년 흉노의 침공으로 수도 낙양은 점령되었고 회제는 포로로 끌려갔다가 313년 흉노에 의해 살해되었다. 황제직을 대행하다가 313년 장안에서 즉위

1 　그의 선조들은 대대로 태수(太守), 장군(將軍)을 역임하였고, 그의 형제 8명은 '팔달(八達)'이라고 칭송되었다.

2 　대표적인 예가 청담(淸談), 현학(玄學)의 바탕을 마련한 인물인 하안(何晏)이다. 이외에도 혜강(嵇康), 이승(李勝), 하후현(夏侯玄), 이풍(李豊) 등이 사마씨에 의해 피살되어, 당시에 "명사(名士)가 반으로 줄었다.(名士半減.)"는 탄식이 있었다. 유대걸(劉大杰), 『중국문학발달사(中國文學發達史)』(上海古籍出版社, 1982, 新一版), p.264 참조.

3 　위(魏)와 마찬가지로, 강제적인 선위(禪位)로 나라를 차지한 진(晉)도 동진 말기에 같은 방식으로 유유(劉裕)에 의해 나라를 빼앗겼다.

한 민제(愍帝) 사마업(司馬鄴)이 316년에 흉노에 항복함으로써 서진은 위(魏)와 비슷하게 50년 남짓한 단기간의 통치를 마무리하였다.

316년에 중원이 흉노에 점령되고 서진이 망하자, 317년에 사마염의 당질(堂姪)로 낭야왕(琅邪王)으로 있던 사마예(司馬睿: 276-322)가 호족(豪族)인 왕돈(王敦: 266-324, 사마염의 사위)과 왕도(王導: 276-339, 왕돈의 사촌동생)의 보좌를 받아 건업(建業)에 도읍하고 왕위에 오르니 이것이 동진(東晋)이다. 동진도 호족인 왕돈, 왕도의 보좌와 지지에 의지하여 왕조를 유지해 나갔다. 그러나 형주(荊州), 양주(梁州) 등의 주요 병권(兵權)을 쥐고 세력을 확장해 가는 왕돈에 위협을 느끼고 있던 원제(元帝) 사마예가 그를 견제하려 하자 왕돈은 반란을 일으켰다.(322년) 이러한 와중에서 원제는 화병으로 죽고 아들 명제(明帝) 사마소(司馬紹)가 즉위하였다.

왕돈의 반란을 시작으로 동진의 100여 년 동안(317-420)에 크고 작은 반란과 전쟁, 그리고 농민 봉기가 계속되었다. 도연명의 생애 기간에 재위했던 동진의 황제 다섯 가운데, 2년 간 재위(371-372)하다 병사한 제 8대 간문제(簡文帝)를 제외하고 나머지 제왕은 모두 폐위되었다.[4] 동진의 마지막 황제인 공제(恭帝)가 유유(劉裕)에게 선위(禪位)하면서 남긴, "환현(桓玄)의 난리 때(402년) 천명(天命)은 이미 바뀌었는데, 다시 유공(劉公: 유유)에 의해 이어진 것이 거의 이십 년이 되어

---

4 제 7대 제왕인 해서공 혁(海西公 奕: 365-371 재위)은 환온에 의해 폐위되었고, 제9대 효무제(孝武帝: 372-395 재위)는 총비(寵妃) 장귀인(張貴人)에 의해 질식사당하였으며, 제10대 안제(安帝: 395-418 재위)와 제11대 공제(恭帝: 419-420)는 유유(劉裕)에 의해 폐위되었다가 시해되었다.

갑니다. 오늘 선위의 일은 본래 마음속으로 바라던 바였습니다.(桓玄
之時, 天命已改, 重爲劉公所延, 將二十載. 今日之事, 本所甘心.)"[5]라고 한 말
이 동진 왕조의 불안과 정치적 혼란을 단적으로 말해 주고 있다.[6]

　이러한 혼란의 근본적 원인으로 다음의 몇 가지를 들 수 있다. 첫
째, 사족(士族)들의 세력화, 둘째, 빈번한 전쟁으로 인한 무장(武將)
들의 득세, 셋째, 덕을 갖춘 황제가 없었던 점 등이다.[7] 거기에 더하
여 가뭄과 홍수가 연이어 발생하여 민생은 피폐해져 갔지만, 동진의
통치자들은 사치와 방종을 일삼았으며 백성들에 대한 박해와 수탈
은 갈수록 심해졌다.

　왕돈의 난 이후에 계속된 반란과 전쟁 그리고 농민 봉기 중에서
그 규모가 크고 영향력이 심했던 것들을 연대순으로 정리하면 다음
과 같다.

- 327년 소준지란(蘇俊之亂) : 소준(蘇俊)이 조약(祖約)과 연합하여 건업
  (建業)을 함락시켰다.〔도연명의 증조(曾祖)인 도간(陶侃)이 이 반란을
  진압한 공으로 장사군공(長沙郡公)에 봉해졌다.〕
- 365년 양주자사(梁州刺史) 사마훈(司馬勛)이 반란을 일으켰다.

5　『송서(宋書)·무제기(武帝紀)』
6　노신(魯迅)은 「위진풍도급문장여약급주지관계(魏晉風度及文章與藥及酒之關係)」라는 글에서
　　이 시대를 평하여, "난리도 봐서 익숙해졌고, 찬탈도 봐서 익숙해졌다.(亂也看慣了, 簒也看慣
　　了.)"라고 하였다.
7　『진서(晉書)·안제기(安帝紀)』, "군주는 어지럽고 신하는 어리석으니, 이와 같고도 망하지 않
　　은 경우는 없었다.(主亂臣昏, 未有如斯不亡者.)"

- 372년 전호군장군(前護軍將軍) 유희(庾希)가 반란을 일으켰다.
- 383년 비수지전(淝水之戰) : 전진(前秦)의 부견(苻堅)이 침공하여 비수에서 전투가 있었다.〔이 전투를 승리로 이끈 관군장군(冠軍將軍) 사현(謝玄)이 그 공으로 강락현공(康樂縣公)에 봉해지고 사령운(謝靈運: 385-433)에게 계승되었다.〕
- 397년 연주자사(兗州刺史) 왕공(王恭)과 예주자사(豫州刺史) 유해(庾楷)가 반란을 일으켰다.
- 398년 형주자사(荊州刺史) 은중감(殷仲堪)과 광주자사(廣州刺史) 환현(桓玄)이 반란을 일으켰다.
- 399년 손은(孫恩)이 주도하는 농민봉기가 일어나 411년까지 계속되었다.
- 402년 환현이 반란을 일으켜 건업(建業)을 함락시켰다.
- 403년 환현이 안제를 폐위하고 즉위하여 국호를 초(楚)로, 연호(年號)를 영시(永始)로 하였다. 북부군부장(北府軍部長) 유유(劉裕)가 손은을 제압하여 죽이자 노순(盧循)이 농민봉기군을 통솔하였다.
- 404년 건무장군(建武將軍) 유유가 의병(義兵)을 일으켜 환현을 몰아내고 안제(安帝)를 복위시켰다. 익주도호(益州都護) 풍천(馮遷)이 환현을 제압하여 죽였다. 노순이 광주(廣州)를 습격하였다.
- 405년 촉인(蜀人) 초종(譙縱)이 반란을 일으키고 성도왕(成都王)을 자칭하였다.
- 407년 동양태수(東陽太守) 은중문(殷仲文), 남양태수(南陽太守) 은숙문(殷叔文) 등이 반란을 일으켰다.

- 410년 초종이 파동(巴東)을 함락시켰다. 유유가 남연(南燕)을 멸망시켰다.
- 411년 교주자사(交州刺史) 두혜도(杜慧度)가 노순을 제압하여 죽임으로써 13년 동안의 농민봉기는 막을 내렸다.
- 418년 유유가 안제를 유폐(幽閉)하고 공제(恭帝)를 즉위시켰다.
- 420년 유유가 공제를 폐위(廢位)한 뒤 즉위하고 송(宋)을 세웠다.

　도연명은 이렇게 혼란하고 백성들이 도탄에 빠졌던 시대를 살면서, 젊은 시절에는 자신의 포부를 펼 뜻을 가지고 몇 차례 벼슬길에 나서기도 하였다. 그러나 문벌을 중시하던 당시 상황에서 몰락한 사족 출신으로 포부를 펼 만한 기회를 얻을 수 없었고,[8] 곧은 성격 때문에 혼탁한 세상과 뒤섞일 수도 없었다. 이에 전원으로 물러나 어떻게 살아갈 것인가와 무엇이 바른 길인가를 고뇌하였다. 그의 고뇌가 시문이라는 결정(結晶)으로 남겨졌고, 그가 남긴 글과 그가 살아간 길은 혼란한 시대에 처한 지식인들에게 지혜로운 선택의 지침이 되었

8　위진(魏晉) 시대에는 구품중정제(九品中正制)에 의해 인재를 등용하면서 귀족제(貴族制)가 정착되었다. 두우(杜佑)의 『통전(通傳)』에, "연강(延康) 원년(元年: 220)에 이부상서(吏部尙書) 진군(陳群)이 구품관인법(九品官人法)을 제정하여, 주(州)와 군(郡)에 모두 중정(中正)을 두고 인재 선발을 결정케 하였다.(延康元年, 吏部尙書陳群, 乃立九品官人之法, 州郡皆置中正, 以定其選.)"라고 하였는데, 중정(中正)이 권세와 영합하여 공정한 취사(取士)가 될 수 없었다. 좌사(左思)는 「영사시(詠史詩)」에서 이러한 문벌제도의 불합리성을 지적하여, "세가(世家)의 후손들은 높은 자리를 차지하고, 뛰어난 인재는 말단 관직에 머문다.(世胄躡高位, 英俊沈下僚.)", "어느 시대인들 특별한 인재가 없었으리오만, 초야에 버려져 있구나.(何世無奇才, 遺之在草澤.)"라고 비판하였다.

고 상처받은 마음에 위로가 되었다.

2) 문화적 배경

양한(兩漢)을 통하여 지배적 위치를 점유했던 유가사상은 한말(漢末)과 위진(魏晉)의 혼란에 대응할 만한 역량과 지식인들이 의지할 이념적 가치를 잃었다. 환관(宦官)과 외척(外戚)들의 전횡으로 인한 정치 문란과 이로 인한 사회 혼란, 이어지는 삼국의 전쟁을 겪으면서, 박해받고 생명의 위기감을 느끼던 지식인들은 사회(社會)와 명교(名敎)를 중시하는 유가사상에 대해 회의하면서, 개인적 자유를 중시하는 도가사상에 관심을 갖게 되었다.

이러한 경향의 단서를 연 사람들이 하안(何晏)과 왕필(王弼)이다. 이들은 『노자(老子)』, 『장자(莊子)』, 『주역(周易)』을 '삼현(三玄)'이라 하여 중시하면서 '무(無)'를 근본으로 하는 현학(玄學)을 제창하였다.[9] 정치에서는 노장의 정치관인 '무위이치(無爲而治)'의 실현을 주장하면서 사마씨의 가혹한 통치를 비판하였다.

이들이 철학 방면에서 현학의 기초를 마련하였다면, 같은 시기에

---

9 『진서(晉書)·왕연전(王衍傳)』, "청담(淸談)은 위(魏) 정시(正始: 240-248) 연간에 시작되었다. 하안(何晏)·왕필(王弼)이 노장(老莊)을 본받아서, '천지와 만물은 모두 무(無)를 근본으로 한다. 무(無)라는 것은 만물의 기원이 되고 일을 이루니, 어디에 가도 존재하지 않는 곳이 없다.'라고 하였다.(淸談起於魏正始中. 何晏·王弼祖述老莊, 謂天地萬物, 皆以無爲本. 無也者, 開物成務, 無往而不存者也.)" 이들이 내세운 '무(無)'는 형상(形象)을 초월하는 노장의 '도(道)'를 가리킨다.

활동하였던 죽림칠현(竹林七賢)은 문학 방면에서 현학을 드날렸다. 그 대표적 인물이 완적(阮籍)과 혜강(嵇康)으로, 조씨(曹氏)와 사마씨(司馬氏) 간의 정권 쟁탈전을 목도하고 사마씨에 반대하면서 도가적 가치를 추구하였다.[10] 이들의 사고와 행동은 양진(兩晋)에 걸쳐 지식인들의 인생철학, 생활방식에 커다란 영향을 미쳤다. 그 대강을 정리하면 다음과 같은 다섯 가지 특징이 있다.

첫째, 현학의 확립과 청담(淸談)의 유행이다. 왕필·하안에 의해 대두된 현학은 죽림칠현에 의해 확립되어 양진에 걸쳐 유행하였다. 청담은 현학(玄學)을 담론의 주된 내용으로 하고 있어, 현학의 확립과 청담의 유행은 불가분의 관계에 있다.

둘째, 유선시(遊仙詩)와 현언시(玄言詩)의 등장이다. 현실에 실망한 시인들은 해결할 수 없는 고민을 위로하는 방편으로, 신선 세계를 동경하여 유선시로 그려내었다. 서진 말기의 곽박(郭璞)은 영가(永嘉)

---

10 완적은 「대인선생전(大人先生傳)」, 「달장론(達莊論)」, 「통역론(通易論)」 등을 지어 유학(儒學)을 비판하고 노장적 무위(無爲)와 소요(逍遙)를 추구하였다. 혜강은 「난자연호학론(難自然好學論)」이란 글에서 다음과 같이 유가(儒家)의 예교(禮敎)를 비판하면서 '양진(養眞)'을 주장하였다. "육경(六經)은 욕심의 억제와 선으로의 인도를 위주로 하는데, 사람의 본성은 욕심을 따르는 것을 즐거움으로 여긴다. 억제하고 인도하면 바라는 바를 거스르게 되고 욕심을 따르면 자연스러움을 얻는다. 그렇다면 자연스러움을 얻는 것은 억제하고 인도하는 육경에서 비롯되지 않고, 본성을 온전하게 하는 근본은 감정을 거스르는 예법을 필요로 하지 않는다. 따라서 인(仁)과 의(義)는 이치의 허구를 힘쓰는 것으로 참됨을 기르는 필요사항이 아니며, 염치(廉恥)와 겸양(謙讓)은 다투고 빼앗는 데에서 생긴 것이지 자연스러움에서 나온 것이 아니다.(六經以抑引爲主, 人性以從欲爲歡. 抑引則違其願, 從欲則得自然. 然則自然之得, 不由抑引之六經, 全性之本, 不須犯情之禮律. 因知仁義務于理僞, 非養眞之要求, 廉讓生于爭奪, 非自然之所出也.)"

시기의 대혼란[11] 속에서, 선경을 노니는 14수의 유선시를 남겼다. 동진에 들어와서는 피세적(避世的) 현리(玄理)를 추구한 현언시가 시단(詩壇)의 주류가 되었는데, 그 내용은 무미건조한 현리를 나열하여 예술적 형상(形象)이나 진지한 감정이 부족하였다.[12] 이러한 폐단은 도연명에 이르러서 바로잡혔다.

셋째, 음주(飮酒) 풍조의 유행이다. 혼란한 시대에 처한 지식인들은 세상사와 근심을 잊기 위해 술에 탐닉하기도 하였으며, 한편으로는 화를 피하는 방편으로 술에 자신의 뜻을 기탁하여 은유적으로 세태를 비판하였다. 소통(蕭統)은 「도연명집서(陶淵明集序)」에서, "도연명의 시에는 편마다 술이 있는데, 내가 보기에는 그 뜻이 술에 있지 않으니, 역시 술에 기탁하여 (남기고자 하는) 발자취로 삼은 것이다.(陶淵明詩篇篇有酒, 吾觀其意不在酒, 亦寄酒爲迹者也.)"라고 하였다. 섭몽득(葉夢得: 1077-1148)도, "진(晉)나라 사람들에게는 '음주'를 말한 것이 많았고, 심하게 취하는 지경에 이른 자도 있었다. 이는 반드시 술에 (목적이) 있었던 것이 아니다. 이는 당시 매우 험난한 가운데 사람마다 화를 당할까 두려워하였으니, 오로지 취한 것에 의탁함으로

11 팔왕(八王)의 난, 흉노(匈奴)의 침공 등을 들 수 있다.
12 현언시(玄言詩)의 폐단은 여러 사람들에 의해 지적되었다. 종영(鍾嶸)은 『시품(詩品)』서문에서, "이치(理致)가 문사(文辭)보다 지나쳐, 맹물처럼 맛이 적다.(理過其辭, 淡乎寡味.)", "평범하고 진부하여 (하안이 지은)「도덕론(道德論)」과 같다.(平典, 似道德論.)" 등으로 평하였고, 유협(劉勰)은 『문심조룡(文心雕龍)』·시서(時序)」에서, "시는 곧 노자(老子)의 뜻이고, 부(賦)는 바로 장자(莊子)의 풀이이다.(詩必柱下之旨歸, 賦乃漆園之義疏.)"라고 비판하였다. 황간(黃侃)은 『시품강소(詩品講疏)』에서 "정감은 〔시경(詩經)의〕 비흥(比興)에서 벗어났고, 체제는 〔불가(佛家)의〕 게송(偈訟)에 가깝다.(情旣離乎比興, 體有近乎偈語.)"라고 하였다.

써만이 세속의 화를 멀리할 수 있었다.(晋人多言飮酒, 有至深醉者. 此未
必眞在於酒. 蓋時方艱難, 人各懼禍, 惟託於醉, 可以粗遠世故.)"[13]라고 하여
소통의 논조와 궤를 같이하였다.

넷째, 방탕한 기풍(氣風)의 성행이다. 현학은 자연(自然)을 숭상하
고 예교(禮敎)의 속박을 반대하는 긍정적인 면도 있으나, 퇴폐적이고
방탕한 부정적인 면도 있었다. 그 말류는 극단적 방종으로 흐르기도
하였다.[14]

다섯째, 고답취미(高踏趣味)를 추구하여 음률(音律)이나 회화(繪畵)
등에 몰두하였다. 혜강의 거문고〔금(琴)〕, 완적의 휘파람〔소(嘯)〕, 왕희
지(王羲之: 303-361, 혹은 321-379)의 서예, 고개지(顧愷之: 생졸년 미상)의
그림 등이 당시 고답취미의 대표적 예이다.

동진의 후반기를 살았던 도연명은 당시 사람들과는 다른 가치관
을 가지고, 이러한 시대 풍조를 비판적으로 수용하였다. 노장철학을
수용하였으나 당시 대부분의 지식인들이 추구하던 신선의 존재를 믿
지 않았으며, 노동을 중시하고 의식을 위한 근면을 강조하였다. 술을
매우 좋아했지만 자신을 엄격히 규제하면서 방탕한 모습을 보이지
않았다.[15] 역모(逆謀)와 찬탈(簒奪)이 자행되고 사람들은 염치(廉恥)를

---

13 섭몽득(葉夢得), 『석림시화(石林詩話)』
14 갈홍(葛洪), 『포박자(抱朴子) · 질류(疾謬)』, "어떤 이는 더러운 옷을 입고 사람을 대하고, 어
떤 이는 옷을 벗은 채 다리를 뻗고 앉아 있기도 하였으며, 종일토록 의리에 관한 말이 없고,
밤새도록 경계나 모범이 될 만한 유익함이 없었다.(或褻衣以接人, 或裸袒而箕踞, 終日無及義之
言, 徹夜無箴規之益.)"

잃었을 때, 도연명은 홀로 자신의 분수를 지켜 갔다. 그것은 수양된 인격과 합리적 사고로, 현실과 자신에 대한 갈등을 조화할 수 있었던 데에서 가능한 것이었다.

2. 생애

1) 출생과 성장

① 생졸년(生卒年)

도연명이 태어난 해에 관해서는 사료(史料)에 남아 있는 기록이 없고, 죽은 해에 관한 기록이 남아 있을 뿐이다.[16] 이 때문에 후인(後人)들이 죽은 해에서 추론하여 태어난 해를 단정하면서, 향년(享年)의 차이에 따른 여러 가지 다른 견해가 제시되었다.

---

15 이러한 태도는 증조 도간(陶侃)으로부터 전해져 내려온 가풍(家風)일 수도 있다. 도간은 동진 초기에 형주(荊州), 상주(湘州) 등의 도독(都督)을 역임하였고, 소준(蘇俊)의 난을 평정한 공로로 장사군공(長沙郡公)에 봉해졌다. 그는 안일(安逸)을 경계하고자 매일 100장의 벽돌을 날랐다고 한다.〔도간운벽(陶侃運甓)〕 또 "우(禹) 임금은 성인인데도 촌음(寸陰)을 아꼈으니, 보통 사람의 경우에는 분음(分陰)을 아껴야 할 것이다.(大禹聖者, 乃惜寸陰, 至於衆人, 當惜分陰.)"라고 한 말 등이 전해진다.

16 안연지(顔延之), 「도징사뢰(陶徵士誄)」, "연세 얼마가 되어, 원가(元嘉: 424-453) 4년(427년) 모월 모일에, 심양(潯陽)의 어느 마을에서 죽었다.(春秋若干, 元嘉四年月日, 卒于潯陽之某里.)"; 심약(沈約), 『송서(宋書)·도연명전(陶淵明傳)』, "원가(元嘉) 4년에 죽었는데, 이때 나이 63세였다.(元嘉四年卒, 是年六十三.)"

태어난 해에 대한 대표적인 견해가 장연(張縯)의 76세설에 따른 352년(352-427), 심약(沈約)의 『송서(宋書)·도연명전(陶淵明傳)』과 왕질(王質)과 오인걸(吳仁傑)의 63세설에 따른 365년(365-427), 양계초(梁啓超)의 56세설에 따른 372년(372-427), 고직(古直)의 52세설에 따른 376년(376-427) 등 네 가지이다. 지금은 여러 연구자들의 고증으로, 두 번째인 63세설에 따른 365년이 정설로 거의 확정되어 있다.[17]

② 가계(家系)

위진남북조(魏晋南北朝)에서는 사족(士族)들이 문벌을 과시하고 특권을 유지할 목적으로 가계(家系)와 족보(族譜)를 중시하였다.[18] 특히 관직에 오르거나 혼인을 맺을 때, 문벌에 따른 질서가 엄격하여 이를 어길 경우 사회적 지탄과 조롱을 감수해야 하였다.[19]

---

17 도주(陶澍), 「정절선생연보고이(靖節先生年譜攷異)」, "선생은 의희(義熙: 405-418) 원년(元年) 가을에 팽택령(彭澤令)이 되었고, 그 해 겨울에 관직을 그만두었는데 이 때가 41세(405년)였다.(先生以義熙元年秋, 爲彭澤令, 其冬解綏去職, 是四十一歲矣.)"; 녹흠립(逯欽立), 「도연명사적시문계년(陶淵明事迹詩文繫年)」, "진(晋) 애제(哀帝) 흥녕(興寧) 3년 을축년(서기 365년)에 도연명이 태어났다. 『송서(宋書)·도연명전(陶淵明傳)』에, '원가 4년에 죽었는데, 나이 63세였다.'라고 하였으니, 위로 소급하여 이 해에 태어난 것을 알 수 있다.(晋哀帝興寧三年乙丑(西元三六五), 陶淵明生. 宋傳, 元嘉四年卒, 年六十三. 上溯知生於是年.)"

18 구품중정제(九品中正制)에 따라 관리를 등용하면서 귀족사회의 특징으로 족보 편찬이 성행하게 되었다.

19 양(梁) 왕승유(王僧孺, 465-522)가 지은 『제씨족보(諸氏族譜)』는 혼인의 지침서가 되었으며, 남제(南齊) 유대(劉岱)의 묘지명(墓地銘)에는 통혼(通婚)이 가능한 집안을 열거해 놓기까지 하였다. 왕원(王源)이 이런 관례를 어기고 서인(庶人)인 부호에게 딸을 시집보내자 심약(沈約)은 파면을 상소하였다고 한다. 서울大學校 東洋史學硏究室 編, 『講座中國史II』(지식산업사, 1989), p.15 참조.

도연명도 「아들의 자(字)를 지어 주면서命子」와 「장사공(長沙公)에게 증정함贈長沙公」 등의 시에서 가계를 중시하는 태도를 보이고 있다. 「아들의 자를 지어 주면서」에서 그는 역대 조상들의 훌륭했던 업적과 인격을 찬양하면서 장자(長子) 엄(儼)에게 이를 계승하기 위해 노력할 것을 훈계하고 있다. 원조(遠祖)인 도당씨(陶唐氏) 요임금에게서 비롯하여 하(夏)왕조에서의 어룡씨(御龍氏), 상(商)왕조에서의 시위씨(豕韋氏), 주(周)왕조에서의 사도(司徒) 도숙씨(陶叔氏) 등의 공으로 도씨가 삼대에 걸쳐 창성하였음을 밝혔다. 이어 한(漢)에 와서 한고조(漢高祖)를 도와 창업의 공을 이룬 민후(愍侯) 도사(陶舍)와 그의 아들 승상(丞相) 도청(陶靑)을 칭송하였고, 진(晋)나라에서의 증조 도간(陶侃), 조부 도무(陶茂), 부친 도일(陶逸)에 대해서는 보다 상세한 서술로 칭송하고 있다. 특히 증조 도간은 역사에 큰 이름을 남긴 인물이었으며, 조부 도무는 무창태수(武昌太守)를 역임하였고,[20] 부친 도일은 안성태수(安城太守)를 지냈다.[21]

③ 이름과 자(字)

도연명의 이름과 자에 관해서 역대로 여러 설이 구구하였다. 주자청(朱自淸)은 「도연명연보중지문제(陶淵明年譜中之問題)」에서 기존에 제기되었던 열 가지 설을 다음과 같이 소개하였다.[22]

---

20 『진서(晉書) · 도잠전(陶潛傳)』
21 도주(陶澍), 『정절선생집(靖節先生集)』 1권.
22 허일민(許逸民) 교집(校輯), 『도연명연보(陶淵明年譜)』(北京, 中華書局, 1986), pp.267-268 참조.

첫째, 이름은 잠(潛)이고 자는 연명(淵明)이다. :『송서·도연명전』,『남사·
도연명전』,『연사고현전(蓮社高賢傳)』의 설이다.

둘째, 이름은 연명(淵明)이고 자는 원량(元亮)이다. : 소통「도연명전」의 설
이다.

셋째, 이름은 잠(潛)이고 자는 원량(元亮)이다. :『진서·도연명전』의 설이다.

넷째, 이름은 원량(元亮)이고 자는 심명(深明)이다. :『남사·도연명전』에서
혹설(或說)로 제시하였다.

다섯째, 이름은 잠(潛)이고 자는 연명(淵明)이었는데, 송(宋)으로 왕조가
바뀐 후 이름은 연명(淵明)으로, 자는 원량(元亮)으로 하였다. : 섭
몽득(葉夢得)의 설이다.

여섯째, 이름은 연명(淵明)이고 자는 원량(元亮)이며 다른 이름이 잠(潛)이
다. : 조공무(晁公武)『군재독서지(郡齋讀書志)』의 설이다.

일곱째, 이름은 연명(淵明)이고 자는 원량(元亮)이었는데, 송으로 왕조가
바뀐 후 이름을 잠(潛)으로 바꿨다. : 오인걸(吳仁傑)「도정절선생
연보(陶靖節先生年譜)」의 설이다. 장연(張縯)도 이 설을 따랐다.

여덟째, 의희(義熙: 405-418) 연간에는 이름이 연명(淵明)이고 자가 원량(元
亮)이었다. 원가(元嘉: 424-453) 연간에는 이름을 잠(潛)으로, 자를
연명(淵明)으로 하였다. : 명(明) 웅인림(熊人霖)의 설이다.

아홉째, 이름은 연명(淵明)이고 자는 원량(元亮)이며 아명이 잠(潛)이다. :
양계초(梁啓超)「도연명연보(陶淵明年譜)」의 설이다.

열째, 이름은 잠(潛)이고 자는 원량(元亮)이며 아명이 연명(淵明)이다. : 고
직(古直)「도정절연보(陶靖節年譜)」의 설이다.

위의 여러 가지 설들 중에서 일곱 번째 설이 타당성이 있는 것으로 인정되고 있는데,[23] 정리하면 다음과 같다. 이름은 진(晉)에서는 연명(淵明)이었고, 송(宋)으로 들어와 잠(潛)으로 개명하였다. 자는 원래의 것인 원량(元亮)을 그대로 유지하였다.[24] 「오류선생전五柳先生傳」을 짓고 '오류선생(五柳先生)'이라 자호(自號)하였다.[25] 죽은 뒤에 안연지(顔延之: 384~456)가 「도징사뢰(陶徵士誄)」를 짓고 '정절선생(靖節先生)'이라는 시호(諡號)를 바쳤다. 이 외에도 '심명(深明)' 혹은 '천명(泉明)'이라는 이름이 보이는데, 당대(唐代)에 당(唐) 고조(高祖)인 이연(李淵)의 '연(淵)'자를 피휘(避諱)하여 바꾼 것이다.[26]

---

23 도주(陶澍)는 "진(晉)에서는 이름을 연명(淵明)이라 하였고, 송(宋)에서는 이름을 잠(潛)이라 하였으며, 원량(元亮)이란 자는 일찍이 바꾼 적이 없다.(晉名淵明, 在宋名潛, 元亮之字, 則未嘗易.)"라고 하였다. 陶澍, 위의 책, 「靖節先生年譜攷異下」, pp.34~36 참조.

24 고직(古直)은 「도정절연보(陶靖節年譜)」에서, "왕인지(王引之)가 이르기를, '옛사람들의 이름과 자에는 다섯 가지 체제가 있다. 첫째가 동훈(同訓)이고, 둘째가 대문(對文)이다. 대문(對文)의 예를 살펴보면, … 한유(韓愈)의 자가 퇴지(退之)인 것이나 주희(朱熹)의 자가 원회(元晦)인 것이 모두 이런 것이다.'라고 하였으니, 잠(潛)의 자가 원량(元亮)인 것이 예가 이와 같은 것이다.(王引之曰, '古人名字有五體. 一曰同訓, 二曰對文. 尋對文之例, … 韓愈字退之, 朱熹字元晦, 皆是也. 潛字元亮, 例蓋同此.)"라고 하였는데, 이름이 연명(淵明)이고 자가 원량(元亮)인 것은 동훈(同訓)의 예가 되고, 송(宋)으로 들어서면서 이름을 잠(潛)으로 하고 자를 원량(元亮)으로 한 것은 대문(對文)의 예가 된다고 하겠다. 허일민(許逸民) 교집(校輯), 위의 책, p.176 참조.

25 「오류선생전五柳先生傳」, "집 가에 다섯 그루의 버드나무가 있어 그것으로 호를 삼았다.(宅邊有五柳樹, 因以爲號焉.)"

26 오인걸(吳仁傑), 「도정절선생연보(陶靖節先生年譜)」, "'심명(深明)' 혹은 '천명(泉明)'이라고 한 것은, 당(唐)나라 사람들이 당(唐) 고조(高祖) 이연(李淵)의 '연(淵)'자를 피휘(避諱)한 것이다.(其曰深明, 泉明者, 唐人避高祖諱.)"

④ 거처

도연명이 태어나 자란 장소는, 사료의 부족으로 지금까지 정론(定論) 없이 고증을 기다리는 형편이다.[27] 소통이 지은 「도연명전」의 기록[28]에 의하면, 도연명이 태어난 곳은 심양(潯陽) 채상현(柴桑縣)의 율리(栗里)인 듯하다. 심양은 당시 행정구역으로 강주(江州)에 속해 있었다.

주자청의 기록에 의하면, 도연명은 평생에 두 번 이사를 하였다.[29] 처음으로 이사한 시기는 분명하지 않지만 시문(詩文)을 통해 보건대 벼슬길에 나서기 전인 30대 이전에 율리에서 상경(上京)으로 옮긴 듯하다.[30] 그가 30대 후반에 귀향[31]한 집은 상경에 있었다. 44세에 실화(失火)하고 임시 거처에서 살다가 46세에 이사한 곳이 남촌(南村)인데, 그 후로는 내내 이곳에서 살다가 생을 마쳤다.

⑤ 성장

도연명이 29세에 벼슬길에 나서기 전까지는 기록으로 남아 있는 것이 거의 없어 성장기의 일화나 학습 과정, 사우(師友) 관계 등을

---

27 이화(李華), 『도연명신론(陶淵明新論)』(北京, 北京師範學院出版社, 1992), pp.80~81 참조.

28 "심양(潯陽)의 채상인(柴桑人)이다.(潯陽柴桑人也.)"

29 허일민(許逸民) 교집(校集), 위의 책, p.305 참조.

30 51세에 지은 「전에 살던 집에 돌아옴還舊居」의 '구거(舊居)'는 46세에 이사하여 떠난 상경(上京)의 구거(舊居)를 칭한다.

31 이 때에 「경자년 5월 중에 서울로부터 돌아오는데 규림(規林)에서 바람에 막혀 있으면서庚子歲五月中從都還阻風於規林」 2수를 썼다.

알 수가 없다. 따라서 젊은 시절을 회고한 그의 시문을 통하여 겨우 그 상황을 짐작할 수 있을 뿐이다. 도연명은 몰락한 사족 출신으로, 어려서부터 빈한하였다. 62세에 지은 「깨달음이 있어서 지음有會而作」에서, "젊어서 집안의 곤궁함을 만났는데, 늘그막에 이르러 더욱 오래 굶주린다.(弱年逢家乏, 老至更長飢.)"라 하였고, 「아들 엄(儼) 등에게 주는 글與子儼等疏」에서는 "젊어서 곤궁하였고, 항상 집안이 피폐하였다.(少而窮苦, 每以家弊.)"라고 하였으니 그는 태어나면서부터 노년에 이르기까지 곤궁한 생활을 하였음을 알 수 있다. 도연명이 죽은 바로 뒤 안연지가 쓴 뇌문(誄文)에도 그의 젊은 시절의 곤궁했던 생활이 기록되어 있다.[32] 죽음에 임박하여 지은 「자제문(自祭文)」에서 도연명은 자신의 평생을 되돌아보면서 빈한했던 상황을 다음과 같이 읊었다.

自余爲人,　　　　내가 사람으로 태어난 이후로,

逢運之貧,　　　　가난한 운수를 만나,

簞瓢屢罄,　　　　한 그릇 밥과 한 바가지 물도 자주 떨어졌고,

絺綌冬陳.　　　　거친 베옷을 겨울에도 걸치고 지냈다.

　　…　　　　　　　　…

---

32 안연지(顏延之), 「도징사뢰(陶徵士誄)」, "젊어서부터 가난하고 병이 있었으며, 집에는 종도 없어, 물 긷고 곡식 빻는 일을 맡기지 못하였고, 명아주와 콩도 넉넉하지 못했다.(少而貧病, 居無僕妾, 井臼弗任, 藜菽不給.)"

이렇게 곤궁한 속에서도 그는 유가 경전의 학습을 통하여 세상을 위해 큰 일을 할 수 있는 재능을 갖추어 갔고,[33] 29세에 지방관인 주좨주(州祭酒)의 직책으로 벼슬에 나가게 되었다.

2) 벼슬 생활

소통의 「도연명전(陶淵明傳)」에, 도연명의 첫 벼슬에 관한 다음과 같은 기록이 있다.

모친은 노쇠하고 집안은 가난하여, 처음으로 주(州)의 좨주(祭酒)가 되었으나, 관리의 직책을 감당하지 못하여 며칠 만에 스스로 그만두고 고향으로 돌아왔다. 주부(主簿)로 부름 받았으나 나아가지 않고 직접 농사 지어 자급하였다.(親老家貧, 起爲州祭酒, 不堪吏職, 少日自解歸州. 召主簿不就, 躬耕自資.)

도연명이 강주(江州)의 좨주로 벼슬길의 첫발을 내디딘 해는 그의 나이 29세이다.[34] 「술을 마시며飮酒」 제19수에서, 지난 시절을 회고하면서 다음과 같이 말하였다.

---

33 「술을 마시며飮酒」 제16수, "젊은 시절에 세속의 교제가 적어, 노닐고 좋아함이 육경(六經)에 있었지.(少年罕人事, 遊好在六經.)"
34 주자청(朱自淸), 위의 논문, "이 해는 도연명이 29세로 주(州)의 좨주가 되었다.(是歲淵明二十九, 爲州祭酒.)" 허일민(許逸民) 교집(校集), 위의 책, p.283 참조.

疇昔苦長飢,	지난날 오랜 굶주림에 시달리다가,
投耒去學仕.	쟁기 내던지고 나가 벼슬하게 되었지.
將養不得節,	어른 모시는 일도 제대로 하지 못하였고,
凍餒固纏己.	추위와 굶주림이 단단히 나를 얽매었지.
是時向立年,	이 때 30을 향해 가는데,
志意多所恥.	마음속에 부끄러운 바가 많았다.
遂盡介然分,	마침내 곧은 분수 다하려,
拂衣歸田里.	옷소매 떨치고 고향으로 돌아왔다.

제5구의 '향입년(向立年)'은 29세를 칭하는 것으로 이해된다. 주의 좨주로 있다가 벌써 자신의 뜻과 맞지 않아 본성을 지키기 위해 물러 났고, 주부로 나서지 않은 것은 도연명이 젊어서부터 구속을 싫어하 는 성격을 지니고 있었음을 보여 주는 예이다.

이후 5·6년 동안 직접 농사를 짓다가, 36세에 환현(桓玄)의 막 부(幕府)에서 참군(參軍)의 직책으로 일하였다. 이 해에 지은「경자 년 5월 중에 서울로부터 돌아오다 규림(規林)에서 바람에 막혀 있 으면서庚子歲五月中從都還阻風於規林」제2수에 보이는, "고요히 동산 숲의 아름다움을 생각하니, 인간사는 진실로 사양할 만하다. 젊 은 시절이 얼마나 되겠나, 마음에 맡겨 살리니 다시 무엇을 의심하 랴.(静念園林好, 人間良可辭. 當年詎有幾, 縱心復何疑.)"라는 표현이나, 「술을 마시며」제10수의 "예전에 일찍이 멀리 집을 떠나서, 곧바로 동해 가에까지 갔었지. … 아마도 이는 좋은 계책이 아닌 듯하여,

수레 멈추고 한가한 삶으로 돌아왔다.(在昔曾遠遊, 直至東海隅. … 恐此非名計, 息駕歸閑居.)"라고 한 회고를 통해서, 도연명이 참군의 벼슬로 명을 받고 강릉(江陵)과 건강(建康) 사이를 왕래하면서 느낀 갈등을 살필 수 있다.

37세에 지은 「신축년 7월에 휴가 갔다 강릉(江陵)으로 돌아갈 때 밤에 도구(塗口)를 지나며辛丑歲七月赴假還江陵夜行塗口」에서, "맡은 일 생각하느라 잠잘 겨를도 못 내고, 한밤중까지 홀로 먼 길을 간다. 벼슬 구하는 슬픈 노래는 나의 일 아니니, 그리워 함은 짝지어 밭가는 일에 있다.(懷役不遑寐, 中宵尙孤征. 商歌非吾事, 依依在耦耕.)"라고 하여 뜻에 맞지 않는 심사를 드러내었다. 이 해 겨울에 강릉에서, 어머니가 돌아가셨다는 부음(訃音)을 듣고 귀향하여 거상(居喪)하였다. 이후 40세에 진군참군(鎭軍參軍)이 되어 다시 벼슬길에 나서기 전의 거상 중에 「곽주부(郭主簿)의 시에 화답함和郭主簿」, 「계묘년 초봄에 농막에서 옛날을 생각함癸卯歲始春懷古田舍」 2수, 「농사에 힘쓰세勸農」, 「계묘년 12월 중에 지어 사촌 동생 경원(敬遠)에게 줌癸卯歲十二月中作與從弟敬遠」, 「계절의 운행時運」 등 여러 편의 전원시를 써 농촌 생활의 감회를 표현하였다.

40세에 진군장군(鎭軍將軍) 유유(劉裕)의 참군(參軍)이 되어 부임하였는데, 이때 나선 것도 큰 기대를 가지고 있었던 것은 아니었다. 부임길에 지은 「처음 진군장군의 참군이 되어 곡아(曲阿)를 지나며始作鎭軍參軍經曲阿」에서, 벼슬길에 나서는 것과 은일(隱逸)에 대한 갈등을 드러내고 있다. 이 시의 마지막 연(聯)에서는, 우선 형편 때문에

나섰지만 결국은 돌아가 직접 농사짓겠다는 각오를 다지고 있다.[35]

41세 3월에 건위장군(建威將軍) 유경선(劉敬宣)의 참군이 되었다.[36] 같은 해 8월에 팽택령(彭澤令)이 되었다가 11월에 사직하고 귀은하였다.[37] 이 때 도연명은 몇 차례의 벼슬살이를 마감한 자신을 비유하여, 주살의 화로부터 벗어난 새,[38] 혹은 새장에 갇혀 있다 풀려난 새[39]로 표현하였다. 이후로 다시는 벼슬길에 눈을 돌리지 않고 전원에서 직접 농사지으면서 살았다.

3) 은일 생활

도연명이 귀은(歸隱)하게 된 배경에 대해서는, 주자청(朱自淸)의 다음 주장이 참고할 만하다.

『송서(宋書)·도연명전(陶淵明傳)』에 이르기를, "도연명은 바뀐 왕조에 다시

---

35 "그런 대로 우선은 변화를 따라가지만, 끝내는 반고(班固)가 말했던 오두막으로 돌아가리라.(聊且憑化遷, 終返班生廬.)"

36 「을사년 3월 건위참군(建威參軍)이 되어 서울에 사신 가는 길에 전계를 지나며乙巳歲三月爲建威參軍使經錢溪」

37 「귀거래사(歸去來辭)」 서문, "팔월부터 겨울까지 관직에 있은 지가 80여 일이다. 일로 인하여 내 마음을 따르게 되었으니 글의 이름을 「귀거래혜(歸去來兮)」라고 한다. 을사년(乙巳年) 11월이다.(仲秋至冬, 在官八十餘日, 因事順心, 命篇曰歸去來兮. 乙巳歲十一月也.)"

38 「돌아온 새歸鳥」, "주살이 어찌 미치리오. 이미 날개 거두었으니 수고로움을 쉬련다.(矰繳奚施, 已卷安勞.)"

39 「고향집에 돌아옴歸園田居」 제1수, "오랫동안 새장 안에 갇혀 있다가, 다시 자연으로 돌아올 수 있었다.(久在樊籠裏, 復得返自然.)"

몸을 굽히는 것을 부끄러워하여 송(宋) 고조(高祖) 유유(劉裕)의, 왕권을 향한 계책이 점점 성숙되어 가자, 다시는 벼슬하려 하지 않았다."라고 하였다. … 오신주(五臣注)에는, "두 성씨를 섬기는 것을 부끄러워하였다."고 하였으니, 바로 "바뀐 왕조에 다시 몸을 굽히는 것을 부끄러워하였다."는 것이다. … (그러나) 『송서·도연명전』의 말을 전혀 믿지 않은 자는 방동수 (方東樹)와 양계초(梁啓超) 두 사람뿐이다. 방동수가 지은 『도시부고(陶詩附考)』에 이르기를, " … 도연명이 벼슬하지 않은 것은 그 본바탕의 고상한 운치 때문이지 애당초 왕조의 교체 때문이 아니었다."라고 하였다. 양계초는 이르기를, "도연명은 다만 당시 벼슬길의 혼탁함을 보고 싶지 않았고 (벼슬길에) 열중하는 사람들과 무리가 되는 것을 수치로 여겼을 뿐이지, 애당초 유유의, 왕권을 향한 계책이 성숙되어 가느냐 아니냐에 관심을 갖지 않았다."라고 하였는데 두 사람의 주장이 옳다.(宋傳謂, 淵明恥復屈身異代, 自高祖王業漸隆, 不復肯仕. … 五臣注, 恥仕二姓, 卽恥復屈身異代 … 全不信宋傳語者, 僅方東樹·梁啓超二氏. 方所著陶詩附考謂, … 淵明之不仕, 其本量高致, 原非爲禪代之故. 梁君謂, 淵明祇不願見當日仕途混濁, 羞與熱中之人爲伍耳, 初不關裕之王業隆不隆. 二氏之說是也.)[40]

주자청은, 도연명이 진나라의 충신이었음을 내세운 『송서(宋書)·도연명전(陶淵明傳)』과 오신주(五臣注)의 설을 부정하고, 방동수(方東樹: 1772-1851)와 양계초(梁啓超: 1873-1929)의 주장을 인정하고 있다. 도연

---

40 허일민(許逸民) 교집(校集), 위의 책, pp.288-289 참조.

명의 귀은은 진(晉)나라에 대한 충성 때문이 아니라 현실을 직시하고 때를 알아 자신의 본성을 지키기 위해 스스로 물러난 것이라는 견해이다.[41]

귀은 후 도연명은, 가난하였지만 마음은 자유로웠다. 간간이 특별한 일도 있었고 생활이 극도로 곤궁하여질 때도 있었다. 이때마다 써놓은 시를 통해 그 전후 사정을 짐작할 수 있다.

44세 6월에 화재로 집이 전소되어 배에서 임시 거처하였다. 이때의 힘든 심경을 「무신년 6월 중에 화재를 당함戊申歲六月中遇火」에 표현하였다. 2년 남짓 임시 거처에서 살다가 46세에 심양(潯陽)의 남촌(南村)으로 이사하였다. 이 곳은 소박한 사람들이 많이 살고 있어 도연명이 평소에 마음에 두고 있던 곳이었다. 이사한 후에 지은 「이사移居」 2수에 이들과 이웃하여 어울리는 즐거움을 피력하였다.

여산(廬山)의 동림사(東林寺)에 거처하던 혜원(慧遠)이 「형진신불멸론(形盡神不滅論)」과 「만불영명(萬佛影銘)」이란 글을 써서 윤회설과 신불멸론을 제창하자 도연명은 「육체와 그림자와 정신形影神」 3수를 지어 그가 주장한 내용의 오류를 반박하였다.[42] 이해가 그의 나이 49세였다.

---

41 주자청(朱自淸), 위의 논문, "도연명은 기미를 보고 일어난 것이다.(淵明見幾而作.)" 허일민(許逸民) 교집(校集), 위의 책, p.288.

42 이화(李華), 위의 책, p.25, "『고승전(高僧傳)』에 혜원(慧遠)의 「불영명(佛影銘)」이 실려 있는데, … 육체, 그림자, 정신이라는 세 가지의 관계를 다루었다. 이것으로 말하자면 도연명의 「육체와 그림자와 정신(形影神)」이라는 시는 까닭이 있어 지은 것이다.(高僧傳載慧遠佛影銘 … 亦涉及形影神三者之關係. 以此而論, 則淵明之形影神詩, 乃有爲而發.)"

도연명의 50대는 진(晉)이 송(宋)으로 교체된 시기였다. 당시 벼슬
길에서 물러나 있었지만 의(義)에 맞지 않는 찬탈 과정과 시해 사건
을 지켜보면서 시사(時事)와 관련하여 불의를 비판하거나 개탄의 심
정을 담은 시들을 많이 썼다. 특히 역사적으로 왕조 교체기에 굳센
절개를 지켰던 백이(伯夷)·숙제(叔齊)나 상산사호(商山四皓), 혹은 옛
빈사(貧士), 의인(義人) 등에 대한 칭송을 통하여 자신의 뜻을 기탁
하는 방법으로 현실을 비판하였다.

54세(418년) 6월에 유유(劉裕)가 상국(相國)이 되었으며, 12월에는
안제(安帝)를 시해하고 공제(恭帝)를 세웠다. 이때의 심정을 「세모에
장상시(張常侍)의 시에 화답함歲暮和張常侍」에서, "내 자신 돌이켜 봄
에 깊은 감회 있는데, 이 세모 만나게 되어 감개함만 더해진다.(撫己
有深懷, 履運增慨然.)"라고 은유적으로 표현하였다. 이즈음에 저작랑
(著作郞)으로 부름 받았으나 나가지 않았다.[43]

57세(421) 9월에 유유가 영릉왕(零陵王: 공제)을 살해하였다. 이 일
에 대한 비통함으로 「술을 말함述酒」을 지어 유유의 불의를 비판하
였다. 이 해에 현실에 대한 혐오와 이상향에 대한 동경에서 「도화원
시와 기문桃花源詩幷記」을 지었다.

도연명은 63세 9월에 자신의 죽음을 예견한 듯, 「자제문(自祭文)」
과 「만가(挽歌)」를 지었으며,[44] 11월에 학질로 죽었다.[45] 죽기 전에 간

---

43 『송서(宋書)·도연명전(陶淵明傳)』, "의희(義熙: 405~418) 말기에 저작랑(著作郞)으로 부름 받았
으나 나가지 않았다.(義熙末, 徵著作郞, 不就.)"

소한 장례를 당부하여, "살아서 풍부하기를 바라지 않았으니, 죽어서 넉넉하기를 구하지 않겠다. 부고를 생략하고 부의(賻儀)를 물리칠 것이며, 심히 슬퍼하지 말고 염습(斂襲)을 검소하게 하라.(存不願豊, 沒無求贍. 省訃却賻, 輕哀薄斂.)"[46]고 유언하였다.

3. 사상

　도연명은 유가와 도가를 위시한 기존의 여러 사상을 섭취하였고, 취사선택과 조화의 과정을 거쳐 자신의 인생철학을 확립하였다. 후인들은 도연명의 사상 근원을 탐색하면서 유가,[47] 도가,[48] 도교,[49] 불교[50]등에서 한 면만을 부각시켜 강조하기도 하였다. 유대걸(劉大杰)은

44　「자제문(自祭文)」, "해는 정묘년(427년), 율(律)로 치면 무역(無射)의 9월이다.(歲惟丁卯, 律中無射.)"; 「만가(挽歌)」 제3수, "된서리 내리는 9월 중에, 나를 보내려 먼 교외로 나간다.(嚴霜九月中, 送我出遠郊.)"

45　안연지(顏延之), 「도징사뢰(陶徵士誄)」, "앓은 것은 학질이었는데, 죽음을 대하기를 돌아가는 것처럼 하였다.(疢惟痁疾, 視化如歸.)"

46　안연지(顏延之), 「도징사뢰(陶徵士誄)」

47　육구연(陸九淵), 『육구연집(陸九淵集)』 34권, "이백, 두보, 도연명은 모두 유가(儒家)에 뜻을 두었다.(李白, 杜甫, 陶淵明, 皆有志於吾道.)"; 심덕잠(沈德潛), 『고시원(古詩源)』, "진(晉)나라 사람들의 시 가운데 호탕한 것들은 노장(老莊)을 인용하고 번잡한 것들은 반고(班固)와 양웅(揚雄)을 인용하였는데, 도연명은 오로지 논어(論語)만을 인용하였다. 한(漢)나라 사람 이후로 송(宋)나라 유학자 이전까지, 공자의 제자로 추천할 만한 이가 도연명이다.(晉人詩曠達者, 徵引老莊, 繁縟者, 徵引班揚, 而陶公專用論語. 漢人以下, 宋儒以前, 可推聖門弟子者, 淵明也.)"

48　주희(朱熹), 『주자어류(朱子語類)』, "도연명이 말한 것은 장자(莊子)와 노자(老子)이다.(淵明所說者, 莊老.)"

이러한 문제에 대해, "도연명 사상의 본질에 대하여, … 그의 시 가운데에서 한두 구절을 찾아 어떤 이는 그가 도가의 도(道)를 터득하였다고 하고 어떤 이는 그가 불가의 선리(禪理)를 깨달았다고 하는데, 이것들은 모두 어리석고 천박한 견해이다.(陶淵明思想的本質, … 在其詩裏尋得一章半句, 或言其得道, 或稱其會禪, 這都是愚淺之見.)"[51]라고 지적하였고, 노신은 다음과 같이 도연명의 시구를 구체적으로 예시하면서 전체적으로 조망할 것을 강조하였다.

"맹렬한 뜻은 굳세게 항상 남아 있었다."라고 읊은 사람과 "멀리 남산(南山)이 눈에 들어온다."라고 읊은 사람이 한 사람이다. 혹시 취하고 버림이 있다면 곧 (도연명의) 전인적인 면모가 아니다. 더구나 내리누르거나 치켜세운다면 더욱 본질에서 멀어진다.(猛志固常在和悠然見南山的是一個人, 倘有取捨, 卽非全人. 再加抑揚, 更離眞宰.)[52]

다양한 사상을 접했던 도연명을 이해함에 있어 그의 삶과 시문 전체를 대상으로 한 종합적인 고찰은 당연한 것이다. 그 과정을 거쳐

---

49 진인각(陳寅恪), 「도연명지사상여청담지관계(陶淵明之思想與淸談之關係)」, "도연명의 사람됨은, 실로 유가를 밖으로 하고 도가를 안으로 하였으며, 석가(釋迦)를 버리고 천사도(天師道)를 받든 자이다.(陶淵明之爲人, 實外儒而內道, 舍釋迦而宗天師者.)"

50 갈립방(葛立方), 『운어양추(韻語陽秋)』, "「자제문自祭文」, … 「만가挽歌」, … 「술을 마시며飮酒」, 그리고 「육체와 그림자와 정신形影神」 3수는 모두 뜻을 기탁한 것이 고원하여 제일(第一)의 달마(達磨)이다.(自祭文, … 挽歌, … 飮酒, 其形影神三篇, 皆寓意高遠, 蓋第一達磨也.)"

51 유대걸(劉大杰), 위의 책(上海古籍出版社, 1982, 新一版), p.278.

52 노신(魯迅), 「제미정초(題未定草)」, 『노신전집(魯迅全集)』(上海, 人民文學出版社, 1973)

사상의 본질을 파악하고 주된 경향을 변별해 내는 작업은 도연명시 연구의 전제가 된다고 하겠다.

이러한 점을 고려하여 도연명의 사상을, 생사(生死)·시비(是非)·곤궁과 영달〔궁달(窮達)〕·명예(名譽) 등에 대한 견해를 포괄하여 '인생관(人生觀)'으로, 벼슬길과 은일에 대한 자세, 현실에 대한 태도, 국가관(國家觀) 등을 포괄하여 '정치관(政治觀)'으로, 자연(自然)·천도(天道)에 대한 견해, 물아(物我)의 관계에 대한 인식 등을 포괄하여 '자연관(自然觀)'으로 나누어 살펴본다.

1) 인생관(人生觀)

① 생사관(生死觀)

생사의 문제는 역대로 철학과 문학의 영역에서 진지한 주제가 되어 왔다. 이에 대한 탐구는 사람들로 하여금 현재의 삶을 직시하고 재조명케 하여 자기 수양과 학문 탐구, 문학 창작의 동력으로 작용하였다.

장자는, "사람이 태어나는 것은 기(氣)가 모이는 것이니, 모이면 삶이 되고 흩어지면 죽음이 되는 것이다.(人之生, 氣之聚也, 聚則爲生, 散則爲死.)"[53]라고 하여 만물의 생사가 기의 변화에서 비롯된다는 생사관을 전개하였다. 아내가 죽었을 때 그는 "다리를 뻗은 채 동이를 두

---

53 『장자(莊子)·지북유(知北遊)』

드리며 노래하였다.(箕踞, 鼓盆而歌.)"[54]고 한다. 친구인 혜시(惠施)가 이를 비판하자, 장자는 생사의 문제에 대한 자신의 견해를 다음과 같이 피력하였다.

아내가 막 죽었을 때 낸들 어찌 슬픔이 없었겠는가. (그러나) 그 시원(始源)을 살펴보건대 본래 생명이 없었다. 생명이 없었을 뿐만 아니라 본래 형체가 없었다. 형체가 없었을 뿐만 아니라 본래 기(氣)가 없었다. 황홀한 가운데 섞여 있던 것이 변하여 기가 있게 되었고, 기가 변하여 형체가 있게 되었고, 형체가 변하여 생명이 있게 되었다. 지금 다시 변하여 죽음으로 돌아가니 이는 교대로 춘하추동의 사시(四時)가 진행되는 것이다. 저 사람이 또한 편안히 큰 집〔자연〕에 누워 쉬게 되었는데, 내가 엉엉하고 따라서 운다면, 내 자신 천명(天命)에 통하지 못한 걸로 생각되어 그만둔 것이다.(是其始死也, 我獨何能无慨然. 察其始而本无生. 非徒无生也而本无形. 非徒无形也而本无氣. 雜乎芒芴之間, 變而有氣, 氣變而有形, 形變而有生. 今又變而之死, 是相與爲春秋冬夏四時行也. 人且偃然寢於巨室, 而我噭噭然隨而哭之, 自以爲不通乎命, 故止也.)[55]

장자는 죽음이란 기가 변하여 자연의 상태〔도(道)〕로 돌아가는 것, 즉 '복귀자연(復歸自然)'의 과정임을 설명하였다. 따라서 혜시에게 생

54 『장자(莊子) · 지락(至樂)』
55 『장자(莊子) · 지락(至樂)』

사에 대한 호오(好惡)의 감정은 의미 없는 일임을 깨우쳐 주었다. 장
자는 생사에 대한 집착에서 벗어나야 하는 까닭을 다음과 같이 강조
하였다.

> 내가 어찌 삶을 기뻐하는 것이 미혹된 것이 아니라고 알겠으며, 내가 어찌
> 죽음을 싫어하는 것이 어려서 집을 잃고 돌아갈 줄을 모르는 자가 아니라
> 고 알겠는가.(予惡乎知說生之非惑邪, 予惡乎知惡死之非弱喪而不知歸者邪.)[56]

> 마침 (이 세상에) 온 것은 선생이 올 때인 것이고, 마침 (이 세상을) 떠나는
> 것은 선생이 자연에 순응하는 것이다. 올 때를 편히 여기고 자연에 순응
> 함에 처한다면 슬픔이나 즐거움이 개입될 수 없다. 옛날에 이를 일러 상
> 제(上帝)가 거꾸로 매달린 데에서 풀어 주는 것이라고 하였다.(適來, 夫子時
> 也, 適去, 夫子順也. 安時而處順, 哀樂不能入也. 古者謂是帝之懸解.)[57]

장자는 이렇게 죽음에 대해 좋아하고 싫어하는 감정을 버리고 자
연의 질서에 순응할 것을 강조하였다.

도연명은 생사를 자연의 운행에 따른 한 과정으로 보고 삶에 연연
해하거나 죽음에 초조해하지 말고자 하였다. 이것은 생사에 대한 집
착에서 벗어날 것을 강조한 장자에게서 영향 받은 바가 크다. 도연명

---

56 『장자(莊子) · 제물론(齊物論)』
57 『장자(莊子) · 양생주(養生主)』

의 생사관은 「육체와 그림자와 정신形影神」 3수, 「연일 오는 비에 혼자 술을 마시며連雨獨飲」, 「5월달 아침에 지어 대주부(戴主簿)의 시에 화답함五月旦作和戴主簿」, 「만가」, 「자제문」 등에 잘 드러나 있다.

자연의 운행은 쉼이 없이 변화하고 자연의 일부인 인간도 이 변화를 따른다. 따라서 그 변화의 흐름에 맡겨 생사에 대한 집착을 버려야 한다. 자연의 영원성은 바로 변화함에 있으니 인간도 그 변화를 깨닫고 따르는 것이 영원성을 획득하는 길이다. 열자(列子)는 인생에 네 단계의 큰 변화가 있는데 죽음이 그 중의 하나라고 하였다.[58] 죽음을 대자연의 변화 과정 중의 하나로 보는 관점은 도연명의 시문에 다음과 같이 서술되어 있다.

運生會歸盡,　　(대자연의) 운행 속에 사는 것들은 결국 죽음으로 돌아간다고,

終古謂之然.　　옛날부터 그렇게 말해 왔지.

世間有松喬,　　세상에 적송자(赤松子), 왕자교(王子喬)가 있었으나,

於今定何間.　　지금은 정작 어디에 있는가.

「연일 오는 비에 혼사 술을 마시며連雨獨飲」

旣來孰不去,　　왔다가는 누구인들 떠나가지 않겠는가.

---

58 『열자(列子)·천서(天瑞)』, "사람이 태어나서 죽을 때까지 큰 변화가 네 개 있으니, 어린이, 젊은이, 늙은이, 죽는 것이다.(人自生至終, 大化有四, 嬰孩也, 少壯也, 老耄也, 死之也.)"

人理固有終.	인생의 이치는 진실로 끝이 있는 걸.
居常待其盡,	한결같은 이치대로 살다가 죽음을 기다릴 것이니,
曲肱豈傷沖.	팔 베고 사는 것이 어찌 마음을 손상시키랴.
遷化或夷險,	변화 따라 살아감에 혹 평탄하기도 하고 험난하기도 하지만,
肆志無窊隆.	내 뜻대로 하니 낮고 높을 것이 없다.

「5월달 아침에 지어 대주부(戴主簿)의 시에 화답함五月旦作和戴主簿」

| 聊乘化以歸盡, | 그저 변화를 따라 죽음으로 돌아가리니, |
| 樂夫天命復奚疑. | 천명을 즐김에 다시 무엇을 의심하리오. |

「귀거래사歸去來辭」

위의 시문에서 공통적인 것은, 죽음을 변화가 다하는 자연 법칙의 한 과정으로 보아 '진(盡)'으로 표현한 것이다. 「자제문」에서는 죽음을 아예 '화(化)'라고 하였는데[59] 인생에서 변화의 마지막 단계가 죽음이기 때문이다. 도연명은 이러한 이치를 깨달아, 죽음에 대해 나그네가 집에 돌아가듯 자연스럽고 담담한 태도를 취할 수 있었다. 「잡시雜詩」 제7수에서는, 죽음을 처음에 왔던 자연으로 귀환하는 과정으로 서술하였다.

---

[59] "나는 이제 죽지만, 여한이 없을 것이다.(余今斯化, 可以無恨.)"

家爲逆旅舍,	내 집은 잠시 머물다 가는 여관이요,
我如當去客.	나는 떠나야 할 나그네 같구나.
去去欲何之,	떠나서 어디로 가려는가,
南山有舊宅.	남산에 본래의 집이 있다네.

생전에 살던 집은 잠시 머물던 여관이니 떠날 때가 되면 옛 집, 즉 자연으로 돌아가야 할 것임을 밝히고 있다. 안연지는 「도징사뢰」에서, "죽는 것을 돌아가는 듯이 여겼다.(視死如歸.)"라고 하였는데, 도연명의 죽음에 대한 태도를 한마디로 요약한 말이라고 하겠다.

도연명은 이러한 인식을 바탕으로 하여, 사람들에게 다음과 같은 점들을 깨닫고 죽음에 대한 초조함이나 두려움을 버릴 것을 당부하였다.

첫째, 천도(天道)는 공평하여 죽음은 누구에게나 필연적인 것이다.

老少同一死,	늙은이나 젊은이나 똑같이 한 번은 죽는 법이고,
賢愚無復數.	현명한 이건 어리석은 이건 다시 살 운수는 없다.

「육체와 그림자와 정신·정신의 풀이形影神·神釋」

自古皆有沒,	예로부터 모두들 죽어 갔으니,
何人得靈長.	누구인들 신선처럼 오래 살 수 있겠는가.

「「산해경(山海經)」을 읽고서讀山海經」 제8수

有生必有死,　　　　태어나면 반드시 죽게 되니,

早終非命促.　　　　일찍 죽는다고 명이 짧은 것이 아니다.

「만가(挽歌)」 제1수

千年不復朝,　　　　영원히 다시는 아침 되지 않으리니,

賢達無奈何.　　　　현명하고 영달한 사람들도 어쩔 수가 없다.

「만가(挽歌)」 제2수

天地賦命,　　　　천지가 명을 내려 줌에,

生必有死.　　　　태어나면 반드시 죽음이 있었다.

自古聖賢,　　　　옛날부터 성현이라도,

誰能獨免.　　　　누구인들 홀로 면할 수 있었던가.

「아들 엄(儼) 등에게 주는 글외子儼等疏」

　죽음이란 누구도 벗어날 수 없는 것임을 받아들인다면 생사에 초연할 수 있다. 열자는, "살아서는 현(賢)·우(愚)·귀(貴)·천(賤)이 있으니 이는 다른 것이지만, 죽게 되면 썩어 없어지니 이는 같은 것이다. … 10년을 산 사람도 죽고 100년을 산 사람도 죽으며, 인자(仁者)나 성인도 죽고 흉악한 이나 어리석은 이도 죽는다.(生則有賢愚貴賤, 是所異也, 死則有臭腐消滅, 是所同也. … 十年亦死, 百年亦死, 仁聖亦死, 凶愚亦死.)"[60]라고 하여 죽음은 누구에게나 찾아오는 것임을 역설하였다.

　둘째, 생을 탐하고 죽음을 두려워하는 미혹에서 벗어나, 생사에 대해 기뻐하고 두려워하는 정을 버릴 것을 강조하였다. 「정신의 풀이 神釋」에 이러한 자세가 잘 드러나 있다.

甚念傷吾生,　　심한 염려는 우리 삶을 해치리니,

正宜委運去.　　진정 자연의 운행에 맡겨 살아가야 하리.

縱浪大化中,　　큰 변화 가운데에서 그 물결에 놓여,

不喜亦不懼.　　기뻐하지도 않고 또 두려워하지도 않으리.

應盡便須盡,　　다할 때가 되어서는 바로 다할 것이니,

無復獨多慮.　　다시는 혼자서 많은 염려 말 것이다.

명(明)의 황문환(黃文煥)은, "기뻐하지도 않고 또 두려워하지도 않으리."라고 한 구절을 설명하면서, "만약 두려워한다고 하면 이는 범부(凡夫)이고, 기뻐한다고 하면 이는 이단(異端)이다. 두 가지 태도를 모두 버려야 비로소 정통(正統)이 된다.(若說懼是凡夫, 若說喜是異端. 兩路雙遣, 方成正宗.)"[61]라고 하였다.

이는 도연명이 장자의 가르침대로 죽음을 '복귀자연(復歸自然)'으로 보았기 때문이다. 「만가」 제3수에서, "죽었으니 무슨 말을 하겠는가. 몸 의탁하여 산언덕과 하나가 되었는데.(死去何所道, 託體同山阿.)"라고 하여, 죽음을 자연으로 돌아가 하나가 되는 과정으로 인식하였다.

60 『열자(列子)·양주(楊朱)』

61 『도연명시문휘평(陶淵明詩文彙評)』(臺灣中華書局, 1974.) p.41.

셋째, 사람이 죽으면 육체와 정신은 모두 소멸한다. 따라서 도연명은 영혼(靈魂)이나 귀신(鬼神)의 존재를 인정하지 않았다.

육체[형(形)]와 정신[신(神)]의 관계는 고대로부터 중요한 철학적 명제의 하나로 대두되었다. 『관자(管子)·내업(內業)』에서 처음으로 형신(形神)의 문제를 다루었는데, "모든 사람의 생명은 하늘이 그 정신(精神)을 내고 땅이 그 형체(形體)를 내었으니, 이 두 가지가 합하여 사람이 되었다.(凡人之生, 天出其精, 地出其形, 合此以爲人.)"라고 하여 사람을 정신과 육체로 이루어진 존재로 보는 이원론(二元論)을 제시하였다. 이후 형신의 관계에 대한 철학적 탐색이 진행되었다. 순자(荀子)는 "육체가 갖추어지고 정신이 생겨났다.(形具而神生.)"[62]라고 하여 '형선신후관(形先神後觀)'을 피력하였다.

장자는 순자의 '형선신후관'과는 반대로, 정신과 육체는 생명을 이루는 기본 요소임을 인정하면서도 육체보다 정신을 앞세우는 주장을 제시하여, "정신은 도에서 생겨나고, 형체의 본질은 정신에서 생겨나며, 만물은 형체에 의해 서로 생겨난다.(精神生於道, 形本生於精, 而萬物以形相生.)"라고 하였고,[63] 육체를 움직이는 것은 정신이니 따라서 정신의 활동이 생명체의 존재 가치임을 역설하였다.[64]

혜강(嵇康)은 「양생론(養生論)」에서 정신을 중시하는 장자의 견해를 계승하여, "정신이 육체에 대한 관계는 나라에 임금이 있는 것과

62 『순자(荀子)·천론(天論)』
63 『장자(莊子)·지북유(知北遊)』

같다. 정신이 속에서 조급해지면 몸이 밖에서 손상되는 것이니, 임금이 위에서 혼미하면 나라가 아래에서 어지러워지는 것과 같다.(精神之於形骸, 猶國之有君也. 神躁於中, 而形喪於外, 猶君昏於上, 國亂於下也.)"라고 하여 정신과 육체의 관계를 주종 관계로 인식하였다.

한대(漢代)에 들어온 불교가 위진대에 성행하면서 '정신은 불멸한다는 주장[신불멸론(神不滅論)]'과 '윤회설(輪廻說)'이 제기되었다. 이후로 형신(形神)에 관한 논쟁이 더욱 격렬해졌다. 「형체는 다해도 정신은 불멸한다는 주장[형진신불멸론(形盡神不滅論)]」과 「만불영명(萬佛影銘)」을 지어 '신불멸론'을 제창한 혜원(慧遠)과, 이를 반박하여 「육체와 그림자와 정신」을 지은 도연명이 대표적인 예이다. 이후에도 불교도와 일반 지식인들 사이에 논쟁이 계속되었다.[65]

도연명은 현실적 생사관에 입각하여, 불교에서 강조하는 사후 세계를 인정하지 않았다. 「술을 마시며」 제11수에 도연명의 이러한 태도가 잘 나타나 있다.

死去何所知.　　죽어 버리면 무엇을 알랴.

稱心固爲好.　　마음에 맞게 사는 게 본래 좋은 것.

---

64 『장자(莊子)·덕충부(德充符)』, "공자가 대답하기를, '제가 일찍이 초나라에 사신으로 갔다가 마침 새끼 돼지들이 죽은 어미의 젖을 빠는 것을 보았는데, 잠시 후 갑자기 모두 어미를 버리고 달아났습니다. 이전의 모습이 보이지 않고 자기들과는 다른 모양이었기 때문입니다. (새끼 돼지들이) 그 어미를 사랑한 것은 어미 돼지의 육체를 사랑한 게 아니라 그 육체를 움직이게 하는 것을 사랑한 것입니다.'라고 하였다.(仲尼曰, 丘也嘗使於楚矣, 適見㹠子食於其死母者, 少焉眴若皆棄之而走. 不見己焉爾, 不得類焉爾, 所愛其母者, 非愛其形也, 愛使其形者也.)"

客養千金軀,　　　사람들은 천금인 양 몸을 받드나,

臨化消其寶.　　　죽음에 이르면 그 보배는 사라진다네.

죽으면 인식 능력, 즉 정신도 함께 사라진다는 점을 분명히 하고 있다. 따라서 살아 있는 동안 본성대로 살아갈 것과 부질없이 육체에 연연해하지 말 것을 강조하고 있다. 안연지는 「도징사뢰」에서, "약제(藥劑)를 먹지 않았고, 기도하는 일을 신경 쓰지 않았다.(藥劑不嘗, 禱祀非恤.)"라고 하여, 도연명이 오래 살기를 탐하여 단약(丹藥) 등을 추구하거나, 귀신 또는 부처에게 비는 행위를 하지 않았음을 밝혔다.

이상에서 살핀 것처럼 도연명은 이성적인 면에서는 죽음을 변화의 한 과정으로 인식하는 달관(達觀)의 모습을 보이고 있다. 「육체와 그림자와 정신」 이외에 「5월달 아침에 지어 대주부(戴主簿)의 시에 화답함」, 「만가」, 「자제문」 등에서도 생사의 문제에 대해 노장적 초월과 달관의 태도를 보여 주고 있다.

---

65 이 문제에 관한 논쟁은 제(齊), 양(梁) 시기의 범진(范縝: 대략 450-510)에 이르러 그 극에 달하였다. 그는 한위(漢魏) 이래 '무신론(無神論)', '신멸론(神滅論)'의 이론을 종합하여, '형신일원론(形神一元論)'을 골자로 하는 「신멸론(神滅論)」을 지어 불교의 '신불멸론'을 반박하였다. 범진이 「신멸론」에서 제시한 형신(形神)의 관계에 대한 주장은 다음과 같다. 첫째, "육체가 존재하면 정신도 존재하고 육체가 사라지면 정신도 없어진다.(形存則神存, 形謝則神滅.)"고 하여, 육체와 정신이 분리되어 별개로 존재할 수 있다는 주장을 반박하였다. 둘째, "정신이 육체에 대한 관계는 날카로움이 칼에 대한 것과 같다. … 칼이 없어졌는데 날카로움이 남아 있다는 말은 들어 본 적이 없으니, 어찌 육체가 없어졌는데 정신이 남아 있을 수 있겠는가(神之于形, 猶利之于刀. … 未聞刀沒而利存, 豈容形亡而神在.)"라고 하여, 정신을 육체의 작용으로 설명하였다. 셋째, 제사(祭祀)는 교화(敎化)를 펴기 위한 수단이지 귀신의 존재를 믿어서가 아님을 역설하였다.

그러나 일부 작품에서는, 죽음에 대해 운명론적 비감(悲感)을 보이면서 시인으로서의 감수성을 노출시키기도 하였다. 「무궁화榮木」, 「사촌 동생 중덕(仲德)을 슬퍼함悲從弟仲德」, 「정씨(程氏)에게 시집간 누이동생을 제사하는 글祭程氏妹文」 등에 이러한 비감이 드러나 있다.

人生若寄,　　　　인생이란 붙여 사는 것 같아,
顇頓有時.　　　　초췌해질 때가 있다.
靜言孔念,　　　　고요히 앉아 깊이 생각하니,
中心悵而.　　　　마음속 서글퍼진다.

「무궁화榮木」

翳然乘化去,　　　까마득히 변화 타고 가 버렸으니,
終天不復形.　　　영원히 다시는 나타나지 않으리.
遲遲將回步,　　　느릿느릿 발걸음 돌리려 하니,
惻惻悲襟盈.　　　측은하게 슬픈 마음만 가득해진다.

「사촌 동생 중덕을 슬퍼함悲從弟仲德」

萬化相尋繹,　　　온갖 변화가 서로 이으니,
人生豈不勞.　　　인생이 어찌 힘들지 않겠는가.
從古皆有沒,　　　예로부터 모두가 죽게 되어 있으니,
念之中心焦.　　　이를 생각하면 마음속 타는구나.

「기유년 9월 9일己酉歲九月九日」

「무궁화」에서는 인생의 무상함에 대한 감개를 표현하였고, 「사촌 동생 중덕을 슬퍼함」에서는 죽은 사촌 동생을 애도하는 비애감을 보이고 있다. 「기유년 9월 9일」에서는 끊임없이 변화해 가는 인생에, 즐거움보다 고생이 많음과 결국은 죽을 운명임을 생각하고 괴로워하는 모습을 보이고 있다.

요약하면, 도연명의 생사에 대한 자세는 일관적이지 않아 어느 경우에는 노장적 '사생여일(死生如一)'의 달관적 태도를 보이기도 하지만 어느 경우에는 초조해 하고 슬퍼하는 모습을 보인다. 그러나 귀신을 믿고 신선을 추구하던 당시 사람들과는 달리 합리적인 가치관을 지니고 있었던 점, 즉 불사(不死)를 위해 신선을 추구하거나 사후 세계를 위해 선행을 쌓아나갈 것을 강조하던 풍조를 비판하고 배척하였던 점에 대해서는 그 가치를 인정할 수 있겠다.

② 시비관(是非觀)

시비(是非)에서 절대적인 기준이란 있을 수 없는데, 사람들은 자신의 주관적 판단에 입각하여 옳고 그름을 따지며 다툰다. 혼란한 전국시대(戰國時代)에 제자백가들은 시비를 가리며 다투는 일이 많았다. 이에 장자는 시비 판단을 초월할 것을 강조하였다. 장자는 도척(盜跖)을 내세워 시비를 따지는 유가를 신랄하게 비판하였다.

안내하는 자가 들어가서 알리자, 도척은 그 말을 듣고 크게 노하였다. …
"밭을 갈지 않으면서 밥을 먹고 천을 짜지 않으면서 옷을 입으며, 입술을 흔들고 혀를 놀려서 함부로 시비(是非)를 만들어내어 천하의 임금들을 미혹시키고, 천하의 선비들로 하여금 그 근본으로 돌아가지 못하게 하며, 망령되이 효도니 공경이니를 만들어 제후에 봉해지거나 부귀를 바라는 자이다."(謁者入通, 盜跖聞之大怒. … 不耕而食, 不織而衣, 搖脣鼓舌, 擅生是非, 以迷天下之主, 使天下學士不反其本, 妄作孝弟而徼倖於封侯富貴者也.)[66]

장자(莊子)는, 사람들은 자기와 의견을 같이 하면 옳다고 하고 달리하면 그르다고 하는 세태를 다음과 같이 비판하였다.

나와 의견이 같으면 순응하고 나와 의견이 같지 않으면 반대하며, 나와 의견이 같으면 옳다고 하고 나와 의견이 다르면 그르다고 한다.(與己同則應, 不與己同則反, 同於己爲是之, 異於己爲非之.)[67]

남이 자기와 의견을 같이하면 옳다고 하고, 자기와 달리하면 비록 훌륭해도 훌륭하지 않다고 한다.(人同於己則可, 不同於己, 雖善不善.)[68]

속세의 사람들은 모두 남들이 자기에게 동조하는 것을 좋아하고, 남들이 자기와 의견을 달리하는 것을 싫어한다.(世俗之人, 皆喜人之同乎己, 而惡人之異於己也.)[69]

66 『장자(莊子)·도척(盜跖)』
67 『장자(莊子)·우언(寓言)』
68 『장자(莊子)·어부(漁父)』

옳고 그름은 상황에 따라 달라지는 것이니 고정적인 기준에 집착하지 말아야 제대로 판단하고 갈등을 없앨 수 있다. 장자는, "공자가 나이 60이 되어서 60의 상태로 변화하여, 전에 옳게 여겼던 것을 마침내는 그르다고 하였으니, 지금 옳다고 하는 것이 59세에 그르다고 한 것이 아니라고 알 수 없다.(孔子, 行年六十而六十化, 始時所是, 卒而非之. 未知今之所謂是之, 非五十九非也.)"[70]라고 하면서 상황의 변화, 가치관의 변화에 따라 주관적 판단은 변하는 것임을 지적하였다.

시비를 따지는 근원은, 주관적으로 갖게 된 고정 관념인 '상심(常心)' 또는 '성심(成心)'에서 나온다. 노자는 치자(治者)가 '상심'을 갖지 않고, 백성의 마음을 자기 마음으로 삼아야 훌륭한 다스림을 이룬다고 하였다.[71] 장자는 그 고정 관념을 '성심(成心)'으로 부르고, 성심이 시비를 따지며 다투는 근원이라고 하였다.[72] 따라서 시(是)와 비(非)의 어느 한 면에 집착하여 분쟁을 그칠 줄 모르는 사람들에게 시비를 섞어 버려 자연에 맡기는 '양행(兩行)'을 강조하였다.[73] 성심(成心)을 버려야 시도 비도 모두 포용하여 긍정적으로 초월하는 양행(兩行)

---

69 『장자(莊子)·재유(在宥)』

70 『장자(莊子)·우언(寓言)』

71 『노자(老子)·49장』, "성인(聖人)은 상심(常心)을 갖지 않고, 백성의 마음을 자기 마음으로 삼아, 선한 자도 내가 잘 대하고 선하지 못한 자도 내가 잘 대한다.(聖人無常心, 以百姓心爲心, 善者吾善之, 不善者吾亦善之.)"

72 『장자(莊子)·제물론(齊物論)』, "고정된 마음을 따라 이를 기준으로 삼는다면, 누가 유독 기준이 없겠는가. … 마음이 고정되기도 전에 시비가 생긴다는 것은 오늘 월나라로 떠나면서 어제 도착하였다는 격이다.(夫隨其成心而師之, 誰獨且无師乎. … 未成乎心而有是非, 是今日適越而昔至也.)"

의 도를 얻게 된다는 것이다.

그러므로 상대적 가치를 절대화시켜 평가의 척도로 삼아서는 인간 사회에 조화가 이루어질 수 없다. 도가의 상대주의관(相對主義觀)[74]은 차이와 다양성을 인정하는 세계관이다. 차이와 다양성을 인정함으로 써 이견(異見)과 갈등(葛藤)은 조화(調和)로 승화된다.

위(魏)의 혜강(嵇康)은 노장을 계승하여, "명교(名敎)를 초월하여 마음에 맡긴다. 그러므로 시비를 따질 바가 없다.(越名任心, 故是非無 措也.)"[75]라고 하여 유가의 명교를 비판하면서 시비의 근원을 없앨 것 을 주장하였다.

혼란했던 진송(晉宋) 교체기를 살았던 도연명도 장자와 같은 심정 으로 세태를 비판하고 있다.「술을 마시며」제6수에서, 자신이 처한 현실을 시비와 비판이 난무하던 전국시대의 상황에 빗대어 비판하 였다.

---

73 『장자(莊子)·제물론(齊物論)』, "성인은 시비를 가지고 섞어버린 채 도의 공평함에서 쉬니. 이것을 '양행'이라고 한다.(聖人和之以是非而休乎天鈞, 是之謂兩行.)"

74 『노자(老子)·2장』, "세상 사람들이 모두 아름다운 것이 아름답다고 알지만 그것은 추한 것 때문이고, 모두 선한 것이 선하다고 알지만 그것은 선하지 않은 것 때문이다. 유(有)와 무(無) 가 서로를 내고, 어려움과 쉬움이 서로를 이루며, 깊과 짧음이 서로를 비교해 주고, 높은 것 과 낮은 것이 서로를 차이나게 하며, 음(音)과 성(聲)이 서로를 조화하게 하고, 앞과 뒤가 서 로를 따르는 것이 한결같은 이치이다.(天下皆知美之爲美, 斯惡已. 皆知善之爲善, 斯不善已. 有無 相生, 難易相成, 長短相較, 高下相傾, 音聲相和, 前後相隨, 恒也.)"; 『장자(莊子)·제물론(齊物論)』, "천하에는, (관점에 따라 다르기 때문에) 가을 터럭의 끝보다 큰 것이 없고 태산은 작으며, 일찍 죽은 아이보다 장수한 자가 없고 팽조는 요절한 것이다.(天下莫大於秋毫之末, 而大山爲小, 莫壽 於殤子, 而彭祖爲夭.)"

75 혜강(嵇康),「석사론(釋私論)」

行止千萬端,	나서고 머무는 것 천만 갈래이니,
誰知非與是.	누가 옳고 그름을 알겠는가.
是非苟相形,	옳고 그름을 구차하게 서로 드러내고,
雷同共譽毀.	부화뇌동하면서 서로를 칭찬하고 헐뜯는다.
三季多此事,	삼대(三代)의 말기에 이런 일 많았으나,
達士似不爾.	통달한 사람은 그렇지 않았던 듯.
咄咄俗中愚,	딱하구나 세속의 어리석은 자들,
且當從黃綺.	하황공(夏黃公)과 기리계(綺里季)를 따라야 하리.

　사람들의 행동은 각자의 입장과 상황에 따른 것인데, 혼란한 세상에서는 옳고 그름을 드러내어 칭찬하거나 헐뜯는 일이 많다. 하은주(夏殷周) 삼대(三代)의 말기를 의미하는 '삼계(三季)'는 바로 자신이 살아가는 현실을 빗댄 말이다. 하황공(夏黃公)과 기리계(綺里季)는 진시황(秦始皇) 시기에 포악한 정치와 세상의 혼란을 보고 상산(商山)에 은거했던, 이른바 상산사호(商山四皓) 가운데 두 사람이다. 「귀거래사歸去來辭」에서 밝힌, 지금의 귀은(歸隱)이 옳고 지난날의 행동들이 잘못되었음을 반성하고 바른 길을 택하겠다는 귀거래(歸去來)의 선언[76]은 자신이 처한 현실에 대한 인식에서 나온 결정이었다고 하겠다.

　「만가」 제1수에서는, 복귀자연(復歸自然)의 완전한 형태인 죽음에

---

[76] 「귀거래사歸去來辭」, "이미 지난 일은 따질 수 없음을 깨달았고, 앞으로 올 것은 추구할 수 있음을 알았다. 진실로 길을 잘못 든 것이 그리 멀어지지는 않았으니, 지금이 옳고 지난날이 틀렸음을 깨달았네.(悟已往之不諫, 知來者之可追. 實迷途其未遠, 覺今是而昨非.)"

이르러서는 시비(是非)도 완전히 초월된다고 하였다.

得失不復知,	잘잘못을 다시는 알지 못하니,
是非安能覺.	시비인들 어떻게 깨달을 수 있으리오.
千秋萬歲後,	천년 만년 지난 후에,
誰知榮與辱.	누가 영화이었는지 치욕이었는지를 알리오.

　도연명의 시비관(是非觀)은 장자의, "시비를 섞어버린 채 도의 공평함에서 쉬는" 초월(超越)에 바탕을 두고 있다. 송(宋) 황철(黃徹)은 『벽계시화(碧溪詩話)』에서, "도연명에 미칠 수 없는 것은 바로 비난과 칭찬, 교묘함과 졸렬함 사이에 마음을 두지 않았다는 점이다.(淵明所以不可及者, 蓋無心于非譽巧拙之間也.)"라고 하였다. 혼란했던 왕조 말기에 시비에 휩쓸리지 않고자 도연명이 선택한 길이 전원으로 돌아가 농사짓는 것이었으며, 이것이 장자의 가르침을 실천하는 최선의 방법이었다.

③ 곤궁과 영달[궁달(窮達)]

　공자가 천하를 돌아다니던 중에 진(陳)나라에서 양식이 떨어지고 제자들은 병이 드는 곤경에 처한 적이 있었다. 제자인 자로(子路)가 곤궁함을 참지 못하고 화를 내자, 공자는 '곤궁(困窮)에 굳센 절개[고궁(固窮)]'로 가르쳤다.[77] 힘든 상황에 부딪히면 자신의 본분을 벗어나 함부로 행동하기 쉬운 인간의 속성에 대한 경계이다. 따라서 공자는

가난에 편안한 채 도를 추구하던 안회(顏回)를 자주 칭찬하였다.[78]

　장자는 곤궁과 영달에 집착하는 것은 깨닫지 못한 자들의 부질없음에서 비롯되는 것으로 여겨, 곤궁과 영달의 초월을 다음과 같이 가르쳤다.

　옛날에, 도를 터득했던 사람들은 곤궁해서도 즐거워하고 영달해서도 즐거워했으니 즐거워한 것은 곤궁과 영달이 아니었다. 도가 나에게 터득되었으니 곤궁과 영달은 추위와 더위, 바람과 비의 차례일 따름이었다.(古之得道者, 窮亦樂, 通亦樂, 所樂非窮通也. 道德於此, 則窮通爲寒暑風雨之序矣.)[79]

　옛날에, 이른바 뜻을 얻었던 사람은 … 높은 벼슬에 있다고 뜻을 제멋대로 하지 않았고, 곤궁하다고 세속을 따르지 않았다.(古之所謂得志者, … 不爲軒冕肆志, 不爲窮約趨俗.)[80]

<hr />

77　『논어(論語)·위령공(衛靈公)』, "자로가 화난 얼굴로 뵙고 말하기를, '군자(君子)도 곤궁함이 있습니까?'라고 하였다. 공자가 말씀하시기를, '군자는 곤궁(困窮)에 굳세고, 소인은 곤궁하면 넘친다.'라고 하였다.(子路慍見曰, 君子亦有窮乎. 子曰, 君子固窮, 小人窮斯濫矣.)"

78　『논어(論語)·옹야(雍也)』, "공자가 말씀하시기를, '훌륭하구나, 안회여. 한 그릇의 밥과 한 바가지의 물로 누추한 곳에 살면서도, 남들은 그 근심을 이겨내지 못하는데 안회는 자신의 즐거움을 바꾸지 않으니, 훌륭하구나, 안회여.'라고 하였다.(子曰, 賢哉回也. 一簞食, 一瓢飮, 在陋巷, 人不堪其憂, 回也, 不改其樂, 賢哉回也.)"；『논어(論語)·선진(先進)』, "공자가 말씀하시기를, '안회는 거의 도에 가까워졌고 자주 굶주렸다.'라고 하였다.(子曰, 回也, 其庶乎, 屢空.)"

79　『장자(莊子)·양왕(讓王)』

80　『장자(莊子)·선성(繕性)』

즉 생존의 의미를 도(道)의 터득에 두었기 때문에 곤궁과 영달이 마음가짐이나 행동에 영향을 주지 않았던 것이다.

도연명은 시문(詩文)에서 자주 자신의 빈한함을 언급하였다. 「원한의 시 초조(楚調)로 방주부(龐主簿)와 등치중(鄧治中)에게 보여줌怨詩楚調示龐主簿鄧治中」에서는, "여름날엔 내내 굶주림 안은 채 지내고, 추운 밤에는 덮고 잘 이불도 없다. 저녁이 되면 닭 울기를 생각하고, 새벽에 이르면 해가 옮겨가기를 바란다.(夏日長抱飢, 寒夜無被眠. 造夕思鷄鳴, 及晨願烏遷.)"라고까지 하였다. 저녁이 되면 추위 때문에 따뜻한 낮을 기다리지만, 아침이 되면 굶주림 때문에 잠으로 잊을 수 있는 밤을 기다린다는 표현에서, 곤궁한 처지에 대한 연민을 넘어서 차라리 해학을 느낄 정도이다. 이외에도 빈한에 고생하는 표현이 자주 보인다.[81] 그러나 곤궁과 영달에 한결같은 마음으로 대처했고 아무리 곤궁해도 자기의 뜻대로 행동하였다. 소통이 「도연명전」에서, "강주자사(江州刺史) 단도제(檀道濟)가 그를 찾아가 문안을 하였는데, 자리에 누운 채 굶주린 지가 여러 날이 되었다. … 단도제가 그에게 곡식과 고기를 선물하였으나 손을 내저어 물리쳤다.(江州刺史檀道濟往候

---

81 「계묘년 12월 중에 지어 사촌 동생 경원(敬遠)에게 줌癸卯歲十二月中作與從弟敬遠」, "세찬 기운은 가슴과 소매로 파고드는데, 한 그릇 밥도 물도 자주 차리지 못한다.(勁氣侵襟袖, 簞瓢謝屢設.)"; 「술을 마시며飮酒」 제19수. "어른 모시는 일도 제대로 하지 못하고, 추위와 굶주림이 단단히 나를 얽매었지.(將養不得節, 凍餒固纏己.)"; 「귀거래사歸去來辭」, "나는 집이 가난하여 농사지어도 자급하기에 부족하였고 어린아이들은 집안에 가득한데 쌀독에는 모아놓은 쌀도 없다.(余家貧, 耕植不足自給. 幼稚盈室, 缾無儲粟.)"; 「오류선생전五柳先生傳」, "성품이 술을 좋아했는데, 집이 가난해 항시 얻을 수는 없었다.(性嗜酒, 家貧不能恒得.)"

之, 偃臥瘠餒有日矣. … 道濟饋以粱肉, 麾而去之.)"라고 하였듯이 아무리 곤궁해도 옳지 않다고 여기는 것은 받지 않았다. 다음의 표현들에서도 도연명이 곤궁과 영달을 초월하여 자신의 뜻을 추구했던 삶의 자세가 잘 드러나 있다.

遷化或夷險,　변화 따라 살아감에 혹 평탄하기도 하고 험난하기도 하지만,
肆志無窊隆.　내 뜻대로 하니 낮고 높은 것이 없다.

「5월일 아침에 지어 대주부(戴主簿)의 시에 회답함五月旦作和戴主簿」

寧固窮以濟意,　차라리 곤궁에 꿋꿋하여 뜻을 이룰 것이요,
不委曲而累己.　굽히고 구부러져 자신에 누가 되게 하지 말 것이다.
旣軒冕之非榮,　이미 벼슬길을 영화로 여기지 않으니,
豈縕袍之爲恥.　어찌 하찮은 솜옷을 부끄러워하겠는가.

「선비가 때를 만나지 못한 것에 느낌을 받은 感士不遇賦」

　아무리 굶주려도 배를 채우기 위해 구차한 짓을 하지 않을 기개가 행간에 넘친다. 이것이 곤궁에 굳셀 수 있었던 바탕이다. 「술을 마시며」 제16수에서는, "끝내 곤궁에 굳센 절개를 지닌 채, 굶주림과 추위를 실컷 겪었다.(竟抱固窮節, 飢寒飽所更.)"라고 하였는데, '끝내[경(竟)]'라는 시어(詩語)가 곤궁(困窮)의 절개에 대한 도연명의 자세를 보여준다. 이 구절은 역으로 굶주림과 추위를 아무리 겪어도 끝내 고

2장 도연명의 생애와 사상 63

궁의 절개를 잃지 않겠다는 다짐으로 해석할 수 있다. 이렇듯이 도연명은 공자의 '곤궁에 굳센 절개〔고궁(固窮)〕'의 가르침을 항상 잊지 않고 생활 속에 실천하였으며 그러한 절개를 간직한 채 살았던 옛날의 현자들에게서 다음과 같이 위안과 힘을 얻었다.

歷覽千載書,　　천년 동안의 책 두루 살피다가,
時時見遺烈.　　때때로 남겨진 업적을 본다.
高操非所攀,　　높은 지조는 붙잡고 올라갈 수 없으나,
謬得固窮節.　　나름대로 곤궁에 굳센 절개는 얻었다.

「계묘년 초봄에 농막에서 옛날을 생각함(癸卯歲始春懷古田舍)」

餒也已矣夫,　　배고파도 그만이니,
在昔余多師.　　옛날에 나의 스승이 많다.

「깨달음이 있어서 지음(有會而作)」

誰云固窮難,　　누가 곤궁에 굳센 절개가 어렵다고 하였는가,
邈哉此前修.　　멀리 이 선현(先賢)들이 있는데.

「가난한 선비를 노래함(詠貧士)」 제7수

이러한 가치관을 지녔기 때문에 곤궁해도 만족할 줄 아는 자족(自足)의 태도가 가능하였다. 노자는 만족의 미덕을 누누이 강조하였다. 만족을 아는 자가 진정한 부자이고,[82] 만족을 알아야 욕되지 않

으며,[83] 따라서 만족을 모르는 데서 초래되는 화가 가장 크다고 하였
다.[84] 이러한 노자의 가르침이 도연명의 생활 속에서 자연스럽게 실천
되었음을 다음의 시들을 통해서 살필 수 있다.

營己良有極,	생활 영위함은 진실로 기준이 있으니,
過足非所欽.	지나치게 넉넉함은 바라는 바가 아니다.
春秫作美酒,	수수 찧어 좋은 술 담가 놓고,
酒熟吾自斟.	술 익으면 내가 직접 따라 마신다.
弱子戲我側,	어린 자식 내 곁에서 놀며,
學語未成音.	말을 배우는데 아직 발음이 제대로 되지 않는다.
此事眞復樂,	이 일이 또한 진정으로 즐거우니,
聊用忘華簪.	그저 이것으로 화려한 벼슬 잊는다.

「화주부(和主簿)」의 시에 첫닙흔和郭主簿」 제1수

耕織稱其用,	경작과 길쌈은 쓰기에 맞게 할 뿐,
過此奚所須.	그보다 더해서 어디에 필요하리오.
去去百年外,	세월 흘러 죽은 후에는,

---

82 『노자(老子)·33장』, "만족할 줄을 아는 자가 부자이다.(知足者富.)"
83 『노자(老子)·44장』, "만족할 줄을 알면 모욕을 당하지 않고, 그칠 줄을 알면 위태롭지 않게
    되어 오래 갈 수 있다.(知足不辱, 知止不殆, 可以長久.)"
84 『노자(老子)·46장』, "화(禍)는 만족할 줄 모르는 것보다 더 큰 것이 없고, 허물은 얻기를 바
    라는 것보다 더 큰 것이 없다. 그러므로 만족할 줄을 아는 넉넉함은 항상 넉넉한 것이다.(禍
    莫大於不知足, 咎莫大於欲得, 故知足之足常足矣.)"

| 身名同翳如. | 몸과 이름 모두 가물가물해질 텐데. |

弱齡寄事外,	젊은 나이에 세상사의 밖에 뜻을 두고,
委懷在琴書.	마음을 맡긴 것이 거문고와 책에 있었다.
被褐欣自得,	갈옷 걸치고도 기꺼이 자득하였고,
屢空常晏如.	자주 끼니 걸러도 항상 편안하였다.

곤궁과 영달을 초월하여 만족할 줄을 알았던 도연명의 모습이 잘 드러나 있다. 당(唐)의 오균(吳筠)은 「도징군(陶徵君)」이라는 시에서, "내가 도연명을 존중하는 까닭은, 삶의 이치를 깨달아 그칠 줄과 만족할 줄을 알았던 점이다. 마음을 즐겁게 함이 한 동이의 술에 있었으니, 이밖에 바라는 것 없었다네.(吾重陶淵明, 達生知止足. 怡情在樽酒, 此外無所欲.)"라고 하여 도연명의 '지족(知足)'의 태도를 칭송하였다.

이상의 시문(詩文)에서 살펴 본 것처럼 곤궁과 영달에 대한 도연명의 자세는 매우 분명하다. 도연명은 공자의 '곤궁에 굳센 절개', 노자의 '지족', 장자의 '곤궁과 영달의 초월' 등의 가르침을 적극적으로 수용하여 인생철학으로 삼았다. 이러한 가르침이 굶주림과 추위가 아무리 심해도 자신의 절개를 굳게 지킬 수 있게 한 힘이었다. 도연명이 생사의 문제에 대해서 보인, 달관과 비애라는 양면성과는 다르게 곤궁과 영달의 문제에 있어서는 그 확고한 태도를 확인할 수 있다.

④ 명예관(名譽觀)

사람들은 현생(現生)에서 이름이 나기를 바라는 명예욕 못지 않게 죽은 후에 이름이 남기를 바라는 욕망을 가지고 있다. 유가에서는 살아서 의미 있는 일을 이루어, 죽은 뒤 후생(後生)들에게 혜택을 남기는 것을 중시하였다. 따라서 덕행(德行)을 쌓는 일[입덕(立德)], 공을 이루는 일[입공(立功)], 훌륭한 글을 남기는 일[입언(立言)]을, '세 가지의 썩지 않는 일[삼불후(三不朽)]'이라고 하면서 권장하였다.[85] 이에 사람들은 후세에 좋은 이름을 남기는 것을 영광으로 알고 그것을 추구하였다.

도가(道家)에서는 이름이 나는 것은 물론, 의식적인 '입선(立善)'에 대해서도 부정적이다. 입선의 의욕은 어쨌든 작위적이고 사욕(私欲)이 개재된 것이기 때문이다. 노자는, "착한 행위는 흔적이 없다.(善行, 無轍迹.)"[86]라고 하였다. 장자는 선을 실천하더라도 이름이 나지 않도록 할 것이니, 그것이 자신을 보존하고 천수를 다하는 방법이라고 하였다.[87]

유한한 생명을 지닌 인간에게 무한함을 가능케 하는 한 가지 방법

---

[85] 『좌전(左傳)·양공(襄公)·24년』, "최고로는 입덕(立德)이 있고, 그 다음으로 입공(立功)이 있으며, 그 다음으로 입언(立言)이 있다. 비록 오래되어도 없어지지 않으니, 이것을 불후(不朽)라고 한다.(大上有立德, 其次有立功, 其次有立言, 雖久不廢, 此之謂不朽.)"

[86] 『노자(老子)·27장』

[87] 『장자(莊子)·양생주(養生主)』, "좋은 일을 하더라도 명성에 가까워지게 하지 말고, 나쁜 일을 하더라도 형벌에 가까워지게 하지 마라. 중도(中道)를 따르는 것으로 법을 삼으면, 몸을 보존할 수 있고, 생명을 온전히 할 수 있으며, 어버이를 섬길 수 있고, 천수를 다할 수 있다.(爲善无近名, 爲惡无近刑, 緣督以爲經, 可以保身, 可以全生, 可以養親, 可以盡年.)"

이 이름을 남기는 일이니, 보통 사람으로서 그 바람은 당연한 것인지도 모른다. 그러나 성실히 살아간 삶의 결과로 후인들에게 은택을 남기는 자연스러움보다는 이름을 남기기 위한 욕심이 사람들에게 위선(僞善)을 강요하는 경우가 더 많다. 노자와 장자는 이 점을 경계한 것이다.

도연명은 도가적 가르침의 바탕 위에서, 생전에 명예를 얻는 일, 혹은 죽은 뒤에 이름을 남기는 일에 대해 부정적 태도를 분명히 하기도 하였지만, 유가적 입장에서 그러한 것들에 애착을 갖는 태도를 보이기도 하였다. 생전에 명예를 얻는 것이나 죽은 뒤에 이름을 남기는 일에 대한 도연명의 태도를 부정적인 자세와 긍정적인 자세로 나누어 살펴본다.

명예의 추구에 대한 도연명의 부정적인 자세는 다음과 같다.

첫째, 명예를 좇느라 앞뒤를 가리지 않는 세태에 대한 비판으로 나타난다.

道喪向千載,	도가 없어진 지 천년이 되어 가니,
人人惜其情.	사람마다 그 마음을 인색하게 한다.
有酒不肯飲,	술이 있어도 마시려 하지 않고,
但顧世間名.	그저 세속의 명예를 돌아볼 뿐이다.
…	…
鼎鼎百年內,	스러져가는 백년 안에,
持此欲何成.	이것(세속의 명예)을 가지고 무엇을 이루려 하는가.

孰若當世士,	누가 요즈음 선비들처럼,
氷炭滿懷抱.	갈등이 마음속에 가득하리오.
百年歸丘壟,	인생 백 년이면 무덤으로 돌아가는데,
用此空名道.	이렇게 빈 이름에 이끌리다니.

「술을 마시며」 제3수에서는, 무도(無道)한 현실에서 세속의 명예를 좇는 속인들에게 술이나 마시는 것이 더 나을 것이라는 충고를 보내고 있다.

「잡시」 제4수에서는, 출세와 명예를 위해 갈등하는 당시 사람들에게 마음에 맞게 살 것을 권하고 있다. 이는 「술을 마시며」 제11수에서 보인, "죽어 버리면 무엇을 알랴. 마음에 맞게 사는 게 본래 좋은 것(死去何所知, 稱心固爲好)"이라는 말의 다른 표현이며, 장자가 명예를 위하여 본성(本性)을 해치고 몸을 희생시키는 사람들에 대해 가한 비평과 같은 자세이다.[88]

둘째, 명예에 대한 집착을 버릴 것을 다짐하는 자기 암시의 모습으로 나타난다.

吁嗟身後名,	아아! 죽은 후의 명예는,
於我若浮煙.	나에게는 뜬구름 같은 것.

推誠心而獲顯,　　진실된 마음을 미루어 드러남을 얻고,

不矯然而祈譽.　　조작함으로 칭송을 도모치 말 것이다.

〔선비가 때를 만나지 못한 것에 느낌을 받은 부(感士不遇賦)〕

　　결국 부정적인 자세 속에서도 도연명의 명예에 대한 집착의 일단을 살필 수 있다. 다시 말해서 명예, 혹은 죽은 뒤에 이름을 남기는 일에 대해 관심이 없거나 초월했다면 위와 같이 거듭 언급하지는 않았을 것이다.

　　청(淸)의 구가수(邱嘉穗)는「원한의 시 초조(楚調)로 방주부(龐主簿)와 등치중(鄧治中)에게 보여줌」의 언급에 대해서, 한때의 감회에서 나온 것이지 사후의 명성을 중시하지 않은 것은 아니라고 하였는데,[89] 핵심을 파악한 평이라고 하겠다.「선비가 때를 만나지 못한 것에 느낌을 받은 부」에서 보여 준 자세, 즉 이름을 남기겠다는 사사로

---

[88] 『장자(莊子)·병무(駢拇)』, "삼대(三代) 이후로 천하에는 외물(外物)과 그 목숨을 바꾸지 않은 자가 없었다. 백성은 이익에 몸을 바치고, 선비는 명예에 몸을 바치며, 대부는 가문에 몸을 바치고, 성인은 천하에 몸을 바친다. 그러므로 이들은 한 일도 다르고 명성도 다르지만, 그들이 목숨을 해치고 몸을 바친 점에서는 마찬가지이다.(自三代以下者, 天下莫不以物易其性矣. 小人則以身殉利, 士則以身殉名, 大夫則以身殉家, 聖人則以身殉天下. 故此數子者, 事業不同, 名聲異號, 其於傷性以身爲殉, 一也.)"

[89] 『동산초당도시전(東山草堂陶詩箋)』, "한 때의 감회에서 이런 말을 낸 것에 불과하지, 진정으로 사후의 명성이 중요하지 않다고 여긴 것은 아니다.(不過一時感懷, 發爲此語, 非眞謂身後之名不足重也.)"『도연명시문휘평(陶淵明詩文彙評)』, p.75.

운 욕심이 개입되지 않고 진실된 마음을 통해 알려지기를 바라는 자세가 도연명의 본모습이라고 하겠다.

이런 견지에서 볼 때, 생전에 명예를 얻는 일, 혹은 죽은 뒤에 이름을 남기는 일에 대한 다음과 같은 긍정적인 자세가 더욱 도연명의 마음가짐에 가까운 것으로 보인다.

立善有遺愛,   선(善)을 세우면 사랑 받는 일 남기리니,
胡可不自竭.   어찌 스스로 힘을 다하지 않겠는가.

「독제오(讀齊五) 그림시와 정신」그림사기 독제어제(대립함和陶和） 원종지」

不賴固窮節,   곤궁에 굳센 절개를 힘입지 않는다면,
百世當誰傳.   백대 후에 장차 누가 전해 주리오.

「술을 마시(飮酒)」제7수

公知去不歸,   공(公)은 떠나가면 돌아오지 못하지만,
且有後世名.   그래도 후세에 이름이 남을 것을 알았네.

「형가(荊軻)를 노래함詠荊軻」

夸父誕宏志,   과보는 큰 뜻을 부려,
乃與日競走.   해와 더불어 경주를 하였다.
　　…　　　　　　　　…

餘迹寄鄧林,   남은 자취를 등림에 부쳐 놓았으니,

功竟在身後.　　　공은 마침내 죽은 뒤에도 남아 있다.

　「육체와 그림자와 정신形影神」 3수는 음주(飮酒)를 추구하고자 하는 '육체〔형(形)〕'와, 죽은 뒤에 이름을 남길 것을 주장하는 '그림자〔영(影)〕'와, 순응자연(順應自然)의 가르침을 전하는 '정신〔신(神)〕'의 세 입장을 설정하고 '정신'의 주장을 최고의 경지로 내세운 내용이다. 위에서 인용한 것은 그 중의 제2수인 「그림자가 육체에게 대답함影答形」으로, 인생에 대한 무상감을 느낀 육체가 음주를 통한 급시행락(及時行樂)을 권유하자, 그림자가 후세에 이름을 남기도록 선을 행할 것을 권하는 내용이다. 제3수인 「정신의 풀이」에서는, 정신이 이들의 주장에 대해 음주나 입선의 부질없음을 들어 반박하고 '순응자연'할 것을 가르쳤다.

　그러나 이 세 가지는 모두 도연명이 평생 동안 유지했던 생활 태도이다. 즉 '육체'의 주장인 급시행락의 욕구를 뿌리치지 못하고 평생 술을 마셨고, '그림자'의 주장인 죽은 뒤에 이름을 남기고 싶은 바람을 끊지 못하였으며, '정신'의 가르침대로 순응자연하고자 하였다. 이 세 가지 마음가짐은 처한 경우에 따라 교대로 주(主)가 되어 그의 행동을 이끌었다. 요컨대 「그림자가 육체에게 대답함影答形」에서 제기한, 힘써 선행을 쌓아 좋은 이름을 남기고자 하는 바람도 도연명의 진정에서 나온 발언이라고 할 수 있다.

　「술을 마시며」 제2수에서는 절개를 위해 곤궁에 꿋꿋했던 백이(伯

夷) · 숙제(叔齊)와 영계기(榮啓期)를 읊으면서 그들이 남긴 아름다운 이름을 칭송하였다. 「형가(荊軻)를 노래함」에서는 의리를 위해 목숨을 던진 형가를 기렸는데, 그가 남긴 의리의 명성은 죽은 후에도 남을 것이라고 했다.

이상에서 도연명의 인생관을 살펴보았다. 도연명은 생사의 문제와 명예를 얻는 것에 대해서는 초월하고자 하면서도 내심에 갈등을 지닌 채 살았다. 그러나 세속적 명예에 이끌려 지조를 더럽히는 짓을 하지 않았다. 또 도가의 '사생여일(死生如一)'이나 '순응자연(順應自然)'의 가르침에 따라 장생(長生)이나 신선(神仙)의 추구에 정신을 소비하지 않았고, 시비(是非)의 문제에서는 도가의 상대주의관(相對主義觀)에 입각하여 옳고 그름을 따지는 속인들의 태도를 배척하였고 시비의 분별이 성행하는 세속에서 물러나는 귀은(歸隱)의 길을 택하였다. 곤궁과 영달에 대한 자세는 도가와 유가에서 공히 영향을 받았으니, 도가의 가르침인 곤궁과 영달에서의 초월과 유가의 가르침인 곤궁에 굳센 절개를 터득하여 생활 속에 실천하였다.

2) 정치관(政治觀)

① 벼슬과 은일

예로부터 중국의 지식인들에게, 벼슬과 은일은 중요한 선택의 문제가 되어 왔다. 그 배경에는 유가와 도가의 출사관(出仕觀)과 은일관(隱逸觀)이 있다.

유가에서는 기본적으로 벼슬하는 것을 군자 본연의 의무로 여기고 은일을 반대하였다. 즉 군자가 벼슬하는 것은 도리를 실천하는 것이라는 견해이다.[90] 따라서 자기 자신을 수양하고 덕을 이룬 뒤에는 벼슬하는 것이 마땅한 도리이다.[91] "사(士)가 지위를 잃는 것은 제후가 나라를 잃는 것과 같으며(士之失位也, 猶諸侯之失國家也)", "사(士)가 벼슬하는 것은 농부가 농사짓는 것과 같은(士之仕也, 猶農夫之耕也)" 절박한 문제라서, "공자는 3개월이라도 벼슬에 나아가지 못하면 당황해 하였다.(孔子, 三月無君則皇皇如也.)"고 하였다.[92] 그러나 도(道)가 행해지지 않는 세상에서는 때를 기다리는 지혜가 요구된다. 도가 행해지지 않아 물러나 자기 자신을 닦고 도를 지키는 자세는, 언젠가

---

90 『논어(論語)·미자(微子)』, "벼슬하지 않는 것은 도리를 무시하는 것이다. 장유(長幼)의 예절을 없앨 수 없는데, 군신(君臣)의 도리를 어떻게 없애겠는가. 자신을 깨끗이 하고자 하여 큰 질서를 어지럽히는 것이다. 군자가 벼슬하는 것은 그 도리를 실천하는 것이다.(不仕無義, 長幼之節, 不可廢也, 君臣之義, 如之何其廢之, 欲潔其身而亂大倫, 君子之仕也, 行其義也.)"
91 『논어(論語)·자장(子張)』, "학문을 하고서 여가가 있으면 벼슬을 한다.(學而優則仕.)"; 『논어(論語)·헌문(憲問)』, "자신을 닦아서 백성을 편안하게 한다.(修己以安百姓.)"
92 『맹자(孟子)·등문공하(滕文公下)』

도를 펼 수 있는 때를 기다리는 것[대시(待時)][93]으로, 도가의 은일(隱逸)과는 성격을 달리한다.

도가에서는 기본적으로 세상에 나서는 것을 반대하였다. 노자는 춘추말(春秋末)의 혼란해져가는 시대를 살면서, 자신을 드러내지 않고 남보다 앞서지 말 것을 가르쳤다. 사마천(司馬遷)은 노자의 처세 철학을 개괄하여, "노자는 도덕을 닦았으니 그의 학문은 스스로를 숨기고 이름을 드러내지 않는 것을 힘썼다.(老子修道德, 其學以自隱無名爲務.)"[94]라고 평하였다. 장자는 노자의 견해를 계승하여 현실 정치에 연루되는 것을 원치 않고 절대 자유의 경지인 '소요유(逍遙遊)'를 추구하였다. 그는 재상의 지위를, 아름답게 장식되어 사당에 모셔진 죽은 거북의 신세로 비유하면서, 꼬리를 진흙에 끌며 천수를 다하는 거북이 되기를 원하였다.

장자가 복수(僕水)에서 낚시를 하는데, 초(楚)나라 왕이 그에게 대부 두 사람을 보내어 말을 전하게 하였다. "바라건대 나라 일로 수고를 부탁하

---

93 『주역(周易)·계사하(繫辭下)』, "군자는 자신에게 자질을 간직한 채, 때를 기다려 움직인다.(君子藏器于身, 待時而動.)"; 『논어(論語)·위령공(衛靈公)』, "나라에 도가 있으면 벼슬하고, 나라에 도가 없으면 거두어 감추어 둔다.(邦有道則仕, 邦無道則可卷而懷之.)"; 『맹자(孟子)·진심상(盡心上)』, "뜻을 얻으면 은택이 백성에게 베풀어지고, 뜻을 얻지 못하면 몸을 닦아 세상에 드러난다. 곤궁하면 홀로 자신을 선하게 하고, 영달하면 천하 사람들을 아울러 선하게 한다.(得志, 澤加於民, 不得志, 修身見於世. 窮則獨善其身, 達則兼善天下.)"; 『순자(荀子)·유좌(宥坐)』, "군자는 널리 배우고 깊이 계획하며, 몸을 닦고 행실을 바르게 하여, 때를 기다린다.(君子, 博學, 深謀, 修身, 端行, 以俟其時.)"

94 『사기(史記)·노자한비열전(老子韓非列傳)』

겠습니다." 장자는 낚싯대를 잡은 채 돌아보지도 않고 말하기를, "내가 듣기에 초나라에 영험한 거북이 있어, 죽은 지 3000년이 되었는데도 왕이 보로 싸고 상자에 넣어 종묘에 보관한다고 합니다. 이 거북이가 죽어서 뼈만 남아 귀해지기를 바랐겠소, 아니면 살아서 진흙 속에서 꼬리를 끌기를 바랐겠소."라고 하였다. 두 대부가 대답하기를, "살아서 진흙 속에서 꼬리는 끌기를 바랐겠지요."라고 하자, 장자가 말하기를, "돌아가시오. 나는 진흙 속에서 꼬리를 끌겠소."라고 하였다.(莊子釣於濮水, 楚王使大夫二人往先焉. 曰願以境內累矣. 莊子持竿不顧, 曰吾聞楚有神龜, 死已三千歲矣, 王以巾笥而藏之廟堂之上. 此龜者, 寧其死爲留骨而貴乎, 寧其生而曳尾於塗中乎. 二大夫, 曰寧生而曳尾塗中. 莊子, 曰往矣. 吾將曳尾於塗中.)[95]

장자가 보기에 현실 정치는 천성(天性)을 억압하는 질곡일 뿐이다. 몸을 온전히 하는 양생(養生)과 진(眞)을 간직하고 천성에 맞게 살아가는 것이 장자사상(莊子思想)의 핵심이다.

도연명이 41세에 귀은(歸隱)하기 이전까지는 벼슬에 대한 강한 의욕을 가지고 있었다. 이는 큰 뜻을 펴고자 하는 유가적인 것이었다. 「선비가 때를 만나지 못한 것에 느낌을 받은 부感士不遇賦」에서, "크게 창생을 구제할 것이다.(大濟于蒼生.)"라고 하였고, 40세에 지은 「무궁화榮木」에서, "공자께서 남기신 가르침을 내 어찌 저버리겠는가. 40에도 알려짐이 없다면 이는 두려워하게 없다 하셨지. 나의 좋은 수레

---

95 『장자(莊子)·추수(秋水)』

를 기름 치고 나의 좋은 말을 채찍질하여, 천리가 비록 멀지만 어찌 감히 가지 않을 것인가.(先師遺訓, 余豈云墮. 四十無聞, 斯不足畏. 脂我名 車, 策我名驥, 千里雖遙, 孰敢不至.)"라고 하여, 공자의 가르침을 받들어 늙기 전에 공을 이루고자 하였듯이 그의 출사관은 유가에 바탕을 두고 있다. 학문을 닦고 덕을 쌓아 벼슬에 나아가고 백성을 다스려 편안히 하는 것이 도연명의 지향이었다.[96] 그러나 현실은 그의 이상과 반대로 불의가 난무하고 선악이 뒤바뀌어, 정도(正道)를 따르는 사람이 자신의 뜻을 펼 수 없었다. 「귀거래사」는 십여 년 동안 벼슬길에 출입하면서 거취에 대해 가졌던 갈등을 종결지은 문장으로, 도연명의 인생을 양분하는 이정표가 되었다. 유대걸(劉大杰)은 이를 '고민의 세계'에서 자신의 '이상세계(理想世界)'로 들어가는 선택이라고 설명하였다.

도연명은 「귀거래사」에서, 심경(心境)과 생활(生活)이 변하는 과정과 즐거움을 솔직하게 묘사하였다. 이러한 변화를 거쳐 그는 고민의 세계에서 자신의 이상세계(理想世界)로 들어갔다. 이에 아름다운 자연과 술과 시문(詩

---

[96] 도연명은 벼슬에 나서는 이유를 정치적 포부의 실현보다는 생활고 때문인 것으로 묘사하기도 하였다.(「술을 마시며飮酒」 제19수, "지난날 오랜 굶주림에 시달리다가, 쟁기 내던지고 나가 벼슬하게 되었지.(疇昔苦長飢, 投耒去學仕).") 그러나 앞에서 살핀 「선비가 때를 만나지 못한 것에 느낌을 받은 부感士不遇賦」, 「무궁화榮木」 이외에도 「잡시雜詩」 제5수의 "맹렬한 뜻은 사방 끝으로 치달려, 날개 들어 멀리 날 것을 생각했다.(猛志逸四海, 騫翮思遠翥.)" 등의 표현으로 미루어 볼 때, 지난날을 회고하는 입장에서 좌절된 포부에 대한 언급을 피하려 한 것으로 보인다.

文)은 그가 영혼(靈魂)을 기탁(寄託)하는 곳이 되었다.(他在歸去來辭裡, 坦白地描寫心境生活的轉變的過程和愉快. 經過了這一轉變, 他由苦悶的世界, 進入他自己的理想世界. 於是美麗的自然, 酒與詩文, 成爲他靈魂的寄託者了.)[97]

　　이러한 선택은 특히 도연명의 사상에서 중요한 분수령이 되고 있다. 「귀거래사」에 드러나 있는 은일(隱逸)의 성격은 유가의 '때를 기다리는 것'이 아니고, 앞에서 살핀 바의 도가적 은일이었다. 이삼십대에 가졌던 유가적 포부와 귀은 후에 추구한 도가적 자세는 41세를 기준으로 분명한 획을 긋고 있다.

　　도연명이 은일을 선택하게 된 배경으로 크게 두 가지를 들 수 있다. 첫째는 타고난 본성이 구속을 싫어했던 개인적 요인[98]이고, 둘째는 시대 상황에 의한 외부적 요인[99]이다. 그는 십여 년에 걸친 다섯 차례의 벼슬살이에서 개인의 힘으로는 어찌할 수 없는 현실을 직시하고, 적당히 타협하여 구차한 삶을 영위하기보다는 기한(飢寒)을 감내하면서 평소에 길러 온 기개와 본성을 유지하는 귀은을 택한 것이다.

97　유대걸(劉大杰), 위의 책, p.280.

98　「고향집에 돌아옴歸園田居」 제1수, "젊어서부터 세속에 맞는 운치가 없고, 본성이 원래 산을 좋아하였다.(少無適俗韻, 性本愛丘山.)" ; 「귀거래사歸去來辭」, "천성이 자연스러워 고치고 힘써서 될 수 있는 것이 아니다. 굶주림과 추위가 비록 절박하더라도 나와 어긋나는 것은 모두가 고통이다.(質性自然, 非矯勵所得. 飢凍雖切, 違己交病.)"

99　도연명의 시문(詩文)에는 당시의 험난한 시대 상황을 표현한 것들이 많다.: 「먹구름停雲」, "가득히 끼어 있는 먹구름, 자욱히 내리는 제때의 비. 온 세상 모두 어두워지고, 평탄하던 길도 막혀 버렸다.(靄靄停雲, 濛濛時雨. 八表同昏, 平路伊阻.)" ; 「술을 마시며飲酒」 제3수, "도가 없어진 지 천년이 되어 가니, 사람마다 그 마음을 인색하게 한다.(道喪向千載, 人人惜其情.)"

따라서 그에게 있어 은일은 다음과 같은 세 가지 중요한 의미를 지닌다.

첫째, 은일은 자유와 해방을 의미한다.

眞想初在襟,　　　참된 생각 처음부터 마음속에 있었으니,
誰謂形迹拘.　　　누가 몸과 행적에 얽매어질 것이라고 하리오.
聊且憑化遷,　　　그런 대로 우선은 변화 따라 옮겨가지만,
終返班生廬.　　　끝내는 반고(班固)가 말한 오두막으로 돌아가리라.

　　　「처음 진군 상군의 참군이 되어 곡아(曲阿)를 지나며(始作鎭軍參軍經曲阿)」

久在樊籠裏,　　　오랫동안 새장 안에 갇혀 있다가,
復得返自然.　　　다시 자연으로 돌아올 수 있었네.

　　　「전원십여 돌아옴(歸園田居)」 제1수

귀은은 몸과 행적의 얽매임에서 벗어나는 것이며, 새장 속에 갇혀 있던 새가 풀려나는 것이었다.[100] 당대(唐代)의 자연시인(自然詩人)인 위응물(韋應物)은 귀은이 벼슬길의 구속에서 해방되는 길임과, 자신도 도연명처럼 그러한 생활을 추구하고 싶다는 바람을 다음과 같이 표현하였다.

---

100 임진사(林晉士)는 「도연명지사여은(陶淵明之仕與隱)」이라는 글에서, "도연명은 귀은 후에, 실로 고기가 물을 만난 것 같은 즐거움이 있었다."라고 평하였다. 『大陸雜誌』第九十三卷 第六期(臺北, 大陸雜誌社, 1996. 12.), p.29.

吏舍跼終年,	관청에서 일년 내내 갇혀 있다가,
出郊曠淸曙.	들에 나오니 드넓고 맑은 새벽이다.
楊柳散和風,	버드나무는 부드러운 바람에 휘날리고,
靑山澹吾慮.	푸른 산은 내 생각을 담박하게 해 준다.
依衆適自憩,	사람들과 함께 한적하게 쉬면서,
緣澗還復去.	계곡 물길 따라 왔다갔다한다.
微雨靄芳原,	가랑비가 방초 우거진 들에 자욱이 내리는데,
春鳩鳴何處.	봄 비둘기는 어디선가 운다.
樂幽心屢止,	그윽함을 좋아하지만 마음은 자주 꺾이고,
遵事蹟猶遽.	일 처리하느라 행적은 더욱 다급했지.
終罷斯結廬,	결국에는 그만두고 여기에 오두막 짓고,
慕陶眞可庶.	도연명을 사모하는 일 진정 바랄 만하겠다.

둘째, 은일은 혼란한 시대에 화를 벗어나는 최선의 방법이다. 위진대(魏晉代)에는 사회 혼란과 정치 박해가 심하여 비명(非命)에 죽은 이들이 많았다. 이에 은일이 당시의 유행처럼 성행하게 되었는데, 그 바탕에는 유가와 도가에서 공통적으로 중시하는 '명철보신관(明哲保身觀)'이 자리한다.

『주역(周易) · 곤괘(坤卦) · 문언전(文言傳)』에서, 「곤괘(坤卦) · 육사(六四)」의 효사(爻辭)를 설명하여, "천지가 막히면 현인(賢人)은 숨는다. 『역경(易經)』에 이르기를, '자루의 주둥이를 묶으면, 허물도 없으며 칭송도 없으리라.'라고 하였는데 이는 삼감을 일컫는 것이다.(天地閉, 賢人隱. 易曰括囊无咎无譽, 蓋言謹也.)"라고 하여 현자(賢者)는 혼란한 시대를 만나면 은둔한다고 하였다. 물러나 숨음으로써 허물도 칭송도 초래하지 않는 것이 난세에 대처하는 현명함이라는 설명이다. 『중용(中庸)』에서는, "나라에 도가 있을 때에는 그 말이 족히 자신을 흥성하게 하며, 나라에 도가 없을 때에는 그 침묵이 족히 자신을 용납되게 한다. 『시경(詩經)』에 이르기를 '밝고도 지혜로워 자신을 보존한다.'라고 하였는데 아마도 이것을 일컫는 것이리라.(國有道, 其言足以興, 國無道, 其黙足以容. 詩曰, 旣明且哲, 以保其身. 其此之謂與.)"[101]라고 하여 『시경(詩經)·대아(大雅)·증민(蒸民)』의 구절을 인용하면서 '명철보신(明哲保身)'의 의미를 설명하였다. 이는 무도(無道)한 세상에서는 침묵이 지혜로운 처신임을 강조한 것이다.

도가에서의 명철보신관은 유가보다 훨씬 구체적이고 심각하다. 노자는 처세의 덕목으로 다음의 세 가지를 제시하였다.

나에게는 세 가지 보배가 있어 지니고 잘 보관하고 있다. 첫째가 자애(慈愛)이고, 둘째가 검소(儉素)이며, 셋째가 감히 천하 사람들의 앞이 되지 않는 것이다. 자애롭기 때문에 능히 용맹스럽고, 검소하기 때문에 능히 널리 베풀고, 감히 천하의 앞이 되지 않기 때문에 만물의 우두머리가 될 수 있다. 지금 자애를 버리고서 용맹스럽고자 하고, 검소를 버리고서 널리 베풀

고자 하며, 뒤를 버리고서 앞서려고 한다면 죽게 된다.(我有三寶, 持而保之.
一曰慈, 二曰儉, 三曰不敢爲天下先. 慈故能勇, 儉故能廣, 不敢爲天下先, 故能成器
長. 今舍慈且勇, 舍儉且廣, 舍後且先, 死矣.)[102]

감히 천하 사람들의 앞이 되지 않는 것이 노자의 명철보신관이다.
뒤를 버리고 남보다 앞섬을 추구하다보면 그 결과는 죽음이라고 경
고하고 있다. 노자의 시대보다 더 혼란했던 전국시대를 살았던 장자
는 더욱 간절하게 처세의 지혜를 일깨워 준다.

저 큰 여우와 문채 나는 표범이 숲 속에 살고 바위 구멍에 숨어 있는 것은
고요함이며, 밤에 다니고 낮에 머물러 있는 것은 경계함이다. 비록 굶주
리고 목말라도 숨어 있으며, 또 강이나 호숫가에서 멀리 떨어져 먹을 것을
구하는 것은 안정됨이다. 그런데도 그물이나 덫의 재앙을 피할 수 없는 것
은 무슨 죄가 있어서일까. 그들의 가죽이 그들의 재앙이 되는 것이다.(夫
豐狐文豹, 棲於山林, 伏於巖穴, 靜也, 夜行晝居, 戒也. 雖飢渴隱約, 猶且胥疏於江
湖之上而求食焉, 定也. 然且不免於罔羅機辟之患, 是何罪之有哉. 其皮爲之災也.)[103]

나설 때 감히 앞이 되려 하지 않고 물러설 때 감히 뒤가 되려 하지 않으
며, 먹을 때 감히 먼저 맛보려 하지 않고 그 나머지를 취한다. 이 때문에

102 『노자(老子)·67장』
103 『장자(莊子)·산목(山木)』

그 무리들이 배척하지 않고 남들이 끝내 해칠 수 없으니, 이로써 재앙을 면하게 된다. 곧은 나무는 먼저 베어지고 맛 좋은 우물은 먼저 마른다. 그대는 아마 생각에, 지식을 꾸며 어리석은 이들을 놀라게 하고 몸을 닦아 더러운 이들을 드러나게 하여, 밝게 해와 달이 걸려 있는 것처럼 다니고 싶겠지만 그 때문에 화를 면하지 못하는 것이다.(進不敢爲前, 退不敢爲後, 食不敢先嘗, 必取其緖. 是故其行列不斥, 而外人卒不得害, 是以免於患. 直木先伐, 甘井先竭. 子其意者飾知以驚愚, 修身以明汙, 昭昭乎如揭日月而行, 故不免也.)[104]

고금을 막론하고 남보다 앞서거나 나서기를 좋아하면 시기와 음해를 당하는 것이 인간 사회의 일반적 현상이다. 이 점을 깨달아 지혜롭게 처신하라는 것이 장자의 가르침이다.

도연명은 위에서 살핀 유가와 도가의 명철보신관을 수용하여 난세를 지혜롭게 살았던 인물이다. 그는 「선비가 때를 만나지 못한 것에 느낌을 받은 부」에서 난세를 만난 선비들이 은둔하게 되는 이유를 다음과 같이 읊었다.

密網裁而魚駭,	빽빽한 어망이 만들어지자 물고기가 놀라고,
宏羅制而鳥驚.	큰 새그물이 만들어지자 새들이 놀란다.
彼達人之先覺,	먼저 깨친 저 통달한 사람들은,
乃逃祿而歸耕.	이에 벼슬을 피하여 돌아가 농사짓는다.

104 『장자(莊子)·산목(山木)』

혼란한 시대에는 자칫 잘못하면 화를 당하게 되니, 달인(達人) 즉 명철보신의 도리를 깨달은 사람들은 은일을 선택하게 됨을 말하고 있다. 「독사술(讀史述)·한비(韓非)」에서는, 난세의 지혜를 터득하지 못하여 죽음을 자초한 한비자(韓非子: B.C.약 280~233)를 비판하면서 장자(莊子)의 말을 끌어 쓰고 있다.

豊狐隱穴,	큰 여우가 굴속에 숨더라도,
以文自殘.	아름다운 털 때문에 스스로를 죽게 한다.
君子失時,	군자가 때를 잃었으면,
白首抱關,	흰머리로 관문(關門)이나 지킬 일이다.
巧行居災,	행동을 뛰어나게 하여 재앙에 빠지고,
忮辯召患.	말재주를 탐하여 화를 불렀다.
哀矣韓生,	슬프구나 한비자여,
竟死說難.	결국 (자신이 말하던) 유세(遊說)의 어려움에 죽었구나.

『장자(莊子)·산목(山木)』에서 말한 '큰 여우〔풍호(豊狐)〕의 우언(寓言)'에 입각하여, 한비자(韓非子)의 처세에 대해서 가한 일종의 '사평(史評)'으로, 군자는 때가 아닌 줄을 알면 나서지 않는 명철함을 지녀야 한다는 도연명의 처세철학이 잘 드러나 있다. 도연명의 은일은 바로, "군자가 때를 잃었으면, 흰머리로 관문(關門)이나 지킬 일이다."라는 도리를 실천으로 옮긴 것이다. 주살의 화가 도처에 존재하는 현실에서 몸을 빼 은일을 실천한 도연명은 전원에 돌아와서 느끼는 안도

감을 「돌아온 새歸鳥」에서 다음과 같이 읊고 있다.

晨風淸興,　　　새벽바람 맑게 이는데,
好音時交.　　　아름다운 소리를 때때로 주고받는다.
矰繳奚施.　　　주살이 어찌 미치리오.
已卷安勞.　　　이미 날개 거두었으니 수고로움을 쉬련다.

　새장에 갇혀 있다가 자연의 품으로 돌아온 새가 느끼는 안도감이 바로 시인이 벼슬길에 머물다 귀은하여 느끼는 심정이다. 청(淸)의 오숭(吳菘)은 「논도(論陶)」라는 글에서, "주살이 어찌 미치리오.(矰繳奚施.)"라고 읊은 구절을 평하여, "표연(飄然)한 고답주의(高踏主義)와 지혜로운 명철보신을 구체적으로 보여주고 있으니, 일생의 처세철학이다.(其見逸然高踏, 明哲保身, 一生出處學問)."[105]라고 하였다. 즉 도연명의 귀은은 앞에서 살핀 명철보신관이 행동으로 실천된 것이라는 설명이다.

　명철보신의 지혜를 실천하는 한 가지 방법이 '공이 이루어지면 자신은 물러난다〔공수신퇴(功遂身退)〕'는 노장의 가르침이다. 노자와 장자는 만족을 모르고 그칠 줄을 몰라 화를 자초하는 사람들에게 공수신퇴의 도리를 다음과 같이 깨우쳤다.

---

[105] 『도연명시문휘평(陶淵明詩文彙評)』, p.31.

지닌 채 채우기만 하는 것은 그만두는 것만 못하고, 갈아서 날카롭게 하는 것은 오래 보전할 수 없다. 금과 옥이 집에 가득해도 이를 지켜낼 수 있는 이가 없고, 부귀하다고 교만하면 스스로에게 그 허물을 남긴다. 공이 이루어지면 자신은 물러나는 것은 하늘이 도리이다.(持而盈之, 不如其已, 揣而銳之, 不可長保. 金玉滿堂, 莫之能守, 富貴而驕, 自遺其咎. 功遂身退, 天之道也.)[106]

스스로 자랑하면 공이 없어지고, 공이 이루어진 것은 무너지며, 명성이 이루어진 것은 이지러진다. … 훌륭한 일을 하면서도 스스로를 훌륭하게 여기는 마음을 갖지 않는다면, 어디를 가나 사랑 받지 않겠는가.(自伐者无功, 功成者墮, 名成者虧. … 行賢而去自賢之心, 安往而不愛哉.)[107]

도연명의 경우, 젊은 시절의 포부를 이루고 물러난 것은 아니지만 그의 이상(理想)은 공수신퇴였다. 역사상 공수신퇴의 도리를 실천했던 이들에 대한 칭송으로 자신의 견해를 다음과 같이 드러내었다.

桓桓長沙,	헌걸찬 장사공(長沙公) 도간(陶侃)이시여,
伊勳伊德.	공 이루시고 덕을 세우셨다.
天子疇我,	천자께서 우리 조상께 자문하심에,
專征南國.	독단하여 남부 지방 정벌하셨다.

106 『노자(老子)·9장』
107 『장자(莊子)·산목(山木)』

功遂辭歸,　　　공 이루어지자 하직하고 물러나시니,
臨寵不忒.　　　총애를 받으면서도 어긋남이 없었다.

大象轉四時,　　하늘은 네 계절로 옮겨가며,
功成者自去.　　공이 이루어진 것은 스스로 떠나간다.
借問衰周來,　　묻노니 주(周)나라 말기 이래로,
幾人得其趣.　　몇 사람이나 이 뜻을 터득하였나.
游目漢廷中,　　한(漢)나라 조정으로 눈을 돌려보니,
二疏復此擧.　　두 소씨(疏氏)가 이 일을 실천했구나.
高嘯返舊居,　　높이 휘파람 불며 옛 집으로 돌아가,
長揖儲君傅.　　길이 태자의 스승 자리 사양하였다.

「아들의 자(字)를 지어 주면서」에서는 증조부인 도간(陶侃)이 공수신퇴의 도리를 실천하였음을 칭송하고 있다. 「두 소씨(疏氏)를 노래함」에서는 태자(太子)의 태부(太傅)로 있던 소광(疏廣)과 소부(少傅)로 있던 소수(疏受)가 하루아침에 함께 귀향한 공수신퇴의 행위를 기리고 있다.

셋째, 은일은 현실의 불합리에 대한 항의의 표현이다. 은자들은 자신의 세계관, 가치관과 현실과의 괴리에서 오는 불만과 비판 의식을 은일이라는 방법을 통해 드러내었다.[108]

도연명은 「귀거래사」에서, "세상이 나와 서로 어긋났는데, 다시 수레를 타고 나가 무엇을 구하겠는가.(世與我而相違, 復駕言兮焉求.)"라고 하여, 현실에 대한 불만으로 귀은하게 되었음을 밝혔다. 「무신년 6월 중에 화재를 당함戊申歲六月中遇火」에서는 좋은 시절을 만나지 못한 개탄을 은거 생활로 위안삼겠다는 뜻을 다음과 같이 읊었다.

仰想東戶時,	우러러 동호계자(東戶季子) 시대 생각하거니와,
餘糧宿中田.	남은 곡식이 밭 가운데 있었다지.
鼓腹無所思,	배 두드리고 살면서 염려하는 일 없었고,
朝起暮歸眠.	아침이면 일어나고 저물면 돌아와 잤다네.
旣已不遇玆,	이미 그런 시절 만나지 못했으니,
且遂灌我園.	그저 결국은 내 밭에 물이나 주리라.

"이미 그런 시절 만나지 못했으니, 그저 결국은 내 밭에 물이나 주리라."라고 한 말에는, 현실은 그렇지 못하다는 비판과 은거 생활이나 충실히 하련다는 다짐이 함축되어 있다.

도연명은 이상에서 살핀 것과 같은 은일관(隱逸觀)을 바탕으로 귀은을 결심하고 실천하였다. 그러나 그는 은자임을 자처하면서 산택

---

108 홍순륭(洪順隆)은 「논육조은일시(論六朝隱逸詩)」에서 은일사상(思想隱逸)을 정의하여, '불우한 자가 불합리하다고 여기는 현실에 대해 동조하지 않는 일종의 반항 정신의 소산'이라고 하였다. 『유은일도궁체(由隱逸到宮體)』(臺北, 河洛圖書出版社, 1980), p.1 참조.

(山澤)에 숨어 세상과 단절된 은일을 추구하던 무리들과는 달랐다. 남들과 더불어 사는 일상 속에서 실천한 도연명의 은일은 장소의 문제가 아닌 마음의 문제였다. 이 또한 장자의 다음과 같은 가르침에서 비롯된 것이다.

만약 뜻을 모질게 하지 않아도 고상하고 인의가 없어도 수양이 되며, 공명을 세우지 않아도 다스려지고 강이나 바다가 없어도 한가하며, 도인(導引) 체조를 하지 않아도 장수한다면, 잊지 않는 것이 없으면서 갖지 않는 것이 없게 되어, 담박하게 끝이 없고 온갖 아름다움이 이른다. 이것이 천지자연의 도이고, 성인의 덕이다.(若夫不刻意而高, 无仁義而修, 无功名而治, 无江海而閒, 不導引而壽, 无不忘也, 无不有也, 澹然无極而衆美從之. 此天地之道, 聖人之德也.)[109]

장자가 산곡(山谷)이나 강해(江海)에서 은거하는 은자들에게 권한, "뜻을 모질게 하지 않아도 고상하고, … 강이나 바다가 없어도 한가한" 태도가 도연명의 은일관이다. 일찍이 완적(阮籍)도, "통달한 사람은 외물(外物)과 함께 변화해 가니, 세속을 어찌 논할 필요 있겠는가. 번잡한 도회지에서도 한가할 수 있으니, 어찌 산 속 깊은 곳만을 고집하랴.(達人與物化, 世俗安可論. 都邑可優游, 何必棲山源.)"[110]라고 하

109 『장자(莊子)·각의(刻意)
110 「답혜강시(答嵇康詩)」

여 이미 장자의 경지를 천명한 바가 있다. 도연명이 「술을 마시며」 제 5수에서 보인, "사람들 사는 곳에 오두막집을 엮었으나, 수레와 말의 시끄러움이 없다.(結廬在人境, 而無車馬喧.)"는 초연(超然)이 바로 장자와 완적이 말한 경지이다. 유유민(劉遺民)이 여산(廬山)에 함께 은둔할 것을 권하자, "산택으로부터 부름 받은 지 오래인데, 무슨 일로 내내 주저하는가. 바로 친구들 때문이니, 차마 떨어져 살겠다고 말할 수 없어서이다.(山澤久見招, 胡事乃躊躇. 直爲親舊故, 未忍言索居)"[111]라고 하면서 거절한 점에서도 알 수 있듯이, 도연명은 은일한다고 입산(入山)하여 세상과 절연한 것이 아니라 몸소 농사짓는 생활 속에서 마음의 은일을 실천한 것이다.

② 시국관(時局觀)

도연명의 시문에는 세상의 혼란과 불의를 개탄하는 내용이 많다. 세속의 더러움을 '티끌〔진(塵)〕'로, 구속을 '그물〔망(網)〕'로 표현하였으며, 현실을 도(道)가 사라지고 '참됨〔진(眞)〕'이 존재하지 않는 상태로 파악하였다.

'진(塵)'은 세속의 더러움, 나아가서 세속을 의미하는 대유(代喩)[112]의 표현이다. 따라서 도연명시에 나오는 '진(塵)'은 '진세(塵世)' 또는 '세속(世俗)'으로 바꾸어 이해하면 된다. 다음의 시구들에서 이러한

---

[111] 「유채상(劉柴桑)의 시에 화답함和劉柴桑」
[112] 대유(代喩)는 표현하고자 하는 본체를 드러내지 않고 본체의 특징이나 본체와 밀접한 관련이 있는 사물을 들어 대신하는 수사법이다.

점을 확인할 수 있다.

誤落塵網中,　　잘못되게 진세(塵世)의 그물에 떨어져,
一去三十年.　　단번에 30년을 보내 버렸구나.

「고향집에 돌아옴歸園田居」제1수

白日掩荊扉,　　한낮에도 사립문 닫혀 있고,
虛室絶塵想.　　빈방에는 진속(塵俗)한 생각 끊겼다.

「고향집에 돌아옴歸園田居」제2수

閑居三十載,　　한가로이 사는 30년 동안에,
遂與塵事冥.　　마침내 진세(塵世)의 일과는 아득해졌지.

「신축년 7월에 휴가 갔다 강릉[江陵]으로 돌아갈 때 밤에 도구[塗口]를 지나며辛丑歲七月赴假還

江陵夜行塗口」

吾生夢幻間,　　우리 인생이 꿈과 환상 가운데의 삶인데,
何事紲塵羈.　　어찌하여 진세(塵世)의 굴레에 매일 것인가.

「술을 마시며飮酒」제8수

借問游方士,　　묻노니 세속에 노니는 사람들이여,
焉測塵囂外.　　어찌 시끄러운 진세(塵世)의 밖을 헤아릴 수 있겠소.

「도화원시桃花源詩」

위의 시구들에 보이는 '진(塵)'은 예외 없이 세속을 의미하고 있다. 또 다음에서는 '그물〔망(網)〕', '새장〔롱(籠)〕', '굴레〔기(羈)〕' 등의 시어(詩語)로 세속, 혹은 벼슬길을 지칭하여 그 억압과 구속의 특성을 구체적으로 드러내고 있다.

羈鳥戀舊林,　　　갇힌 새는 옛 숲을 그리워하고,
池魚思故淵.　　　연못의 물고기는 옛 심연을 생각한다.
　　…　　　　　　　　…
久在樊籠裏,　　　오랫동안 새장 안에 갇혀 있다가,
復得返自然.　　　다시 자연으로 돌아올 수 있었네.

　　　　　　　　　「고향집에 돌아옴歸園田居」 제1수

遙遙從羈役,　　　멀리멀리 구속된 일에 따르다 보니,
一心處兩端.　　　한 마음이 양단으로 갈려 있다.

　　　　　　　　　「잡시雜詩」 제9수

荏苒經十載,　　　그럭저럭 10년을 지내면서,
暫爲人所羈.　　　잠시 남에게 얽매여 있었구나.

　　　　　　　　　「잡시雜詩」 제10수

密網裁而魚駭,　　**빽빽**한 어망이 만들어지자 물고기가 놀라고,
宏羅制而鳥驚.　　큰 새그물이 만들어지자 새들이 놀란다.

　　　　　　　　　「선비가 때를 만나지 못한 것에 느낌을 받은 부感士不遇賦」

위에서 '망(網)', '롱(籠)', '기(羈)' 등은 세속의 구속을 상징하고 있다. 따라서 이러한 현실에서 도(道)는 사라지고 진(眞)은 존재하지 않는다. 이에 대한 개탄은 다음과 같이 표현되고 있다.

悠悠上古,　　　　아득한 옛날에,
厥初生民.　　　　그 처음의 백성들은,
傲然自足,　　　　득의하여 스스로 만족하였으며,
抱朴含眞.　　　　순박함을 간직하고 참됨을 품었었지.
智巧旣萌,　　　　지혜와 기교가 싹터 버리자,
資待靡因.　　　　필요한 것을 얻을 길 없어졌네.

「농사에 힘쓰세勸農」

道喪向千載,　　　도가 없어진 지 천년이 되어 가니,
人人惜其情.　　　사람마다 그 마음을 인색하게 한다.

「술을 마시며飮酒」 제 3수

羲農去我久,　　　복희와 신농의 시대가 나로부터 멀어졌으니,
擧世少復眞.　　　온 세상에 참됨을 되찾는 이가 적구나.

「술을 마시며飮酒」 제 20수

도연명의 부정적인 시국관은 특히 「선비가 때를 만나지 못한 것에 느낌을 받은 부」의 서문(序文)에 여지없이 드러나 있다. 그는 참됨이

사라지고 거짓이 횡행하는 현실에서 지식인이 불우할 수밖에 없는 상황을 개탄하여, "참된 풍속이 사라지고 큰 거짓이 일어나면서부터, 마을에서는 청렴과 겸손의 예절이 풀어지고 시장과 조정에서는 쉽게 나아가려는 마음이 횡행한다. 바른 도리에 뜻을 둔 선비들은 혹 한창때에 자신의 훌륭함을 감추기도 하고, 자신의 지조를 깨끗이 하는 사람들은 혹 세상을 마치도록 그저 고생할 뿐이다. 그래서 백이(伯夷)와 상산사호(商山四皓)의 '어디로 돌아갈 것인가.'라는 탄식이 있었고, 굴원(屈原)은 '그만이로다.'라고 하는 슬픔을 드러냈던 것이다.(自眞風告逝, 大僞斯興, 閭閻懈廉退之節, 市朝驅易進之心. 懷正志道之士, 或潛玉于當年, 潔己淸操之人, 或沒世以徒勤. 故夷皓有安歸之嘆, 三閭發已矣之哀.)"라고 하였다. 부(賦)의 본문에서도 같은 논조로 현실을 비판하고 있다.

嗟乎.	아아!
雷同毁異,	부화뇌동하여 자기와 다른 이 헐뜯고,
物惡其上,	사람들은 윗사람을 미워하네.
妙算者謂迷,	뛰어난 계책이 있는 자를 미혹되었다 하고,
直道者云妄.	곧게 말하는 이를 망령되었다 하네.
坦至公而無猜,	솔직하여 지극히 공평하고 시기심 없으나,
卒蒙恥以受謗,	끝내 수치를 당하고 비방을 받는다.
雖懷瓊而握蘭,	비록 좋은 옥을 품고 난초를 쥐고 있어도,
徒芳潔而誰亮.	한갓 향기롭고 깨끗할 뿐 누가 헤아려 주겠는가.

이 글은 전국시대의 말기를 살았던 굴원(屈原)이 「이소(離騷)」에서 읊었던 개탄[113]을 끌어다 현실을 비판한 것이다. 이렇게 도가 상실되고 가치가 전도된 현실에서 자신의 지조와 인격을 유지하면서 살아가기 위한 선택이 귀은이었다. 그리고 현실의 혼란, 불합리에 대한 실망과 그로부터 비롯된 이상사회(理想社會)에 대한 희구가 다음에 살필 「도화원시와 기문」을 짓는 동기가 되었다.

③ 국가관(國家觀)

도연명이 그리던 바람직한 국가상은 혼란하고 무능한 진(晉)도 아니고 찬탈의 불의를 저지른 송(宋)도 아니었다. 현실에 실망한 나머지 상상을 통하여 써낸 「도화원시와 기문」에 이상적 사회인 도화원(桃花源)을 구성해 내었다. 그의 국가관은 이 작품에 집약되어 나타난다. 도화원의 사람들은 혼란과 빈곤, 속박과 무거운 세금이 없는 가운데 타고난 본성을 유지하면서 평화롭게 생을 영위한다.

이는 노자, 장자의 피세사상(避世思想)과 원시국가(原始國家)의 희구에 그 바탕을 두고 있다. 각국이 패권을 차지하기 위해 침략을 일삼고 그에 따라 대량 살상이 빈번하여지자, 그 참상을 목격한 노자는 '작위(作爲)가 없는 다스림〔무위이치(無爲而治)〕'[114]의 이상적 국가로

---

[113] "모든 여자들이 나의 아름다움을 질투하여, 나를 음란하다고 헐뜯는다. 진실로 세태가 각박하여, 그림쇠와 곡척을 어겨 잘못 고쳐놓고, 먹줄을 배반하고 구부러진 것을 따르며, 비위맞추기를 다투어 법도로 삼는다.(衆女嫉余之蛾眉兮, 謠諑謂余以善淫, 固時俗之工巧兮, 偭規矩而改錯, 背繩墨以追曲兮, 競周容以爲度.)"

다음과 같은 '소국과민(小國寡民)'의 상태를 제시하였다.

작은 나라에 적은 백성으로, 여러 가지 기물(器物)이 있어도 사용하지 않
게 하고, 백성들로 하여금 죽음을 중하게 여기고 멀리 이사가지 않게 한
다. 배와 수레가 있어도 탈 수 없게 하고, 갑옷과 무기가 있어도 쓸 수 없
게 한다. 사람들로 하여금 다시 새끼를 묶어 (의사표시의 도구로) 사용하게
하며, 음식을 달게 여기고 옷을 아름답게 여기며, 거처를 편안히 여기고
풍속을 즐기도록 한다. 이웃나라가 서로 바라보이고 닭과 개의 소리가 서
로 들려도, 백성들이 늙어서 죽기까지 서로 왕래하지 않도록 한다.(小國寡
民, 使有什佰之器而不用, 使民重死而不遠徙. 雖有舟輿, 無所乘之, 雖有甲兵, 無所
陳之. 使人復結繩而用之, 甘其食, 美其服, 安其居, 樂其俗. 隣國相望, 鷄犬之聲相
聞, 民至老死, 不相往來.)[115]

무위이치는 국가를 다스리는데 최소한의 작위, 부득이한 작위를
요구하는 것[116]으로 국가의 존재를 부정하는 것은 아니다. 즉 국가는

---

114 『노자(老子)·3장』, "지혜로운 자로 하여금 감히 작위하지 못하게 한다. 무위를 행하면 다스
려지지 않는 것이 없다.(使夫智者不敢爲也. 爲無爲, 則無不治.)" ; 『노자(老子)·57장』, "성인이 말
하기를, '내가 무위하면 백성은 저절로 교화되고, 내가 고요함을 좋아하면 백성은 저절로
바르게 되며, 내가 일을 일으키지 않으면 백성은 저절로 넉넉해지고, 내가 욕심이 없으면 백
성은 저절로 순박해진다.'라고 하였다.(聖人云, 我無爲而民自化, 我好靜而民自正, 我無事而民自富,
我無欲而民自樸.)"
115 『노자(老子)·80장』
116 『노자(老子)·60장』, "큰 나라를 다스리는 것은 작은 생선을 삶는 것과 같이 해야 한다.(治大
國, 若烹小鮮.)"

부득이한 존재이지만 거대함을 추구하여 전쟁을 일삼고, 또 거대해진 뒤에는 다스림에 무리가 생기는 현실을 보고, 작고 단순한 나라를 이상(理想)으로 제시한 것이다. 노자의 무위는 아무 것도 행하지 않는 것이 아니고, 간략하고 자연스럽게 행할 것과 미연(未然)에 대처하는 지혜[117]를 강조한 것이다.

장자는 노자의 사상을 계승하여 상고(上古)의 무위이치의 시대를 희망하였지만,[118] 노자보다 더 복고적이고 무정부주의적(無政府主義的)인 태도를 취하였다. 그는 국가가 없던 원시의 무군시대(無君時代)를 최고의 시대로 여겨 '지극한 덕이 이루어진 세상[지덕지세(至德之世)]'[119] 혹은 '지극한 다스림[지치(至治)]'[120]이라고 칭송하였다. 장자(莊

---

117 『노자(老子)·63장』, "어려운 일을 쉬울 때에 도모하고, 큰 것을 작을 때에 행한다. 천하의 어려운 일은 반드시 쉬운 데에서 일어나고, 천하의 큰 일은 반드시 작은 데에서 일어난다. 이 때문에 성인은 결코 큰 것을 행하지 않으므로 능히 그 큰 것을 성취한다.(圖難於其易, 爲大於其細. 天下難事, 必作於易, 天下大事, 必作於細. 是以聖人終不爲大, 故能成其大.)" ; 『노자(老子)·64장』, "안정된 것은 유지하기 쉽고, 아직 징조가 나타나지 않은 것은 도모하기 쉬우며, 무른 것은 녹이기 쉽고, 미세한 것은 흩뜨리기 쉽다. 일을 생기기 전에 처리하고 어지럽기 전에 다스린다. 한아름 되는 나무도 작은 데에서 시작되고 9층의 누대도 흙을 쌓는 데에서 일어나며, 천 릿길도 발밑에서 시작된다.(其安易持, 其未兆易謀, 其脆易泮, 其微易散. 爲之於未有, 治之於未亂. 合抱之木, 生於毫末, 九層之臺, 起於累土, 千里之行, 始於足下.)"

118 『장자(莊子)·서무귀(徐无鬼)』, "천하를 다스리는 것이 말을 키우는 것과 무엇이 다르겠습니까. 단지 말에 해가 되는 것들을 없애주는 것일 뿐입니다.(夫爲天下者, 亦奚以異乎牧馬者哉. 亦去其害馬者而已矣.)" ; 『장자(莊子)·천지(天地)』, "옛날에 천하를 다스리던 이들은 욕심이 없었으니 천하가 풍족하였고, 작위함이 없었으니 만물이 교화되었으며, 깊고 고요하였으니 백성이 안정되었다.(古之畜天下者, 无欲而天下足, 無爲而萬物化, 淵靜而百姓定.)"

119 『장자(莊子)·마제(馬蹄)』, "지극한 덕이 이루어진 세상에서는 함께 새와 짐승과 더불어 살았고, 무리지어 만물과 더불어 존재했으니, 어찌 군자인지 소인인지를 알았겠는가.(夫至德之世, 同與禽獸居, 族與萬物竝, 惡乎知君子小人哉.)"

子)의, 국가에 대한 부정적 견해는 은일사상이 유행한 위진대에 이르러 다시 등장하였다. 완적(阮籍)은 「대인선생전(大人先生傳)」에서 임금이 없던 시대를 찬양하여, "옛날에 천지가 열리고 만물이 함께 생겼을 때에는, 임금이 없어도 온갖 것들이 안정되었고 신하가 없어도 온갖 일들이 다스려졌다.(昔者, 天地開闢, 萬物並生, 無君而庶物定, 無臣而萬事理.)"라 하였고, 포경언(鮑敬言)은 "상고(上古) 시대에는 임금도 신하도 없었다. … 순수함과 깨끗함이 마음속에 보존되어 있고 기교(機巧)의 마음이 생기지 않아, 배불리 먹고 즐거워하였으며 배를 두드리며 노닐었다. 뛰어난 자들을 숭상하면서 백성들이 명예를 다투고, 재물을 귀하게 여기면서 도적이 일어났다. 욕심나는 것을 보면서 참되고 바른 마음이 어지러워졌으며, 권세와 이욕이 펼쳐지면서 강탈의 길이 열렸다.(最古之世, 無君無臣. … 純白在胸, 機心不生, 含餔而熙, 鼓腹而遊. 尚賢則民爭名, 貴貨則盜賊起. 見可欲則眞正之心亂, 勢利陳則劫奪之塗開.)"[121]라 하여 무군론(無君論)을 진일보시켰다.

도연명은 이상과 같은 노자, 장자, 완적 등의 복고적인 이상국가의 견해를 계승하여, 옛날 임금이 없던 순박한 상태를 추구하였다. 여

---

120 『장자(莊子)·거협(胠篋)』, "이 때에 백성들은 새끼를 묶어 (의사표시의 도구로) 사용하였으며, 음식을 달게 여기고 옷을 아름답게 여기며, 풍속을 즐기고 거처를 편안해 하였다. 이웃나라가 서로 바라보이고 닭과 개의 소리가 서로 들려도, 백성들은 늙어서 죽을 때까지 서로 왕래하지 않았다. 이와 같은 때가 바로 '지극한 다스림〔지치(至治)〕'이다.(當是時也, 民結繩而用之, 甘其食, 美其服, 樂其俗, 安其居, 隣國相望, 鷄狗之音相聞, 民至老死, 而不相往來. 若此之時, 則至治已.)"
121 갈홍(葛洪), 『포박자(抱朴子)·힐포(詰鮑)』

러 시문에서 혼란과 고통으로 얽힌 현실에 대한 불만을 상고시대에
대한 칭송으로 드러내고 있다.

悠悠上古,　　　　아득한 옛날에,
厥初生民.　　　　그 처음의 백성들은,
傲然自足,　　　　득의하여 스스로 만족하였으며,
抱朴含眞.　　　　순박함을 간직하고 참됨을 품었었지.

「농사대 권소시(勸農)」

羲農去我久,　　　복희와 신농의 시대가 나로부터 멀어졌으니,
擧世少復眞.　　　온 세상에 참됨을 되찾는 이가 적구나.

「음주 다시(飮酒)」제20수

酣觴賦詩,　　　　기분 좋게 술 마시고 시를 지으며,
以樂其志.　　　　그 뜻을 즐겼다.
無懷氏之民歟,　　무회씨의 백성인가,
葛天氏之民歟.[122]　갈천씨의 백성인가.

「오류선생전(五柳先生傳)」

常言五六月中,　　항상 하는 말에, 오뉴월 중에,

---

[122] 무회씨(無懷氏), 갈천씨(葛天氏)는 모두 상고시대(上古時代)의 제왕(帝王)이다.

北窓下臥,	북쪽 창가에 누워,
遇凉風暫至,	잠시 불어오는 서늘한 바람을 만나면,
自謂是羲皇上人.	스스로를 일러 '복희(伏羲) 시대 이전 사람'이라고 하였다.

「이들 엄(儼) 등에게 주는 글[與子儼等疏]」

이렇듯이 현실을 개탄하고 상고시대를 이상으로 여기는 복고주의
와 직접 농사짓는 전원생활의 체험이 종합되어 나온 글이 「도화원시
와 기문桃花源詩幷記」으로, 도연명이 혼란한 시대를 살면서 이상 사회
의 한 전형을 제시한 것이다. 다음에서 「도화원시와 기문」의 내용을
검토하고 여기에 드러나 있는 도연명의 국가관을 살펴본다.

진나라 태원(太元: 376-396) 연간에 무릉(武陵) 사람이 고기 잡는 것을 직업
으로 하였는데, 시내를 따라 가다 길을 얼마나 왔는지를 잊어버렸다. 홀
연 복숭아꽃이 만발한 숲을 만났는데 언덕을 끼고 수백 보에 달했다. 그
가운데 다른 나무는 없고 향기로운 풀이 아름답고 떨어지는 꽃들이 어
수선하였다. 어부가 매우 이상하게 여겨 다시 앞으로 가면서 숲이 다하
는 데까지 가보려고 하였다. 숲이 물의 근원에서 끝나는데 문득 산이 하
나 있고, 산에 작은 구멍이 있어 마치 빛이 있는 것 같았다. 바로 배를 놔
두고 입구를 따라 들어가니 처음에는 매우 좁아 겨우 사람이 지나갈 정도
였다. 다시 수십 보를 가니 훤하게 트여 밝아지는데, 땅은 평평하고 드넓
으며 집들이 번듯번듯하였다. 좋은 밭, 아름다운 연못, 뽕나무, 대나무 등
속이 있고, 밭두둑이 이리저리 통해 있으며, 닭 우는 소리, 개 짖는 소리

가 들려 왔다. 그 가운데서 오고가며 농사짓는데, 남녀의 옷 입은 것은 모두 바깥사람들과 같았고, 노인들과 아이들은 모두 기분 좋게 스스로 즐겼다. 어부를 보고 크게 놀라 어디에서 왔는지를 물어 자세히 대답해 주니 집에 가자고 하여 그를 위해 술을 마련하고 닭을 잡고 밥을 지어 주었다. 마을에서 이런 사람이 있다는 말을 듣고 모두 와서 소식을 물었다. 그들이 말하기를, "선대에 진(秦)나라 때의 난리를 피해 처자와 마을 사람들을 데리고 이 외진 곳에 와서는 다시 세상에 나가지 않아 마침내 바깥사람들과 떨어지게 되었습니다."라고 하면서 지금이 어떤 시대인가를 묻는데, 한(漢)나라가 있었던 것도 모르니 위(魏)와 진(晉)은 말할 것도 없었다. 이 사람이 일일이 그들에게 아는 것을 자세히 말해 주니 모두 탄식하며 놀랐다. 다른 사람들도 각자 또 자기 집으로 맞이하여 모두 술과 밥을 내놓았다. 며칠을 머물다 하직하고 떠나는데, 이 가운데 한 사람이 말하기를, "외부 사람들에게 족히 말할 게 못됩니다."라고 하였다. 나온 뒤에 자기 배를 찾아 곧 전에 왔던 길을 따라가며 곳곳에 표시를 해 놓았다. 군에 이르러 태수에게 찾아가 이런 일을 말하니, 태수가 즉시 사람을 시켜 그가 갔던 곳을 따라가게 하였다. 전에 표시해 놓은 곳을 찾았으나 결국 헤매다가 다시는 길을 찾을 수 없었다. 남양의 유자기(劉子驥)라는 사람은 고상한 선비였는데, 이 말을 듣고 기꺼이 찾아갈 것을 계획하다가 얼마 후 병들어 죽었고, 그 후에는 마침내 길을 묻는 사람이 없었다.(晉太元中, 武陵人捕魚爲業, 緣溪行, 忘路之遠近. 忽逢桃花林, 夾岸數百步, 中無雜樹, 芳草鮮美, 落英繽紛. 漁人甚異之, 復前行, 欲窮其林. 林盡水源, 便得一山, 山有小口, 髣髴若有光. 便捨船從口入, 初極狹, 纔通人. 復行數十步, 豁然開朗, 土地平曠, 屋舍儼然. 有

良田美池桑竹之屬, 阡陌交通, 鷄犬相聞. 其中往來種作, 男女衣著, 悉如外人, 黃髮
垂髫, 竝怡然自樂. 見漁人, 乃大驚, 問所從來, 具答之, 便要還家, 爲設酒殺鷄作食.
村中聞有此人, 咸來問訊. 自云先世避秦時亂, 率妻子邑人來此絶境, 不復出焉, 遂
與外人間隔. 問今是何世, 乃不知有漢, 無論魏晉. 此人一一爲具言所聞, 皆歎惋. 餘
人各復延至其家, 皆出酒食. 停數日, 辭去, 此中人語云, 不足爲外人道也. 既出, 得其
船, 便扶向路處處誌之. 及郡下, 詣太守說如此, 太守卽遣人隨其往. 尋向所誌, 遂迷
不復得路. 南陽劉子驥, 高尙士也, 問之, 欣然規往. 尋病終, 後遂無問津者.)

嬴氏亂天紀,	진시황이 하늘의 법도를 어지럽혀,
賢者避其世.	현자들이 세상을 피해 갔다.
黃綺之商山,	하황공(夏黃公)과 기리계(綺里季)는 상산으로 갔고,
伊人亦云逝.	이 사람들도 떠나갔다.
往跡浸復湮,	떠나간 자취는 점점 인멸되었고,
來徑遂蕪廢.	왔던 길 마침내 거칠어져 없어졌다네.
相命肆農耕,	서로 권하며 농사에 힘쓰고,
日入從所憩.	해 지면 쉴 곳으로 따라들 간다.
桑竹垂餘蔭,	뽕과 대나무는 많은 그늘을 드리워 주며,
菽稷隨時藝.	콩과 기장을 때에 맞춰 심는다.
春蠶收長絲,	봄누에 쳐서 긴 명주실 거두고,
秋熟靡王稅.	가을에 벼 익어도 세금이 없다.
荒路曖交通,	거친 길은 아득히 이리저리 통하고,
鷄犬互鳴吠.	닭과 개는 서로 울고 짖는다.

俎豆猶古法,	제구(祭具)는 아직도 옛 법대로 이고,
衣裳無新製.	입은 옷도 새로운 제작이 없다.
童孺縱行歌,	아이들은 제멋대로 다니며 노래 부르고,
班白歡遊詣.	노인들은 찾아가는 이 기쁘게 맞이한다.
草榮識節和,	풀에 꽃이 피면 계절이 온화해진 것 알고,
木衰知風厲.	나무가 시들면 바람이 매서워진 것 안다.
雖無紀曆誌,	비록 달력의 기록이 없어도,
四時自成歲.	네 계절이 저절로 한 해를 이루어 간다.
怡然有餘樂,	즐겁게 많은 낙이 있으니,
于何勞智慧.	어디에 지혜를 쓰리오.
奇蹤隱五百,	기이한 자취가 오백 년 동안 숨겨져 있었는데,
一朝敞神界.	하루아침에 신령한 세상이 드러났네.
淳薄既異源,	순박함과 각박함이 근원을 달리하니,
旋復還幽蔽.	배 돌려 돌아오자 다시 감추어졌네.
借問游方士,	묻노니 세속에 머무는 이들이여,
焉測塵囂外.	어찌 시끄러운 진세(塵世)의 밖을 헤아릴 수 있겠소.
願言躡輕風,	바라건대 가벼운 바람 타고서,
高舉尋吾契.	높이 날아 나와 뜻 맞는 이 찾으리.

도연명이 이 글에서 묘사하고 있는 이상향은 다음과 같은 몇 가지 특징으로 정리된다.

첫째, 농경사회이다. 기문(記文)에서, "좋은 밭, 아름다운 연못, 뽕나무, 대나무 등속이 있고, 밭두둑이 이리저리 통해 있으며, 닭 우는 소리, 개 짖는 소리가 들려 왔다. 그 가운데서 오고가며 농사짓는다."라고 하였고, 시에서는, "뽕과 대나무는 넉넉한 그늘 드리워 주며, 콩과 기장을 때에 맞춰 심는다. 봄누에 쳐서 긴 명주실 거두고, 가을에 벼 익어도 세금도 없다."라고 하였듯이, 농사짓고 누에치는 농경사회이다. 역대로 농업이 생업의 근간이 되었던 중국 사회에서 농경과 잠업에 종사하는 모습이 그려져 있다.

둘째, 수탈(收奪)이 없다. 시에서, "봄누에 쳐서 긴 명주실 거두고, 가을에 벼 익어도 세금이 없다."라고 하였다. 시대 배경에서 살펴본 것처럼 전쟁과 반란, 농민 봉기가 계속되었던 당시 상황에서 농민들은 무거운 세금에 고생하다가 결국은 유민화(流民化)하곤 하였으니, 수탈이 없는 세상은 농민들의 절실한 바람이었을 것이다.

셋째, 문명(文明)이 없는 사회이다. 시에서, "풀에 꽃이 피면 계절이 온화해진 것 알고, 나무가 시들면 바람이 매서워진 것 안다. 비록 달력의 기록이 없어도, 네 계절이 저절로 한 해를 이루어 간다."라고 하였다. 그래서 사람들은 순박하고 후한 인심을 지닐 수 있었다. 노자와 장자는 인위적인 문명이라는 것에 대해 부정적이었다.[123] 문명의 이기(利器)로 인해 사람들은 순수함을 잃고 각박해지기 때문이다. 도연명은 책력 등 문명의 이기가 없는 도화원의 순수 상태를 그리면서, "순박함과 각박함이 근원을 달리하니, 배 돌려 돌아오자 다시 감추어졌네."라고 하여 도화원에 사는 사람들의 '순박함〔순(淳)〕'과 속세에 사는 사람들의 '각박함〔박(薄)〕'이라는 시어로 이상사회와 현실을 대비시키고 있다.

　넷째, 전쟁과 혼란이 없는 평화의 세계이다. 기문에서, "노인들과 아이들이 모두 기분 좋게 스스로 즐긴다."라고 하였고, 시에서 "아이들은 제멋대로 다니며 노래 부르고, 노인들은 찾아가는 이 기쁘게 맞이한다."라고 하였다. 도연명은 마지막 연에서, 이들의 생활 환경, 삶의 자세, 사고 방식 등이 바로 자신이 추구하는 바임을, "바라건대 가벼운 바람 타고서, 높이 날아 나와 뜻 맞는 이 찾으리."라고 밝히고 있다.

　이러한 특징을 종합하여 보면, 「도화원시와 기문」에 나타난 도연

123　『노자(老子)·80장』, "작은 나라에 적은 백성으로, 여러 가지 기물(器物)이 있어도 사용하지 않게 한다.(小國寡民, 使有什佰之器而不用.)"；『장자(莊子)·천지(天地)』, "자공(子貢)이 남쪽으로 초(楚)나라를 유람하고 진(晉)나라로 돌아오는데, 한수(漢水)의 남쪽을 지나다가 한 노인이 밭을 가꾸는 것을 보았다. 땅굴을 파고 우물에 들어가 물동이를 안고 나와서는 밭에 물을 주는데 끙끙대며 몹시 힘을 들이고는 있었으나 효과는 적었다. 자공이 말하기를, '여기에 기계가 있는데, 하루에 백 고랑에 물을 대어 힘을 적게 들이고도 효과는 많습니다. 노인께서는 써보지 않겠습니까?'라고 하자 밭을 가꾸던 노인이 고개를 들어 쳐다보면서 말하기를, '어떻게 하는데요?'라고 물었다. 자공이 말하기를, '나무를 깎아 기계를 만드는데 뒤는 무겁고 앞은 가벼워 물을 끌어올리는 것이 뽑아 올리듯 하고 빠르기는 넘치는 물 같습니다. 그 이름을 두레박이라고 합니다.'라고 하자 밭을 가꾸던 노인이 화난 표정을 짓다가 웃으면서 말하기를, '내가 우리 스승께 들었는데, 기계가 있으면 반드시 기계를 쓸 일이 생기고, 기계를 쓸 일이 생기면 반드시 기교의 마음이 생긴다오. 기교의 마음이 가슴속에 있게 되면 순수한 마음이 갖추어지지 않고, 순수한 마음이 갖추어지지 않으면 정신이 안정되지 못한다오. 정신이 안정되지 못한 자에게는 도가 깃들이지 않는다고 하오. 나는 알지 못해서가 아니라 부끄러워서 쓰지 않는 것이오.'라고 하였다.(子貢南遊於楚, 反於晉, 過漢陰見一丈人方將爲圃畦. 鑿隧而入灌, 抱甕而出灌, 搰搰然用力甚多而見功寡. 子貢曰, 有械於此, 一日浸百畦, 用力甚寡而見功多. 夫子不欲乎? 爲圃者仰而視之曰, 奈何. 曰, 鑿木爲機, 後重前輕, 挈水若抽, 數如泆湯. 其名爲橰, 爲圃者, 忿然作色而笑曰, 吾聞之吾師, 有機械者必有機事, 有機事者必有機心. 機心存於胸中, 則純白不備, 純白不備, 則神生不定. 神生不定者, 道之所不載也. 吾非不知, 羞而不爲也.)"

명의 국가관은 소박하고 복고적이다. 현실의 불합리와 모순에 대한 비판으로, 이전의 이상향관을 종합하여 정형화시킨 점 등 현실적이고 긍정적인 면도 있고, 원시 무군시대(無君時代)를 칭송하고 문명을 부정한 점, 자급자족적 자연경제와 왕래가 끊긴 폐쇄사회를 그려낸 점 등의 복고적이고 소극적인 면도 있다. 자신의 소박한 국가관에 입각하여 현실과 대비되는 이상사회를 만들어내고자 하는 바람이 복고적 색채를 띠게 된 것이다.

그러나 이 글은 다음과 같은 중요한 가치를 지니고 있다. 첫째, 압박과 전란이 없는 곳에서 편안히 생업에 종사하고자 하는 농민들의 바람과 이상을 형상화시켰다는 점, 둘째, 신선 세계가 아닌 일상적인 세상에서 이상향을 추구한 현실적인 태도, 셋째, 현실의 혼란을 우회적으로 비판하고 있는 점 등을 들 수 있다.

혹자는 유가적 태평성대(太平聖代)인 '대동세계(大同世界)'를 「도화원시와 기문」의 창작 배경으로 설명하였다.[124] '대동세계'는 『예기(禮記)·예운(禮運)』에 다음과 같이 묘사되어 있다.

큰 도가 행해지면 천하는 공평해지니, 어진이와 능력자를 등용하고 신의와 화목을 추구하고 닦는다. 그러므로 자기 어버이만을 어버이로 여기지

---

[124] 유명화(劉明華), 「도원망단무심처-논도화원급기변체(桃源望斷無尋處-論桃花源及其變體)」, "사상사(思想史)의 각도에서 보면, 그것(「도화원시와 기문桃源詩幷記」)은 대동세상이라는 이상(理想)의 빛을 밝히고 있다. … 이러한 지리환경과 인간관계는 바로 대동세상의 이상가(理想家)들이 지향하는 것이다.(從思想史的角度看, 它又閃耀着大同理想的光輝. … 這種地理環境和人際關係, 正是大同理想家們所向往的.)" 『中國古代近代文學研究』, 1994, 5, p.152.

않고, 자기 자식만을 자식으로 여기지 않아, 노인들은 생을 마칠 곳이 있고, 젊은이들은 쓰일 곳이 있으며, 어린이들은 자랄 곳이 있고, 홀아비와 과부와 고아와 자식 없는 늙은이와 몹쓸 병이 든 사람들이 모두 살 곳이 있으며, 남자에게는 직분이 있고 여자에게는 시집갈 곳이 있게 한다. 재물이 헛되이 낭비되는 것은 싫어하지만 반드시 자기에게만 간직하지 않으며, 힘이 몸에서 나오지[힘쓰지] 않는 것은 미워하지만 반드시 자신만을 위해서 쓰지 않는다. 이런 까닭에 간사한 꾀가 막혀서 일어나지 않고, 도둑과 세상을 어지럽는 자들이 일어나지 않는다. 그래서 바깥문이 있어도 닫지 않으니, 이를 일러 대동세계라고 한다.(大道之行也, 天下爲公, 選賢與能, 講信脩睦. 故不獨親其親, 不獨子其子, 使老有所終, 壯有所用, 幼有所長, 矜寡孤獨廢疾者, 皆有所養, 男有分, 女有歸. 貨惡其棄于地也, 不必藏于己, 力惡其不出于身也, 不必爲己. 是故謀閉而不興, 盜竊亂賊而不作. 故外戶而不閉, 是謂大同.)"

그러나 대동세계의 내용이 「도화원시와 기문」의 지향과 다른 점은, 치자(治者)와 피치자(被治者)의 계급을 인정하고 있는 점[어진이와 능력자를 등용한다.(選賢與能.)]과, 교육을 강조한 점[신의와 화목을 추구하고 닦는다.(講信脩睦.)] 등이다. 도연명이 「도화원시와 기문」에서 그리고 있는 평화는 유가에서 중시하는 현자의 다스림에 의한 것이나 교육에 의해서가 아니라, 도가에서 강조하는 순박한 본성을 지키고 지혜를 중시하지 않는 태도에서 비롯된 것이기 때문이다.

이상에서 도연명의 정치관을 벼슬과 은일에 대한 태도, 시국관, 국가관으로 나누어 살펴보았다. 도연명의 벼슬과 은일에 대한 태도는 41세의 귀은을 기준으로 이전과 이후에 그 관점을 달리한다. 귀은 이전에는 유가적 용세지심(用世之心)을 가지고 평소의 포부를 실행하고자 몇 차례 벼슬길에 나섰다. 그러나 그것이 불가능한 현실을 직시하고 귀은한 이후로는 도가사상을 인생철학으로 수용하여 개인적 자유를 추구하고 세속적 가치를 초월하고자 하였다.

3) 자연관(自然觀)

① 자연(自然)

유가에서는 인위적(人爲的)인 성취를 중시하는 '유위설(有爲說)'을 제시한 반면,[125] 노장은 순응자연(順應自然)을 바탕으로 하는 '무위설(無爲說)'을 내세웠다.

> 내가 작위함이 없으면 백성은 저절로 변화되고, 내가 고요하면 백성은 저절로 바르게 된다.(我無爲而民自化, 我好靜而民自正.)[126]

---

[125] 『맹자(孟子)·진심상(盡心上)』, "옛사람들은 뜻을 얻으면 은택이 백성에게 가해지고, 뜻을 얻지 못하면 몸을 닦아서 세상에 드러난다.(古之人, 得志澤加於民, 不得志修身見於世.);『주역(周易)·계사상(繫辭上)』, "이 때문에 군자는 장차 이룸이 있고자 하고 행함이 있고자 한다.(是以君子將有爲也, 將有行也.)"

[126] 『노자(老子)·57장』

성인은 작위함이 없기 때문에 실패하지 않으며, 집착하지 않기 때문에 잃지 않는다. … 뭇 사람들의 잘못하는 바를 회복해 주어, 만물의 자연스러움을 돕고 감히 작위하지 않는다.(聖人無爲故無敗, 無執故無失. … 復衆人之所過, 以輔萬物之自然, 而不敢爲.)[127]

무릇 고요함, 담박함, 적막함, 작위함이 없음은 천지의 기준이고 도덕의 최고 경지이다.(夫虛靜恬淡寂漠无爲者, 天地之本, 而道德之至.)[128]

작위함이 없으면서 존귀하고, 소박하여 천하에 능히 그것과 아름다움을 다툴 것이 없다.(无爲也而尊, 樸素而天下莫能與之爭美.)[129]

  작위함이 없음〔무위(無爲)〕은 원래 그러한 상태를 따라〔순응자연(順應自然)〕 억지를 개입시키지 않는 것으로 도의 본질이다. 노자는 우주 자연의 원리를 도라 하고,[130] 그 도는 자연에서 나온다고 하였다.[131]
  도연명이 인식한 자연은 도가에서 제시한 자연과 맥락을 같이 한

---

127 『노자(老子)·64장』
128 『장자(莊子)·천도(天道)』
129 『장자(莊子)·천도(天道)』
130 『노자(老子)·25장』, "어떤 것이 혼돈(混沌)인 상태로 천지(天地)보다 앞서 생겨났는데, 적막하고 홀로 서서 변하지 않으며, 두루 적용되지만 위태롭지 않으니, 천하의 어머니라고 할 만하다. 나는 그 이름을 몰라 자(字)를 지어 '도(道)'라 하고, 억지로 그것에 이름을 붙여 '대(大)'라고 한다.(有物混成, 先天地生, 寂兮寥兮, 獨立不改, 周行而不殆, 可以爲天下母. 吾不知其名, 字之曰道, 强爲之名曰大.)"
131 『노자(老子)·25장』, "도는 자연을 본받는다.(道法自然.)"

다. 그는 도가의 순응자연(順應自然)의 가르침을 생활 속에서 실천하면서 문학작품에 도가적 정취(情趣)와 의경(意境)을 형상화시켰다. 다음에서 도연명의 자연관을 도가의 자연관과 비교하면서 살펴본다.

첫째, 자연은 만물을 내고 키운다. 노자는, "도(道)는 '일(一)'을 낳고, 일(一)은 '이(二)'를 낳고, 이(二)는 '삼(三)'을 낳고, 삼(三)은 '만물(萬物)'을 낳는다. (道生一, 一生二, 二生三, 三生萬物.)"[132]라고 하였다. 완적이, "천지는 자연에서 생겨나고, 만물은 천지에서 생겨난다.(天地生于自然, 萬物生于天地.)"[133]라고 하였는데, 『노자 · 42장』에 대한 구체적인 설명이다. 그러나 그 생장(生長)의 원리는 의지를 가진 것이 아닌 저절로 그러한 자연의 공능(功能)으로, 자연이 낸 만물이 원래 그러한 이치대로 스스로 생성, 소멸하는 원리이다.[134] 이것이 천지(天地)와 만물(萬物)은 스스로 나고 스스로 변화하면서 완성된다고 보는 도가의 자연관으로, 장자는 다음과 같이 말하였다.

만물이 살아간다는 것은 마치 말이 치달리는 것과 같으니, 움직이면서 변

---

132 『노자(老子) · 42장』
133 완적(阮籍), 「달장론(達莊論)」
134 『노자(老子) · 5장』, "천지는 사사로이 친애하지 않아, 만물을 추구(芻狗: 풀로 만든 개의 형상으로 제사에 쓰고 버리는 것이다.)로 삼는다.(天地不仁, 以萬物爲芻狗.)" : 이 점에 착안하여 유약우(劉若愚)는 "중국 시인들에게 있어서 자연(自然)이라는 것은, 창조주의 구체적 현시(顯示)가 아니라 그것은 그 자체(自體)일 뿐이다. 중국어로 Nature에 해당하는 것은 자연(自然), 혹은 '스스로 그런 것(self-thus)'이며 중국인들의 마음에는 자연을 '운동의 원동력'으로 관찰하는 것이 아니라, 하나의 실재(實在)로 받아들이는 것으로 만족하는 것 같다."라고 하였다. 유약우(劉若愚) 저, 이장우(李章佑) 역, 『중국시학(中國詩學)』(서울, 同和出版公社, 1984), p.73 참조.

하지 않는 것이 없고, 때에 따라 바뀌지 않는 것이 없다. 무엇이 작위를 하며 무엇이 작위하지 않는가. 스스로 변화할 뿐이다.(物之生也, 若驟若馳, 无動而不變, 无時而不移. 何爲乎, 何不爲乎. 夫固將自化.)[135]

산다는 것은 자연이 운행하는 것이고, 죽는다는 것은 만물이 변화하는 것이다.(其生也天行, 其死也物化.)[136]

사람의 생사(生死), 곤궁과 영달 등 모든 현상이 이에 속해 있으며 인력(人力)으로 어찌할 수 없는 것이다. 따라서 도가에서는 순응자연(順應自然)을 최고의 덕목으로 여겼다. 장자는 이러한 이치를 깨닫고 편안하게 순응하는 것이 지극한 덕이라 하였고,[137] 열자(列子)는 이러한 것들은 모두 천명이기 때문에 자연에 맡길 수밖에 없다고 하였다.[138] 왕충(王充)은 도가에서 강조하는 자연과 무위에 대하여 다음과 같이 설명하였다.

---

135 『장자(莊子)·추수(秋水)』
136 『장자(莊子)·천도(天道)』
137 『장자(莊子)·인간세(人間世)』, "어쩔 수 없음을 깨닫고 편안히 여기기를 운명처럼 하는 것이 최고의 덕이다.(知其不可奈何, 而安之若命, 德之至也.)"
138 『열자(列子)·역명(力命)』, "자체로 장수하고 자체로 요절하며, 자체로 곤궁하고 자체로 영달한다. 자체로 가난하고 자체로 비천하며, 자체로 부귀하고 자체로 고귀하다. 비록 천명(天命)이 아닌 것이 없다고 말하지만, 또한 조물자가 제어할 수 있는 것도 아니니, 단지 자연(自然)에 맡길 뿐이다.(自壽自夭, 自窮自達, 自貧自賤, 自富自貴. 雖曰莫非天命, 而亦非造物者所能制之, 直付之自然爾.)"

하늘의 움직임은 만물을 내고자 함이 아닌데 만물이 저절로 생겨나니, 이
것이 바로 자연(自然)이다. 기운(氣運)을 보냄은 만물을 만들고자 함이 아
닌데 만물이 저절로 만들어지니, 이것이 바로 무위(無爲)이다.(天動, 不欲以
生物, 而物自生, 此則自然也. 施氣, 不欲以爲物, 而物自爲, 此則無爲也.)[139]

위진대에 들어와 도가사상의 유행으로, 만물은 스스로 나고 스스
로 변화하면서 완성된다는 도가의 자연관이 폭넓게 수용되었다. 도
연명의 자연관은 노장의 자연무위(自然無爲)에 근거하고 있다. 노장에
서 수용된 도연명의 자연관은 다음과 같이 드러나고 있다.

大鈞無私力,   조물주는 사사로이 힘씀이 없어서,
萬物自森著.   만물이 저절로 성대히 드러난다.

『육체와 그림자와 정신 · 정신의 풀이形影神』 제1수

仲春遘時雨,   중춘에 제때의 비를 만나니,
始雷發東隅.   첫 우레가 동편에서 울려온다.
衆蟄各潛駭,   뭇 벌레들 각기 숨어 있다 놀라고,
草木從橫舒.   초목은 종횡으로 벋는다.

『고시(古詩)에 의작함擬古』 제3수

---

[139] 『논형(論衡) · 자연(自然)』

木欣欣以向榮,　　나무는 생기를 머금은 채 무성해지고,

泉涓涓而始流.　　샘물은 졸졸거리며 흐르기 시작한다.

善萬物之得時,　　만물이 제때를 얻은 것이 좋은데,

感吾生之行休.　　나의 삶은 장차 끝나감을 느낀다.

「귀거래사歸去來辭」

　　위에서 인용한 「육체와 그림자와 정신·정신의 풀이形影神·神釋」
에서는 자연의 이치, 즉 도의 운행의 원리를 한마디로 설파하였는
데, 생에 연연해하며 고뇌하는 사람들을 깨우치고자 한 것이다. 자연
의 다른 이름인 '대균(大鈞)'은 사사로운 의지가 아닌, 도의 구체적 표
현을 통해 만물이 저절로 번성하게 한다. 이는 노자가 "천지는 사사
로이 친애하지 않는다.(天地不仁.)"[140]라고 한 말이나, 장자가 "하늘은
사사로이 (만물을) 덮어 줌이 없고, 땅은 사사로이 (만물을) 실어 줌
이 없다.(天無私覆, 地無私載.)"[141]라고 한 이치의 시화(詩化)이다. 따라
서 「고시(古詩)에 의작함擬古」 제3수와 「귀거래사」에서 읊고 있듯이,
봄이 되면 벌레들은 깨어나고 나무는 자연의 기운을 받아 생기를 띠
며, 샘물은 자연의 이치대로 흐르는 것이다. 바로 자연의 이치가 만
물에 체현(體現)된 것이다.

140 『노자(老子)·5장』
141 『장자(莊子)·대종사(大宗師)』

둘째, 자연은 속박과 혼란에서 벗어날 수 있는 안식(安息)의 장소이다. 도연명은 어지러운 시대에 벼슬길에 나선 것이 자신의 본성을 위배하는 것이라고 하였다.[142] 따라서 그러한 갈등에서 벗어나는 방법이 자연으로의 복귀이다. 「고향집에 돌아옴」 제1수에서, "오랫동안 새장 안에 갇혀 있다가, 다시 자연으로 돌아올 수 있었다.(久在樊籠裏, 復得返自然.)"라고 하였다. 여기에서 말한 '자연'은 공간적 의미의 자연계, 즉 전원을 의미하기도 하지만 추상적 의미의 구속 없는 상태까지를 포함하는 중의(重義)[143]의 수사법이다.

순응자연의 완성, 그리고 안식의 최고 경지가 곧 죽음이다. 장자는 죽음은 원래의 곳으로 돌아가는 것이라는 인식에서,[144] 죽음은 자연이 나에게 주는 휴식이라고 하였다.[145] 도연명은 「만가」 제3수에서, 죽어서 자연과 일체가 된 자신을 상상하여, "죽었으니 무슨 말을 하겠는가. 몸 의탁하여 산언덕과 하나가 되었는데.(死去何所道, 託體同山阿.)"라고 읊고 있다. 인간은 죽음을 통하여 자연으로 돌아가고, 결과

---

[142] 「귀거래사歸去來辭」, "천성이 자연스러워 고치고 힘써서 될 수 있는 것이 아니다. 굶주림과 추위가 비록 절박하더라도 나와 어긋나는 것은 모두가 고통이다.(質性自然, 非矯勵所得. 飢凍雖切, 違己交病.)"

[143] 중의(重義)는 이중(二重)의 의미를 지니는 시어를 사용하여 본의(本義)를 암시하는 수사법이다.

[144] 『장자(莊子)·전자방(田子方)』, "태어남은 싹트는 것이 있음이요, 죽음은 돌아감이 있음이다. 처음과 끝은 반복되면서 끝이 없어 그 다하는 바를 알 수가 없다.(生有所乎萌, 死有所乎歸. 始終相反乎无端而莫知乎其所窮.)"

[145] 『장자(莊子)·대종사(大宗師)』, "대자연은, 육체로 나를 실어주고 삶으로 나를 수고롭게 하며, 늙음으로 나를 편안하게 하고 죽음으로 나를 쉬게 한다.(夫大塊, 載我以形, 勞我以生, 佚我以老, 息我以死.)"

적으로 완전한 순응자연이 됨을 표현한 말이다.

셋째, 자연은 도의 근원(根源)이자 도이며, 진(眞)의 소재(所在)이다. 노자가, "도는 자연을 본받는다.(道法自然.)"[146]라고 하였는데, 도란 자연으로부터 부여받은 원리라고 이해할 수 있다. 장자는 자연의 속성이 진(眞)임을 밝히면서, "진이라는 것은 하늘에서 받은 것으로, 자연스러워 바뀔 수 없는 것이다.(眞者, 所以受於天也, 自然不可易也.)"라고 하였다.[147] 도연명은 「연일 오는 비에 혼자 술을 마시며連雨獨飮」에서, "하늘이 어찌 여기서 떠나갔겠는가, 참됨에 맡겨 앞서는 일이 없다.(天豈去此哉, 任眞無所先.)"라고 하여 자연의 속성인 진에 따를 뿐 앞세우는 것이 없을 것임을 천명하였다. 도연명의 시문에 보이는 '자연'은 '진'의 의미로 이해될 수 있고, 반대로 '진'은 '자연'으로 바꾸어 이해해도 된다. 즉 자연의 속성인 '진'으로 자연을 대신하는 대유(代喩)의 수사법을 운용한 것이다.

② 천도관(天道觀)

천도(天道)는 우주를 생성, 운행시키는 원리로, 이에 대한 고찰은 도가에서 가장 활발하게 진행되어 왔다. 노자는 천지가 만들어지기 이전부터 천지 생성의 힘이 존재했다고 하였다. 그것을 '도'라고 가정

---

[146] 『노자(老子)·25장』
[147] 『장자(莊子)·어부(漁父)』

하고 천지 생성의 근원이라고 규정하였다.[148] 장자도 '도'를 만물에 공통적으로 존재하는 원리로 설명하였다.[149]

유가에서는 만물을 내고 운행하게 하는 원리를 '천(天)'이라고 하였다. 공자는, 천은 말없이 만물이 나게 하고 사시(四時)가 운행되게 하는 것이라고 하였다.[150] 따라서 하늘의 이치는 어느 곳에나, 어느 것에나 미치지 않음이 없다. 이러한 관점은『중용(中庸)』에서, "『시경(詩經)』에 이르기를, '솔개는 날아 하늘에 이르고, 물고기는 연못에서 뛰어 오른다.'라고 하였는데, (만물을 생성·성장시키는 하늘의 이치가) 상하에 밝게 드러남을 말한 것이다.(詩云, 鳶飛戾天, 魚躍于淵, 言其上下察也.)"[151]라고 한 데에서도 살필 수 있다.

천도에 대해 도연명이 지닌 태도는 복잡하여, 천도를 인정하면서 한편으로는 회의하기도 하였다. 이점이 바로 노장과 다른, 문인(文人)으로서의 도연명의 모습이다. 사마천(司馬遷: 대략 B.C.145-87)은 일찍이 다음과 같이 천도에 대해 회의하였다.

어떤 사람이 말하기를, "천도(天道)는 사사로이 친함이 없고 항상 선인(善

---

148 『노자(老子)·25장』, 본장 주 130 참조.
149 『장자(莊子)·지북유(知北遊)』, "동곽자(東郭子)가 장자에게 묻기를, '이른바 도라는 것은 어디에 있습니까?'라고 하자, 장자가 말하기를, '있지 않은 곳이 없습니다.'라고 하였다.(東郭子問於莊子曰, 所謂道, 惡乎在. 莊子曰, 無所不在.)"
150 『논어(論語)·양화(陽貨)』, "공자께서 말씀하셨다. '하늘이 무슨 말을 하던가. 사시(四時)가 운행(運行)되고 만물이 생장(生長)하는데, 하늘이 무슨 말을 하던가.(子曰, 天何言哉. 四時行焉, 百物生焉, 天何言哉.)"
151 『중용(中庸)·12장』

人)과 함께 한다."라고 하였는데, 백이(伯夷)·숙제(叔齊) 같은 이는 선인이라고 말할 수 있지 않겠는가. 인(仁)을 쌓고 행실을 깨끗이 한 것이 이와 같은데도 굶어 죽었다. … 나는 매우 의혹스러워지니, 혹시 이른바 천도(天道)라는 것이 옳은 것인가, 그른 것인가.(或曰天道無親, 常與善人. 若伯夷·叔齊, 可謂善人者非邪. 績仁潔行如此而餓死, … 余甚惑焉, 儻所謂天道, 是邪非邪.)"[152]

도연명도 사마천과 같은 심정으로, 「선비가 때를 만나지 못한 것에 느낌을 받은 부」에서 다음과 같이 읊었다.

承前王之淸誨,   선왕(先王)의 맑은 가르침을 받드니,
曰天道之無親.   "천도(天道)는 사사로이 친함이 없다.
澄得一以作鑒,   맑은 하늘은 하나[도(道)]를 얻어 거울이 되니,
恒輔善而佑仁.   항상 선인(善人)을 돕고 인인(仁人)을 돕는다."고 하였다.
夷投老以長飢,   백이(伯夷)는 늙도록 내내 굶주렸고,
回早夭而又貧.   안회(顔回)는 일찍 죽었으며 또 가난하였다.
    …   …
疑報德之若玆,   의심컨대 덕을 보답 받음이 이와 같으니,
懼斯言之虛陳.   이 말이 공연히 진술된 것인가 염려된다.

152 『사기(史記)·백이열전(伯夷列傳)』

정도(正道)대로 살았고 지조(志操)를 지켰던 백이는 굶주림 속에 죽었고, 안빈낙도(安貧樂道)하던 안회(顔回)도 가난 속에 살다 요절하였으니 천도에 회의가 든 것이다. 이는 또한 도를 추구하고 의(義)를 행하면서 살아왔음에도 평생 불우(不遇)했던 자신을 읊은 것이기도 하다. 도연명은 「원한의 시 초조(楚調)로 방주부(龐主簿)와 등치중(鄧治中)에게 보여줌」에서 그러한 심정을 구체적으로 토로하였다.

天道幽且遠,	하늘의 도(道)는 깊고도 멀며,
鬼神茫昧然.	귀신의 일은 아득하고 어둡다.
結髮念善事,	머리 묶은 이후로 착한 일 생각하며,
僶俛六九年.	힘써 온 지 54년이다.
弱冠逢世阻,	약관의 나이엔 세상의 험난함 만났고,
始室喪其偏.	서른의 나이에 짝을 잃었다.

어려서 이후로 선행을 닦으며 50여 년을 힘써 왔지만 젊어서는 험난했고 첫 부인은 사별하게 되었으니, 선(善)에 힘쓰는 의미가 무엇인가, 천도란 존재하는가를 의심한 것이다. 이는 백이와 안회가 겪었던 것처럼 정도(正道)가 행해지지 않는 현실과 불우한 자신의 처지에 대한 개탄에서 비롯된 것이다.

그러나 결국 천도는 따르고 감수해야 할 것으로 인식하고 있다. 이는 도가적 '순응자연(順應自然)'과, 유가적 '순리(順理)'의 표현이다. 다음에 보이듯이 도연명은 이러한 인식을, '운행에 맡긴다〔위운(委運)〕',

'변화를 따른다[승화(乘化)]', '천명을 받든다[봉천명(奉天命)]', '천명을 즐기며 분수에 맡긴다[낙천위분(樂天委分)]' 등으로 표현하였다.

甚念傷吾生,　　심한 염려는 우리의 삶을 해치리니,
正宜委運去.　　진정 자연의 운행에 맡겨 살아가야 하리.

「육체와 그림자와 정신 정신의 풀이[形影神 神釋]」

聊乘化以歸盡,　　그저 변화를 따라 죽음으로 돌아가리니,
樂夫天命復奚疑.　　천명을 즐김에 다시 무엇을 의심하리오.

「귀거래사[歸去來兮]」

奉上天之成命,　　하늘의 정해진 명을 받들고,
師聖人之遺書.　　성인의 남기신 글을 본받으리.

「선비가 벼슬 만나지 못한 것에 느낌을 받은 부[感士不遇賦]」

樂天委分,　　천명(天命)을 즐기며 분수(分數)에 맡겨,
以至百年.　　일생을 마치기에 이르렀다.

「자세문[自祭文]」

이러한 자세는 장자의, "만물의 자연스런 본성을 따르고, 사사로움을 개입시키지 않는다.(順物自然, 而無容私焉.)"[153]는 자연관의 계승이자 유가의 안빈낙도의 실천이다. 청(淸)의 서경(徐經)은 도연명의 이러

한 태도를 칭송하여, "풍속이 무너진 때, 더구나 역모와 찬탈이 심해진 때에, 선비들은 방만(放漫)을 다투고 사람들은 염치(廉恥)가 없었다. 도연명은 이 때에 태어나 홀로 천도를 즐기고 운명을 알아 도를 지켜 가며 변함이 없었다. … 도연명의 몸가짐은 이미 구차함이 없었고 말로 표현한 것들이 즐거이 이치를 따른 것이라 온화하여 가까이 할 만하다.(夫當風俗頹敗之際, 而更加以逆謀篡亂之時, 士爭放慢, 人無廉恥. 潛生其間, 獨能樂天知命, 守道不移. … 潛之持躬, 旣無所苟, 而發爲言語, 又復怡然順理, 藹然可親.)"[154]라고 하였다.

③ 물아관(物我觀)

노장의 '상대주의관(相對主義觀)'은 '물아일체(物我一體)'를 가능하게 한다. 물아일체의 경지는 '아(我)'의 집착을 버리고 아(我)를 초월함으로써 도달할 수 있다. 도가나 유가에서 모두 아(我)의 집착을 버릴 것을 가르치고 있다. 장자는 지인(至人)의 경지는 주관적 아(我)가 없는 '무기(无己)'임을 천명하였고,[155] 아(我)를 버림으로써 '오(吾)'의 자재(自在)함에 이른 남곽자기(南郭子綦)를 칭송하였다.[156] 공자는 자

---

153 『장자(莊子)·응제왕(應帝王)』
154 「의상징사도잠종사소(擬上徵士陶潛從祀疏)」
155 『장자(莊子)·소요유(逍遙游)』, "지인(至人)은 주관적 아(我)가 없다.(至人无己.)"
156 『장자(莊子)·제물론(齊物論)』, "남곽자기가 말하였다. '언아, 훌륭하구나. 네가 그것을 묻다니. 지금 나는 주관적인 나를 잃었는데, 네가 그것을 알았느냐?(子綦曰, 偃, 不亦善乎. 而問之也. 今者吾喪我, 汝知之乎.)"

아를 내세움이 없는, '무아(毋我)'의 경지에 이르렀다고 하였다.[157] 이는 사사로움, 또는 사심(私心)을 초월한 경지로, '무의(毋意)', '무필(毋必)', '무고(毋固)'의 단계를 지나 지선(至善)에 이른 상태이다.

아(我)라는 집착에서 벗어나야 상대하는 모든 것에 대한 편견을 버릴 수 있다. 인간사회에서 귀한 이는 천한 이를 멸시(蔑視)하고 천한 이는 귀한 이를 질시(疾視)하는 현상은 바로 자아(自我)에 국한되어 전체를 보지 못하는 편견에서 비롯되는 것이다. 장자는 이 국한에서의 초월이 갈등을 없애는 관건이며, 그러기 위해서 도의 견지에서 상대를 볼 것을 강조하였다.[158] 도연명의 「술을 마시며」 제14수는 무아(無我)의 경지를 보여 주는 좋은 예이다.

故人賞我趣,	친구들이 나의 취향을 알아주어,
挈壺相與至.	술병 들고서 함께 이르렀네.
班荊坐松下,	싸리 방석 펴고 소나무 아래 앉아,
數斟已復醉.	몇 잔 들고 보니 벌써 또 취하였다.
父老雜亂言,	노인들 어지러운 말이 엇섞이고,
觴酌失行次.	술잔 따르는데 차례를 잃었다.

---

157 『논어(論語)·자한(子罕)』, "공자는 네 가지의 마음이 전혀 없었으니, 사사로운 뜻이 없었고 기필 하는 마음이 없었으며, 집착하는 마음이 없었고 자아를 내세움이 없었다.(子絶四, 毋意, 毋必, 毋固, 毋我.)"

158 『장자(莊子)·추수(秋水)』, "도의 견지에서 보면 만물에는 귀천의 차별이 없고, 만물의 입장에서 보면 스스로를 귀하게 여기고 상대를 천하게 여긴다.(以道觀之, 物无貴賤, 以物觀之, 自貴而相賤.)"

不覺知有我,　　내가 있음을 깨닫지 못하게 되니,

安知物爲貴.　　어찌 상대가 귀한지를 알리오.

悠悠迷所留,　　아득히 마음 머물 곳 헤매지만,

酒中有深味.　　술 속에는 깊은 맛이 있도다.

　제8구의 "어찌 상대가 귀한지를 알리오.(安知物爲貴.)"의 '귀(貴)'는 '귀(貴)'와 '천(賤)'의 의미를 모두 포함하는 말로 물아(物我)가 일체(一體)가 되어 구분이 없어진 상태, 즉 분별심을 초월한 상태이다. 유계운(劉啓雲)은 『세설신어(世說新語)·임탄(任誕)』에 보이는, "술은 바로 사람을 상승의 경지로 이끈다.(酒正自引人勝地.)"라든가, "술은 바로 사람들로 하여금 저절로 초연해지게 한다.(酒正使人人自遠.)"라는 구절을 인용하면서, 술이 위진 시대 사람들로 하여금, "천진에 맡겨 자득하며, 상대와 나를 모두 잊는(任眞自得, 物我兩忘)" 경지에 이르게 해주는 방편이었다고 하였는데,[159] 위의 시에서 보인 도연명의 경지가 그러하다. 이러한 물아일체의 경지는 도연명이 교제했던 사람들과의 관계에서 뿐 아니고 동식물 등의 자연물, 심지어는 거처했던 초가집 등, 나 아닌 우주에 존재하는 모든 것들과의 교감에서도 찾아진다.[160]
　주관(主觀)에 빠지지 않고 자신을 객관화(客觀化)시켜 관조하는 자

---

[159] 「논도연명전원시대중국시경적개척(論陶淵明田園詩對中國詩境的開拓)」(『中國古代近代文學研究』, 1997. 4), p.68 참조.
[160] 만년인 58세에 쓴 「『산해경(山海經)』을 읽고서讀山海經」의 서문격인 제 1수가 도연명의 상술한 경지이다.[제3장 1. 전원시(田園詩) 분석 참조]

세가 사심(私心)을 없애는 방법이다. 사심이 없어진 후에라야 자신과 주변의 일체를 제대로 조망할 수 있다. 도연명의 「만가」, 「자제문」 등의 글은 죽음에 가까워지면서 자신을 객관화시켜 놓고 자기 일생과 죽음의 문제를 조망한 글이다. 이러한 자세에서, 자연에서 와서 그 일부로 살다가 다시 자연으로 돌아가 하나가 되는 것이 인생이라는 깨달음과 생사에 대한 초연함이 가능하였다. 「만가」 제3수에서, "죽었으니 무슨 말을 하겠는가. 몸 의탁하여 산언덕과 하나가 되었는데.(死去何所道, 託體同山阿.)"라고 읊은 구절에, 자연으로 돌아가 합일되는 도연명의 물아일체(物我一體) 사상이 용해되어 있다고 하겠다.

도연명의 자연관은 노장에서 계발되어 한(漢)의 왕충(王充), 위진(魏晋)의 현학가(玄學家)들로 이어지는, 만물은 스스로 나고 스스로 변화하면서 완성된다는 도가의 자연관을 계승하였다. 따라서 자연 속에서 상대와 나에 대한 분별을 초월하는 물아일체의 경지에 이를 수 있었다.

이상의 검토를 바탕으로 도연명의 사상을 개괄하여 다음과 같이 말할 수 있겠다. 생활면에서는, '안빈낙도', '곤궁에 굳센 절개〔고궁(固窮)〕', '봉천명(奉天命)' 등 유가에서 획득한 엄숙하고 진지한 자세로 도가의 말류(末流)인 방탕이나 신선 추구에 빠지지 않았다. 정신면에서는, '순응자연', '초월', '달관' 등 도가에서 획득한 소박하고 지혜로운 경지로 유가의 말류인 허위적 명교(名敎)를 초월하여 세속에 휩쓸리지 않고 자신을 유지할 수 있었다.

즉 그는 유가와 도가의 철학을 선별적으로 취사하여 인격과 사상을 형성해 내었다. 진연걸(陳延傑)이 "도연명의 사상은 깊고 평탄하면서도 굳세고 열렬하여, 이미 진정한 명교에 위배되지 않았고 또한 진심으로 자연에 맡겨 따랐으니 아마도 유가와 도가의 말을 종합하여 시화(詩化)한 자일 것이다.(陶淵明之思想, 冲夷抗烈, 旣不違反名敎, 又信任自然, 殆會合儒家道家之言而韻之者.)"[161]라고 하였듯이, 도연명의 사상은 유가사상과 도가사상의 정수(精髓)를 섭취하고 조화하여 이루어진 결정(結晶)이라고 하겠다.

---

[161] 왕정장(王定璋), 『도연명현안게비(陶淵明懸案揭秘)』(四川大學出版社, 1996), p.233 재인용.

도연명시의 내용

도연명시에 관한 연구는 논문(論文)이나 저술(著述)로 많이 나와 있지만, 논문은 물론이고 저술에서도 각각의 시를 내용별로 분류하여 논의한 예는 그리 많지 않다. 그것은 전체의 시 속에서 공통적인 내용을 추출하여 논의하는 데에서 그친 때문이기도 하지만, 시 내용의 포괄성과 다양성으로 인하여 각 시에 대한 내용 분류가 쉽지 않은 것도 큰 이유일 것이다.

이 책에서는 주제(主題)에 따라 분류하여, 도연명의 시를 전원시(田園詩), 설리시(說理詩), 영회시(詠懷詩), 영사시(詠史詩), 교유시(交遊詩), 기타(其他)로 나누어 분석한다. 도연명시에는 술을 제목(題目)으로 한 경우[1] 뿐 아니라, 술을 소재(素材)로 한 것들이 많아[2] 특별히 '음주시(飮酒詩)'라는 항목을 두어 분류하는 경우가 있는데, 내용 분류에 있어 음주시를 한 항목으로 하여 나누는 것은 타당하지 못한 점이 있다. 술은 시의 한 소재로 등장하는 경우가 많고, 술이 제목으로 쓰인 「연일 오는 비에 혼자 술을 마시며連雨獨飮」, 「술을 마시며飮酒」 20수 등의 시는 대부분 깊은 철리(哲理)를 담은 설리시이고, 「술을 말함述酒」의 경우는 진송(晋宋) 교체의 변혁기에 시인이 불의(不義)의 사건을 접하고 그 감회를 은유의 수법으로 서술한 영회시이기 때문이다.

1. 전원시(田園詩)

도연명의 전체 시 125수 가운데, 전원 속에 살며 전원생활의 즐거움을 표현하거나 직접 농사를 지으며 느낀 감회를 서술한 전원시가 22수에 이른다.[3] 농사를 생업의 근간으로 했던 중국에서, 농사나 전

---

[1] 「술을 마시며飮酒」 20수, 「연일 오는 비에 혼자 술을 마시며連雨獨飮」 1수, 「술 끊기止酒」 1수, 「술을 말함述酒」 1수 등 모두 23수이다.

[2] 125수 가운데 반수 이상이 술과 관련되어 있고, 제목 이외에도 '주(酒)'자가 시어(詩語)로 쓰인 경우만도 32회나 된다.

[3] 최웅혁(崔雄赫)은 『도연명전원시연구(陶淵明田園詩硏究)』(韓國外大 博士學位論文, 1991)에서 도연명시 가운데 34수를 전원시(田園詩)로 선정하여 연구하였는데, 이 논문은 도연명의 전원시만을 연구 대상으로 하고 있어 농촌생활을 반영하고 있거나 소재로 한 대부분의 작품을 전원시로 취하는 광의(廣義)의 개념을 도입하였다. 이 책에서는 도연명시 전체를 대상으로 하고 있기 때문에 전원생활의 즐거움, 직접 농사에 참여하면서 느낀 감회나 농사 자체를 읊은 작품들, 전원생활 속에서 느끼는 가족애를 읊은 내용 등의 협의(狹義)의 개념으로 전원시를 선정하였다.

원을 대상으로 한 시들은 물론 도연명 이전에도 있었다. 그러나 그것들은 농사나 전원이 하나의 소재일 뿐, 일관된 주제가 되어 농업에 참여하면서 느낀 감정을 묘사한 것이 아니었다. 이는 지식인들이 농사에 직접 참여하는 것을 부정적으로 여긴 유가의 노동경시 태도와 관련이 있다. 공자는 농사일을 배우려 했던 번지(樊遲)를 다음과 같이 비판하였다.

번지가 농사일을 배우기를 청하자, 공자가 말씀하시기를, "나는 늙은 농부만 못하다."라고 하였다. 채마밭 가꾸는 것을 배우기를 청하자, "나는 늙은 밭지기만 못하다."라고 하였다. 번지가 나가자 공자가 말씀하시기를, "소인이구나, 번수는. 윗사람이 예(禮)를 좋아하면 백성들이 공경하지 않는 이가 없고, 윗사람이 의(義)를 좋아하면 백성들이 복종하지 않는 이가 없으며, 윗사람이 신(信)을 좋아하면 백성들이 감히 사실대로 하지 않는 이가 없다. 이렇게 되면 사방의 백성들이 포대기에 자식을 업고 올 것이니, 어찌 농사를 짓겠는가?(樊遲請學稼, 子曰, 吾不如老農. 請學爲圃, 曰吾不如老圃. 樊遲出, 子曰, 小人哉, 樊須也. 上好禮則民莫敢不敬, 上好義則民莫敢不服, 上好信則民莫敢不用情. 夫如是則四方之民, 襁負其子而至矣, 焉用稼.)[4]

공자는 또한 몸소 농사지으며 자신의 도를 지키던 은자들의 생활 태도를 인정하지 않았다.[5] 맹자는, 자신이 직접 지은 곡식으로 먹고

---

[4] 『논어(論語)·자로(子路)』

살 것을 주장하던 농가(農家)의 인물인 허행(許行)을 다음과 같이 비판하였다.

천하를 다스리는 것만은 유독 밭을 갈면서도 할 수 있겠는가. 대인(大人)의 일이 있고 소인(小人)의 일이 있다. 또 한 사람의 몸에 백공(百工)이 하는 일이 구비되게 하니, 만일 반드시 자기가 만든 뒤에야 쓴다면, 이는 천하 사람을 이끌어 길로 나서게 하는 것이다. 그러므로 이르기를, '어떤 사람은 마음을 수고롭게 하고 어떤 사람은 힘을 수고롭게 하니, 마음을 수고롭게 하는 자는 남을 다스리고 힘을 수고롭게 하는 자는 남에게 다스려진다.'라고 하였다. 남에게 다스려지는 자는 남을 먹여주고, 남을 다스리는 자는 남에게 얻어먹는 것이 천하의 공통된 의리이다.(治天下, 獨可耕且爲與. 有大人之事, 有小人之事. 且一人之身而百工之所爲備, 如必自爲而後, 用之, 是率天下而路也. 故曰, 或勞心, 或勞力, 勞心者治人, 勞力者治於人. 治於人者食人, 治人者食於人, 天下之通義也.)"[6]

그러나 도가사상의 소유자들은 몸소 농사지으며 자신의 도를 지켜 가는 것을 최고의 생활 방식으로 여겼다. 장자는 "봄에 밭 갈고 씨뿌림에 육체는 족히 힘쓸 만하고, 가을에 거둬들임에 몸은 족히 쉬고 먹고 지낼 만하다.(春耕種, 形足以勞動, 秋收斂, 身足以休食.)"[7]라고

---

5 제2장 주 90 참조
6 『맹자(孟子)·등문공상(滕文公上)』
7 『장자(莊子)·양왕(襄王)』

하였다. 『논어』에 등장하는 장저(長沮)와 걸익(桀溺), 하조장인(荷蓧丈人) 같은 은자(隱者)들이 그런 경우이다. 공자가 이들을 비판한 것과는 달리 도연명은 이들을 자주 칭송하였다. 자신도 이들처럼 직접 농사짓는 데에 자부심을 가지고 있음을 다음과 같이 역설하였다.

遙遙沮溺心,   멀고 먼 장저(長沮)와 걸익(桀溺)의 마음,
千載乃相關.   천년이 지났어도 서로 통한다.
但願長如此,   그저 내내 이와 같기를 바랄 뿐,
躬耕非所歎.   직접 농사짓는 것은 탄식할 바가 아니다.

「경술년 9월 중에 서쪽 밭에서 올벼를 거둠(庚戌歲九月中於西田穫早稻)」

姜年逝已老,   좋은 나이 가 버려 이미 늙었지만,
其事未云乖.   이 농사일은 어긋나지 않는다.
遙謝荷蓧翁,   멀리 하조옹(荷蓧翁)에게 감사하노니,
聊得從君栖.   그런 대로 그대 따르는 삶을 얻었노라.

「병진년 8월 중에 하손(下潠)의 농막에서 추수함(丙辰歲八月中於下潠田舍穫)」

代耕本非望,   벼슬살이는 본디 바라던 것 아니고,
所業在田桑.   일삼는 것 농사와 누에치는 데에 있다.

「잡시(雜詩)」 제8수

이러한 점에서도 도연명의 도가적 사고방식의 일단을 살필 수 있

다. 사상적인 이유 외에도 생활의 여건상 전원으로 귀은하여 농경에 종사하는 방법 말고는 선택의 여지가 없었던 점을 지적하는 이도 있다.[8] 당시 고답적(高踏的) 취미를 가지고 공담(空談)을 일삼던 청담가(淸談家)들이나 귀족들이 직접 농사짓는 것을 염두에 두지 않았음은 물론이다.[9] 이러한 풍조에서 도연명은 직접 농사를 지으면서 그 즐거움과 고통을 두루 맛보고 그것들을 시로 표현해 내었으니, 당시의 지식인으로서는 독특한 경우이다. 심덕잠(沈德潛)은 도연명이 직접 농사지은 것에 대해, 「경술년 9월 중에 서쪽 밭에서 올벼를 거둠庚戌歲九月中於西田穫早稻」을 설명하면서 다음과 같이 평하였다.

「이사移居」라는 시에, "입고 먹는 것 마땅히 경영해야 하니, 힘써 짓는 농사가 나를 저버리지 않으리."라 하였고, 이 시에서는, "사람의 삶이란 결국 길이 있으니, 입고 먹는 것이 진실로 그 시초로다."라고 하였다. 또 "가난한 생활이 농사에 의지한다."[10]라고 하여, 스스로 힘쓰고 남을 힘쓰게 함이 항상 농사짓는 데에 있었으니, 도연명이 진대(晉代) 사람들과 다른

---

[8] 소미교일(小尾郊一) 저, 윤수영(尹壽榮) 역, 『중국문학과 자연미학(中國文學 自然美學)』(도서출판 서울, 1992), p.168, "도연명은 그의 성격도 그러하기는 했지만, 산수 가운데에 은둔하여 山水의 아름다움을 즐길 수 있는 생활의 여유가 없었다. 또한 은둔 생활을 원하면서도 생활을 위하여 생활 근거지인 전원으로 돌아가지 않을 수 없었다."

[9] 왕숙민(王叔岷), 『도연명시전증고(陶淵明詩箋證稿)』(臺北, 藝文印書館, 1975), p.268, "사령운(謝靈運)의 「재중독서(齋中讀書)」라는 시에, '장저(長沮)와 걸익(桀溺)의 고생을 비웃노니, … 농사짓는 것이 어찌 즐거우리오.'라고 하였으니, 도연명과는 취향이 다르다.(謝靈運齋中讀書詩. '旣笑沮溺苦, … 耕稼豈云樂', 與陶公異趣矣.)"

[10] 「병진년 8월 중에 하손(下潠)의 농막에서 추수함丙辰歲八月中於下潠田舍穫」

점이 여기에 있다.(移居詩云, 衣食當須紀, 力耕不吾欺. 此云, 人生歸有道, 衣食
固其端. 又曰, 貧居依稼穡. 自勉勉人, 每在耕稼, 先生異於晋人, 在此.)[11]

도연명은 구속이 없는 자유의 경지이자 삶의 터전인 전원에서 직
접 농사지으며 자신의 진정(眞情)을 시로 표현해 내었다. 그의 전원
시에는, 전원생활 중에 느끼는 만족과 여유 등 전원생활의 즐거움을
읊은 시들, 직접 농사에 참여하여 힘쓰는 모습이나 그 느낌을 읊은
시들, 전원생활 중에 누리는 가족간의 사랑을 읊은 시들이 있다. 내
용별로 나누어 살펴본다.

1) 전원생활의 즐거움

도연명의 귀은은 평소의 바람을 실천에 옮긴 것이다. 따라서 전원
생활에서 즐거움을 느끼고, 이러한 즐거움을 주제로 많은 전원시를
썼다. 도연명이 전원생활 중에서 얻은 즐거움으로 세 가지를 들 수
있다. 첫째 속박과 번잡에서 벗어난 자유로움과 한가로움이다. 둘째
전원생활 중에 가졌던 유람의 즐거움이다. 셋째 농사짓는 즐거움과
전원생활에 대한 자부심이다.

자유롭고 한가로운 전원생활의 즐거움은 「고향집에 돌아옴」 5수
가운데에 잘 드러나 있다. 「고향집에 돌아옴」 5수는 팽택령(彭澤令)

---

[11]   도주(陶澍), 위의 책 권3, p.23 재인용.

을 사직하고 귀은한 이듬해 봄에, 직접 농사지으면서 느낀 감회를 서술한 시들이다. 제1수에서는 귀은한 이후로 해가 바뀌고 여러 달이 지난 뒤에, 차분히 지난 일과 지금을 생각하면서 전원으로 돌아와 누리는 즐거움과 만족감을 담백하게 그리고 있다.

少無適俗韻,	젊어서부터 세속에 맞는 운치가 없고,
性本愛丘山.	본성이 원래 산을 좋아하였다.
誤落塵網中,	잘못하여 진세(塵世)의 그물에 떨어져,
一去三十年.	단번에 30년을 보내 버렸구나.
羈鳥戀舊林,	갇힌 새는 옛 숲을 그리워하고,
池魚思故淵.	연못의 고기는 옛 심연을 생각한다네.
開荒南野際,	남쪽 들가에서 황무지 개간하면서,
守拙歸田園.	졸박함을 지키고자 전원으로 돌아왔다.
方宅十餘畝,	사방 택지는 10여 무(畝)이고,
草屋八九間.	초가집은 8,9칸이나 된다.
楡柳蔭後簷,	느릅나무, 버드나무는 후원에 그늘을 드리우고,
桃李羅堂前.	복숭아나무, 자두나무는 집 앞에 벌려 있다.
曖曖遠人村,	희미한 먼 마을에,
依依墟里煙.	가물가물 올라오는 촌락의 연기.
狗吠深巷中,	개는 깊은 골목에서 짖고,
鷄鳴桑樹顚.	닭은 뽕나무 꼭대기에서 운다.
戶庭無塵雜,	집 뜰에는 진세(塵世)의 번잡함이 없고,

虛室有餘閑.　　　빈방에는 넉넉한 한가로움이 있다.

久在樊籠裏,　　　오랫동안 새장 안에 갇혀 있다가,

復得返自然.　　　다시 자연으로 돌아올 수 있었다.

　산수를 좋아하는 성격으로 벼슬살이를 하던 시절은 새장에 갇힌 새와 연못에 가두어진 물고기의 심정이었다. 이에 십여 년의 갈등을 마무리 짓고 구속 없고 한가로운 전원으로 귀은하니, 갇혀 있던 새가 풀려난 것 같은 자유를 느낀다.

　10여 무의 택지에 무성하게 자란 느릅나무와 버드나무, 복숭아나무와 자두나무가 있는 근경(近景)과 먼 마을에 밥 짓는 연기가 오르고 개와 닭의 울음소리가 들리는 원경(遠景)이 어우러진, 저녁 무렵의 고요한 농촌 풍경이 그림같이 묘사된 전원시이다. "개는 깊은 골목에서 짖고, 닭은 뽕나무 꼭대기에서 운다."는 표현은 홍운탁월(烘雲托月)의 기법으로, 농촌의 고요함을 더욱 드러나게 하고 있다. 결국 '진세(塵世)'의 그물에 갇혀 있다가 자연으로 돌아와서 바뀐 것은, '진세의 번잡함이 없고', '넉넉한 한가로움이 있는' 외적 환경이자 또한 그로 인해 얻게 된 내적 심경(心境)이다. 마찬가지로 마지막 구의 '자연'도 자연계를 가리키는 구체적 의미와 자연 상태, 구속 없는 경지를 나타내는 추상적 의미를 동시에 가지고 있는 중의(重義)의 표현이다.[12] 황문환(黃文煥)은 "'반자연(返自然)' 세 글자가 전원으로 돌아오

---

[12]　왕숙민(王叔岷), 위의 책, p.106 참조.

게 된 큰 본질이고, 이 연작시(連作詩)의 전체 벼리이다.('返自然'三字,
是歸園田大本領, 諸首之總綱.)"[13]라고 하였는데, 위에서 언급한 '자연'이
갖는 중의(重義)의 의미를 제대로 파악한 평이라고 하겠다.

「고향집에 돌아옴」 제2수는 세속의 복잡함에서 벗어나 전원의
한가로움을 만끽하며 농사에만 마음 쓰는 모습을 읊고 있다.

野外罕人事,	들밖에는 사람과의 교제 드물어,
窮巷寡輪鞅.	구석진 골목에 수레와 말 오는 일 적다.
白日掩荊扉,	한낮에도 사립문 닫혀 있고,
虛室絶塵想.	빈방에는 진속(塵俗)한 생각 끊겼다.
時復墟曲中,	때때로 마을 안에서,
披草共來往.	풀 헤치고 서로 오고가는데,
相見無雜言,	서로 만나서는 잡된 말 나누지 않고,
但道桑麻長.	그저 뽕과 삼이 자라는 것이나 말한다.
桑麻日已長,	뽕과 삼은 나날이 자라나고,
我土日已廣.	내 땅은 나날이 넓어진다.
常恐霜霰至,	항상 두려운 것은 서리와 싸락눈 내려서,
零落同草莽.	시들어 잡초와 같이 될까 함이네.

도연명은 십여 년간 벼슬길에 머물면서 많은 사람들과 접촉하였고

---

13 『도시석의(陶詩析義)』, 『도연명시문휘평(陶淵明詩文彙評)』, p.49.

상관(上官)의 명에 따라 동서로 분주하였다. 그러한 번잡과 구속에서 벗어나, 이제 뜻에 따라 전원에서 생활하게 되었으니 세속적 교제는 자연 멀어졌다. '수레바퀴와 말 가슴걸이〔윤앙(輪鞅)〕'는 높은 관직에 있는 이들을 대신하는 대유(代喩)의 수사이니, "구석진 골목에 수레와 말 오는 일 적다."는 표현은 전원생활의 한가로움을 부각시켜준다.

'때때로 마을 안에서' 이하의 6구에서는, 전원에서 직접 농사지으며 세속의 잡사를 잊고 농사 얘기나 하는 모습이 그려져 있다. 뽕과 삼을 키우며 땅을 개간하는 것이 일과의 전부이니 그저 농사 잘 되는 것만 생각할 뿐이다. 마지막 연은 「경술년 9월 중에 서쪽 밭에서 올벼를 거둠」에서의, "온몸이 진실로 피곤하지만, 다른 근심이 침범하지나 말았으면.(四體誠乃疲, 庶無異患干.)"하는 간절한 걱정이자, 「고향집에 돌아옴」 제3수에서, "옷이야 젖어도 아쉽지 않지만, 다만 바라는 것이나 어그러지지 말았으면.(衣霑不足惜, 但使願無違.)"이라고 읊은 바람과 같은 맥락으로, 농사에 전념하는 모습을 보이고 있다.

모두 4장(章)으로 되어 있는 「돌아온 새歸鳥」도 「고향집에 돌아옴」 5수의 시들과 그 의경(意境)이 비슷하다. 도연명이 귀은한 41세의 겨울에 지은 것으로, 귀은 직후에 가졌던 심정이 잘 드러나 있다.

翼翼歸鳥,	한가히 날며 돌아온 새,
晨去于林.	새벽에 숲을 떠났었지.
遠之八表,	멀리는 사방 끝까지 갔고,
近憩雲岑.	가까이는 구름 낀 봉우리에 쉬었지.

和風弗洽,　　　부드러운 바람 흡족하지 못해,

翻翻求心.　　　날개를 뒤채어 돌아갈 마음 추구하였네.

顧儔相鳴,　　　짝을 돌아보며 서로 지저귀고,

景庇淸陰.　　　그림자를 맑은 그늘에 감춘다.

翼翼歸鳥,　　　한가히 날며 돌아온 새,

載翔載飛.　　　솟기도 하고 날기도 한다.

雖不懷遊,　　　오직 나다니기를 생각지 않으니,

見林情依.　　　숲을 보고 마음이 기운다.

遇雲頡頏,　　　구름을 만나면 오르내리고,

相鳴而歸.　　　서로 지저귀며 돌아왔다.

遐路誠悠,　　　먼 길 정말 아득하였지만,

性愛無遺.　　　본디 좋아하는 것이니 버릴 수 없었네.

翼翼歸鳥,　　　한가히 날며 돌아온 새,

相林徘徊.　　　숲을 보며 배회한다.

豈思天路,　　　어찌 하늘 끝 길을 생각하리요,

欣及舊棲.　　　기꺼이 옛 보금자리로 돌아왔다.

雖無昔侶,　　　비록 옛 벗은 없지만,

衆聲每諧.　　　뭇 소리가 모두 조화롭다.

日夕氣淸,　　　해 저물녘 공기가 맑으니,

悠然其懷.　　　느긋한 그 회포로다.

翼翼歸鳥,	한가히 날며 돌아온 새,
戢羽寒條.	차가운 가지에 날개를 접는다.
遊不曠林,	노니는 것은 숲을 비우지 않고,
宿則森標.	잠자는 것은 숲의 나뭇가지로다.
晨風淸興,	새벽바람이 맑게 일어나니,
好音時交.	좋은 소리를 때때로 주고받는다.
矰繳奚施.	주살이 어찌 미치리오.
已卷安勞.	이미 날개 거두었으니 수고로움을 쉬련다.

　지난 시절에 멀리 나돌아 다니던 일을 회고하면서, 전원으로 돌아온 자신의 심정을 새장에 갇혀있다 자연으로 돌아온 새에 비유함으로써 자유스러움과 한가로움을 구체화해 내고 있다. 제1장에서는, 멀리까지 나돌아 다녔으나 세속과 어긋나 귀은의 심정을 갖게 되었음을, "부드러운 바람 흡족하지 못해, 날개를 뒤채어 돌아갈 마음 추구하였다."라고 비유적으로 나타내고 있다. 제2장에서는, 본디 좋아했던 전원에 돌아와 누리는 즐거움을 새의 자유스러운 비상(飛翔)에 의탁하여 표현하였다. 제3장에서는, 마음에 어긋났던 교제를 그치고 전원에서 어울리는 순박한 교제를 갖게 된 만족감을 "비록 옛 벗은 없지만, 뭇 소리가 모두 조화롭다."로 나타내고 있다. 제3장의 마지막 연(聯)에서 읊은, "해 저물녘 공기가 맑으니, 느긋한 그 회포로다."는 「술을 마시며」 제5수에서, "산 기운은 저녁 되어 아름다운데, 나는 새들 더불어 돌아간다.(山氣日夕佳, 飛鳥相與還.)"라고 읊은 경지의 또

다른 표현이다. 제4장에서는, 춥더라도 절조를 변치 않고 주살이 미치지 않는 자유의 세계를 지킬 것임을 천명하고 있다.

전체적으로 귀은 초기의 흡족한 심정을, 자유를 얻은 새에 비유하여 표현하였다. 「귀거래사」에서 읊은, 전원에 돌아와 느끼는 만족감과 기대감이 이 시에서는 비유와 상징을 통해 더욱 생동감 있게 드러나 있다.

「『산해경(山海經)』을 읽고서讀山海經」 13수는 전원생활의 한가한 틈에 『산해경』과 『목천자전(穆天子傳)』을 읽고 그 감회를 읊은 시이다. 13수 가운데 제 1수는 전체의 서문(序文)이 되는 시로, 한가로운 전원생활 중에 누리는 즐거움의 면면이 잘 드러나 있다.

孟夏草木長,	초여름이 되어 초목이 자라나니,
繞屋樹扶疎.	집을 삥둘러 나무가 우거졌다.
衆鳥欣有託,	뭇 새들은 머물 곳이 있음을 좋아하고,
吾亦愛吾廬.	나도 역시 내 오두막집을 사랑한다.
旣耕亦已種,	이미 밭 갈고 또 씨까지 뿌린 지라,
時還讀我書.	틈나는 대로 다시 내 책을 읽는다.
窮巷隔深轍,	궁벽한 골목이라 깊은 수레 자국과 멀어,
頗廻故人車.	번번이 친구의 수레조차 돌아가게 한다.
歡然酌春酒,	흐뭇하게 봄 술을 떠놓고,
摘我園中蔬.	내 밭의 채소를 따온다.
微雨從東來,	가랑비가 동쪽에서부터 오는데,

好風與之俱.	좋은 바람도 함께 불어온다.
汎覽周王傳,	『목천자전』을 두루 읽어보고,
流觀山海圖.	『산해도』를 이리저리 훑어본다.
俯仰終宇宙,	잠시 사이에 우주를 다 둘러보니,
不樂復何如.	즐겁지 않고 또 어떠하겠는가.

  녹음이 무성한 초여름의 전원에서, 농사 중의 한가한 틈을 타 술을 마시고 책을 읽는 한가로움과 편안함이 그려져 있다. 만물은 제자리를 찾아야 안정이 된다. "뭇 새들은 머물 곳이 있음을 좋아하고, 나도 역시 내 오두막집을 사랑한다."라고 한 데에서는, 새들이 제살 곳을 얻게 되었듯이 시인도 전원의 오두막에서 자신의 자리를 찾게 된 안정감을 보이고 있다. 혼탁한 벼슬길이 자신이 머물 곳이 아님을 알고, 전원의 오두막에서 머물 곳을 찾은 시인의 심정은 우거진 나무숲에 둥지를 튼 새의 심정이다. 도연명은 비로소 자신이 선택할 수 있었던 최선의 경지에 이른 것으로, 이는 새와 내가 대자연 속에서 함께 존재하는 물아일체(物我一體)의 경지이다. '초목(草木)'과 '중조(衆鳥)', '오려(吾廬)'와 '아서(我書)', '원소(園蔬)'와 '미우(微雨)', 호풍(好風) 등 주위의 일체 자연물 속에 그 일부로 존재하며 무엇이 주(主)이고 무엇이 종(從)인지 따질 필요가 없는 물아일체의 경지가 구현되어 있다.
  그리고 "이미 밭 갈고 또 씨까지 뿌린 지라, 틈나는 대로 다시 내 책을 읽는다."라고 하였는데, 그 독서는 농사 중의 한가한 틈에 술 마

시며 하는 독서로 진지하고 학문적인 것이 아님은 분명하다. '두루 본다〔범람(汎覽)〕', 또는 '이리저리 본다〔유관(流觀)〕'는 시어(詩語)를 쓴 데에서 알 수 있듯이 매일 것 없이 자유롭고 편안한 독서이다. 이는 「오류선생전五柳先生傳」에서 말한, "책읽기를 좋아했지만 지나친 천착을 추구하지 않는다.(好讀書, 不求甚解.)"는 태도이다. 「곽주부(郭主簿)의 시에 화답함和郭主簿」 제1수에서는 책과 거문고를 '농(弄)'한다고 하였으며,[14] 「귀거래사」에서는 "책과 거문고를 즐기면서 근심을 없앤다.(樂琴書以消憂.)"라고 하였는데, 역시 도연명이 전원에서 누렸던 즐거움 가운데 하나인 독서의 태도를 보여 주는 표현들이다.

"궁벽한 골목이라 깊은 수레 자국과 멀어, 번번이 친구의 수레조차 돌아가게 한다. 흐뭇하게 봄 술을 떠놓고, 내 밭의 채소를 따온다."라고 읊은 데에서는 세속인과의 교제에 대한 혐오와, 그러한 교제 없이도 스스로 즐길 수 있는 한적함을 보여 주고 있다. 이는 「고향집에 돌아옴」 제2수에서 읊은, "들밖에는 사람과의 교제 드물어, 구석진 골목에 수레와 말 오는 일 적다. 한낮에도 사립문 닫혀 있고, 빈방에는 진속(塵俗)한 생각이 끊겼다.(野外罕人事, 窮巷寡輪鞅. 白日掩荊扉, 虛室絶塵想.)"와 같은 경지이며, 「술을 마시며」 제5수에서 읊은, "사람들 사는 곳에 오두막집을 엮었으나, 수레와 말의 시끄러움이 없다.(結廬在人境, 而無車馬喧.)"는 경지이다.

---

[14] "교제를 멈추고 한가로운 일에 노니니, 누웠다 일어났다 하면서 책과 거문고 즐긴다.(息交遊閒業, 臥起弄書琴.)"

또 이 시에서는 '술을 뜨다[작주(酌酒)]', '밭의 채소[원소(園蔬)]', '가랑비[미우(微雨)]', '좋은 바람[호풍(好風)]' 등의 평이한 시어로 평범한 즐거움을 잔잔하게 묘사하고 있다. 소통은 「도연명집서」에서, "도연명의 글을 제대로 보는 자라면, 치달리며 다투는 마음이 버려질 것이다.(有能觀淵明之文者, 馳競之情遣.)"라고 하였는데, 이 시가 바로 소통의 평에 적합한 예라고 하겠다. 이 시를 읽으면 욕심을 버리고 순수한 마음을 돌이킬 수 있을 것이다.

청(淸)의 온여능(溫汝能)은, "이 시는 도연명이 우연히 터득한 바가 있어 자연스럽게 흘러나온 것으로, 이른바 도끼로 찍은 자국이 보이지 않는 작품이다. 대개 시의 오묘함은 자연스러운 것을 지극한 경지로 여기는데, 도연명의 시는 대체로 자연스럽고 더구나 이 시는 사람들로 하여금 헤아릴 수 없게 하니 신묘함이 지극하다.(此篇是淵明偶有所得, 自然流出, 所謂不見斧鑿痕也. 大約詩之妙以自然爲造極. 陶詩率近自然, 而此首更令人不可思議, 神妙極矣.)"[15]라고 평하였다. 온여능의 언급은 이 시에 대해서뿐 아니라 도연명의 다른 대부분의 시들에 확충하여 적용시켜도 무리가 없는 평이라고 하겠다.

전원생활의 즐거움을 읊은 것 가운데 또 다른 한 가지가 유람의 즐거움이다. 「사천(斜川)에서 놀며遊斜川」와 「계절의 운행時運」이 대표적 예이다. 전자는 사천에 나들이한 것을 읊은 내용인데, 장편의 서문(序文)이 있다.

---

15 『도시휘평(陶詩彙評)』, 『도연명시문휘평(陶淵明詩文彙評)』, p.294.

신유년 정월 5일, 날씨는 맑고 온화하며 풍경은 한가롭고 아름다워 두세 이웃들과 함께 사천에 놀러 나왔다. 긴 강에 다가서서 층성산(曾城山)을 바라보는데 저녁 무렵에 방어, 잉어는 비늘을 번쩍이며 뛰어 오르고 물새는 온화한 바람 타고 난다. 저 남산(南山)은 이름난 지가 실로 오래 되었으니 다시 감탄할 것 없겠으나, 층성산은 곁에 이어진 것도 없이 언덕 가운데에 홀로 솟아 있어 멀리 영산(靈山)을 연상케 하니 아름다운 이름이 사랑스럽다. 즐겁게 대하는 것으로 부족하여 서둘러 시를 지었다. 세월이 가버린 것 슬프고 내 나이 머무르지 않음이 애달프다. 각기 나이와 고향을 밝히고 날짜를 적는다.(辛酉正月五日, 天氣澄和, 風物閒美, 與二三隣曲, 同遊斜川. 臨長流, 望曾城, 魴鯉躍鱗於將夕, 水鷗乘和以翻飛. 彼南阜者, 名實舊矣, 不復乃爲嗟歎, 若夫曾城, 傍無依接, 獨秀中皐, 遙想靈山, 有愛嘉名. 欣對不足, 率爾賦詩. 悲日月之旣往, 悼吾年之不留. 各疏年紀鄉里, 以記其時日.)

開歲倏五日,	새해 들어 어느덧 닷새나 지났고,
吾生行歸休.	내 인생도 장차 쉴 곳으로 돌아가려 한다.
念之動中懷,	이를 생각하니 마음속 동요되어,
及辰爲玆遊.	때에 맞춰 나들이하게 되었다.
氣和天惟澄,	날씨는 온화하고 하늘은 맑은데,
班坐依遠流.	차례로 앉아서 긴 물결을 향하였다.
弱湍馳文魴,	약한 여울엔 문채나는 방어 달리고,
閒谷矯鳴鷗.	한가한 계곡엔 물새들이 울면서 난다.
逈澤散游目,	먼 늪으로 눈길을 보내,

緬然睇曾丘.	아득히 층성산을 바라본다.
雖微九重秀,	비록 아홉 겹의 빼어남은 없지만,
顧瞻無匹儔.	둘러보아도 짝할 것이 없구나.
提壺接賓侶,	술병 들고 같이 온 이들 상대하여,
引滿更獻酬.	술잔 가져다 가득 따라 번갈아 주고받는다.
未知從今去,	모르겠구나! 지금 이후에,
當復如此不.	또 다시 이와 같을 수 있을지.
中觴縱遙情,	술 마시는 가운데 느긋한 마음 풀어놓고,
忘彼千載憂.	저 천년의 근심을 잊는다.
且極今朝樂,	우선 오늘의 즐거움을 다할 것이니,
明日非所求.	내일 일은 추구할 바 아니로다.

초봄에 이웃들과 사천에 유람 나와 경치를 즐기면서 술을 드니, 마음속 근심이 모두 사라지고 급시행락(及時行樂)을 만끽하게 되었음을 표현하고 있다. 20구로 된 시는 내용상 네 구씩 다섯 단락의 층을 이루고 있다.

첫 단락은 서문에서, "세월이 가 버린 것 슬프고 내 나이 머무르지 않음이 애달프다."라고 한 말을 이어 서술한 도입부이다. 이 시는 도연명의 57세에 지은 것으로, 만년에 이르러 다시 새해를 맞이하니 인생에 대한 감회가 새로워져 이웃들과 유람 나오게 되었음을 서술하였다. 둘째 단락에서는 사천 주변의 근경을 묘사하였는데, 초봄이 되어 온화한 날씨에 만물이 생동하는 것을 보고 앞에서 느꼈던 무상감을 잊고 자연의 일부가 되었다. 셋째 단락에서는 멀리 보이는 층성산의 원경을 묘사하고 있다. 벗들과 어울리는 중에서의 자연, 즉 앞 단락의 '문채나는 방어〔문방(文魴)〕', '우는 물새〔명구(鳴鷗)〕'와, 이 단락의 '먼 늪〔형택(迥澤)〕', '층성산〔증구(曾丘)〕' 등은 시인과 하나가 된 자연이다. 넷째 단락에서는 같이 유람 나온 이웃들과 술을 주고받으며 즐거움을 만끽한다. 명(明)의 낙정지(駱庭芝)는 이 시를 평하여, "이런 사람들이 있어 몸을 잊고 명예와 이욕(利欲)을 도외시하며, 남여(藍輿)와 조각배로 그 사이에서 왕래하니, 아 즐거울 만하다.(有如此人, 忘形骸, 外聲利, 藍輿扁舟, 往來於其間, 吁可樂哉.)"고 하였다.[16] 마지막 단락에서는 술로 근심을 잊고 급시행락(及時行樂)을 추구하고자 하는 모습을 보이고 있는데, 벗들과 어울리는 즐거움 속에서도 인생무상(人生無常)에 대한 비감이 내재되어 있다.

자연은 도연명에게 마음의 구속을 풀고 자유로움을 느껴 물아일체의 경지에 드는 것을 가능하게 하였다. 사천에 나들이하여 쓴 이 시에서, 상대하는 모든 것들과 간격이 없는 물아일체의 경지를 살필 수 있다.

도연명의 또 다른 전원생활의 즐거움은 농사짓는 즐거움과 전원생활에 대한 자부심으로 드러난다. 「병진년 8월 중에 하손(下㡭)의 농막에서 추수함丙辰歲八月中於下㡭田舍穫」, 「구일에 한가하게 있으면서九日閑居」, 「고시(古詩)에 의작함擬古」 제3수 등에 이러한 심정이 나타

<hr>

16 「사천변(斜川辨)」, 『도연명시문휘평(陶淵明詩文彙評)』, p.61.

나 있다. 「병진년 8월 중에 하손(下潠)의 농막에서 추수함」은 열심히 노력하여 그 결과 풍년을 맞게 된 기쁨과 전원생활에 대한 자부심을 보인 시이다.

貧居依稼穡,	가난한 생활이 농사에 의지하니,
勠力東林隈.	동림(東林)의 모퉁이에서 온 힘을 다한다.
不言春作苦,	봄 농사 고되다고 말하지 않고,
常恐負所懷.	항상 마음먹은 것 어긋날까를 걱정한다.
司田眷有秋,	권농관은 가을 풍년 든 것을 좋아하여,
寄聲與我諧.	말을 부쳐 나에게 농담한다.
飢者歡初飽,	배곯던 처지에 배부를 것 기뻐서,
束帶候鳴鷄.	허리띠 졸라매고 닭 울기를 기다린다.
揚楫越平湖,	노 저어 넓은 호수 건너고,
汎隨淸壑廻.	물에 떠 맑은 강줄기 따라 구비져간다.
鬱鬱荒山裏,	울창하게 짙은 산 속에,
猿聲閑且哀.	원숭이 소리 한가롭고도 슬프다.
悲風愛靜夜,	구슬픈 바람에 고요한 밤이 그리운데,
林鳥喜晨開.	숲 속의 새들은 새벽이 열리는 것을 기뻐한다.
曰余作此來,	내가 이 농사일 해 온 이래로,
三四星火頹.	열 두 번이나 가을이 기울었지.
姿年逝已老,	좋은 나이 가버려 벌써 늙었지만,
其事未云乖.	이 농사일은 어긋나지 않는다.

| 遙謝荷蓧翁, | 멀리 하조옹(荷蓧翁)에게 감사하노니, |
| 聊得從君栖. | 그런 대로 그대 따르는 삶을 얻었노라. |

이 시도 4구씩의 다섯 단락으로 이루어져 있다. 첫 단락에서 묘사하고 있는 것은 전형적인 농사꾼의 모습이다. "동림(東林)의 모퉁이에서 온 힘을 다한다."의 '육력(勠力)'이라는 두 글자에서, 도연명의 전원생활이 농촌에서 여유 있게 지내며 시나 지었던 관조적인 것이 아니었음을 확인할 수 있다. 농사짓는 사람에게는 파종(播種)에서 수확(收穫)이 이르기까지 내내 걱정이 떠나지 않는다. 홍수, 가뭄, 병충해 등이 힘써 해온 농사를 그르치지나 않을까 걱정하는 일반적인 농부의 심정이 "항상 마음먹은 것 어긋날까를 걱정한다."라는 말에 그대로 드러나 있다. 둘째 단락에서는 노력해서 얻게 된 풍년의 결과에, 잠도 설치며 수확을 기다리는 기쁨을 표현하였다. 셋째 단락의 배 타고 수확하러 가는 과정에 대한 묘사에는 신명이 배어 있다. 마지막 단락에서는 하조장인(荷蓧丈人)처럼 직접 농사짓는 생활 속에서 자신의 뜻을 지킬 수 있게 된 자부심을 보이고 있다. 이러한 삶을 굳게 지켜 나가겠다는 다짐이 그 속에 함축되어 있다.

이 시에서 보인 전원생활의 기쁨과 자부심은 「구일에 한가하게 있으면서」에도 비슷하게 표현되어 있다.

| 世短意常多, | 인생은 짧은데 생각은 항상 많아, |
| 斯人樂久生. | 이 세상 사람들 오래 사는 것 좋아한다. |

日月依辰至,	세월이 시절을 따라 이르니,
擧俗愛其名.	온 세속이 그 이름[17]을 좋아한다.
露凄暄風息,	이슬은 차갑고 따뜻한 바람 그치니,
氣澈天象明.	공기는 맑고 하늘은 밝다.
往燕無遺影,	떠난 제비는 남은 그림자도 없고,
來雁有餘聲.	돌아온 기러기는 소리가 사라지지 않는다.
酒能祛百慮,	술은 온갖 근심 덜어 줄 수 있고,
菊爲制頹齡.	국화는 노쇠하는 나이 막아 준다네.
如何蓬廬士,	어찌하여 쑥 띠풀 집에 사는 선비가,
空視時運傾.	그저 계절이 기우는 것만 보고 있는가.
塵爵恥虛罍,	먼지 앉은 잔은 빈 술단지를 부끄럽게 하는데,
寒花徒自榮.	찬 계절의 국화는 부질없이 홀로 피어난다.
斂襟獨閒謠,	옷깃 여미고 혼자 한가로이 노래부르니,
緬焉起深情.	아득히 깊은 정 일어난다.
棲遲固多娛,	한가로운 생활에 진실로 즐거움 많으니,
淹留豈無成.	묻혀 산다고 어찌 이룸이 없겠는가.

구월 구일 중양절(重陽節)을 맞았는데 술이 없어 무료하게 국화나 바라보지만 은거해 사는 삶이 즐겁고 가치가 있음을 서술하고 있다. 빈한하지만 이 생활을 벗어나지 않겠다는 각오이다. 「고시(古詩)에 의

---

[17] '구구절(九九節)', 또는 '중양절(重陽節)'이라는 이름을 가리킨다.

작함」제3수에서는 옛 둥지를 다시 찾아오는 제비에 빗대어 전원생활에 대한 자부심을 보였다.

仲春遘時雨,	중춘에 제때의 비를 만나니,
始雷發東隅.	첫 우레가 동편에서 울려온다.
衆蟄各潛駭,	뭇 벌레들 각기 숨어 있다 놀라고,
草木從橫舒.	초목은 종횡으로 번는다.
翩翩新來燕,	훨훨 날아 다시 온 제비,
雙雙入我廬.	쌍쌍이 내 집으로 든다.
先巢故尙在,	예전의 둥지가 그대로 남아 있어,
相將還舊居.	서로 이끌고 옛 살던 데로 돌아온다.
自從分別來,	헤어지고 난 이후로,
門庭日荒蕪.	문 앞의 뜰은 날마다 거칠어 갔지.
我心固匪石,	내 마음은 본래 구르는 돌이 아니거늘,
君情定何如.	그대들 생각은 진정 어떠한지.

벌레들은 놀라 깨고 때 맞춰 내리는 비에 초목이 무성해지는 봄이 되었다. 제4구 "초목은 종횡으로 번는다.(草木從橫舒.)"의 '서(舒)'자가 중춘(仲春)이 되어 초목들이 왕성하게 벋어 나가는 모습을 생동감 있게 드러내고 있다. 제비가 돌아와 옛 둥지를 찾듯이, 변함없는 이치를 간직한 자연에서 자신도 전원생활을 영위할 것을 다짐하고 있다. "헤어지고 난 이후로" 이하의 마지막 단락은 전원을 떠나 동서로 분

주했던 과거를 회상하면서 이제는 절대 그런 일이 없을 것임을 옛 둥지로 돌아온 제비들에게 다짐하고 있다. 『시경(詩經)』에서 원용(援用)한, "내 마음은 본래 구르는 돌이 아니거늘"이라는 표현[18]은 굴러서 옮아가는 돌이 아니라는 뜻으로, 자신의 변치 않을 신념을 밝히고 있다.

이상에서 도연명이 귀은하여 전원생활 중에 누렸던 즐거움으로, 자유와 한가로움, 유람, 농사에서 얻는 자부심 등을 살펴보았다. 도연명은 이러한 즐거움을 통하여 혼란한 세상에 대한 개탄을 삭이고 뜻을 펴지 못하는 마음의 갈등을 용해시킬 수 있었다.

2) 직접 농사지음

말이나 글을 막론하고 직접적 체험, 즉 생활 중의 경험에서 나온 것이 진실되다. 장소우(蔣紹愚)의 다음의 말은 문학 작품이 진실성을 지니게 되는 연유를 잘 지적하고 있다.

시가(詩歌) 창작의 관건은 평소의 관찰과 체험, 진정과 실감의 유무에 있는 것이지 자구를 모아 조탁하거나 힘써 공교로움을 추구하는 데에 있지 않다. 이른바 '공부는 시의 밖에 있다.'는 것이다.(詩歌創作的關鍵, 在于平日

---

[18] 『시경(詩經)・패풍(邶風)・백주(柏舟)』, "내 마음은 돌이 아니니, 굴릴 수 없다.(我心匪石, 不可轉也.)"

的觀察體驗, 以及有無眞情實感, 而不在于字句的堆砌雕琢, 刻意求工. 所謂工夫在詩外.)[19]

도연명의 전원시가 진실되고 사람들에게 감동을 주는 이유는 바로 '직접 농사지은 점'에 있다. 도연명의 시에는 다음에서 볼 수 있듯이, '경(耕)', '종(種)', '서(鋤)', '운(耘)', '자(籽)', '파종(播種)', '수확(收穫)', '뢰(耒)' 등 농사와 관련된 어휘가 많이 등장한다.

| 晨興理荒穢, | 새벽에 일어나 거친 풀밭 매고, |
| 帶月荷鋤歸. | 달빛 띠고서 호미 메고 돌아온다. |

「그상집에 돌아옴(歸園田居)」 제3수

| 衣食當須紀, | 입고 먹는 것 마땅히 경영해야 할 것이니, |
| 力耕不吾欺. | 힘써 짓는 농사가 나를 저버리지 않으리. |

「이사(移居)」 제2수

| 耕種有時息, | 밭 갈고 씨 뿌리다가 때로는 쉬는데, |
| 行者無問津. | 길가는 사람 가운데 나루를 묻는 이가 없다. |

「계묘년 초봄에 농막에서 옛날을 생각함(癸卯歲始春懷古田舍)」 제2수

[19] 장소우(蔣紹愚), 『당시어언연구(唐詩語言硏究)』(鄭州, 中州古籍出版社, 1990), p.251.

晨出肆微動,　　새벽에 나가 작은 수고를 힘쓰고,
日入負未還.　　해 지면 호미 메고 돌아온다.

「경술년 9월 중에 서쪽 밭에서 올벼를 거둠庚戌歲九月中於西田穫早稻」

貧居依稼穡,　　가난한 생활이 농사에 의지하니,
勠力東林隅.　　동림의 모퉁이에서 온 힘을 다한다

「병진년 8월 중에 하손(下噀)의 농막에서 추수함丙辰歲八月中於下潠田舍穫」

代耕本非望,　　벼슬살이는 본디 바라던 것 아니고,
所業在田桑.　　일삼는 것 농사와 누에치는 데에 있다.

「잡시(雜詩)」 제8수

旣耕亦已種,　　이미 밭 갈고 벌써 씨까지 뿌린지라,
時還讀我書.　　틈나는 대로 다시 나의 책을 읽는다.

「산해경(山海經)을 읽고서讀山海經」 제1수

직접 농사짓는 것을 즐거워 하였기 때문에 호미 들고 하루 종일 밭에서 일을 할 수 있었다. 이 점에서 대표적인 시로 「고향집에 돌아옴」 제3수를 들 수 있다.

種豆南山下,　　남산 아래에 콩을 심었더니,
草盛豆苗稀.　　풀만 무성하고 콩 싹은 드물다.

晨興理荒穢,	새벽에 일어나 거친 풀밭 매고,
帶月荷鋤歸.	달빛 띠고서 호미 메고 돌아온다.
道狹草木長,	길은 좁고 초목들이 자라나서,
夕露霑我衣.	저녁 이슬이 내 옷을 적신다.
衣霑不足惜,	옷이야 젖어도 아쉽지 않지만,
但使願無違.	다만 바라는 것이나 어그러지지 말았으면.

콩을 심고 새벽에 나가 돌보며 달빛 띠고 밤에 돌아온다. 새벽부터 밤까지 부지런히 일하는 성실한 농사꾼의 모습이다. 다음에 살필 「농사에 힘쓰세勸農」에서 도연명은, "사람살이 근면에 달려 있으니, 근면하면 결핍되지 않는다.(民生在勤, 勤則不匱.)"라고 하여 농사에 부지런할 것을 강조하였는데, 위의 시를 통해 볼 때 「농사에 힘쓰세勸農」의 권고가 권농관(勸農官) 같은 관리로서의 명령이 아님을 알 수 있다. 즉 직접 농사지으면서 이웃들에게 함께 노력할 것을 권하는 내용이다. 마지막 연에서, 부지런한 농사꾼으로서 자신의 바람은 농사가 잘 되는 것뿐임을 밝히고 있다. 소식(蘇軾)은 이 시에 대해, "저녁 이슬이 옷을 적시는 것 때문에 부끄러운 일을 저지르는 사람들이 많았다.(以夕露霑衣之故, 而犯所媿者多矣.)"[20]라고 하여 당시의 시대 상황과 연관지어 설명하였는데, 너무 시사(時事)와 결부하여 해석했다는 느낌이 든다. 왕숙민(王叔岷)의 다음 설명이 이 시의 본의에 보다 접

---

[20] 『동파제발(東坡題跋)』 2권, 「서연명시(書淵明詩)」, 『도연명시문휘평(陶淵明詩文彙評)』, p.56.

근하였다고 하겠다.

　도연명은 진송(晉宋)의 교체기에 처하여, 바라는 것은 직접 농사짓는 것 뿐이었다. 「경술년 9월 중에 서쪽 밭에서 올벼를 거둠庚戌歲九月中於西田穫早稻」의, "그저 내내 이와 같기를 바랄 뿐, 직접 농사짓는 것은 탄식할 바가 아니다."라고 한 표현이나, 「병진년(丙辰年) 8월 중에 하손(下潠)의 농막에서 추수함丙辰歲八月中於下潠田舍穫」의, "봄 농사 고되다고 말하지 않고, 항상 마음먹은 것 어긋날까를 걱정한다."라고 한 말이 이 두 구절과 뜻을 같이 한다.(陶公處晉宋之交, 所願者躬耕而已.「庚戌歲九月中於西田穫早稻」, '但願長如此, 躬耕非所歎.',「丙辰歲八月中於下潠田舍穫」, '不言春作苦, 常恐負所懷.', 竝與此二句同旨.)[21]

　담원춘(譚元春)도 이 시를 평하면서, "도연명의 이런 경지와 이런 시어(詩語)는 논밭에서 늙은 사람이 아니라면 알지 못한다.(陶淵明此境此語, 非老於田畝不知.)"[22]라고 하여, 도연명시의 진실성이 바로 직접 농사지은 데에서 말미암은 것임을 밝혔다.

　도연명은 본업인 농사에 힘쓸 것을 강조하였고 권하였다. 「농사에 힘쓰세」와 「경술년 9월 중에 서쪽 밭에서 올벼를 거둠」에서 이러한 태도를 살필 수 있다. 「농사에 힘쓰세」는 사람들에게 농사에 힘쓸

---

[21]　왕숙민(王叔岷), 위의 책, p.111.
[22]　『고시귀(古詩歸)』 9권, 『도연명시문휘평(陶淵明詩文彙評)』, p.56.

것을 권하는 시이다. 6장(章)으로 된 장편의 시인데, 그 중에서 제1장
과 제2장, 제5장과 제6장을 살펴본다.

第一章

悠悠上古,	아득한 옛날에,
厥初生民,	그 처음의 백성들은,
傲然自足,	득의하여 스스로 만족하였으며,
抱朴含眞.	순박함을 간직하고 천진을 품었다.
智巧旣萌,	지혜와 기교가 싹터 버리자,
資待靡因.	필요한 것을 얻을 길 없어졌다.
誰其贍之,	누가 그것들을 넉넉하게 하였던가,
實賴哲人.	바로 훌륭한 분 덕택이었다.

第二章

哲人伊何,	훌륭한 분이 누구였나,
時惟后稷.	이는 바로 후직(后稷)이었다.
贍之伊何,	넉넉하게 한 것은 무엇인가,
實曰播植.	바로 씨 뿌리고 심는 일이었다.
舜旣躬耕,	순(舜)은 몸소 밭을 갈았고,
禹亦稼穡.	우(禹)도 또한 농사지었다.
遠若周典,	멀리 『서경(書經)·주서(周書)』의 경우에도,
八政始食.	여덟 가지 정책에서 먹는 것을 우선하였다.

第五章

民生在勤,	사람살이 근면에 달려 있으니,
勤則不匱.	근면하면 결핍되지 않는다.
宴安自逸,	편안히 지내며 그냥 놀기만 하면,
歲暮奚冀.	해가 저물 때 무엇을 기대하랴.
擔石不儲,	한두 섬도 쌓아 놓지 않았으니,
飢寒交至.	굶주림과 추위가 함께 이르리.
顧余儔列,	돌아보건대 우리 백성들이,
能不懷愧.	부끄러움 갖지 않을 수 있겠는가.

第六章

孔耽道德,	공자는 도덕을 심히 좋아하여,
樊須是鄙,	번수(樊須)를 비루하게 여겼고,
董樂琴書,	동중서(董仲舒)는 거문고와 책을 즐겨,
田園不履.	전원을 밟지도 않았다지.
若能超然,	만약 크게 뛰어나서,
投迹高軌,	높은 경지에 자취를 남길 수 있다면,
敢不斂衽,	감히 옷깃을 여미고,
敬贊德美.	그 덕의 아름다움을 공경하고 찬미하지 않으랴.

제1장에서, 사람들에게 지교(智巧)가 생기면서 사욕을 부려 생활에 필요한 것이 부족하게 되었음을 지적하였다. 이는 노자의 "지혜가

나오자, 큰 거짓이 생겨났다.(智慧出, 有大僞.)"[23]라는 표현의 시화(詩化)이다. 제2장에서는, 이것을 염려한 고대 성인들이 농사를 중시하여 후직(后稷)은 파종을 가르쳤고, 순임금, 우임금도 제위에 오르기 전에 직접 농사지었음을 말하여, 우리 백성들도 농사에 부지런해야 할 것임을 당부하고 있다.

제5장에서는 제목의 의미를 살려, 농민들에게 근면의 덕목을 강조하고 농사에 힘쓸 것을 구체적으로 권하고 있다. 이러한 권고는 자신이 직접 농사지으면서 말한 것이기 때문에 더욱 설득력이 있다. 제6장에서 공자가 '번수(樊須)를 비루하게 여긴 것'이나, 동중서(董仲舒: B.C.179-104)가 '전원을 밟지도 않은 것'[24]에 대하여 일견 찬양하는 듯하지만, 제2장의 "순(舜)은 몸소 밭을 갈았고, 우(禹)도 또한 농사지었다. 멀리 『서경(書經)·주서(周書)』의 경우에도, 여덟 가지 정책에서 먹는 것을 우선하였다."라고 읊은 구절과 연계하여 볼 때, 우회적 비판의 뜻을 담고 있음을 알 수 있다. 왕정장(王定璋)은 도연명의 이런 태도에 대하여, "선현(先賢)과 성인들을 숭상하였지만 맹종하지는 않았다. … 공자를 앙모하였지만, 공자가 노동을 경시한 점이나 농사짓는 것을 부끄럽게 여긴 점 등에는 찬동하지 않았다.(崇尙先賢聖哲, 但不盲從. … 仰慕孔子, 但孔子輕賤勞動, 恥事耕作, 並不贊同.)"라고 평하였다.[25]

---

[23] 『노자(老子)·18장』

[24] 『한서(漢書)·동중서전(董仲舒傳)』, "젊어서 『춘추』를 공부하는데, 커튼을 내린 채 익히고 외웠다. 거의 3년 동안 뜰도 내다보지 않았으니 그가 정심하여 노력한 것이 이와 같았다.(少治春秋, 下帷講誦, 蓋三年不窺園, 其精勤如此.)"

끝 연에서는, 자신은 공자나 동중서처럼 높은 경지에 자취를 남길 수 없으리니 열심히 농사나 짓겠다는 각오를 언외(言外)에 드러내고 있다. 이러한 뜻은 「계묘년 초봄에 농막에서 옛날을 생각함癸卯歲始春懷古田舍」 제2수에도 같은 논조로 표현되어 있다.

先師有遺訓,	선사께서 남기신 가르침 있으니,
憂道不憂貧.	도를 근심하지 가난을 근심하지 않는다 하셨지.
瞻望邈難逮,	우러러보아도 아득하여 미치기 어려우니,
轉欲志長勤.	차라리 내내 힘쓸 농사일이나 염려해야겠다.
秉未歡時務,	쟁기 잡고 제철의 일을 기쁘게 하고,
解顔勸農人.	웃는 얼굴로 농부들을 격려한다.
平疇交遠風,	넓은 밭에는 멀리서 불어오는 바람이 어우러지고,
良苗亦懷新.	좋은 싹은 또한 새로운 기운 머금었네.
雖未量歲功,	비록 한 해 농사 예측할 수 없지만,
卽事多所欣.	지금의 일로도 즐거운 바가 많구나.
耕種有時息,	밭 갈고 씨 뿌리다가 때때로 쉬는데,
行者無問津.	길가는 사람 가운데 나루를 묻는 이가 없다.
日入相與歸,	해 지자 함께 돌아와서,
壺漿勞近隣.	병술로 이웃들을 위로한다.
長吟掩柴門,	길게 노래하며 사립문 닫으니,

25 왕정장(王定璋), 위의 책, p.36.

聊爲隴畝民.　　　그저 농사짓는 백성이나 되리라.

「농사에 힘쓰세」에서 공자와 동중서의 일화를 들어 나타내고자
한 뜻이 이 시에도 그대로 드러난다. 도의 추구에 전심하지 못할 바
에야 혼란한 세상에서 농사꾼 노릇이나 열심히 하려는 각오를 서
술하고 있다. 이 시의 제1수에서 항상 굶주렸던 안회에 대해, "자주
끼니 거르던 그런 사람 있었으니, 봄 농사를 어찌 스스로 벗어날 수
있으리.(屢空旣有人, 春興豈自免.)"라고 하여 은근한 비판의 논조를 보
였고, 이어서 제2수인 이 시에서는 열심히 농사짓는 농민이 될 것을
다짐하고 있다. 제3구 "우러러보아도 아득하여 미치기 어려우니"라
는 표현으로, 공자의 "군자는 도를 근심하지 가난을 근심하지 않는
다.(君子, 憂道不憂貧.)"[26]라는 말이 자신의 입장에서는 실천하기 어려
움을 암시하였고, 이어 제4구에서 '전(轉)'자의 절묘한 사용으로 자신
의 견해와 지향을 드러냈다. '오히려', '차라리'의 뜻으로 해석되는 '전
(轉)'자를 통하여, 직접 농사짓는 것에 대한 마음가짐이 공자나 안회
와는 다름을 완곡하게 전하고 있다.
　또 이 시의 뛰어남은 몸소 농사짓는 전원생활의 모습이 진솔하게
표현된 데에 있다. 농사짓는 가운데 밭 갈고, 씨 뿌리고, 김매고, 거
두는 매 단계마다 힘들고 어려운 일이 많지만 그때그때의 일을 즐겁
게 해내며 농부들과 어울려 하나가 된, 직접 농사짓는 농민의 모습이

---

[26] 『논어(論語) · 위령공(衛靈公)』

다.[27] 소식은, "넓은 밭에는 멀리서 불어오는 바람이 어우러지고, 좋은 싹은 또한 새로운 기운 머금었네.(平疇交遠風, 良苗亦懷新.)"라고 읊은 두 구절에 대해 다음과 같이 평하였다.

내가 농촌에 살면서 농사를 힘쓰는데, 여름에서 가을로 넘어가는 사이에 약간 가물었다가 비가 내렸다. 비온 뒤 천천히 산책하니 맑은 바람은 상쾌하며, 곡식 이삭은 다투어 패고 먼지가 씻겨 푸르름이 넘실댄다. 이에 도연명의 시구(詩句)가 사물을 잘 표현하였음을 깨달았다.(僕居田中, 稼穡是力, 夏秋之交, 稍旱得雨. 雨餘徐步, 清風獵獵, 禾黍競秀, 濯塵埃而泛新綠. 乃悟淵明之句, 善體物也.)"[28]

소식도 직접 농사를 지었기 때문에 체험으로 이 표현의 뛰어남을 알 수 있었을 것이다.

「무신년 6월 중에 화재를 당함(戊申歲六月中遇火)」은 44세에 화재로 집이 전소되자 배에서 임시 거처하면서 지은 시이다. 이 시에서도 옛날의 성대(盛代)를 그리워하면서 현재의 물주고 밭가는 일을 계속해나가리라는 다짐으로 맺고 있다.

---

27 앞에서 담원춘(譚元春)이 「고향집에 돌아옴(歸園田居)」 제3수에 대해 말한, "도연명의 이런 경지와 이런 시어는 논밭에서 늙은 사람이 아니라면 알지 못한다.(陶淵明此境此語, 非老於田畝不知.)"라고 한 평은, 이 시에도 그대로 적용된다.
28 도주(陶澍), 위의 책 권3, p.17 재인용.

形迹憑化往,	육체의 모습은 자연의 변화를 따르지만,
靈府長獨閒.	마음은 언제나 홀로 한가하다.
貞剛自有質,	곧고 굳음이 본래 그 바탕이 있으니,
玉石乃非堅.	옥이나 돌은 굳은 게 아니다.
仰想東戶時,	우러러 동호계자(東戶季子) 시대 생각하거니와,
餘糧宿中田.	남은 곡식이 밭 가운데 있었다지.
鼓腹無所思,	배 두드리고 살면서 염려하는 일 없었고,
朝起暮歸眠.	아침이면 일어나고 해저물면 돌아와 잤다네.
旣已不遇玆,	이미 그런 시절 만나지 못했으니,
且遂灌我園.	그저 결국 내 밭에 물이나 주리라.

　도연명은 화재를 당한 이후 더욱 곤궁해졌다. 따라서 이후의 시문에는 심한 곤궁을 읊은 내용이 많다. 41세에 귀은하였을 당시에는 전원생활을 유지할 수 있을 정도로 경제적 여건이 괜찮았다. 39세에 지은 「곽주부(郭主簿)의 시에 화답함」에서, "밭의 채소는 넉넉하게 자라 있고, 묵은 곡식은 아직도 남아 있다.(園蔬有餘滋, 舊穀猶儲今.)"라고 하였으니 어느 정도 여유가 있었음을 알 수 있고, 「고향집에 돌아옴」 제1수에서, "사방 택지는 10여 무(畝)이고, 초가집은 8,9칸이나 된다.(方宅十餘畝, 草屋八九間.)"라고 읊었듯이 10여 무(畝)의 택지[29]와

---

[29] 1무(畝)는 100평(坪)이니 10여 무(畝)의 택지는 적지 않은 면적이다. 따라서 「귀거래사歸去來辭」에서, "정원은 날마다 거닐어 취미가 되었고, 문은 비록 세워져 있지만 항상 닫혀 있다.(園日涉以成趣, 門雖設而常關.)"라고 한 것처럼 뜰에서 산책하고 소요할 수 있었을 것이다.

8,9칸의 초가집이 있었으며, 남전(南田), 서전(西田), 하손전(下潠田) 등 여러 곳에 전답을 가지고 있었다.[30]

집이 전소된 뒤에 도연명은 배 안에서 궁색한 생활을 꾸려갔다. 이에 양식이 넉넉하여 배 두드리며 살고, 아침에 일어나고 저물면 자러 갔다는 옛날의 태평성대에 대한 그리움이 일어난다. 결국 어찌할 수 없는 현실에 대한 체념으로 이어진다. 이러한 심정이 마지막 구의 '차(且)'자에 집약되어 있다. 그러나 현재의 물주고 밭가는 일에 대한 염려, 즉 농사를 걱정하는 현실적인 자세로 마무리짓고 있다.

도연명이 직접 농사지으면서 느낀 자부심은, 몸소 농사지으며 도를 지켜 나갔던 옛날의 은자들에 대한 찬양과 흠모에서도 드러난다. 그 전형적 인물인 하조장인이나 장저와 걸익 등의 생활이 다음의 시문에서 살필 수 있듯이 전원에서 살아가는 도연명의 모델이었다.

冀缺攜儷,	기결(冀缺)은 아내를 데리고 들에 나갔고,
沮溺結耦.	장저와 걸익은 나란히 밭을 갈았다.
相彼賢達,	저 현명하고 통달한 사람들을 보니
猶勤壟畝.	오히려 논밭에서 힘썼다네.

「농사에 힘쓰서질(田)

---

[30] 「유채상(劉柴桑)에게 보내는 답시酬劉柴桑」, "새로 핀 해바라기는 북쪽 창가에 무성하고, 아름다운 곡식은 남쪽 논에서 자라난다.(新葵鬱北牖, 嘉穟養南疇.)" ; 「경술년 9월 중에 서쪽 밭에서 올벼를 거둠庚戌歲九月中於西田穫早稻」 ; 「병진년 8월 중에 하손(下潠)의 농막에서 추수함丙辰歲八月中於下潠田舍穫」 등의 시 내용과 제목을 통해서 알 수 있다.

遙遙沮溺心,　　　멀고 먼 장저와 걸익의 마음,

千載乃相關.　　　천년이 지났어도 서로 통한다.

但願長如此,　　　그저 내내 이와 같기를 바랄 뿐,

躬耕非所歎.　　　직접 농사짓는 것은 탄식할 바가 아니다.

「경술년 9월 중에 서쪽 밭에서 올벼를 거둠庚戌歲九月中於西田穫早稻」

遙謝荷蓧翁,　　　멀리 하조장인(荷蓧丈人)에게 감사하노니,

聊得從君栖.　　　그런 대로 그대 따르는 삶을 얻었노라.

「병진년 8월 중에 하손(下潠)의 농막에서 추수함丙辰歲八月中於下潠田舍穫」

遼遼沮溺,　　　아득한 옛날 장저와 걸익은,

耦耕自欣.　　　나란히 밭을 갈며 스스로 즐거워하였다.

入鳥不駭,　　　새들 속으로 들어가도 놀라지 않고,

雜獸斯羣.　　　짐승들과 섞여 함께 어울렸다.

「부채에 그린 그림에 대한 글扇上畫贊」

　「경술년 9월 중에 서쪽 밭에서 올벼를 거둠」에서 읊고 있듯이 도연명은 장저, 걸익과 같이 직접 농사짓는 것에 대하여 부끄러움을 느끼거나 고통스럽게 생각하지 않았다. 「부채에 그린 그림에 대한 글」에서는, 나란히 밭을 갈았던 장저와 걸익에 대하여 공자가 "새나 짐

승과는 함께 어울릴 수 없다.(鳥獸不可與同羣.)"[31]라고 한 비판의 말을 인용하여 거꾸로 장저와 걸익을 칭송하고 있다. 여기에서도 공자와는 다른 도연명의 취향을 살필 수 있다.

소통은 「도연명집서」에서, "직접 농사짓는 것을 부끄러움으로 여기지 않고, 재산이 없는 것을 병통으로 여기지 않았다.(不以躬耕爲恥, 不以無財爲病.)"라고 하였는데, 도연명이 여러 시문(詩文)에서 밝힌 생활 태도를 한마디로 요약한 평이라고 하겠다.

3) 가족 간의 사랑

도연명은 8세에 부친상을 당했기 때문인지, 그의 시문에서 부친에 대한 언급은 찾아 볼 수 없다. 반면 모친은 도연명 38세 겨울에 사망하였고, 따라서 모친에 대한 언급은 여러 차례 보인다. 36세에 지은 「경자년 5월 중에 서울로부터 돌아오는데 규림(規林)에서 바람에 막혀 있으면서庚子歲五月中從都還阻風於規林」 2수에서는, "첫 번째 기쁨은 온화한 모습을 뵙는 것이고, 두 번째 즐거움은 형제들 만나는 일이다. … 남풍이 내 마음을 저버리고 불어 대니, 노 거두고 구석진 호수를 지키고 있네.(一欣侍溫顔, 再喜見友于. … 凱風負我心, 戢枻守窮湖.)"라고 하여 귀향하면서 노모와 형제를 만나는 기대감과 배가 바람에 막혀 나아가지 못하는 안타까움을 서술하고 있다.

---

[31] 『논어(論語)·미자(微子)』

소통은 「도연명전」에서, "연명의 아내 적씨(翟氏) 또한 능히 힘들고 고생스러움을 편히 여기며 그와 뜻을 함께 하였다.(淵明妻翟氏, 亦能安勤苦, 與其同志.)"라고 도연명의 아내를 칭송하였는데, 도연명의 시문에는 아내에 대한 기록도 자주 보인다. 「잡시雜詩」 제10수에서는, "세월은 항상 몰고 가는 것이 있어, 내가 온 지도 어느덧 한참이 되었구나. 강개한 마음에 집사람이 생각나니, 이 정도 오랫동안 떠나 있었구나.(歲月有常御, 我來淹已彌. 慷慨憶綢繆, 此情久已離.)"라고 읊어, 젊은 시절 벼슬에 나서 오래 집을 떠나 있으면서 아내를 생각하는 마음을 표현하기도 하였다.

전원생활의 여유와 가족 간의 사랑을 그린 시로 대표적인 것이 「곽주부의 시에 화답함和郭主簿」 제 1수이다.

藹藹堂前林,	무성한 집 앞의 나무들,
中夏貯淸陰.	한여름에 맑은 그늘을 간직하고 있다.
凱風因時來,	남풍이 때에 따라 불어오고,
廻飇開我襟.	회오리바람은 나의 옷깃을 열어 준다.
息交遊閒業,	교제를 멈추고 한가로운 일에 노니니,
臥起弄書琴.	누웠다 일어났다 하면서 책과 거문고를 즐긴다.
園蔬有餘滋,	밭의 채소는 넉넉하게 자라 있고,
舊穀猶儲今.	묵은 곡식은 아직도 남아 있다.
營己良有極,	생활 영위함은 진실로 기준이 있으니,
過足非所欽.	지나치게 넉넉함은 바라는 바 아니다.

春秫作美酒,	수수 찧어 좋은 술 담가 놓고,
酒熟吾自斟.	술 익으면 내가 직접 따라 마신다.
弱子戲我側,	어린 자식 내 곁에서 놀며,
學語未成音.	말을 배우는데 아직 발음이 제대로 되지 않는다.
此事眞復樂,	이 일이 또한 진정으로 즐거우니,
聊用忘華簪.	그저 이것으로 화려한 벼슬 잊는다.
遙遙望白雲,	아득히 흰 구름 바라보니,
懷古一何深.	옛 사람 생각이 어찌 이리 깊은가.

집 앞에는 맑은 그늘을 드리워 주는 나무와 그 사이로 불어오는 시원한 바람이 있어 한여름에도 상쾌함을 느낀다. 이러한 전원의 풍경 속에서 번잡한 교제를 끊은 채 책과 거문고를 벗하고 술을 즐기는 생활은 도연명이 항상 바라던 것이었다. 거기에다 어린 자식의 재롱과 말 배우는 모습을 지켜보는 것은 가장 큰 즐거움이니, 「술 끊기」에 보이는 "큰 즐거움은 어린 자식에서 그친다.(大歡止稚子.)"라고 한 말에 대한 구체적 예가 되는 내용이다. "大歡止稚子"의 '지(止)'자는 더 이상이 없는 경지를 일컫는 말이니,[32] 어린 자식에게서 느끼는 즐거움보다 더 큰 즐거움은 없다는 표현이다.

이 시를 통하여, 전원에서 부귀공명을 잊고 만족할 줄을 아는 도연명의 태도를 살필 수 있다. 벼슬길을 벗어나 전원에서 천륜(天倫)의

---

[32] 『대학(大學)』에서 말한, "최선의 경지에 머문다.(止於至善.)"의 '지(止)'이다.

즐거움을 누리는 시인은, 이것이 높은 벼슬보다 더 즐겁고 가치 있는 일임을 이해할 수 있는 사람을 바라지만 그런 사람을 현실에서 만날 수 없기 때문에 옛 사람에 대한 그리움이 일어난다고 마무리짓고 있다.

「유채상(劉柴桑)에게 보내는 답시酬劉柴桑」에서도 가족간의 화목을 중시했던 도연명의 모습을 살필 수 있다.

…	…
新葵鬱北牖,	새로 핀 해바라기는 북쪽 창가에 무성하고,
嘉穟養南疇.	아름다운 곡식은 남쪽 논에서 자라난다.
今我不爲樂,	지금 내가 즐거움 누리지 않는다면,
知有來歲不.	내년이 있게 될지 알겠는가.
命室携童弱,	집사람에게 일러 어린것들 데리고,
良日登遠遊.	좋은 날 멀리 놀러 나가리라.

가을 농사는 잘 되었고 좋은 계절을 맞았으니, 가족들을 데리고 나들이해야겠다는 심정을 서술하고 있다. 이 시에서 가족에 대한 도연명의 다정한 성품을 느낄 수 있다. 그의 이러한 성격은 노복에게까지 미쳤다. 그가 팽택의 현령으로 있을 때 집에 한 노복을 보내면서 "이 아이도 사람의 자식이니 잘 대해 주어야 한다.(此亦人子也, 可善遇之.)"라고 당부한 일화가 전해진다.[33] 청(淸)의 방종성(方宗誠)은, "도연명이 노자, 장자보다 훌륭한 점은 사람의 일, 사람의 도리를 버리

지 않고, 인정(人情)에서 벗어나지 않은 데에 있다(陶公高於老莊, 在不
廢人事人理, 不離人情.)"[34]라고 평하였는데, 가족간의 화목이나 즐거움
을 표현하는 등 인간적 정감을 드러낸 시들에서 특히 이러한 점을 확
인할 수 있다.

　이상에서 도연명의 전원시를 크게 세 가지 내용으로 분류하여 살
펴보았다. 도연명은 29세부터 41세까지 자신의 포부를 이루기 위해,
혹은 생활 여건상의 이유로 여러 차례 벼슬길에 나섰고, 또 자신의
본성이나 전원생활의 향수, 혹은 시대적 상황 때문에 여러 차례 귀
향하였다. 전원시는 이 기간 중에 쓰여진 것도 있지만, 대부분은 완
전히 귀은한 41세 이후에 나왔다. 도연명에게 전원은 속박과 번잡이
없는 자유스러움과 한가로움의 장소였다. 이곳에서 바라던 대로 자
신의 본성이 억압받지 않고 자신의 힘에 의지하여 살아가는 생활 속
에서 얻게 된 즐거움은 무엇보다도 소중한 것이었다. 이러한 즐거움
의 향유가 가능했던 정신적 배경은 유가(儒家)의 '출사지상주의(出仕
至上主義)'가 아닌, 도가의 자연무위(自然無爲)와 직접 농사짓는 것에
대한 찬양에 있었다. 이런 자세로 전원에서 몸소 농사지어 자급하면
서 살았던 생활이 전원시 산생의 바탕이 되었다.

33　소통, 「도연명전」
34　『도시진전(陶詩眞詮)』

2. 설리시(說理詩)

　　중국의 고대 시관(詩觀)인 "시(詩)는 뜻을 말한다.(詩言志.)"[35]에서, '뜻[지(志)]'은 시인의 인생철학인 '이(理)'와 대상에서 촉발된 '정(情)이' 어우러져 생성된 것이고, 그것을 문자로 표현한 것이 시라는 뜻으로 이해할 수 있다.[36] 즉 시란 이(理)가 내재된 감정의 형상화(形象化)라고 하겠다. 공자가 『시경(詩經)』의 내용을 개괄하여 '사무사(思無邪)'라고 한 것이 바로 이 점을 지적한 것이다.[37] '사무사(思無邪)'의 '사(思)'는 사상(思想), 즉 내용(內容)이다. 정자(程子)는 이 구절을 '진실됨[성(誠)]'이라는 한마디로 정의하였고,[38] 주자(朱子)는 '성정의 올바름[정성지정(情性之正)]', 즉 '올바른 성정'으로 설명하였다. 진실한 감정이 '이(理)'의 기본 조건이니, 진실한 감정에서 진정한 이(理)가 나오고,[39] 이것이 사람들을 감동시키는 요인이다. 장자는 감정의 가식 없는 발로인 '진(眞)'과 외적으로 사람을 구속하는 '예(禮)'를 대비하

35　『서경(書經)·요전(堯典)』

36　왕운생(王運生), 『논시예(論詩藝)』(雲南人民出版社, 1993), pp.118-119 참조.

37　『논어(論語)·위정(爲政)』, "공자가 말씀하시기를, '『시경(詩經)』 3백 편(篇)은 한 마디로 개괄하면, 생각에 간사함이 없다고 하겠다.'라고 하였다.(子曰, 詩三百, 一言以蔽之, 曰思無邪.)"

38　『논어(論語)·위정(爲政)』 주자집주(朱子集註), "정자가 말씀하시기를, '사무사(思無邪)'라는 것은 성(誠)이다.(程子曰, 思無邪者, 誠也.)"

39　혜홍(惠洪) 『냉재야화(冷齋夜話)』 "나는 문장(文章)이란 기(氣)를 위주로 하고, 기(氣)는 '진실됨[성(誠)]'을 위주로 한다고 알고 있다.(吾是知文章以氣爲主, 氣以誠爲主)" 여기서의 기(氣)는 진실됨에서 나오는 기세(氣勢)로, 맹자(孟子)의 '호연지기(浩然之氣)'와 통하는 개념이다.

하면서 진정(眞情)의 가치를 다음과 같이 강조하였다.

진(眞)이란 것은 순수함과 진실됨의 극치이다. 순수하지 않고 진실되지 않
으면 사람들을 감동시킬 수 없다. 그러므로 억지로 우는 자는 비록 슬퍼
하지만 애절하지 않고, 억지로 화내는 자는 비록 무섭지만 위엄스럽지 않
으며, 억지로 사랑하는 자는 비록 웃지만 화합되지 않는다. 진정한 슬픔
은 소리가 없어도 애절하고 진정한 노여움은 드러내지 않아도 위엄스럽고
진정한 사랑은 웃지 않아도 화합된다. 진(眞)은 안에 있는 것이고, 정신(精
神)이 외물에 반응한다. 이 때문에 진을 귀중히 여기는 것이다. … 예(禮)
라는 것은 세속에서 추구하는 것이고, 진이라는 것은 하늘에서 받은 것
으로 자연스러워 바꿀 수 없다. 그러므로 성인은 하늘을 본받고 진을 귀
하게 여기며 세속에 구애되지 않는다.(眞者, 精誠之至也. 不精不誠, 不能動人.
故强哭者雖悲不哀, 强怒者雖嚴不威, 强親者雖笑不和. 眞悲无聲而哀, 眞怒未發而
威, 眞親未笑而和. 眞在內者, 神動於外. 是所以貴眞也. … 禮者, 世俗之所爲也, 眞
者, 所以受於天也, 自然不可易也. 故聖人法天貴眞, 不拘於俗.)[40]

예(禮)는 인위적인 것이라 사람들에게 억지를 강요하는 반면, 진
(眞)은 가식 없는 감정에서 우러나오는 것이다. 따라서 시(詩)에 진실
한 이치(理致)가 많을수록 사람을 감동시키는 시가 된다.[41] 종영(鍾嶸)
이 진대(晋代)의 현언시(玄言詩)에 대해 비판하면서, "이치가 문사(文

[40] 『장자(莊子)·어부(漁父)』

辭)보다 지나쳐, 맹물처럼 맛이 적다."라거나 "평범하고 진부하여 (하안이 지은)「도덕론(道德論)」과 같다."[42]라고 하였는데, 현언시에서 이치(理致)가 지나친 것이 비판받는 이유는, 그 이치(理致)가 현실과 동떨어진 채 진실한 감정이 없기 때문이다.

도연명의 설리시(說理詩)는 진실한 감정에서 나온 풍부한 이취(理趣)[43]에 그 가치가 있다. 역대로 도연명을 평한 사람들도 그의 인품(人品)과 시에서 느낄 수 있는 진정(眞情)을 중시하고 높이 평가하였다. 다음에 몇몇 평어(評語)를 들어본다.

1.

소통 : 천진(天眞)에 맡겨 자득하였다.(任眞自得.)

2.

명(明) 설선(薛瑄) : 무릇 시문(詩文)은 진정(眞情)에서 나오면 공교해지니, 옛 사람들이 일컬은 바, "가슴에서 나온다."는 것이 그것이다. 예를 들면,

---

41 위경지(魏慶之),『시인옥설(詩人玉屑)』, "만약 이치에 맞으면 바람이나 꽃을 화려하게 읊은 것도 함께 오묘함에 들지만, 만약 이치에 맞지 않으면 일체가 모두 장황한 말이 된다.(苟當於理, 則綺麗風花, 同於入妙, 苟不當理, 則一切皆爲長語.)" 이병한 편저,『중국 고전 시학의 이해』(문학과 지성사, 1992), p.197, 재인용.

42 제2장 주 12 참조.

43 이취(理趣) : 이치(理致)는 자연의 원리, 인생의 도리이고, 이취(理趣)는 이치(理致)가 시로 형상화(形象化)되어 나타나는 풍취(風趣)를 의미한다.

『시경(詩經)』 삼백 편, 『초사(楚辭)』, 제갈량(諸葛亮)의 「출사표(出師表)」, 이밀(李密)의 「진정표(陳情表)」, 도연명의 시(詩), 한유(韓愈)의 「제형자노성문(祭兄子老成文)」, 구양수(歐陽修)의 「농강천표(瀧岡阡表)」 등이 모두 이른바 가슴에서 나온 것이다. 그러므로 모두가 공교로움을 추구하지 않았는데도 저절로 공교로웠다. 그러므로 시문을 지을 때에는 모두 진정(眞情)을 위주로 해야 한다.(凡詩文出於眞情則工, 昔人所謂出於肺腑者也. 如三百篇, 楚辭, 武侯出師表, 李令伯陳情表, 陶靖節詩, 韓文公祭兄子老成文, 歐陽公瀧岡阡表, 皆所謂出於肺腑者也. 故皆不工而自工. 故凡做詩文, 皆以眞情爲主.)

『돈서록(遯書錄)』 시평(詩評)

3.

청(淸) 방동수(方東樹) : 도연명의 시를 읽을 때 오로지 그 참됨을 취할 뿐이다. 일이 참되고, 경치가 참되고, 감정이 참되고, 이치가 참되어 번거롭게 줄치고 깎지 않아도 저절로 들어맞는다.(讀陶公詩, 專取其眞. 事眞, 景眞, 情眞, 理眞, 不煩繩削而自合.)

『소매첨언(昭昧詹言)』

4.

양계초(梁啓超) : 보통 사람들은 늙음을 탄식하고 비천함을 탄식하여 병도 없으면서 신음한다. 스스로 불평을 드러낸 많은 말들이 대부분 실상(實狀)에 지나치니 우리가 가볍게 믿을 것이 못된다. 그러나 도연명에 대해서는 믿지 않을 수 없으니 그는 가장 진실된 사람이었기 때문이다. 우리는 그의 전체 작품으로 (이 점을) 보증할 수 있다.(尋常人嘆老嘆卑, 無病呻吟. 許多自己發牢騷的話, 大牛言過其實, 我們是不敢輕信的. 但對于陶淵明不能不信, 因爲他是一位最眞的人. 我們從他全部作品中可以保證.)

「도연명시문예금기문식(陶淵明之文捜及其品格)」

　　도연명시의 이취(理趣)는 직접적인 경험과 진실한 감정에서 우러나온 것임을 강조한 내용들이다. 만약 도연명이 벼슬살이를 하면서 겪은 갈등이나 직접 농사를 짓는 등의 경험이 없었더라면 그만큼 내용이 깊은 시(詩)가 나올 수 없었을 것이다. 호적(胡適)은 『백화문학사(白話文學史)』에서, 도연명시의 이취(理趣)가 직접적 체험에서 나온 점을 중시하여, "그의 의경(意境)은 철학가의 의경이지만, 그의 언어는 도리어 민간의 언어이다. 그의 철학은 또한 그가 실제로 경험한 것이고 평생 실천한 자연주의로, 결코 손작(孫綽)이나 지둔(支遁) 등처럼 먼지떨이나 휘두르면서 청담(淸談)을 일삼는 데에 필요했던 구두현리(口頭玄理)와는 같지 않다.(他的意境是哲學家的意境, 而他的言語却是民間的言語. 他的哲學又是他實地經驗過來的, 平生實行的自然主義, 並不像孫綽, 支遁一般人只供揮塵淸談的口頭玄理.)"[44]라고 평하였고, 갈립방(葛立方)은 『운어양추(韻語陽秋)』에서 도연명의 시가 지닌 이취(理趣)에 대해 다음과 같이 말하였다.

　　동파(東坡)가 도연명이 이치(理致)를 말한 시들을 지적한 것이 앞뒤로 셋

---

[44] 호적(胡適), 『백화문학사(白話文學史)』(岳麓書社出版, 1986), pp.130-131.

이 있다. 첫째가 "동쪽 울 아래에서 국화를 따다가, 멀리 남산을 보게 되었다."[45]이고, 둘째가 "동창 아래에서 시를 읊으며 자족해 하니, 그런 대로 또 이 삶의 참뜻을 깨닫겠구나."[46]이고, 셋째가 "사람들은 천금인양 몸을 받드나, 죽음에 이르면 그 보배는 사라진다네."[47]인데, 모두 도를 깨달은 말들이라고 하였다. 대개 장구(章句)를 꾸미고 풍월(風月)을 읊은 것들은 비록 공교하다고 하나 무슨 도움이 되겠는가.(東坡拈出陶淵明談理之詩, 前後有三. 一曰采菊東籬下, 悠然見南山. 二曰嘯傲東軒下, 聊復得此生. 三曰客養千金軀, 臨化消其寶. 皆以爲知道之言, 蓋撝章繪句, 嘲弄風月, 雖工亦何補.)[48]

도연명시의 이러한 특징을 중시하여 왕운생(王運生)은, "어떤 이는 '도연명시에는 편마다 술이 있다.'고 하였는데, 나는 그 구절을 모방하여, '도연명시는 편마다 이치(理致)를 말하였다.'고 하고 싶다.(人說陶詩篇篇有酒, 我想活剝一句, 陶詩篇篇談理.)"라고 하면서, 「잡시雜詩」12수, 「육체와 그림자와 정신形影神」3수, 「술을 마시며飮酒」20수 등을 그 예로 들고 있다.[49] 이 시들은 도연명이 체득한 자연의 이치, 인생의 이치를 시로 형상화해낸 대표적인 것들이다.

도연명시의 이취(理趣)는 세속적 욕망의 초월을 읊은 달관적 자세, 자연의 본질이자 특성인 천진(天眞)에 대한 추구, 순응자연(順應自然)

<hr>

45 「술을 마시며飮酒」 제5수.
46 「술을 마시며」 제7수.
47 「술을 마시며」 제11수.
48 『도연명시문휘평(陶淵明詩文彙評)』, pp.153-154.
49 왕운생(王運生), 위의 책, p.120-121 참조.

등 세 방면에서 두드러진다. 이러한 이취는 주로 도가적 철리(哲理)를 지니고 있다.

1) 달관(達觀)

도연명의 시에는 시비(是非), 곤궁과 영달, 생사, 명예 등 세속적 욕망과 갈등에 대해 노장적 달관의 경지를 읊은 내용이 많다.[50] 「술을 마시며」 제6수에서는 시비를 드러내어 갈등을 겪는 이들에게 시비 판단에서의 초월을 가르치고 있다.

行止千萬端,	사람의 행동거지 천만 갈래이니,
誰知非與是.	누가 옳고 그름을 알겠는가.
是非苟相形,	옳고 그름을 구차하게 서로 드러내고,
雷同共譽毁.	부화뇌동하면서 서로 칭찬하고 헐뜯는다.
三季多此事,	삼대(三代) 말기에 이런 일 많았으나,
達士似不爾.	통달한 사람은 그렇지 않았던 듯.
咄咄俗中愚,	딱하구나 세속의 어리석은 자들,
且當從黃綺.	역시 하황공(夏黃公)과 기리계(綺里季)를 따라야 하리.

이 시에서 도연명은 속인(俗人)들에게 "옳고 그름을 구차하게 서로

---

[50] 제2장 사상 참조.

드러내"는 어리석음에서 벗어날 것을 당부하고 있다. 혼란한 때에는 옳고 그름을 따지며 다투는 일이 더욱 많으니, 상산(商山)에 은거했던 하황공(夏黃公)과 기리계(綺里季)처럼 시비 판단을 초월하여 통달한 자세로 살아갈 것을 역설하고 있다. 이 또한 장자의 다음과 같은 가르침을 시화(詩化)한 것이다.

> 자기가 그렇다고 여기는 바에 따라 그렇다고 한다면 만물이 그렇지 않은 것이 없고, 자기가 틀리다고 여기는 바에 따라 틀리다고 한다면 만물이 틀리지 않은 것이 없다.(因其所然而然之, 則萬物莫不然, 因其所非而非之. 則萬物莫不非.)"[51]

장자는 사람들이 주관적 판단에 따라 옳고 그름을 드러내어 따지는 행위가 무의미함을 지적하였다. 도연명이 말한 '통달한 사람〔달사(達士)〕'은 장자이자 상산사호(商山四皓)이며, 또한 자기 자신을 칭하는 것이다.

명(明)의 황문환(黃文煥)은 이 시를 설명하면서, "부화뇌동하는 사람들은 각자 자기가 옳게 여기는 것을 옳다고 하고 자기가 그르게 여기는 것을 그르다고 하면서 한 곳에만 집착하여 융통성 있게 하지 못한다. 오직 통달한 사람만이 (형편에) 따라 맡기니 불가한 것이 없다.(雷同之人, 各是其所是, 而非其所非, 專執而不能相機. 惟達士因而任之,

51 『장자(莊子)·추수(秋水)』

無所不可.)"라고 하였는데,[52] 역시 노장적 논조로 이 시의 본의를 설명한 것이다. 도연명이 시비를 따지는 것으로부터 초월할 것을 강조한 내용은 「술을 마시며」 제13수에서도, "쩨쩨하니 어찌 그리 어리석은가. 술 취해 도도한 것이 좀 나을 듯하다.(規規一何愚, 兀傲差若穎.)"라고 하여 시비의 한가운데에서 헤매는 사람들을 깨우치고 있다.

여산(廬山)에 은거를 권하는 유채상(劉柴桑)에게 보낸 「유채상의 시에 화답함和劉柴桑」에는 곤궁에 편안하고 만족할 줄을 알았던 도연명의 달관이 잘 드러나 있다.

山澤久見招,	산택으로부터 부름 받은 지 오래인데,
胡事乃躊躇.	무슨 일로 내내 주저하는가.
直爲親舊故,	바로 친구들 때문이니,
未忍言索居.	차마 떨어져 살겠다고 말할 수 없어서이다.
良辰入奇懷,	좋은 철에 특별한 생각이 들어,
挈杖還西廬.	지팡이 끌고 서쪽 집으로 돌아왔다.
荒塗無歸人,	거칠어진 길에는 돌아온 사람 없고,
時時見廢墟.	때때로 폐허만 눈에 뜨인다.
茅茨已就治,	띠풀 지붕은 이미 다 이었으니,
新疇復應畬.	새 밭이나 다시 개간해야지.
谷風轉凄薄,	동풍이 아직은 싸늘하게 와 닿지만,

---

52 「도시석의(陶詩析義)」, 『도연명시문휘평(陶淵明詩文彙評)』, p.174.

春醪解飢劬.	봄 막걸리로 허기와 피로를 푼다.
弱女雖非男,	탁한 막걸리가 비록 좋은 술은 못되나,
慰情良勝無.	마음 위로하는 데는 진정 없는 것보다 낫다.
栖栖世中事,	위태위태한 세상의 일은,
歲月共相疎.	세월 갈수록 (나와는) 서로 멀어진다.
耕織稱其用,	경작과 길쌈은 쓰기에 맞게 할 뿐,
過此奚所須.	그보다 더해서 어디에 필요하리오.
去去百年外,	세월 흘러 죽은 뒤에는,
身名同翳如.	몸과 이름 모두 가물가물해질 텐데.

전원에서의 생활이 자신의 정해진 분수이니 산에 들어가 은거할 생각은 아예 없음을 분명히 하고 있다. 지붕 이는 일, 밭 개간하는 일을 제때에 해내야 하는 전원의 생활은 힘들기도 하지만 즐거운 마음으로 부지런히 살아간다. 좋은 술 고집하지 않으니 봄 막걸리로 허기와 피로를 풀 수 있고, 농사와 누에치는 것은 필요한 정도에서 만족을 얻는다. 즉 분수에 편안해 하고 생활에 부유함을 추구하지 않는 달관을 보이고 있다. 이러한 달관은 부귀, 명예 등에 대한 집착으로부터의 초월에서 가능한 경지이다. 명(明)의 장자열(張自烈)은 "탁한 막걸리가 비록 좋은 술은 못되나, 마음 위로하는 데는 진정 없는 것보다 낫다."라고 읊은 구절에 대해, '고기를 먹는데 황하의 방어(魴魚)를 고집하지 않는 뜻(食魚不必河魴之意)'[53]이라고 하여, 도연명의 지족(知足)의 모습을 칭송하였다.

이와 같은 달관은 「술을 마시며」 20수의 서문과 연작시에 자주 드러난다. 서문에서, "내가 한가로이 사니 즐거운 일이 적고, 더구나 가을밤이 너무 길어 우연히 좋은 술 얻게 되어서는 마시지 않은 밤이 없었다. 그림자 돌아보며 혼자서 다 마시니 홀연 또 취하게 되었다. 취한 후에는 번번이 시 몇 구를 지어 스스로 즐겼다.(余閑居寡歡, 兼秋夜已長, 偶有名酒, 無夕不飮. 顧影獨盡, 忽焉復醉. 旣醉之後, 輒題數句自娛.)"라고 작시 동기를 밝히고 있지만, 실은 인생에 대한 깨달음과 혼란한 시대의 감회를 서술한 내용에, 우회적으로 '술을 마시며〔음주(飮酒)〕'라는 제목을 붙인 것이다.[54]

「술을 마시며」 제1수에서는, 인생에서 곤궁과 영달은 언제든지 바뀔 수 있다는 이치를 깨달아 곤궁에 초조해하거나 영달에 집착하지 말 것을 강조하였다.

衰榮無定在,　　　쇠락과 영달은 정해져 있는 바가 없어,

彼此更共之.　　　서로가 교대하며 함께 한다.

---

53 『전주도연명집(箋註陶淵明集)』, 『도연명시문휘평(陶淵明詩文彙評)』, p.88. 이 평어(評語)는 『시경(詩經) · 진풍(陳風) · 횡문(衡門)』에서, "횡문(衡門)의 아래에서 머물러 쉴 수 있다. 샘물이 졸졸 흐르니 굶주림에도 즐길 수 있다. 어찌 물고기를 먹는데 하수(河水)의 방어(魴魚)를 고집하리오. 어찌 아내를 얻는데 제(齊)나라의 강씨(姜氏)를 고집하리오.(衡門之下, 可以棲遲. 泌之洋洋, 可以樂飢. 豈其食魚, 必河之魴. 豈其取妻, 必齊之姜.)"라고 읊은 내용에 근거한 것이다.

54 청(淸) 도필전(陶必銓), 『유강시화(萸江詩話)』, "진송(晉宋)의 왕조 교체기에 음주(飮酒)를 빌려 말을 기탁한 것이니, 언뜻 보면 알아채지 못하나 깊이 그 뜻을 추구하면 그 가운데 기탁(寄託)한 바가 있지 않은 것이 없다.(晉宋易代之際, 借飮酒以寓言, 驟讀之不覺, 深求其意, 莫不中有寄託.)"『도연명시문휘평(陶淵明詩文彙評)』, p.158.

邵生瓜田中,	소생(邵生)의 오이 밭 가운데 생활이,
寧似東陵時.	어찌 동릉후(東陵侯)로 있었을 때와 같으리오.
寒暑有代謝,	추위와 더위가 갈마듦이 있듯이,
人道每如玆.	사람 사는 길도 언제나 이와 같다.
達人解其會,	통달한 사람들은 그 이치를 아니,
逝將不復疑.	아아 다시는 의심하지 않으리.
忽與一觴酒,	홀연히 한잔 술을,
日夕歡相持.	해 저무는 저녁에 즐거이 든다.

추위와 더위가 교대로 바뀌는 자연 변화의 법칙처럼, 인생의 곤궁과 영달도 교대로 변해간다. 동릉후로 영화를 누리던 소생도 곤궁해져 오이를 길렀듯이 인생의 이치는 변화의 연속이다. 만물은 일순간도 변화의 과정 중에 있지 않은 것이 없다. 변화가 자연의 이치이고 상도(常道)이다.[55] 이를 깨달은 자라면 곤궁과 영달에 마음을 괴롭히지 않을 것이다.

또 살아서 영화를 얻었다 한들 죽으면 그만인데, 그것을 위하여 서로 싸우는 것은 깨닫지 못한 자들의 어리석음일 뿐이다. 「만가」 제1수에서, "천년만년 지난 후에, 누가 영화이었는지 치욕이었는지를

---

[55] 『주역(周易)·항괘(恒卦)』 정전(程傳), "무릇 천지간에 생겨난 만물은 비록 견고하고 두터운 산악이라도 변하지 않을 수 있는 것은 없다. 그러므로 한결같음〔恒〕은 일정함을 일컫는 것이 아니다. 일정하면 한결같을 수 없으니, 때에 따라 바뀌는 것이 한결같은 도이다.(凡天地所生之物, 雖山嶽之堅厚, 未有能不變者也. 故恒, 非一定之謂也. 一定則不能恒矣, 唯隨時變易, 乃常道也.)"

알리오. 다만 한스러운 것은 세상에 있을 때 술을 넉넉하게 마시지
못했던 것뿐이다.(千秋萬歲後, 誰知榮與辱. 但恨在世時, 飲酒不得足.)"라
고 읊었듯이, 뜻에 맞게 자족하며 사는 달관이 바로 도연명이 추구
했던 경지이다.

「자식들을 나무람責子」에서는 다섯 아들에 대한 사랑과, 그들이
뜻대로 훌륭한 인재가 될 것 같지 않다는 우려를 달관적 자세로 마
무리하고 있다.

白髮被兩鬢,	흰머리가 양 귀밑을 덮고,
肌膚不復實.	살결도 이제는 실하지 못하다.
雖有五男兒,	비록 다섯 아들이 있지만,
總不好紙筆.	모두 종이와 붓을 좋아하지 않는다.
阿舒已二八,	아서는 벌써 열 여섯살이건만,
懶惰故無匹.	게으르기가 진실로 짝이 없다.
阿宣行志學,	아선은 장차 학문에 뜻을 둘 나이(15세)인데,
而不愛文術.	글공부를 좋아하지 않는다.
雍端年十三,	옹과 단은 나이가 열 세살이건만,
不識六與七.	여섯 더하기 일곱도 모른다.
通子垂九齡,	통이란 녀석 거의 아홉 살이 돼가는데,
但覓梨與栗.	그저 배와 밤만 찾는다.
天運苟如此,	타고난 운이 진실로 이와 같으니,
且進杯中物.	그저 술이나 들이켤 밖에.

다섯 아들을 일일이 열거하며 애정 어린 우려를 표현하고 있다. 결국 자식의 성취는 억지로 할 수 있는 것이 아님을 깨닫고 운명에 맡기리라는 달관을 보이고 있다. 마지막 연에서 말한 "타고난 운이 진실로 이와 같으니, 그저 술이나 들이켤 밖에."라고 한 말은 바로 「육체와 그림자와 정신」에서 보인 "심한 염려는 우리 삶을 해치리니, 진정 자연의 운행에 맡겨 살아가야 하리.(甚念傷吾生, 正宜委運去.)"라는 다짐의 구체적인 실천이라고 하겠다. 황문환(黃文煥)은 이 시에 대해, 시대 상황과 연관시켜 그들이 벼슬에 나서지 않고 어리석고 천한 지경에 편안하기를 바라는 심정을 의탁한 것이라고 하였는데,[56] 지나치게 천착한 감이 든다. 아버지로서 자식이 훌륭하게 될 것을 바라는 기대와 그 기대가 이루어질 것 같지 않은 염려를 해학적으로 꾸밈없이 표현한 것이다. 이러한 해학은 달관에서 비롯된 것이다.

자연의 이치를 터득하고 그에 따라 살아가는 달관된 모습을 보여주는 시로 「5월달 아침에 지어 대주부(戴主簿)의 시에 화답함五月旦作和戴主簿」이 있다.

| 虛舟縱逸棹, | 빈 배가 빠른 노에 맡겨져 가듯, |
| 回復遂無窮. | 계절의 순환은 끝이 없다. |

---

[56] 『도시석의(陶詩析義)』, "「자식들을 나무람責子」이라는 시에서, 갑자기 '타고난 운이 이와 같다.'라고 하였으니 진짜로 자식들을 나무란 것이 아니다. 나라의 운명이 이미 바뀌었으니 대대로 벼슬에 나가기를 바라지 않고, 부자(父子)가 함께 어리석고 천한 지경에 편안하면 충분하다는 것이다.(責子詩, 忽說天運如此, 非眞責子也. 國運己改, 世世不願出仕, 父子共安於愚賤, 足矣.)" 『도연명시문휘평(陶淵明詩文彙評)』, p.212.

發歲始俛仰,	새해가 시작된 것이 금방인데,
星紀奄將中.	올해도 어느덧 중반에 접어들었다.
南窓罕悴物,	남쪽 창가에는 시든 것이 드물고,
北林榮且豊.	북쪽 숲은 무성하고 울창하다.
神淵寫時雨,	깊은 연못에 제때의 비가 쏟아지고,
晨色奏景風.	새벽 경치에 남풍이 불어온다.
旣來孰不去,	왔으면 무엇인들 떠나지 않겠는가.
人理固有終.	인생의 이치는 진실로 끝이 있는 법.
居常待其盡,	한결같은 이치대로 살다가 죽음을 기다릴 것이니,
曲肱豈傷沖.	팔 베고 사는 것이 어찌 마음을 손상시키랴.
遷化或夷險,	변화 따라 살아감에 혹 평탄하기도 하고 험난하기도 하지만,
肆志無窊隆.	내 뜻대로 하니 낮고 높을 것이 없다.
卽事如以高,	지금의 일이 이렇게 고귀한데,
何必升華嵩.	어찌 꼭 화산(華山), 숭산(嵩山)에 올라 신선을 배우리오.

계절이 바뀌는 것을 보고 인생의 이치를 생각한다. 태어나면 죽게 되는 것이 인생이니, 자신의 뜻을 거스르며 부귀를 좇기보다는 가난하더라도 뜻을 굽히지 않고 살아갈 것이다. 내가 존재하는 지금 이곳이 가장 중요함을 알고 뜻에 맞게 살 것이요, 오래 살려고 신선을 추구하는 부질없는 짓을 말 것이다. 즉 그때그때에 성실할 것이며 만

족할 줄을 알아야 한다는 달관적 태도가 잘 드러나 있는 시이다.

도연명의 달관의 모습은 앞에서 살핀 시비, 곤궁과 영달, 생사의 문제 이외에도 속인들이 중시하는 명예에 대한 태도에서도 마찬가지로 드러난다. 「술을 마시며」 제3수는 명예욕의 초월을 강조한 내용이다.

道喪向千載,	도가 없어진 지 천년이 되어 가니,
人人惜其情.	사람마다 그 마음을 인색하게 한다.
有酒不肯飮,	술이 있어도 마시려 하지 않고,
但顧世間名.	그저 세속의 명예를 돌아볼 뿐이다.
所以貴我身,	내 몸을 귀하게 여기는 까닭은,
豈不在一生.	어찌 한 평생에 있지 않겠소.
一生復能幾,	한 평생이 또 얼마나 되는가,
倏如流電驚.	빠르기가 번쩍하고 흐르는 번개와 같다.
鼎鼎百年內,	스러져가는 백년 안에,
持此欲何成.	이것(世間名)을 가지고 무엇을 이루려 하는가.

짧은 인생에서 부질없는 세속의 명예보다는 임진자득(任眞自得)을 가능케 하는 한 잔의 술이 더 가치가 있을 것이라고 하여, 명예에 대한 집착에서 벗어날 것을 깨우쳐 주고 있다. 진(晋) 장한(張翰)이, "비록 내가 죽은 후에 명성이 있다 하더라도, 지금의 한 잔 술이 더 낫

다.(使我有身後名, 不如卽時一杯酒.)"[57]라고 말한 경지이다.「술을 마시며」제3수와 의경(意境)이 비슷한 시로「잡시」제4수가 있다. 이 시에서도 짧은 인생에서 부질없는 명성에 끌려 마음 가득 갈등을 안은 채 살아가지 말 것을 당부하고 있다.

丈夫志四海,	대장부들 온 천하에 뜻을 두지만,
我願不知老.	나의 바람은 늙어감을 모르는 것이다.
親戚共一處,	친척들이 한곳에 같이 살고,
子孫還相保.	자손들이 또 서로 살펴 준다.
觴絃肆朝日,	술잔과 거문고는 아침부터 벌려 있고,
罇中酒不燥.	항아리 속에는 술이 마르지 않는다.
緩帶盡歡娛,	허리띠 늦춰놓고 즐거움을 다하며,
起晩眠常早.	느지막이 일어나고 잠자리는 항상 일찍 든다.
孰若當世士,	누가 요즈음 선비들처럼,
氷炭滿懷抱.	갈등이 마음속에 가득하리오.
百年歸丘壟,	인생 백 년이면 무덤으로 돌아가는데,
用此空名道.	이렇게 빈 이름에 이끌리다니.

공명(功名)을 초월하여 본성대로 살아가는 모습이 잘 묘사되어 있다. 가족 간에 화목하고 즐거움을 누리는 생활 속에서 세속의 명예

---

57 『진서(晋書)·장한전(張翰傳)』

는 뜬구름과 같다. 이는 「5월달 아침에 지어 대주부의 시에 화답함五月旦作和戴主簿」에서 읊은 "지금의 일이 이렇게 고귀한데(卽事如已高)"의 경지이다. 제2구 "나의 바람은 늙어감을 모르는 것"이라는 말은 늙지 않기를 바란다기보다는 늙음을 의식하여 초조해 하거나 탄식하는 일이 없고자 하는 뜻으로 이해된다. "술잔과 거문고는 아침부터 벌려 있고, 항아리 속에는 술이 마르지 않는다. 허리띠 늦춰놓고 즐거움을 다하며, 느지막이 일어나고 잠자리는 항상 일찍 든다."는 구절은 전원에서의 구속 없는 자유스러움을 묘사한 것으로, 상관(上官)의 행차에 띠를 묶고 뵈어야 하는 벼슬길의 속박[58]과 대비된다. "누가 요즈음 선비들처럼, 갈등이 마음속에 가득하리오."는 명성을 얻고자 고심하는 당시 사람들을 비판하는 내용이다. 위진(魏晉) 시대의 문인 가운데에는, 시문은 주로 속세 밖의 한적을 읊으면서 내심으로는 세속의 영달에 관심을 쏟는 이들이 많았다. 장화(張華: 232-300)는 영달을 추구하여 높은 관직에 있으면서도 가식적 한적과 달관의 뜻을 읊은, 유선시(遊仙詩)와 초은시(招隱詩)를 남겼다. 반악(潘岳: 247-300)은 은자로 자처하면서도 세속적 욕망이 가득하여, 당시의 실권자였던 가밀(賈謐)의 출타에 멀리서 먼지를 보고도 절을 하였다〔망진이배(望塵而拜)〕고 한다.[59] 유협(劉勰)도 이러한 풍조에 대해, "뜻은 높은 관

---

58 소통 「도연명전」, "군(郡)에서 독우(督郵)를 보내 현(縣)에 이르게 되었다. 아전이 청하기를, '띠를 묶고 뵈어야 합니다.'라고 하자, 연명이 탄식하면서 말하기를, '내가 어찌 다섯 말의 쌀 때문에 허리를 굽히고서 시골의 소인을 대하겠는가.'라 하고 그날로 인끈을 풀고 관직을 떠났다.(郡遣督郵至縣, 吏請曰, 應束帶見之, 淵明歎曰, 我豈能爲五斗米折腰, 向鄉里小兒, 卽日解印綬去職.)"
59 『진서(晉書)‧반악전(潘岳傳)』

직에 깊이 빠져 있으면서 공연히 은거 생활을 읊거나, 마음은 하찮은 일에 얽혀 있으면서 헛되이 속세 밖의 일을 말한다.(志深軒冕, 而泛咏皐壤, 心纏幾務, 而虛述人外.)"[60]라고 비판하였다. 위의 시는 이러한 세태를 비판한 것이다.

이상에서 살핀 바와 같이 도연명의 달관은 시비, 곤궁과 영달, 생사, 명예 등에 대한 초월로 나타나고 있다. 도연명은 노장의 상대주의관을 체득하여 부화뇌동과 시비를 따지는 다툼에서 벗어날 수 있었으며, 그렇지 못한 세태를 질타하였다. 또한 곤궁과 영달에 연연해하지 않고 자신의 분수에 편안하며 만족할 줄 아는 지족(知足)의 도리를 실천하였다. 죽음은 자연의 변화 과정 중의 하나임을 깨닫고 생사에 집착하지 않는 달관을 보여 주었으며, 명예에 대해서는 중시하는 태도를 보이기도 하여 참된 명성과 죽은 후에 이름 남기는 것을 추구하고자 하기도 하였으나, 세속적 명예를 추구하려는 태도에 대해서는 비판적 자세를 분명히 하였다.

2) 천진(天眞) 추구

천진은 자연의 본질로, 참됨·순수함을 의미한다. 유가에서는 인간의 본성(本性)을 선한 것으로 보았는데, 도가에서는 참된 것으로

---

[60] 『문심조룡(文心雕龍)·정채(情采)』

보았다. 이는 사람도 자연의 일부라는 입장에서 출발한 도가의 인성관(人性觀)이다. 노자는 아직 천진을 잃지 않은 어린아이를 다음과 같이 찬양하였다.

> 정기(精氣)를 전일(專一)하게 하고 유연(柔軟)함을 이루면, 어린아이와 같아질 수 있을까?(專氣致柔, 能如嬰兒乎.)
>
> 『노자(老子)』·10장

> 남성적인 것을 알면서도 여성적인 것을 지키면 천하의 골짜기가 된다. 천하의 골짜기가 되면 한결같은 덕(德)이 몸에서 떠나지 않아, 다시 어린아이의 상태로 돌아간다.(知其雄, 守其雌, 爲天下谿. 爲天下谿, 常德不離, 復歸於嬰兒.)
>
> 『노자(老子)』·28장

> 깊이 덕을 간직한 사람은 어린아이에 비유된다. 독충이 쏘지 못하고, 맹수가 잡지 못하며, 사나운 새도 할퀴지 못한다. 뼈는 약하고 근육은 부드러우나 손아귀의 힘은 강하며, 아직 남녀의 교합을 모르는데도 성기가 발기하는 것은 정기의 지극함이고, 종일을 울어도 목이 쉬지 않는 것은 조화의 지극함이다.(含德之厚, 比於赤子. 毒蟲不螫, 猛獸不據, 攫鳥不搏. 骨弱筋柔而握固, 未知牝牡之合而朘作, 精之至也, 終日號而不嗄, 和之至也.)
>
> 『노자(老子)』·55장

이것은 상대와 나를 분별하는 차별심(差別心)을 갖지 않은 어린아이의 상태가 바로 우리가 회복해야 할 마음가짐이며, 순수하고 천진한 동심의 회복이 인간의 갈등과 다툼에서 벗어나는 길이라는 생각에서 비롯된 것이다.

장자는 '수진(守眞)', '반진(反眞)', '반성정(反性情)', '복기초(復其初)' 등의 표현으로 천진의 회복을 다음과 같이 강조하였다.

조심스럽게 자신을 수양할 것이며 삼가 그 천진(天眞)을 지킬 것이니, 물(物)과 인(人)이 자연으로 돌아가게 한다면 얽히는 바가 없을 것이다.(謹修而身, 愼守其眞, 還以物與人, 則无所累矣.)[61]

인위(人爲)로 천연(天然)을 해치지 말고, 작위(作爲)로 성명(性命)을 해치지 말 것이며, 탐욕(貪慾)으로 명예를 추구하지 말 것이니, 삼가 지켜서 잃지 않음을 일러 천진(天眞)을 회복한다고 하는 것이다.(无以人滅天, 无以故滅命, 无以得殉名. 謹守而勿失, 是謂反其眞.)[62]

그 성정(性情)을 돌이켜, 그 처음을 회복한다.(反其性情, 而復其初.)[63]

위 예문의 공통적인 주장은 인간이 태어날 때 자연으로부터 부여

61 『장자(莊子)·어부(漁父)』
62 『장자(莊子)·추수(秋水)』
63 『장자(莊子)·선성(繕性)』

받은 '참됨[진(眞)]'을 회복해야 한다는 것이다. 특히 「대종사(大宗師)」에서는 죽음을 '참됨으로 돌아간다.(反其眞.)'라고 하였는데,[64] 이것이 장자 사생관(死生觀)의 핵심이다. 참됨의 회복은 자연으로 돌아가 하나가 되는 상태인 죽음에서 온전히 가능하다고 보았기 때문이다. 이상의 고찰을 토대로, 유가의 인성관을 '성선설(性善說)'이라고 하는 것에 비하여, 도가의 인성관을 '성진설(性眞說)'이라고 명명할 수 있겠다.[65]

도연명은 도가의 가르침에 따라, 사람의 본성은 참되고 이것을 잃지 않고 지켜 나가는 것이 수양의 과정이라고 보았다. 다음의 시구들에서 '성진설'로 설명할 수 있는 도연명의 인성관을 살필 수 있다.

羲農去我久,	복희와 신농의 시대가 나로부터 멀어졌으니,
擧世少復眞.	온 세상에 참됨을 되찾는 이 적구나.

「술을 다시켜」(飮酒) 제20수

養眞衡茅下,	일자(一字) 대문의 초가 아래 참된 본성 기르리니,
庶以善自名.	그것을 잘하는 것으로 자부하고 싶을 뿐.

「신축년 7월에 휴가 갔다 강릉으로 돌아갈 때 밤에 도구를 지나며」(辛丑歲七月赴假還江陵夜行塗口)

---

64 『장자(莊子)·대종사(大宗師)』, "자상호가 죽었다. 아직 장례를 지내기 전에 공자가 이 소식을 듣고 자공을 보내어 일을 돕게 하였는데, 어떤 사람은 노래를 이어가고 어떤 사람은 거문고를 타는데 서로 화답하면서 다음과 같이 노래하고 있었다. '아아 상호여. 아아 상호여. 그대는 이미 참됨으로 돌아갔는데 우리는 아직도 사람이로구나.(子桑戶死. 未葬. 孔子聞之, 使子貢往侍事焉, 或編曲, 或鼓琴, 相和而歌曰, 嗟來, 桑戶乎, 嗟來, 桑戶乎, 而已反其眞, 而我猶爲人猗.)"

65 '성진설(性眞說)'은 저자의 조어(造語)임을 밝혀 둔다.

「술을 마시며」 제20수에서, 혼란한 세상에서 사람들은 참된 본성을 잃어버림으로써 거짓이 성행하고 인심이 각박해졌음을 한탄하고 있다. 이러한 현실에 대한 비판은, 「선비가 때를 만나지 못한 것에 느낌을 받은 부」에서도, "참된 풍속이 사라지고 큰 거짓이 일어나면서, 마을에서는 청렴과 겸손의 절도가 해이해지고 시장과 조정에서는 쉽게 나아가려는 마음이 치달린다.(自眞風告逝, 大僞斯興, 閭閻懈廉退之節, 市朝驅易進之心.)"라고 하였다. 따라서 「신축년 7월에 휴가 갔다 강릉으로 돌아갈 때 밤에 도구를 지나며」에서 읊고 있듯이, 자신은 참된 본성을 기르는 것[양진(養眞)]을 수양의 과정으로 삼겠다는 뜻을 다짐하고 있다.

원행패(袁行霈)는 "양진(養眞)은 도연명의 전 생애를 관통하는 인생철학이다.("養眞"則是貫穿陶淵明全部生活的一種人生哲學.)"[66]라고 하였는데, 도연명이 평생에 걸쳐 추구한 가치를 잘 지적하였다고 하겠다. '양진'은 '참됨에 맡김[임진(任眞)]'을 위한 수양 공부이자 과정이다. 도가에서 최고의 이상으로 여기는 '임진'은 자연의 결에 따라 살아가는 지인(至人)의 경지이다. 도연명이 '양진'의 과정을 통하여 '임진'의 경지에 이르렀음을 보여 주는 시가 「연일 오는 비에 혼자 술을 마시며 連雨獨飮」이다.

---

[66] 원행패(袁行霈), 「도연명적철학사고(陶淵明的哲學思考)」, 『국학연구(國學研究)』(北京大學出版社, 1993), p.11.

運生會歸盡,	(대자연의) 운행 속에 사는 것들은 결국 죽음으로 돌아간다고,
終古謂之然.	옛날부터 그렇게 말해 왔지.
世間有松喬,	세상에 적송자(赤松子), 왕자교(王子喬)가 있었으나,
於今定何閒.	지금은 정작 어디에 있는가.
故老贈余酒,	늙은 친구가 나에게 술을 주면서,
乃言飲得仙.	"마시면 신선이 될 수 있다."고 말한다.
試酌百情遠,	한번 마셔 보니 온갖 감정 멀어지고,
重觴忽忘天.	잔을 거듭하니 홀연 하늘도 잊혀진다.
天豈去此哉,	하늘이 어찌 여기서 떠나갔겠는가,
任眞無所先.	참됨에 맡겨 앞세우는 바가 없는 것이다.
雲鶴有奇翼,	구름 속의 학[67]은 신기한 날개 있어,
八表須臾還.	세상 밖을 순식간에 갔다 오지만.
自我抱玆獨,	내가 이 유일한 이상 간직한 채로,
僶俛四十年.	힘써 온 지 40년.
形骸久已化,	육체는 오래 전에 이미 변했지만,
心在復何言.	마음이 그대로이니 다시 무엇을 말하리오.

생사의 문제, 삶의 가치의 문제 등 인생의 본질에 대한 깨달음이 드

---

[67] 구름 속의 학〔운학(雲鶴)〕: 신선(神仙)을 칭한다. 『열선전(列仙傳)』에 의하면, 왕자교(王子喬)
는 백학(白鶴)을 타고 등선하였다고 한다.

러난 철리시이다. 자연의 일부로 존재하면서 그 결에 따라 살아가는
모습을 보여 주고 있는데, 제4연과 제5연이 이 시의 핵심을 이룬다.

제4연의 "한번 마셔 보니 온갖 감정 멀어지고, 잔을 거듭하니 홀연
하늘도 잊혀진다."라고 읊은 것은 술을 통하여 온갖 잡된 생각을 몰
아내고 물아일체(物我一體)의 경지에 들어 천전(天全)을 얻게 되었음
을 밝힌 것이다.[68] '망천(忘天)'의 '천(天)'은 천지 만물을 포괄하는 의
미로, 천지 만물과 일체가 되어 피아(彼我)의 구별을 의식하지 않는
상태, 즉 물아일체의 경지이다. 사람이 대기 중에 존재하면서 공기
를 잊고 사는 것이나, 물고기가 물속에서 노닐며 물을 잊고 사는 것
처럼 한 덩어리가 되어 자연스러운 상태가 되면 의식하지 못하는 '망
(忘)'의 경지에 이른다. 이는 장자가 제시한 호접몽(蝴蝶夢)의 경지이
다. 장자는 호접몽의 우화를 통하여 피아의 구별을 잊은 물아양망
(物我兩忘)의 경지를 보여 주었다.[69] 꿈속에서 나비가 되어 훨훨 날면
서 내가 나비로 되어 꿈을 꾸는지 나비가 내가 되어 현생을 살아가

---

[68] 소식(蘇軾)은 이 시에 근거하여 도연명이 술을 통해 천전(天全)을 체득했다고 하였다. 「이행
중수재취면정(李行中秀才醉眠亭)」에서, "벌써 제각기 한가로움 속에 지선(地仙)이 되었고, 더
욱이 술 속에서 천전(天全)을 얻었네. '그대 돌아가 쉬시오, 나 자고 싶소.'라고 하였으니, 이
말은 천연(天然)에서 나왔다고 말들 하네.(已各閑中作地仙, 更于酒裏得天全. 君且歸休我欲眠, 人
言此語出天然.)"라고 읊었다.

[69] 장자(莊子)·제물론(齊物論)」, "장주가 꿈에 나비가 되었는데, 훨훨 날아다니는 나비였다. 스
스로 생각하기에 마음에 유쾌하여, 자기가 장주라는 걸 깨닫지 못하였다. 갑자기 잠을 깨고
보니 분명한 장주였다. 장주가 꿈에 나비가 되었었는지 나비가 꿈에 장주가 되어 있는지 알
수가 없었다.(莊周夢爲胡蝶, 栩栩然胡蝶也. 自喩適志與, 不知周也. 俄然覺, 則蘧蘧然周也. 不知周之夢
爲胡蝶, 胡蝶之夢爲周與.)"

는지 알 수 없다는 것은, 사람도 될 수 있고 나비도 될 수 있는 의식상의 망(忘)의 경지이다. 즉 나의 존재가 자연과 혼연일체(渾然一體)가된 상태이다. 이것이 바로 천지와 함께 하고 만물과 동체(同體)가 되는 물아일체의 경지이다.[70]

제5연의 "하늘이 어찌 여기서 떠나갔겠는가, 참됨에 맡겨 앞세우는 바가 없는 것이다."는 말은 앞 연의 뜻을 이어 '망천(忘天)'의 경지를 정의한 것으로, 이 시의 관건(關鍵)이 된다. "하늘이 어찌 여기서 떠나갔겠는가."는 앞에서 제시한 '망천'의 의미를 "하늘과 내가 별개가 되었다."고 오해할 수도 있는 독자를 위한 친절한 배려로, 다음의 "참됨에 맡겨 앞세우는 바가 없는 것이다."는 깨달음을 제시해 주기 위한 도입부이다. 즉 하늘이 나에게서 멀어져 망(忘)이 된 것이 아니라 일체가 되어 의식하지 못하는 단계에 이른 것이니, 물아양망(物我兩忘)하여 물아일체(物我一體)가 된 경지이다.[71] 장자가, "상대를 잊고 하늘을 잊는 것, 그것을 이름하여 자기를 잊는 것〔망기(忘己)〕이라고 한다. 자기를 잊은 사람, 이런 사람을 일러 천(天)에 들었다고 한다.(忘乎物, 忘乎天, 其名爲忘己. 忘己之人, 是之謂入於天.)"[72]라고 한 말이바로 이 시의 대명제이다. '천(天)'은 자연이니, '망천'은 자연과 하나

---

70 『장자(莊子)·제물론(齊物論)』, "천지는 나와 함께 생겨났고, 만물은 나와 하나이다.(天地與我竝生, 而萬物與我爲一.)"

71 「유채상(劉柴桑)에게 보내는 답시酬劉柴桑」에서도, "궁벽하게 사니 사람 왕래 드물어, 때때로 사계절이 돌아가는 것도 잊는다.(窮居寡人用, 時忘四運周.)"라고 하여, 망(忘)의 경지에 도달하여 물아일체가 된 상태를 읊었다. 자연의 일부로 자연과 혼연일체가 된 상태이다.

72 『장자(莊子)·천지(天地)』

가 된 상태이다. 이것이 도연명이 말하고 있는 "천진(天眞)에 맡겨 앞세우는 것이 없는" 경지, 즉 자연의 이치에 따라 상대적인 현상의 일체를 초월한 경지이다. "앞세우는 바가 없는 것이다.(無所先)"의 '선(先)'은 선(先)과 후(後), 시(是)와 비(非), 생(生)과 사(死), 요(夭)와 수(壽), 빈(貧)과 부(富), 장(長)과 단(短), … 기타 일체의 상대적인 현상을 포괄하는 표현이다. 장자는 「대종사(大宗師)」에서, "무엇이 앞이 되는 지도 모르고, 무엇이 뒤가 되는 지도 모른다. 자연의 일부가 되었다면 그 알지 못하는 변화에 맡길 뿐이다.(不知孰先, 不知孰後. 若化爲物, 以待其所不知之化已乎.)"[73]라고 하였는데, '부지(不知)'는 알지 못함이 아니라 따지지 않는, 따질 필요가 없는 경지이다. 장자가 말한 "그 알지 못하는 변화에 맡길 뿐"인 태도는 도연명이 「육체와 그림자와 정신·정신의 풀이形影神·神釋」에서 읊은, "큰 변화 가운데에서 그 물결에 놓여, 기뻐하지도 않고 또 두려워하지도 않는(縱浪大化中, 不喜亦不懼)" 태도이며, 「귀거래사」에서 읊은, "그저 변화를 따라 죽음으로 돌아가리니, 천명을 즐김에 다시 무엇을 의심하겠는가(聊乘化以歸盡, 樂夫天命復奚疑)"하는 태도로, 생사에 집착하지 않는 초월의 경지이다. 이것이 바로 도연명이 「연일 오는 비에 혼자 술을 마시며」에서 "참됨에 맡겨 앞세우는 바가 없는 것이다."로 표현한 초월이다.

청(淸) 마복(馬璞)은, 「5월달 아침에 지어 대주부의 시에 화답함五月旦和戴主簿」에서 "한결같은 이치대로 살면서 목숨 다하기를 기다린

---

[73] 『장자(莊子)·대종사(大宗師)』

다.(居常待其盡.)"라고 읊은 한 구절과 이 시의 "참됨에 맡겨 앞세우는 바가 없는 것이다.(任眞無所先.)"가 각 시의 요점이 되고, 나아가 도연명 일생의 본질을 다 드러내었다고 평하였는데,[74] 환언하면 이 두 개의 시구에 도연명의 인생철학이 집약되어 있다고 하겠다. 자연의 이치를 깨닫고 그 운행에 따라 살아가며 천진에 맡겨 앞세우는 것이 없다. 그러므로 몸은 비록 자연의 변화를 따라 노쇠해 가지만 마음은 언제나 한결같음을 유지할 수 있으니,[75] 신선을 추구하는 등의 부질없는 짓을 할 필요가 없는 것이다.

자연의 본질·자연의 이치는 심득(心得)만이 가능할 뿐 말로 표현할 수 없다. 이 점에 관하여 이미 노자는 "도는 (그것을) 도라고 말할 수 있다면, 진정한 도가 아니다.(道可道, 非常道.)"[76]라고 설파하였고, 장자는 "무릇 대도(大道)는 말로 일컬어지지 않는다.(夫大道不稱.)"[77], 혹은 "대도는 모든 것을 포용할 수 있지만 그것을 말로 따질 수는 없다.(大道, 能包之, 而不能辯之.)"[78]라고 하였다. 도연명이 자연의 이치를 깨닫고 '말을 잊음〔망언(忘言)〕'으로 그 깨달음을 증명한 시가 「술을 마시며」 제5수이다.

---

74 『도시본의(陶詩本義)』, 『도연명시문휘평(陶淵明詩文彙評)』, p.82.

75 정복보(丁福保), 『도연명시전주(陶淵明詩箋注)』(臺北, 藝文印書館, 1977, 五版), p.67. "이것이 바로 장자의, '땔나무는 다해도 불은 전해진다.'는 뜻이다.(此卽莊子, '薪窮火傳'之意.)"

76 『노자(老子)·1장』

77 『장자(莊子)·제물론(齊物論)』

78 『장자(莊子)·천하(天下)』

結廬在人境,	사람들 사는 곳에 오두막집을 엮었으나,
而無車馬喧.	수레와 말의 시끄러움이 없다.
問君何能爾,	묻노니 그대는 어떻게 그럴 수 있는가,
心遠地自偏.	마음이 초원하니 땅은 절로 외지다네.
采菊東籬下,	동쪽 울 아래에서 국화를 따다가,
悠然見南山.	멀리 남산(南山)을 보게 되었다.
山氣日夕佳,	산 기운이 저녁 되어 아름다운데,
飛鳥相與還.	나는 새들은 더불어 돌아간다.
此中有眞意,	이 가운데에 참뜻이 있으니,
欲辯已忘言.	따져서 말하려다 이미 말을 잊었다.

　　마음이 초원하면 장소는 자연히 초월된다. 제4구의 '마음의 초원
함[심원(心遠)]'은 장자가 강조한 바의 마음의 초월이다. 장자는 강이
나 바다로 외떨어지지 않아도 한가할 수 있는 마음가짐이 성인(聖人)
의 경지라고 하였다.[79]

　　도연명의, "사람들 사는 곳에 오두막집 엮었으나, 수레와 말의 시
끄러움이 없는" 경지가 장자가 말한 성인의 경지이다. 마음의 초월에
관하여 성현영(成玄英)은 『장자(莊子)·각의(刻意)』의 소(疏)에서 보다
구체적으로 다음과 같이 설명하였다.

---

[79] 『장자(莊子)·각의(刻意)』, 제2장 2)정치관 참조.

세속의 만물 가운데에 자취를 두고 있어도 상대와 섞이지 않는 자는 지극히 소박한 자이며, 시끄러운 진세(塵世) 안에서 변화를 함께하면서도 그 정신이 손상되지 않는 자는 지극히 순수한 자이다. 어찌 다시 높은 산꼭대기에 홀로 서있거나 숲의 소리 가운데에서 두 손을 맞잡고 있어야 순수하고 소박하다고 하겠는가.(夫混迹世物之中而與物無雜者, 至素者也, 參變囂塵之內而其神不虧者, 至純者也. 豈復獨立於高山之頂, 拱手於林籟之間而稱純素哉.)

세속에 처해 있어도 뒤섞이지 않는 소박함, 시끄러움 속에 있어도 정신이 손상되지 않는 순수함은 장소의 문제가 아니고 마음의 문제임을 밝힌 것으로, 마음의 초월이 바로 지극한 경지임을 강조하고 있다.

소동파(蘇東坡)의 다음 설명은 이 시를 제대로 이해하는 데에 결정적인 단서를 제공한다.

도연명은 뜻이 시(詩)에 있지 않고 시로써 뜻을 기탁했을 뿐이다. "동쪽 울 아래에서 국화를 따고, 멀리 남산을 바라본다.(採菊東籬下, 悠然望南山.)"라고 하였다면, 국화를 따고 나서 다시 산을 바라보는 것(망(望))이니, 뜻은 '산'에서 끝나고 여운이 없게 되어 도연명의 뜻이 아니다. "동쪽 울 아래에서 국화를 따다가, 멀리 남산을 보게 되었다.(採菊東籬下, 悠然見南山.)"라는 것은, 본래 국화를 따는 것이지 산을 바라보는 데에 뜻을 둔 것이 아니다. 우연히 고개를 드니 눈에 들어온 것(견(見))이다.(陶淵明意不在詩, 詩以寄其意耳. 採菊東籬下, 悠然望南山. 則旣采菊又望山, 意盡於山, 無餘蘊矣, 非淵

明意也. 採菊東籬下, 悠然見南山. 則本自采菊, 無意望山. 適舉首而見之.)[80]

　만약 이 구절에서 '견(見)'자 대신에 '망(望)'자를 썼더라면 시인의 의식이 개입되면서 시의(詩意)는 산에서 끝났을 것이라는 말이다. 이 시가 자연의 이치에 대한 심득(心得)을 주제로 하였다고 평가되는 이유가 바로 이 '견(見)'자에 있다고 하겠다. 『고시문수사예화(古詩文修辭例話)』에서는 소동파의 주장을 부연하여, 이 구절에서 '견(見)' 아닌 '망(望)'이나 '간(看)'이나 '관(觀)'이 쓰였다면 세속과 다툼 없이 천명을 즐기는 노장적 은일 사상과 이 시각의 한적한 심정은 아예 없어졌을 것이라고 하였는데,[81] 이는 '견(見)'자를 씀으로써 시인의 의식이 개입되지 않은 무아지경(無我之境)을 그려낼 수 있었다는 말이다.

　이 시에서 보여 주는 경지는 외물(外物)과 따로 존재하는 시인이 아니라 그 속에 한 덩어리로 존재하는 물아일체의 경지이다. 즉 국화, 남산, 새, 시인 자신이 똑같은 자연지도(自然之道)의 한 구현이며, 이들과 하나가 된 경지이다. 왕사정(王士禎)은 이 점에 관하여, "울타리에 국화가 있으면 따고 땄으면 그만이니, 내 마음에 국화를 의식함이 없다. 홀연 멀리 남산이 눈에 들어왔는데, 저녁 되어 산 기운이 아름다운 것이 보이고 새의 귀소 본능에 즐거워져 그것들과 함께 교유한다. 산과 꽃과 사람과 새가 우연히 함께 하면서 한 덩어리 조화

80　정복보(丁福保), 위의 책, pp.110-111 재인용.
81　노등조(路燈照), 성구전(成九田), 『고시문수사예화(古詩文修辭例話)』(臺灣商務印書館, 1987), p.5.

(造化)의 바탕을 이루었으니 천진(天眞)은 저절로 갖추어져 있다.(籬有菊則采之, 采過則已, 吾心無菊. 忽悠然而見南山, 日夕而見山氣之佳, 以悅鳥性, 與之往還. 山花人鳥, 偶然相對, 一片化機, 天眞自具.)"[82]라고 하였는데, 도연명이 자연에서 그 일부로 존재하면서 피아(彼我)의 구분을 잊은 물아일체(物我一體)의 경지에 도달했음을 지적한 것이다.

이상에서 살핀 바와 같이 '진(眞)'은 도연명의 사상을 파악하는데 있어 핵심적인 키워드이다. '진'은 도가에서 중시한 자연의 본질이자 특성이며, 또한 자연의 일부인 인간의 본성이다. 유가에서는 인간의 본성은 착하다고 하는 '성선설(性善說)'에 바탕을 두어 선한 성품을 보존하고 회복하라는 '양성(養性)', '복성(復性)'을 강조하였지만, 도가에서는 인간의 본성은 참되다는 관점에서 참됨을 지키고 기르고 회복하라는 '수진(守眞)', '양진(養眞)', '복진(復眞)'을 강조하였다. 도연명의 자연관 또한 자연을 진의 소재, 혹은 진의 본질로 보는 도가의 자연관에 그 바탕을 두고 있다. 도연명이 평생에 걸쳐 추구한 수양의 목표가 천진(天眞)을 지켜 나가고 따르는 것이었다. 이는 그의 시에, '양진(養眞)', '임진(任眞)', '복진(復眞)' 등의 표현으로 드러나 있다.

[82] 청(淸) 왕사정(王士禎), 「고학천금보(古學千金譜)」, 『도연명시문휘평(陶淵明詩文彙評)』, p.170.

3) 순응자연(順應自然)

　장자는 자연의 이치에 따라 살 것을 누누이 강조하였다. 『장자(莊子)・양생주(養生主)』에서는 '포정(庖丁)이 소를 잡는〔포정해우(庖丁解牛)〕' 비유로 양생의 도리를 설명하였다. 이는 장자사상의 핵심인 순응자연(順應自然)을 생명을 가꾸는 방법을 통하여 제시한 우언(寓言)이다.

　저는 마음으로 대하지 눈으로 보지 않으니, 눈의 기능이 멈추고 마음의 작용이 움직입니다. 천연의 결에 따라 큰 틈을 밀치고 큰 공간으로 들어가니 원래 생긴 대로 따르는 것입니다. 기술을 아직 뼈와 살이 붙은 곳에 써 본 적이 없는데, 하물며 큰 뼈이겠습니까. 훌륭한 백정은 해마다 칼을 바꾸니 자르는 것이고, 보통의 백정은 달마다 칼을 바꾸니 끊는 것입니다. 지금 저의 칼은 19년이나 되었고 잡은 소는 수천 마리나 되지만 칼날은 방금 숫돌에서 나온 듯합니다. 소의 마디라는 것은 틈이 있고 칼날이라는 것은 두께가 없습니다. 두께가 없는 것을 틈이 있는 곳에 넣으니 넓어서 칼날을 놀리는 데에 반드시 여유가 있습니다. 이 때문에 19년이 되었어도 칼날은 방금 숫돌에서 나온 듯합니다.(臣以神遇而不以目視, 官知止而神欲行. 依乎天理, 批大卻, 導大窾, 因其固然. 技經肯綮之未嘗, 而況大軱乎. 良庖歲更刀, 割也, 族庖月更刀, 折也. 今臣之刀十九年矣, 所解數千牛矣, 而刀刃若新發於硎. 彼節者有閒, 而刀刃者無厚. 以無厚入有閒, 恢恢乎其於遊刃必有餘地矣. 是以, 十九年而刀刃若新發於硎.)"[83]

포정은 소를 잡을 때, 천연의 결에 입각하여[의호천리(依乎天理)] 원래의 생긴 바에 따라[因其固然] 칼을 놀리기 때문에 칼에 무리가 가지 않는다. 이는 삶에 있어서는 갈등과 모순을 자초하지 않는 것으로, 만물과 더불어 자연의 흐름에 따라 살아가는 양생(養生)의 본질이다. 이러한 삶의 자세를『장자(莊子)·경상초(庚桑楚)』에서는, "상대에 따라 굽이지며 그 물결에 어울리는 것이 바로 삶을 유지하는 도이다.(與物委蛇, 而同其波. 是衛生之經已.)"라고 하였는데, 포정해우의 우언과 더불어 순응자연의 이치를 명료하게 설명하고 있다.

　　도연명의 시 가운데 가장 대표적인 설리시인「육체와 그림자와 정신」3수는 급시행락(及時行樂)을 주장하는 '육체[형(形)]'와 입선(立善)을 강조하는 '그림자[影]'에게, '정신[신(神)]'이 자연의 이치를 설명해 주면서 그 운행에 따라 살아 갈 것을 일깨워 주는 내용이다. 도연명은 이 3수의 연작시에서 속인(俗人)들의 급시행락이나 음주 추구, 도교도(道敎徒)들의 장생(長生)과 신선에 대한 집착, 유자(儒者)나 불교도(佛敎徒)들의 입선(立善) 권유 등에 대하여 '순응자연'의 가르침에 따라 삶을 영위할 것을 강조하였다. 서문과 3수의 시를 모두 들어 도연명이 자연에 순응하여 살아가고자 했던 태도를 살펴본다.

83 『장자(莊子)·양생주(養生主)』

「서문」

귀한 이나 천한 이, 현명한 이나 둔한 이 모두 악착같이 생에 연연하지 않는 이가 없는데, 이는 매우 미혹된 것이다. 그래서 육체와 그림자의 괴로움을 다 펴 보이고, 정신이 자연의 이치를 따져 풀어 준 것을 말하노니, 관심 있는 군자들은 함께 그 뜻을 취할 것이다.(貴賤賢愚, 莫不營營以惜生, 斯甚惑焉. 故極陳形影之苦, 言神辨自然以釋之. 好事君子, 共取其心焉.)

「形贈影」	「몸이 그림자에게 줌」
天地長不沒,	천지는 영원히 없어지지 않고,
山川無改時.	산천은 바뀔 때가 없다.
草木得常理,	초목은 한결같은 도리를 얻어,
霜露榮悴之.	서리와 이슬이 무성하게 하고 시들게 한다.
謂人最靈智,	사람이 가장 영묘하고 지혜롭다 하나,
獨復不如玆.	유독 이만도 못하구나.
適見在世中,	잠깐 세상에 나타났다가,
奄去靡歸期.	갑자기 떠나 돌아올 기약이 없다.
奚覺無一人,	어떻게 한 사람 없어진 것 깨닫겠으며,
親識豈相思.	친척이나 알던 이들 어찌 생각이나 하겠나.
但餘平生物,	다만 평소에 쓰던 물건만 남아 있어,
擧目情悽洏.	눈 들어 바라보니 마음이 처량해진다.
我無騰化術,	나에겐 신선 되어 오를 도술 없으니,
必爾不復疑.	반드시 그러할 것임을 다시는 의심치 않는다.

願君取吾言,	바라건대 그대[그림자]는 내 말을 들어,
得酒莫苟辭.	술 얻으면 구차하게 사양치 말지어다.

무상한 인생에서 음주를 통해 급시행락의 순간적 쾌락을 추구하고 고민을 잊는 것이 현명한 태도라고 주장하는 속인의 입장을 대변한 내용이다. 천지와 산천은 영원하고 초목은 순환하는데 만물의 영장이라고 불리는 사람은 죽으면 그것으로 끝이다. 즉 한결같은 이치를 지닌 자연에 비할 때 반드시 죽음에 이르게 되는 인생은 무상한 것이다. 장생불사의 신선설도 믿을 게 못되니 음주야말로 무상감을 잊을 수 있는 유일한 방법이다. 이 때문에 음주에 빠지는 것이 속인의 일반적 행태이다. 도연명은 '육체[형(形)]'의 말로 이러한 사람들의 유형(類型)을 제시함으로써 '정신의 풀이[신석(神釋)]'를 위한 전제로 내세운 것이다.

이 시에서 한 가지 주의할 대목은, 급시행락을 추구하는 속인의 입장에서도 신선 추구의 부질없음을 지적한 점이다. 신선 추구에 대해서는 다음에 살필 제2수와 제3수에서도 일관되고 단호하게 배척하고 있다.

제2수는 제1수에서 육체가 제기한 주장에 대해 그림자가 답변한 것이다.

「影答形」	「그림자가 육체에게 대답함」
存生不可言,	삶을 영속한다는 것은 장담할 수 없고,

衛生每苦拙.	삶을 유지해 나가기도 항상 힘들고 서툴다.
誠願遊崑華,	진실로 곤산(崑山), 화산(華山)에 노닐고 싶지만,
邈然玆道絶.	아득히 그 길은 끊어져 있다.
與子相遇來,	그대〔육체〕와 만난 이래로,
未嘗異悲悅.	일찍이 슬픔과 기쁨을 달리한 적이 없었지.
憩蔭若暫乖,	그늘에 쉴 때 잠시 떨어지는 듯 했지만,
止日終不別.	햇빛에 멈춰 있으면 내내 헤어지지 않는다.
此同旣難常,	이렇게 함께 하기도 한결같기 어려우니,
黯爾俱時滅.	까마득하게 시간과 더불어 사라지리라.
身沒名亦盡,	몸이 없어지고 이름 또한 사라질 텐데,
念之五情熱.	이를 생각하면 온갖 감정이 들끓는다.
立善有遺愛,	입선(立善)하면 사랑 받는 일 남기리니,
胡可不自竭.	어찌 스스로 힘을 다하지 않겠는가.
酒云能消憂,	술이 근심을 없앨 수 있다고 하지만,
方此詎不劣.	이것〔입선(立善)〕에 비하면 어찌 못하지 않겠는가.

그림자는 음주를 제안하는 육체에게, 현생(現生)은 허망하고 장생(長生)도 불가능하니 음주에 탐닉하지 말고 입선(立善)하여 죽은 뒤에 이름을 남길 것을 주장하고 있다. 그림자는 공(功)을 이루기 위해 노력할 것을 가르치는 유가의 입장과, 내세(來世)를 위해 입선할 것을 강조하는 불가의 입장을 대변하고 있다.

이 시에는 육체와 그림자 사이의 공통적인 견해도 드러나 있다. 인생에 대한 무상감(無常感)을 피력한 점과 신선 추구를 비판한 점이 그것이다. 다른 점은 인생의 무상감에 대하는 해결 방식이다. 육체는 음주를, 그림자는 입선을 주장하고 있다. 결국 서문에서 말한, 악착같이 생에 연연하면서 고뇌하는 자들이다. 그림자의 견해를 제시하여, 명예를 추구하는 속유(俗儒)나 사후 세계를 주장하는 불도(佛徒)들의 미혹됨을 설정한 뒤, 다음과 같이 정신의 풀이를 기다리게 하였다.

「神釋」	「정신의 풀이」
大鈞無私力,	조물주는 사사로이 힘씀이 없어서,
萬物自森著.	만물이 저절로 성대하게 드러난다.
人爲三才中,	사람이 삼재(三才) 가운데 하나가 된 것은,
豈不以我故.	어찌 나〔정신〕 때문이 아니겠는가.
與君雖異物,	그대들〔육체, 그림자〕과 비록 다른 존재이지만,
生而相依附.	나서부터 서로 의지하고 붙어 지냈지.
結託善惡同,	한 몸이 되어 좋고 나쁜 것을 함께 하였으니,
安得不相語.	어찌 (나의 견해를) 말해 주지 않을 수 있겠는가.
三皇大聖人,	삼황(三皇)은 위대한 성인이셨으나,
今復在何處.	지금은 또 어디에 있는가.
彭祖愛永年,	팽조(彭祖)는 장수를 좋아하여,
欲留不得住.	남아 있고자 하였으나 머물 수 없었다.
老少同一死,	늙은이나 젊은이나 똑같이 한번은 죽는 법이고,
賢愚無復數.	현명한 이건 어리석은 이건 다시 살 운수는 없다.

日醉或能忘,	날마다 취하면 혹 잊을 수는 있겠지만,
將非促齡具.	아마 수명을 재촉하는 도구나 아닐지.
立善常所欲,	입선(立善)은 항상 바라는 바이나,
誰當爲汝譽.	누가 장차 그대에 대해 칭송해 주리오.
甚念傷吾生,	심한 염려는 우리의 삶을 해치리니,
正宜委運去.	진정 자연의 운행에 맡겨 살아가야 하리.
縱浪大化中,	큰 변화 가운데에서 그 물결에 놓여,
不喜亦不懼.	기뻐하지도 않고 또 두려워하지도 않으리.
應盡便須盡,	다할 때가 되어서는 바로 다할 것이니,
無復獨多慮.	다시는 홀로 많은 근심을 하지 말 것이다.

사사로움이 없는 대자연의 운행 속에서 만물은 스스로 태어나고 스스로 변화[자생자화(自生自化)]한다. 속인들의 음주에 대한 탐닉은 몸이나 해치고, 유가나 불가의 입선 권유는 부질없고, 도교의 장생 추구는 불가능한 것이다. 노장이 가르친 순응자연[위운(委運)]의 이치를 깨닫고 자연의 흐름에 따라 살아갈 것이요, 심한 염려[심념(甚念)], 많은 근심[다려(多慮)]으로 자신을 괴롭히지 말라는 정신의 당부이다.

당시에 이름을 날리던 혜원법사(慧遠法師)는, 현세에 선을 쌓아야 불멸하는 정신이 다시 태어나는 내세에서 보답을 받는다고 선전하면서 윤회사상(輪廻思想)을 전파하였다. 그는 「형진신불멸론(形盡神不滅論)」이라는 글에서, "정신이란 것은 … 사물에 감촉되어 생기는 것이고 운수를 빌려 작용하는 것이다. 사물에 감촉되지만 사물이 아니니 사물은 변화되어도 (정신은) 사라지지 않고, 운수를 빌리지만 운수가 아니니 운수가 다하여도 (정신은) 끝나지 않는다.(神也者, … 感物而生, 假數而行. 感物而非物, 故物化而不滅, 假數而非數, 故數盡而不窮.)"라고 하였다. 즉 육체는 죽어 없어져도 정신은 끝남이 없이 윤회한다는 것이다. 이에 대한 비판적인 견해가 「육체와 그림자와 정신形影神」이라는 시에 잘 드러나 있다.

그러나 「육체와 그림자와 정신」 3수에서 보인 세 가지 주장은 모두가 도연명이 평생에 걸쳐 형편이나 처지에 따라 선택했던 인생 철학이자 생활 자세였다. 현실적으로는 '육체'의 입장에서 술을 통하여 급시행락을 추구하고 고민을 잊고자 하였으며, 또 '그림자'의 입장이 되어 공을 이루어 후세에 이름을 남기고 싶은 심정을 보였으며, 고요히 앉아 인생의 이치를 관조할 때에는 '정신'의 입장이 되어 순응자연의 이치를 터득하고 달관의 경지에 들었던 것이다. 물론 도연명의 이상(理想)은 '정신'의 경지에 있었지만 현실에서는 '육체'와 '그림자'의 입장을 벗어나지 못하였다. 다시 말하면 3수의 시는 과거·현재의 실상과 자신의 이상을 돌아보면서 합성해 낸 자화상으로, 도연명을 이해하는데 관건이 되는 시이다.

「육체와 그림자와 정신」 3수 외에도 순응자연의 각오가 잘 드러나 있는 시로, 「술을 마시며」 제11수가 있다.

顏生稱爲仁,　　　안회(顏回)는 인을 실천했다고 칭송되고,
榮公言有道.　　　영계기(榮啓期)는 도를 얻었다고 말들 하지.

屢空不獲年,	(그러나) 자주 끼니가 떨어져 오래 살지 못했고,
長飢至于老.	내내 주리면서 노년에 이르렀다.
雖留身後名,	비록 사후의 명성을 남기기는 하였으나,
一生亦枯槁.	한평생 동안 역시 고고(枯槁)하였다.
死去何所知.	죽어 버리면 무엇을 알랴.
稱心固爲好.	마음에 맞게 사는 게 본래 좋은 것.
客養千金軀,	사람들은 천금인양 몸을 받드나,
臨化消其寶.	죽음에 이르면 그 보배는 사라진다네.
裸葬何必惡.	알몸으로 매장한들 어찌 꼭 나쁘리오.
人當解意表.	사람들은 마땅히 진정한 뜻을 알아야 하리.

안연은 인(仁)을 이루었고 영계기는 도(道)를 얻었다고 하나 굶주림으로 일생을 마쳤으니, 죽은 후의 명성은 의미 없는 것이다. '마음에 맞게 사는 것'〔칭심(稱心)〕이 최고이다. 죽어서 자연으로 돌아가 없어질 육체를 받드는 것도 부질없는 짓이다. 알몸 매장은 자연으로 돌아가는 데에 가장 적합한 것일 수도 있다. 순응자연의 궁극(窮極)인 죽음에서조차 보다 자연스러운 알몸 매장을 생각하였고, 그 진정한 의미를 깨달을 것을 권고하고 있다. 도연명은 마음을 명예나 육체 때문에 구속시키고 제한하는 어리석음에서 벗어날 것을 말하였는데, 위에서 살핀 「육체와 그림자와 정신」 3수의 내용을 종합해 놓은 느낌을 주는 시이다.

도연명은 「잡시」 제7수에서, "내 집은 잠시 머물다 가는 여관이요,

나는 떠나야 할 나그네 같구나. 떠나서 어디로 가려는가, 남산에 본래의 집이 있다네.(家爲逆旅舍, 我如當去客. 去去欲何之, 南山有舊宅.)"라고 읊었고, 「자제문」에서는 "나는 장차 머물던 여관을 떠나 영원히 본래의 집으로 돌아간다.(陶子將辭逆旅之館, 永歸於本宅.)"고 하여 죽음을 귀환의 과정으로 여겼다. 이런 태도를 보인 시로 또 「만가挽歌」 3수가 있다. 그는 죽음이 임박했음을 느끼고 자신의 죽은 뒤를 상상하면서 「만가」 3수를 지었는데, 죽음을 자연으로 돌아가는 과정, 즉 순응자연의 최고 상태로 여겼다. 그 가운데 제3수를 들어 살펴본다.

荒草何茫茫,	거친 풀은 무한히 아득하고,
白楊亦蕭蕭.	백양나무 또한 쓸쓸하구나.
嚴霜九月中,	된서리 내리는 9월에,
送我出遠郊.	나를 보내려 먼 교외로 나간다.
四面無人居,	사방에 사람 사는 곳 없고,
高墳正蕉嶢.	높은 묘들만이 그저 우뚝하구나.
馬爲仰天鳴,	말은 나를 위해 하늘 향해 울고,
風爲自蕭條.	바람은 나를 위해 절로 쓸쓸히 분다.
幽室一已閉,	깜깜한 방이 한 번 닫혀 버리면,
千年不復朝.	영원히 다시는 아침 되지 않으리.
千年不復朝,	영원히 다시는 아침 되지 않으리니,
賢達無奈何.	현달한 사람들도 어쩔 수가 없다.
向來相送人,	지금까지 전송해 주던 사람들은,

各自還其家.	각자 자기 집으로 돌아간다.
親戚或餘悲,	친척들 혹 슬픔이 남아 있으나,
他人亦已歌.	다른 사람들은 벌써 노래 부른다.
死去何所道.	죽었으니 무슨 말을 하겠는가.
託體同山阿.	몸 의탁하여 산언덕과 하나가 되었는데.

이 연작시는 자신을 객관화시켜 죽음의 문제를 정면에서 다룬 것으로, 도연명의 생사관을 극명하게 보여준다. 죽음은 훌륭한 사람이든 출세한 사람이든 누구에게도 공평하게 찾아오는 것이며, 자연의 일부로 존재하다 역시 자연의 일부로 변해 가는 한 과정일 뿐이라는 순응자연의 사상이 잘 드러나 있다. 도연명의 생사관이 자연에 순응할 것을 가르치는 도가사상에 바탕을 두고 있음을 살필 수 있는 시이다.

도연명은 생활 중에 체득한 인생의 이치, 자연의 이치를 시로 써내었다. 따라서 그의 시에는 깊은 철리(哲理)를 담은 내용이 많다. 귀은 이후 노장철학에서 계발된 달관적 자세를 가지고 세속의 부질없는 집착에서의 초월을 위해 노력하였다. 도연명의 위대한 점은 바로 농촌에서 그저 진실되게 살아가는 가운데 이치를 체득한 데에 있다. 그에게는 생활 그 자체가 도의 체현(體現)이었으니 도인(道人)이니 철인(哲人)이니 하는 명칭을 붙일 필요조차 없다. 말없는 가운데 자연의 이치를 체득하고 순응하는 것이 노장사상의 본질임을 상기할 때,

도연명은 노자와 장자가 전하고자 했던 도를 말이 아닌 몸으로 살았던 사람[84]이라고 하겠다.

3. 영회시(詠懷詩)

시를 내용에 따라 분류할 때, 광의(廣義)의 입장에서는 모든 시를 영회시(詠懷詩)라고 할 수 있다. 어떤 시도 시인의 감회를 문자로 표현한 것이기 때문이다. 그러나 협의(狹義)의 영회시라면 개인적 신세나 포부에 대한 서술, 시사(時事)에 대한 느낌 등 구체적으로 마음속의 회포를 서술한 것을 들 수 있다. 공자가 시의 '원망할 수 있는(可以怨)' 기능을 제시[85]하였듯이, 개인적 불행에 대한 감회나 사회적 모순에 대한 비판 등을 표현해 내는 것은 시의 중요한 기능 가운데 하나로 여겨졌다.

위진(魏晉) 교체기의 와중에 살았던 완적(阮籍)은 시사에 대한 감회를 「영회시(詠懷詩)」 82수로 남겼다. 이는 영회시의 새로운 경지를 연 것으로, 도연명 영회시의 선하(先河)가 된다. 도연명은 완적이 남긴

---

84 『노자(老子)·2장』, "무위(無爲)의 일을 처리하고, 말 없는 가르침을 실천한다.(處無爲之事, 行不言之教.)"

85 『논어(論語)·양화(陽貨)』, "시는 일으킬 수 있고 살필 수 있으며, 무리를 지을 수 있고 원망할 수 있으며, 가까이는 어버이를 섬길 수 있고 멀리는 임금을 섬길 수 있으며, 새와 짐승, 풀과 나무의 이름을 많이 알게 한다.(詩可以興, 可以觀, 可以群, 可以怨, 邇之事父, 遠之事君, 多識於鳥獸草木之名.)"

영회시의 정신을 이어 많은 영회시를 지었다. 소통은 「도연명집서」에서, 도연명시가 "시사를 말한 경우에는 지목하여 상상할 수 있고, 회포(懷抱)를 논한 경우에는 활달하면서도 참되다.(語時事則指而可想, 論懷抱則曠而且眞.)"라고 하여 시사를 읊은 시들이 구체적이고 사실적인 점과, 감회를 읊은 시들이 활달하고 꾸밈이 없는 점을 높이 여겼는데, 여기에서 소통이 언급한 것들이 영회시에 해당하는 시들이다.

도연명의 영회시에는, 젊은 시절에 큰 뜻을 품고 불후의 공을 이루고자 하는 포부를 읊은 것, 혼란한 사회에 지식인으로서 가졌던 현실에 대한 비판 의식을 표현한 것, 왕조 교체기의 고비에서 간직해야 할 마음가짐을 다진 것, 절실한 귀은의 바람을 드러낸 것들이 있다. 다음에 해당 시들을 들어 내용별로 살펴본다.

1) 유가적 포부

일반적으로 중국의 지식인이 그러하였듯이, 도연명도 젊은 시절에는 유가의 경전을 공부하면서 세상의 쓰임에 대비하였다.[86] 이때 그가 가졌던, "뜻을 얻으면 은택이 백성들에게 미치도록 하고, … 영달하면 천하 사람들을 모두 선하게 한다.(得志, 澤加於民, … 達則兼善天

---

[86] 「술을 마시며飮酒」 제16수, "젊은 시절에 세속의 교제가 적어, 노닐고 좋아함이 육경(六經)에 있었지.(少年罕人事, 遊好在六經.)" ; 「신축년 7월에 휴가 갔다 강릉(江陵)으로 돌아갈 때 밤에 도구(塗口)를 지나며辛丑歲七月赴假還江陵夜行塗口」, "『시경(詩經)』, 『서경(書經)』은 옛날부터 좋아하던 바가 심해지고, 숲과 동산에는 세속의 정이 없다.(詩書敦宿好, 林園無俗情.)"

下.)"[87]는 유가적 포부는, 「선비가 때를 만나지 못한 것에 느낌을 받은 부」에서 "크게 만백성을 구제한다.(大濟于蒼生.)"는 표현으로 나타나 있다.

도연명시에 보이는 유가적 포부는 현재의 심정을 읊은 것과 귀은 후에 과거에 지녔던 포부를 회상하면서 그 감회를 읊은 것으로 구분된다. 먼저, 유가적 포부를 펴고자 하는 현재의 심정을 읊은 「무궁화榮木」, 「호서조(胡西曹)의 시에 화답하여 고적조(顧賊曹)에게 보여 줌 和胡西曹示顧賊曹」 등의 시를 살펴본다.

도연명은 40세 여름에, 무성히 피었다가 쉽게 지는 무궁화를 보고 느낌을 받아 「무궁화」를 지었다. 이 시에서, 우리의 삶도 무궁화처럼 허망하게 사라질 것이니 늙기 전에 힘써 노력하여 공을 세워야겠다는 유가적 포부를 드러내고 있다.

「서문」

「무궁화」는 장차 늙어 감을 염려하는 시이다. 해와 달이 옮겨가 벌써 또 여름이 되었다. 어려서부터 도를 듣고도 흰머리가 되도록 이룬 것이 없다.(榮木, 念將老也. 日月推遷, 已復九夏. 總角聞道, 白首無成.)

| 采采榮木, | 무성한 무궁화나무, |
| 結根于玆. | 여기에 뿌리를 맺었다. |

87 『맹자(孟子)·진심상(盡心上)』

晨耀其華,	아침에 그 꽃 빛나더니,
夕已喪之.	저녁에 벌써 없어졌다.
人生若寄,	인생이란 붙여 사는 것 같아,
顦顇有時.	초췌해질 때가 있다.
靜言孔念,	고요히 앉아 깊이 생각하니,
中心悵而.	마음속 서글퍼진다.
采采榮木,	무성한 무궁화나무,
於玆託根.	이곳에 뿌리를 걸쳤다.
繁華朝起,	많은 꽃이 아침에 피어나더니,
慨暮不存.	슬프게도 저녁에는 남아 있지 않다.
貞脆由人,	곧음과 무름은 사람에 달려 있고,
禍福無門.	화와 복은 정해진 문이 없다.
匪道曷依,	도가 아니면 무엇을 의지할 것이며,
匪善奚敦.	선이 아니면 어느 것을 힘쓸 것인가.
嗟予小子,	아! 나라는 사람은,
稟玆固陋.	이렇게 고루한 바탕을 타고났네.
徂年旣流,	지난 세월 이미 흘러갔는데,
業不增舊.	학업은 옛날보다 늘지를 않았다.
忘彼不舍,	저 그치지 말아야 할 것은 잊어버리고,
安此日富.	이 나날이 느는 술만 편안히 여긴다.

我之懷矣,	나의 심사여,
怛焉內疚.	슬프게 안으로 괴롭구나.

先師遺訓,	공자께서 남기신 가르침을,
余豈云墜.	내 어찌 저버리겠는가.
四十無聞,	40에도 알려짐이 없다면,
斯不足畏.	이는 두려워할 만하지 않다 하셨지.
脂我名車,	나의 좋은 수레를 기름 치고,
策我名驥,	나의 좋은 말을 채찍질하여,
千里雖遙,	천리가 비록 멀지만,
孰敢不至.	어찌 감히 가지 않을 것인가.

　전체가 서문과 4장으로 구성되어 있는데, 제1장에서는 피었다가 쉽게 지는 무궁화를 보고 인생의 유한함과 무상감을 느낀다. 제2장에서는 앞 장에서 보인 무상감을 뛰어넘어, 곧음과 무름, 화와 복은 인간의 의지에 달린 것임을 깨닫고 도를 추구하고 선을 힘쓸 것을 다짐하고 있다. 제3장은 이러한 다짐을 바탕으로 현재의 자신을 냉정히 돌아보는 내용이다. 학업을 소홀히 하고 술만을 즐기는 자신을 반성하면서 제4장의 각오를 준비하고 있다. 제4장에서는 공자의 "40, 50이 되어도 알려짐이 없다면 이 또한 두려워할 만하지 않다.(四十五十而無聞焉, 斯亦不足畏也已.)"[88]라는 말씀을 상기하면서 더 나이들기 전에 공을 이루기 위해 나설 것임을 천명하고 있다. 쉽게 시드는 무궁

화가 시인에게 분발심을 일으킨 것이다. 도연명 이전의 시인들이 종종 인생무상에서 출발하여 급시행락으로 이어지던 경우와 달리, 시의 마지막인 제4장 후반부에서 무상감을 진취적 열의로 반전시키고 있다.

역시 40세에 지은 「호서조(胡西曹)의 시에 화답하여 고적조(顧賊曹)에게 보여 줌和胡西曹示顧賊曹」도 「무궁화」와 같은 심경을 드러낸 시이다. 결국은 시들게 될 해바라기 꽃을 보면서 제때에 무언가를 이루고자 하는 마음을 피력하고 있다.

蕤賓五月中,	율명(律名)으로 유빈(蕤賓)인 오월,
淸朝起南颸.	맑은 아침에 남풍이 일어난다.
不駛亦不遲,	급하지도 않고 느리지도 않게,
飄飄吹我衣.	산들산들 내 옷에 불어 댄다.
重雲蔽白日,	겹겹의 구름이 흰 해를 가리자,
閑雨紛微微.	한가한 비 어지러이 가늘게 내린다.
流目視西園,	눈 돌려 서쪽 정원을 보니,
曄曄榮紫葵.	찬란하게 붉은 해바라기가 피어 있다.
於今甚可愛,	지금은 매우 사랑스러우나,
奈何當復衰.	장차 또 쇠할 것이니 어찌할 것인가.
感物願及時,	경물에 느끼어져 때 미쳐 일을 이루고 싶으나,

---

88 『논어(論語)·자한(子罕)』

每恨靡所揮.　　　　항상 발휘할 기회 없음이 한스럽다.

悠悠待秋稼,　　　　간절히 가을수확을 기다리나,

寥落將賒遲.　　　　너무 떨어져 있어 아마 멀고 늦으리.

逸想不可淹,　　　　치달리는 생각 멈출 수 없어,

猖狂獨長悲.　　　　미칠 듯이 혼자서 내내 슬퍼한다.

　한여름에 해바라기 꽃이 활짝 핀 것을 보고 포부를 실현하고 싶은
생각이 들었지만 기회가 주어지지 않아 초조해하는 심정을 기술하고
있다. "간절히 가을수확을 기다리나, 너무 떨어져 있어 아마 멀고 늦
으리."는 자기수양의 완성을 기다려 포부를 이루고 싶지만 때가 늦어
질 것이 걱정임을 상징적으로 나타내고 있다. 위에서 살핀「무궁화」
와 이 시에서 보인 마음가짐이 바탕이 되어, 이듬해 3월에 당시 건위
장군(建威將軍)으로 강주자사(江州刺史)를 맡고 있던 유경선(劉敬宣)
의 참군(參軍)으로 나서게 되었다.[89]

　이 때 도연명이 출사하고자 했던 의도가 가난 때문이 아니라, 공
을 이루고자 하는 포부에서 비롯된 것임은「잡시」제10수에서도 확
인할 수 있다.「잡시」제10수는 41세에 귀은하기 전, 참군 등의 하급
관료로 사방을 돌아다니면서 그 감회를 읊은 시이다. 도연명은 이 시
에서 "한가히 살면서도 호탕한 뜻 가졌으니, 세월 빠름에 그 마음 머

89 「을사년 3월 건위참군(建威參軍)이 되어 서울에 사신 가는 길에 전계(錢溪)를 지나며乙巳歲
三月爲建威參軍使都經錢溪」라는 시제(詩題)가 이를 설명해 준다.

물러 둘 수 없었다.(閒居執蕩志, 時駛不可稽.)"라고 하여 다시 벼슬길에 나서게 된 이유를 밝히고 있다. 한가한 전원생활 중에도 40을 넘어가면서 무언가를 해 놓아야 되겠다는 초조감에 자신의 포부를 펼 기회를 기다렸던 점을 알 수 있다.

귀은 후에는 젊은 시절 간직했던 포부에 대한 회상과 자신이 이루지 못한 포부를 자식에게 기대하는 마음을 읊기도 하였다. 「잡시」 제5수, 「아들의 자(字)를 지어 주면서命子」 등이 그렇다. 먼저 「잡시」 제5수를 살펴본다.

憶我少壯時,	내 젊은 시절을 생각해 보니,
無樂自欣豫.	즐거운 일이 없어도 스스로 즐거워하였다.
猛志逸四海,	맹렬한 뜻은 사방 끝으로 치달려,
騫翮思遠翥.	날개 들어 멀리 날 것을 생각하였다.
荏苒歲月頹,	그럭저럭 세월이 무너져 가서,
此心稍已去.	이 마음도 조금씩 사라지고 말았다.
值歡無復娛,	기쁜 일 만나도 다시는 즐겁지 않고,
每每多憂慮.	언제나 근심 걱정만 많다.
氣力漸衰損,	기력은 점점 약해지고 줄어들어,
轉覺日不如.	갈수록 하루가 다른 것을 느끼겠다.
壑舟無須臾,	강 위의 배는 잠시도 멈추지 않고,
引我不得住.	나를 끌고 가니 머물러 있을 수가 없다.
前途當幾許,	앞길이 장차 얼마나 될 것인가.

未知止泊處.	멈추어 정박할 곳을 알지 못하겠다.
古人惜寸陰,	옛 사람들은 한 치의 시간도 아꼈는데,
念此使人懼.	이를 생각하니 사람을 두렵게 하는구나.

이 시는 도연명이 50세에 지은 것으로 추정되는데, 맹렬한 뜻을 지니고 원대한 계획을 이루고자 하였던 젊은 시절의 포부를 회상하고 있다. 이러한 포부가 다섯 차례나 벼슬길에 나섰던 원인이었다. 세월이 흘렀고 기력도 쇠해 가니 인생에 대한 무상감을 느끼기도 한다. 그러나 유가적 소양(素養)이 몸에 밴 도연명은 자포자기하지 않고 성실한 삶을 유지할 것을 다짐한다.

「아들의 자를 지어 주면서」는 장자(長子)인 엄(儼)이 20세가 될 때, 자(字)를 지어 주면서 쓴 시인데 10장으로 된 장편이다. 자신이 이루지 못한 포부를 자식이 이룰 수 있기를 바라는 기대와 당부의 내용이다. 제7장과 제8장, 제9장과 제10장을 들어 살펴본다.

第七章

嗟余寡陋,	아! 나는 덕이 없고 고루하여,
瞻望不及.	우러러보아도 미칠 수가 없구나.
顧慚華鬢,	다만 허연 귀밑머리 부끄러워,
負影隻立.	그림자 지고 홀로 서 있다.
三千之罪,	삼천 가지 죄 가운데,
無後爲急.	후사 없는 것이 가장 다급한 것이라 했지.

我誠念哉,   내가 진실로 염원하였더니,

呱聞爾泣.   '와'하는 너의 우는 소리 듣게 되었다.

第八章

卜云嘉日,   복(卜)에도 좋은 날이라 하고,

占亦良時.   점(占)에도 좋은 때라 하였지.

名汝曰儼,   너를 엄(儼)이라 이름을 지었음에,

字汝求思.   너를 구사(求思)라고 자를 짓는다.

溫恭朝夕,   아침저녁으로 온화하고 공손할 것이니,

念妓在玆   이것을 생각하고 여기에 마음 둘지어다.

尙想孔伋,   위로 공급(孔伋)을 생각하면서,

庶其企而.   미칠 수 있기를 바랄지니라.

第九章

厲夜生子,   문둥이가 밤에 아이를 낳고,

遽而求火.   서둘러서 불을 찾았다지.

凡百有心,   모든 이가 그런 마음 가지고 있으니,

奚特于我.   어찌 홀로 나만이 그렇겠느냐.

旣見其生,   이미 네가 태어난 것을 보았으니,

實欲其可.   실로 네가 잘 되기를 바란다.

人亦有言,   남들도 말했듯이,

斯情無假.   이 마음엔 거짓이 없단다.

第十章

日居月諸,	해가 가고 달이 가면서,
漸免于孩.	점차로 어린아이를 벗어났지.
福不虛至,	복은 그냥 오지 아니하고,
禍亦易來.	화는 또한 쉽게 닥친다.
夙興夜寐,	아침 일찍 일어나고 밤늦게 자며,
願爾斯才,	네가 인재 되기를 원하거니와,
爾之不才,	네가 인재가 되지 못한다 해도,
亦已焉哉.	또한 그만일 뿐이지만.

앞 6장까지는 시조인 요(堯)임금에서부터 부친에 이르기까지 조상들의 공적과 덕성을 찬양하였고 7장부터 아들 엄에 대한 당부의 말을 남기고 있다. 위로는 조상에 대한 자긍심을 가질 것과, 아래로는 힘써 노력하여 가문을 빛낼 것을 기원하는 마음을 표현하고 있다. 자신은 고루하고 또 이미 늙어 포부를 이루어 조상들의 훌륭한 공을 이을 길이 없으니, 자식이나마 인재가 되어 그 뜻을 이루어 주기를 바라는 기대가 간절하다. 특히 제 8장과 제10장이 덕을 쌓아 훌륭한 인재가 될 것을 훈계하는 내용으로, 이름과 자에 담긴 뜻을 명심하여 부지런히 힘쓸 것을 당부하고 있다.

이 시는 용사(用事)에서, 특히 유가경전을 많이 인용하고 있다. 제7장의, "삼천 가지 죄 가운데, 후사 없는 것이 가장 다급한 것이라 했지.'는『효경(孝經)』의 "오형(五刑)에 속하는 것이 삼천 가지인데, 죄가 불효보다 더 큰 것이 없다.(五刑之屬三千, 而罪莫大於不孝.)”와 『맹자』의 “불효에는 세 가지가 있는데, 후사 없는 것이 큰 것이다.(不孝有三, 無後爲大.)”[90]를 끌어와 재구성한 것이다. 제8장의 “너를 엄(儼)이라 이름을 지었음에, 너를 구사(求思)라고 자를 짓는다.”는 『예기(禮記)』의 “엄숙하여 생각하는 듯하다.(儼若思.)”[91]에서 따와 이름을 ‘엄(儼)’이라 하고 자를 ‘구사(求思)’라고 한 것이다. ‘구사’는 또 공자의 손자인 공급(孔伋)의 자가 자사(子思)인 점을 염두에 두고 지은 것이다. 그래서 마지막 연에서 “위로 공급을 생각하면서, 미칠 수 있기를 바랄지니라.”라고 하였다. “이것을 생각하고 여기에 마음 둘지어다.(念玆在玆.)”는 『서경(書經)』의 “念玆在玆.”[92]라는 표현을 그대로 사용하고 있다. 제9장에서 『장자』의 우화(寓話)를 쓰고 있는 점이 예외이다.[93] 제10장에서 다시 『시경』의 “해와 달이여.(日居月諸.)”[94]와 “일찍 일어나고 밤늦게 잔다.(夙興夜寐.)”[95]의 표현을 그대로 쓰고 있다. 도연명이 인생의 후반기에는 도가사상으로 삶의 철학을 삼았지만, 자식에 대한 훈계에는 가족과 사회를 중시하는 유가의 가르침이 그 바탕에 자리잡고 있음을 살필 수 있는 예라고 하겠다.

---

90 『맹자(孟子)·이루상(離婁上)』
91 『예기(禮記)·곡례상(曲禮上)』
92 『서경(書經)·대우모(大禹謨)』
93 『장자(莊子)·천지(天地)』, “문둥이가 한밤중에 자식을 낳고서, 급히 불을 가져다 비춰본다. 초조하게 자기를 닮았을까 걱정하기 때문이다.(厲之人夜半生其子, 遽取火而視之. 汲汲然唯恐其似己也.)”
94 『시경(詩經)·패풍(邶風)·백주(柏舟)』
95 『시경(詩經)·대아(大雅)·억(抑)』

이상에서 살핀 바와 같이 도연명의 포부는 여러 양상으로 나타난다. 그 바탕에는 벼슬하여 '크게 창생을 구제(大濟蒼生)'하고 '공을 세울 것(建功立業)'을 본령으로 하는 유가적 이상이 깔려 있다.

2) 현실 비판

진송(晉宋)의 왕조 교체기를 살았던 도연명은 현실의 불의(不義)를 많이 목도하였다. 그가 본 현실은 가치(價値)가 전도되어 있고, 무도(無道)하고, 시비(是非)를 다투며 서로 싸우는 것이었다. 이러한 현실에 대한 비판은 연작시로 이루어진 「술을 마시며飮酒」 20수에 많이 보인다.

가치 전도에 대한 비판은 선과 악이 제대로 평가되지 않는 현실에 대한 개탄으로 나타난다. 제2수에서, "선한 일 많이 하면 보답이 있다는데, 백이, 숙제는 서산(西山)에서 살았다. 선과 악이 진실로 보답받지 못한다면, 무슨 일로 부질없이 그런 말을 내세웠나.(積善云有報, 夷叔在西山. 善惡苟不應, 何事空立言.)"라고 하여 백이, 숙제 같은 선인이 굶어 죽은 것을 끌어 와, 선악이 제대로 평가되지 않는 현실을 비판하고 있다. 「선비가 때를 만나지 못한 것에 느낌을 받은 부」 서문에서도, "곧음을 간직하고 도에 뜻을 둔 선비들이 혹 한창 때에 자신의 훌륭함을 감추어야 하고, 자신을 깨끗이 하여 지조를 맑게 갖는 사람들이 혹 세상을 마치도록 그저 수고롭기만 하다.(懷正志道之士, 或潛玉于當年, 潔己淸操之人, 或沒世以徒勤.)"라고 하면서 정도(正道)를 걷는 사람과 절의(節義)를 지닌 사람이 인정받지 못하는 현실을 비판하였다.

「술을 마시며」 제3수에서는 무도(無道)한 현실을, "도(道)가 없어진 지 천년이 되어 가니, 사람마다 그 마음을 인색하게 한다.(道喪向千載, 人人惜其情.)"라고 개탄하였다. 공자 이후 세상은 무도해지고 인정은 메말라 있음을 지적한 것이다.

제6수에서는 "사람의 행동거지 천만 갈래이니, 누가 옳고 그름을 알겠는가. 옳고 그름을 구차하게 서로 드러내고, 부화뇌동하면서 서로를 칭찬하고 헐뜯는다. 삼대(三代)의 말기에 이런 일이 많았다.(行止千萬端, 誰知非與是. 是非苟相形, 雷同共譽毁. 三季多此事.)"라고 하여 시비(是非)를 따지며 다투는 속인들의 행위가 말기적 증세로 나타난다고 비판하였다.

「술을 마시며」라는 제하의 연작시를 짓고 나서 마무리하는 성격을 띠고 있는 제20수에는, 도연명의 현실에 대한 비판 의식이 종합적으로 드러나 있다.

羲農去我久,	복희와 신농의 시대가 나로부터 멀어졌으니,
舉世少復眞.	온 세상에 참됨을 되찾는 이 적구나.
汲汲魯中叟,	서둘렀던 노나라의 노인〔공자(孔子)〕이,
彌縫使其淳.	이리저리 꿰매어 순박하게 하셨다.
鳳鳥雖不至,	봉새는 비록 이르지 않았으나,
禮樂暫得新.	예악이 잠시 새로움을 얻었다.

洙泗輟微響,	수사(洙泗)에 은미한 말씀 끊어지고,
漂流逮狂秦.	세월 흘러 광포한 진(秦)에 이르렀다.
詩書復何罪,	『시경(詩經)』, 『서경(書經)』이 또 무슨 죄가 있다고,
一朝成灰塵.	하루아침에 잿더미로 변했는가.
區區諸老翁,	꼼꼼했던 한(漢)의 여러 노인들,
爲事誠殷勤.	일한 것이 진실로 정성스러웠다.
如何絶世下,	어찌하여 한(漢)이 끊어진 이후에,
六籍無一親.	육경(六經)을 가까이 하는 이 하나도 없는가.
終日馳車走,	종일토록 수레를 몰아 치달릴 뿐,
不見所問津.	나루터 묻는 이를 볼 수가 없다.
若復不快飮,	만약에 다시 통쾌하게 마시지 않는다면,
空負頭上巾.	공연히 머리 위의 갈건을 저버리는 것이지.
但恨多謬誤,	다만 유감스럽게도 잘못 많겠지만,
君當恕醉人.	그대는 마땅히 취한 사람 용서하시게.

유가의 수기치인(修己治人)의 도리를 실천하고자 했던 도연명은 혼
란과 불의의 현실에서 벽에 부딪혔다. 참된 풍속이 사라진 세상을 구
제할 의도를 가진 이는 없고 절개를 저버린 채 그저 영달과 명성을
위해 치달리는 자만 있는 현실에 대한 비판과 체념이 드러나 있다.

첫 연은 이 시의 대전제이다. 순박했던 상고 시대와 참됨이 사라진
현실을 대비함으로써 현실에 대한 비판의 논거를 제시하고 있다. 제
3구에서 제6구까지는 공자의 출현으로 미봉적이나마 세상이 순박함

을 얻을 수 있었지만 그것도 잠시일 뿐이었음을 밝히고 있다. 공자가 봉황(鳳凰)이 이르지 않음을 탄식한 『논어』의 구절을 용사(用事)하고 있다.[96] '미봉(彌縫)', '잠(暫)' 등의 시어로, 치세(治世)의 상징인 봉황이 이르지 않음에도 불구하고 공자가 애쓰고 노력한 점을 부각시키고 있다. 제7구에서 제10구까지는 공자 사후에 중국 역사상 가장 혼란했던 전국시대(戰國時代)와 진대(秦代)에 대한 비판으로, 미증유의 분서갱유(焚書坑儒)라는 포악을 꾸짖고 있다. 제11구와 제12구에서 한대(漢代) 초기의 문화 회복에 약간의 긍정적 시각을 보내고 있다. 제13구에서 제16구까지가 한대 이후 도연명 당시까지에 대한 비판으로 이 시의 중심이 된다. 유가의 가르침을 따라 세상을 구제할 뜻을 가진 사람을 찾을 수 없는 현실에 가슴아파하며, 위진대(魏晉代)의 현학(玄學), 청담(淸談)에 치우친 경향과 명리(名利)를 좇느라 분주한 세태를 풍자하고 있다.

이상의 16구까지에서, 도연명은 고대로부터 자신이 살았던 진송대(晉宋代)까지의 중국문화에 대해, 사가(史家)와 같은 안목으로 개괄적 평가를 내리고 있다. 청(淸)의 방동수(方東樹)는 도연명이, "이 시에서 보인 의리(義理)가 『도연명집』에서 으뜸이다.(此篇義理, 可以冠集.)"라고 하였는데,[97] 중국문화와 현실에 대해 지식인으로서의 책임감을 지니고 있는 점을 지적한 평이라고 하겠다.

---

[96] 『논어(論語)·자한(子罕)』, "공자가 말씀하기를, '봉황새가 이르지 않고 황하에서 하도(河圖)가 나오지 않으니, 나는 그만인가보다.'라고 하였다.(子曰, 鳳鳥不至, 河不出圖, 吾已矣夫.)"
[97] 『소매첨언(昭昧詹言)』

제17구 이하의 마지막의 네 구에서 분위기가 반전된다. 제16구까지의 현실에 대한 관심과 개탄은 공자의 태도와 비슷하다. 그러나 마지막 네 구에서 도연명 특유의 달관이 드러난다. 공자는 혼란하고 무도한 현실에 노심초사하면서, 그리고 그러한 현실을 구제하는 것이 불가함을 알면서도 노력해 나간 반면, 도연명은 천운(天運)에 맡기고 술이나 마시겠다고 하였다. 바로 노장적 달관이다.

구체적 시사(時事)에 대한 관심과 개탄을 표현한 시로, 「양장사(羊長史)에게 증정함贈羊長史」이 있다. 도연명은 이 시에서 북벌에 성공한 유유(劉裕)를 축하하러 떠나는 양송령(羊松齡)에게, 축하 아닌 개탄의 뜻을 보임으로써 왕조 교체기의 비탄을 함축적으로 드러내고 있다.

「서문」
좌장군〔주령석(朱齡石)〕의 양장사가 명을 받아 진천(長安)에 사신 가게 되어 이 시를 지어 준다.(左軍羊長史, 銜使秦川, 作此與之.)

愚生三季後,	어리석은 나는 삼대의 뒤에 태어나,
慨然念黃虞.	개탄하며 황제와 순임금 생각한다.
得知千載外,	천 년 전의 일을 알 수 있으려면,
正賴古人書.	바로 옛 사람의 책에 의지할 밖에.
聖賢留餘迹,	성현들 많은 자취 남기셨으니,

事事在中都.	모두가 다 중원(中原)에 있네.
豈忘游心目,	어찌 마음과 눈으로 유람할 생각 잊었으리오만,
關河不可踰.	관문과 황하를 넘을 수 없었지.
九域甫已一,	구주가 비로소 이제 하나 되었으니,
逝將理舟輿.	가서 장차 배와 수레 손질해야겠지만,
聞君當先邁,	그대가 장차 먼저 가게 되었다는 말 듣고도,
負痾不獲與.	병을 가지고 있어 함께 갈 수 없구려.
路若經商山,	가는 길이 만약 상산을 경유한다면,
爲我少躊躇.	나를 위해 잠시 걸음을 멈추어 주오.
多謝綺與甪,	기리계와 녹리께 잘 안부 드리고,
精爽今何如.	혼백은 지금 어떠신지 물어주오.
紫芝誰復採,	붉은 지초는 누가 또 딸 것인가,
深谷久應蕪.	깊은 골짜기는 오래되어 묵어 있으리라.
駟馬無貰患,	사마 타는 사람들 근심 없애지 못하나,
貧賤有交娛.	빈천한 이들은 계속되는 즐거움 있다 하였지.
清謠結心曲,	맑은 노래가 마음속에 맺혀 있는데,
人乖運見疏.	사람은 떠났고 시대도 멀어졌구나.
擁懷累代下,	여러 대 뒤에서 그리움 간직한 채,
言盡意不舒.	말은 다 했지만 뜻은 펴지지를 않는구나.

416년에 유유(劉裕)는 대군(大軍)을 이끌고 북벌(北伐)에 나서, 417
년 장안(長安)을 수복하고 후진(後秦)의 요홍(姚泓)을 사로잡았다. 이

에 좌장군(左將軍) 주령석(朱齡石)은 장사(長史) 양송령을 보내어 유유의 북벌 성공을 축하하도록 하였다. 이 시는 도연명이 양송령을 송별하면서 자신의 감회를 서술하여 써 준 것이다.

이 때는 유유가 진(晉)을 탈취하고자 하는 야심을 이미 드러낸 시기였다. 이민족에게 빼앗겼던 고토(故土)를 100여 년만에 수복하였으니 기쁠 만도 한데, 도연명에게는 장안 수복의 기쁨보다 왕조 교체기의 혼란과 불의에 대한 고뇌가 더 컸기 때문에 양송령의 행차가 내심 탐탁하지 않았다. 이에 주(周), 진(秦), 한(漢)의 왕조 교체기에 처해서 상산(商山)에 숨었던 사호(四皓)의 절의에 더욱 의미를 느낀다. 현실에 대한 상심을 노골적으로 표현하지 못하고 사호(四皓)를 경모하는 마음과 그들이 불렀던 「사호가(四皓歌)」[98]에 의탁하여 나타냄으로써 상심의 깊이를 더하고 있다. 「사호가」는 상산의 사호가 유방(劉邦)의 초빙을 거절하면서 지은 것이라고 전해지는데, 도연명시에 드러나는 전체적 정신, 즉 안빈낙도, 현실 비판, 달관, 절개 견지, 오연자족(傲然自足) 등의 정신과 맥을 같이한다.

청(淸)의 온여능(溫汝能)이, "도연명은 불행하게도 왕조 교체기를 만나, 자주 생각이 있어도 토로하지를 못하고 그저 옛날을 돌아보며 슬픔을 일으킬 뿐이었다. 이 시의 마지막 구절을 보면 그의 뜻을 헤

---

[98] 「사호가(四皓歌)」, "아득한 상산(商山)은, 깊은 계곡이 구불구불하다. 빛나는 자줏빛 지초(芝草)는 허기를 채울 만하다. 요순시대 멀어졌으니, 우리는 장차 어디로 가야하나. 네 마리 말의 높은 수레 탄 이들이여, 그 근심이 매우 크다. 부귀하면서 남을 두려워하기보다는, 가난하면서 내 뜻대로 사는 것이 나으리.(漠漠商山, 深谷逶迤. 曄曄紫芝, 可以療飢. 唐虞世遠, 吾將何歸. 駟馬高蓋, 其憂甚大. 富貴之畏人兮, 不若貧賤之肆志.)"

아릴 수 있다.(靖節, 不幸遭逢易代, 往往有懷莫吐, 徒望古而興悲. 讀此篇末句, 可以窺其志矣.)"[99]라고 하였다.

유유는 제위(帝位)에 오른 다음해(421)에, 영릉왕(零陵王)으로 폐위되어 있던 공제(恭帝)를 시해하였다. 이 일에 촉발되어 깊은 비탄을 그려낸 시가 「술을 말함述酒」이다.

重離照南陸,	중려(重黎)의 후손 사마씨(司馬氏)가 남쪽 땅에 빛나니,
鳴鳥聲相聞.	우는 새 소리 서로 들려 왔다.
秋草雖未黃,	가을 풀 아직은 누렇게 되지 않았으나,
融風久已分.	봄바람과는 오래 전에 벌써 나뉘었다.
素礫晶修渚,	흰 자갈 긴 물가에 드러나고,
南嶽無餘雲.	남쪽 산에는 남은 구름 없어졌다.
豫章抗高門,	예장(豫章)은 높은 문을 세웠는데,
重華固靈墳.	중화(重華)는 단지 신령한 무덤에 있다.
流淚抱中歎,	눈물 흘리며 가슴속으로 탄식하고,
傾耳聽司晨.	귀 기울이며 새벽닭 우는 소리 듣는다.
神州獻嘉粟,	신주(神州)에서 좋은 곡식이 바쳐지고,
西靈爲我馴.	사령(四靈)〔인(麟)·봉(鳳)·구(龜)·용(龍)〕은 나를 위해 길들여졌다.
諸梁董師旅,	심제량(沈諸梁)이 군대 거느리고 나가자,

---

99 『도연명시문휘평(陶淵明詩文彙評)』, p.106.

羊勝喪其身.	양승(羊勝)이 목숨 잃게 되었다.
山陽歸下國.	산양공(山陽公)이 아래 나라로 돌아갔어도,
成名猶不勤.	오히려 시해의 일 서두르지 않았다.
卜生善斯牧,	복식은 양 기르는 일을 잘했으니,
安樂不爲君.	안락공은 임금 노릇 못하게 되었다.
平王去舊京,	평왕(平王)이 옛 서울을 떠나감에,
峽中納遺薰.	낙양은 오랑캐의 손에 들어갔다.
雙陵甫云育,	효무제가 태어나자,
三趾顯奇文.	세 발 달린 새가 기문(奇文)을 보였다.
王子愛淸吹,	왕자(王子) 진(晉)은 생황 불기를 좋아하여,
日中翔河汾.	한낮에도 하수(河水)의 물가에서 노닐었다.
朱公練九齒,	도주공(陶朱公)은 장수의 도를 수련하여,
閒居離世紛.	한가히 살며 세상의 어지러움을 떠났다.
峨峨西嶺內,	높고 높은 서산(西山) 안이,
偃息常所親.	누워 쉬며 항상 가까이 할 곳이라네.
天容自永固,	타고난 모습은 저절로 영원하고 굳으니,
彭殤非等倫.	팽조(彭祖)와 상자(殤子)는 같은 것이 아니네.

유유는 장위(張褘)를 보내 공제(恭帝)를 독주로 시해하도록 하였다. 장위는 공제가 즉위하기 전의 낭야왕(琅邪王) 시절에 그의 밑에서 낭중령(郎中令)을 맡았던 사람이다. 그는 독주를 자신이 먹고 죽었다. 유유는 다시 군사를 보내 시해하였다.[100] 이러한 불의에 대해,

도연명은 형가(荊軻)처럼 의협을 발휘할 수도 없고 직설적으로 비난하고 나설 수도 없는 처지에, 술에 의탁하여 동진(東晉)의 몰락과 유유의 포악한 찬탈을 은회(隱晦)의 수법으로 개탄하였다. 이 때문에 전고(典故)를 많이 동원하여 이해하기에 쉽지 않다. 혼란한 시기를 만난 도연명은, "왕자(王子) 진(晉)은 생황 불기를 좋아하여, 한낮에도 하수(河水)의 물가에서 노닐었다. 도주공(陶朱公)은 장수의 도를 수련하여, 한가히 살며 세상의 어지러움을 떠났다."라고 읊으면서 왕자 진이나 도주공처럼 세상 근심 잊고 신선을 추구하고 싶은 심정도 가져 보았다. 그러나 역시 절의를 위해 아사(餓死)를 택했던 백이, 숙제의 정신을 따를 것임을, "높고 높은 서산(西山) 안이, 누워 쉬며 항상 가까이 할 곳이라네."라고 암시하고 있다.

왕조 교체의 사건을 주제로 한 시에 또 「고시(古詩)에 의작함擬古」 제9수가 있다. 418년에 공제가 즉위했을 때 사람들은 새로운 기대를 하였으나 결국 3년 만에 시해의 비극을 맞게 되었음을 탄식한 내용이다.

種桑長江邊,	장강 가에 뽕나무를 심고서,
三年望當採.	3년 되면 뜯기를 기대했었지.
枝條始欲茂,	줄기와 가지들 막 무성해지려는데,
忽値山河改.	홀연 산과 물이 바뀌는 일을 만났다.

---

100 탕한(湯漢), 『도정절선생시(陶靖節先生詩)』, 『도연명시문휘평(陶淵明詩文彙評)』, p.204 참조.

柯葉自摧折,	가지와 잎은 저절로 꺾이고,
根株浮滄海.	뿌리와 그루터기는 큰 바다로 떠갔다.
春蠶旣無食,	봄누에 이미 먹을 것이 없어졌으니,
寒衣欲誰待.	겨울옷은 누구에게 기대하겠는가.
本不植高原,	본래 높은 언덕에 심지 않고서,
今日復何悔.	오늘에 와서 다시 무엇을 후회하리오.

공제가 유유에 의해 폐위되고 진(晉)이 망한 것을 뽕나무를 심는 일에 비유하여, 동진 왕조의 몰락에 대한 감회를 함축적으로 드러내고 있다. 마지막 연에서 반어(反語)의 수사법으로 개탄의 마음을 더욱 드러내고 있다. 도연명의 현실에 대한 관심을 살필 수 있는 시로, 한 폭의 '진나라 멸망의 시사(詩史)〔晉亡之詩史〕'라고 평해지기도 하였다.[101]

하작(何焯)은 이 시를 설명하면서, 귀곡(鬼谷) 선생이 소진(蘇秦)과 장의(張儀)에게 보낸 다음의 편지 내용을 소개하였는데, 위의 시는 이 글과 연관 지어서 보면 이해하기 쉽다.

두 사람은 혹시 황하 가의 나무를 보지 못했는가. 마부가 그 가지를 꺾고 풍랑이 그 뿌리를 씻어 댄다. 이 나무가 어찌 천지와 원수의 관계가 있어서이겠는가. 자리 잡은 것이 그래서이다. 그대들은 숭산(崇山)과 태산(泰

101 오소여(吳小如) 등, 『한위육조시감상사전(漢魏六朝詩鑑賞辭典)』(上海辭書出版社, 1992), p.579.

山)의 송백(松柏)을 보았는가. 위로 솟은 가지는 푸른 구름을 뚫고, 아래로 처진 가지는 깊은 땅 속까지 이르며 천년 만년토록 도끼에 베이는 재앙을 만나지 않는다. 어찌 천지와 골육의 관계가 있어서이겠는가. 자리잡은 것이 그래서이다.(二君豈不見河邊之樹乎. 僕御折其枝, 風浪盪其根. 此木豈與天地有讐怨. 所居然也. 子見崇岱之松柏乎. 上枝干于靑雲, 下枝通于三泉, 千秋萬歲不逢斧斤之患. 豈與天地有骨肉. 所居然也.)[102]

노신은 「위진풍도급문장여약급주지관계(魏晉風度及文章與藥及酒之關係)」에서, "내 생각에는, 가령 이전의 시인들 가운데 그의 시문이 정치에서 완전히 초월한 이른바 전원시인(田園詩人), 산림시인(山林詩人)은 없다고 본다. 완전히 인간 세상에서 초월하는 것도 있을 수 없다. 이미 세상에서 초월했다면 당연히 시문(詩文)도 없다. 시문 또한 사람의 일이니, 이미 시가 있다면 세상사를 잊지 못했음을 알 수 있다. … 이것으로 알 수 있듯이, 도연명도 진세(塵世)를 초월할 수 없었고 더욱이 조정에 마음을 두고 있었으며, 또한 죽음을 잊어버릴 수 없었으니, 이는 그의 시문 중에 수시로 제기된 것이다.(據我的意思, 卽使是從前的人, 那詩文完全超于政治的所謂田園詩人, 山林詩人, 是沒有的. 完全超出于人間世的, 也是沒有的. 旣然是超出于世, 則當然連詩文也沒有. 詩文也是人事, 旣有詩, 就可以知道于世事未能忘情. … 由此可知陶潛總不能超于塵世, 而且, 于朝廷還是留心, 也不能忘掉死, 這是他詩文中時時提

---

[102] 도주(陶澍), 위의 책 권4, p.6 참조.

起的.)"[103]라고 하였는데, 역대로 도연명에 대한 평가가 전원시를 위주로 이루어진 편향을 바로잡고자 하는 취지에서는 의의가 있다고 하겠다. 특히 본절에서 살핀, 현실을 비판한 내용의 시들을 이해하는 데에 있어 노신의 시각은 참고할 가치가 있다. 그러나 혼란한 세상에서 발을 뺀 채 세상사를 도외시하였던 은자들도 많았던 시대에, 귀은해 살면서도 현실을 염려하고 비판했던 도연명의 태도는 누구든지 할 수 있었던 것은 아니다. 이 점이 다른 은사들과 구별되는 도연명의 뛰어난 점이라고 하겠다.

귀은 후의 도연명의 생활이 개인적 소요와 한적을 중시하는 도가적 성향으로 기울었음에도 불구하고, 현실에 대한 관심과 비판이 주제가 된 시들은 대개 유가적 색채를 띠고 있다. 이는 사회와 현실을 중시하는 유가적 소양이 도연명의 내면에 자리하고 있었기 때문이다.

3) 절개 견지

도연명은 혼란기를 살면서 어떻게 처신해야 할지를 항상 고뇌하였다. 그 고뇌의 양상은 그의 시에 다음과 같은 세 가지 모습으로 나타난다. 첫째, 자신의 굽히지 않는 절개에 대한 자부이다. 둘째, 고사(故事)나 옛사람에 의탁한 간접적 비유이다. 셋째, 자연물의 품성에 빗댄 상징이다.

---

[103] 노신(魯迅), 위의 책, p.516.

먼저 자신의 절개에 대해 자부를 보인 시들을 살펴본다. 「술을 마시며」 제9수는, 혼란한 세상에서 자신이 지닌 마음가짐을 분명하게 밝힌 시이다. 세상이 혼탁한 대로 사람들과 더불어 사는 것이 좋은 것이라며 벼슬길에 나설 것을 권유하는 이웃에게, 자기의 뜻을 어기면서까지 어울려 살 수 없다는 마음과, 가던 길을 바꾸지 않겠다는 다짐을 다음과 같이 밝혔다.

淸晨聞叩門,	맑은 새벽에 문 두드리는 소리가 들려,
倒裳往自開.	옷 거꾸로 걸친 채 직접 가서 열었다.
問子爲誰與,	그대는 누구신가 하고 물었더니,
田父有好懷.	농부가 좋은 생각이 있다고 한다.
壺漿遠見候,	한 병의 술을 들고 멀리서 찾아와,
疑我與時乖.	내가 시대와 어긋난다고 의아해 한다.
襤縷茅簷下,	"남루하게 띠풀 집 아래 사는 것이,
未足爲高栖.	족히 고상한 삶이라고 할 게 못 되오.
一世皆尚同,	온 세상이 모두 함께 함을 숭상하니,
願君汩其泥.	바라건대 그대도 그 진흙 속에 섞이시오."
深感父老言,	"노인장의 말씀에 깊이 감격되오나,
稟氣寡所諧.	타고난 기질이 잘 어울리지 못합니다.
紆轡誠可學,	고삐 돌려 벼슬하는 일 진실로 배울 만하더라도,
違己詎非迷.	자신을 어기는 것이 어찌 미혹됨이 아니겠습니까.
且共歡此飮,	우선 함께 이 술 마시는 일이나 즐길 것이니,

吾駕不可回.　　　　　내 수레는 돌릴 수가 없답니다."

귀은 후에 도연명이 가지고 있던 벼슬에 대한 생각과 지조가 잘 드러나 있다. 도연명의 시 가운데 드물게 대화체로 구성되어 있어 사실감과 생동감이 살아 있다. 농부와의 대화는 굴원이 「어부사(漁父辭)」에서 읊은, 어부와 굴원의 문답을 연상시킨다. 즉 혼탁한 세상과 동화되기보다는 차라리 죽음을 택하겠다는 굴원의 고집 센 지조[104]가 도연명에게도 그대로 드러난다. 차이가 있다면 도연명의 경우는 굴원이 지녔던 초(楚)나라에 대한 충성 일변도의 태도와는 다르게, 진(晉)나라에 대한 충성이 아닌 '도리에 대한 충실'의 모습이라고 하겠다.

뜻이 맞지 않는 경우에 도연명이 취했던 강한 모습은, 기타 여러 기록에도 전해진다. 팽택의 현령으로 있을 때, 띠를 묶고 군(郡)의 독우(督郵)를 뵈어야 한다는 말에 인끈을 풀고 관직을 그만둔 일[105]이나, 단도제(檀道濟)의 많은 선물에 손을 뿌리쳐 물리친 행동,[106] 혜원(慧遠)의 백련결사(白蓮結社)에 참여할 것을 권하자 눈살을 찌푸리며 떠났던 태도[107] 등이 이 시에서 읊은, "내 수레는 돌릴 수가 없답니다.(吾駕不可回.)"라고 읊은 자세와 상통하는 일화들이다.

---

[104] 「어부사(漁父辭)」, "차라리 상수(湘水)에 뛰어들어 물고기의 뱃속에 장사지내질 것이지, 어찌 깨끗한 결백함으로 세속의 먼지를 뒤집어쓸 수 있겠는가.(寧赴湘流, 葬於江魚之腹中, 安能以皓皓之白, 而蒙世俗之塵埃乎.)"

[105] 본장 주 58 참조.

[106] 소통 「도연명전」, "단도제가 곡식과 고기를 보내 주었으나 손을 내저어 물리쳤다.(道濟饋以粱肉, 麾而去之.)"

「원한의 시 초조(楚調)로 방주부(龐主簿)와 등치중(鄧治中)에게 보여줌」은 노년기에 들어 힘들게 살아온 지난 시절을 회고하면서 앞으로의 마음가짐을 밝힌 시이다.

天道幽且遠,	하늘의 도(道)는 깊고도 멀며,
鬼神茫昧然.	귀신의 일은 아득하고 어둡다.
結髮念善事,	머리 묶은 이후로 착한 일 생각하며,
僶俛六九年.	힘써 온 지 54년이다.
弱冠逢世阻,	약관의 나이엔 세상의 험난함 만났고,
始室喪其偏.	서른의 나이에 짝을 잃었다.
炎火屢焚如,	뜨거운 불볕더위는 자주 태울 듯하였고,
螟蜮恣中田.	벼 명충들은 밭 가운데에서 날뛰었지.
風雨縱橫至,	비바람이 멋대로 불어 대,
收斂不盈廛.	수확하여 거둔 것 살림 꾸리기에도 부족하네.
夏日長抱飢,	여름날엔 내내 굶주림 안고 지내고,
寒夜無被眠.	추운 밤에는 덮고 잘 이불도 없다.
造夕思鷄鳴,	저녁이 되면 닭 울기를 생각하고,
及晨願烏遷.	새벽에 이르면 해가 옮겨가기를 바란다.

---

107 「연사고현전(蓮社高賢傳)」, "혜원법사가 여러 인사들과 백련(白蓮)의 모임을 맺고 편지로 도연명을 초청하자, 도연명은, '술 마시는 것을 허락한다면 가겠소.'라고 하였다. 허락하여 마침내 그곳에 갔으나, 바로 눈살을 찌푸리고 떠났다.(遠法師與諸賢結蓮社, 以書招淵明, 淵明曰, 若許飮則往, 許之, 遂造焉, 忽攢眉而去.)"

在己何怨天,	내 책임이니 어찌 하늘을 원망하리오만,
離憂悽目前.	근심을 만나니 눈앞이 처량하다.
吁嗟身後名,	아아! 죽은 후의 명예는,
於我若浮煙.	나에게는 뜬구름 같은 것.
慷慨獨悲歌,	강개하여 홀로 슬피 노래하노니,
鍾期信爲賢.	종자기(鍾子期)는 정말로 훌륭했었다.

일생을 착하게 살고자 노력하였는데도 험난한 세상을 만나 가난과 액운을 겪게 되니 천도(天道)와 귀신(鬼神)이 의심스러울 뿐이다. "여름날엔 내내 굶주림 안고 지내고, 추운 밤에는 덮고 잘 이불도 없다."라는 직접적인 묘사나, "저녁이 되면 닭 울기를 생각하고, 새벽에 이르면 해가 옮겨가기를 바란다."라는 함축적 표현 등의 가난에 대한 묘사가 핍진하다. 젊어서 이후로 노년에 이르기까지 내내 굶주림과 추위가 절박하니 처량할 뿐이다. "하늘을 원망하지 않겠다."고 하지만 탄식이 금해지지 않는다. 그러나 이러한 탄식과 절망이 마지막 단락에서 반전된다. 즉 아무리 고통스럽고 힘들어도 절개를 굽히고 명예를 좇는 일은 하지 않을 것이니, 이러한 심정을 백아(伯牙)를 알아주었던 종자기(鍾子期)처럼 그대들이 알아주기를 바란다는 내용으로 맺고 있다.

「깨달음이 있어서 지음有會而作」은 도연명의 나이 62세에 지은 시인데, 노년에 이르기까지 기한(飢寒)을 벗어나지 못하는 형편에 대한 한탄과, 그럼에도 불구하고 곤궁에 굳센 절개를 지켜나가리라는 다짐을 보이고 있다.

「서문」

묵은 곡식은 이미 다 없어지고 새 곡식은 아직 거둬들이지 않았다. 꽤나 익숙한 농사꾼이 되었는데도 흉년을 만나니 세월은 아직 멀었고 근심이 끊이지를 않는다. 풍년의 수확은 이미 바랄 수 없고 조석거리로 밥하는 불이나 겨우 들어간다. 10여 일 이래로 비로소 굶주리고 부족한 것을 염려하게 되었다. 한 해가 저물어 가니 개탄스럽게 내내 생각에 잠긴다. 지금 내가 말해 놓지 않으면 뒷사람들이 어떻게 알 수 있겠나.(舊穀旣沒, 新穀未登. 頗爲老農, 而値年災, 日月尙悠, 爲患未已. 登歲之功, 旣不可希, 朝夕所資, 煙火裁通. 旬日已來, 始念飢乏. 歲云夕矣, 慨然永懷. 今我不述, 後生何聞哉.)

弱年逢家乏,	젊어서 집안의 곤궁함을 만났는데,
老至更長飢.	늘그막에 이르러도 내내 굶주린다.
菽麥實所羨,	콩과 보리가 실로 바라는 바니,
孰敢慕甘肥.	어찌 감히 맛있고 살진 것 기대하리오.
怒如亞九飯,	배고픔은 삼순구식에 버금가고,
當暑厭寒衣.	더운 철에도 겨울옷을 질리게 입는다.
歲月將欲暮,	세월이 장차 저물어 가려하는데,
如何辛苦悲.	괴로운 슬픔을 어찌할 것인가.
常善粥者心,	죽을 나눠 주던 사람의 마음을 항상 좋게 여기며,
深念蒙袂非.	소매로 얼굴을 가리고 온 자〔몽메자(蒙袂者)〕가 잘못

이라고 깊이 생각한다.

嗟來何足吝,	'저런! 와서 먹어라' 한 것이 무어 그리 유감스러워,
徒沒空自遺.	부질없이 죽어 헛되이 자신을 버렸는가.
斯濫豈彼志,	이 지나침이 어찌 그의 뜻이었겠나.
固窮夙所歸.	곤궁에 굳센 절개는 옛날부터 지향하던 바였다.
餒也已矣夫,	배고파도 그만이니,
在昔余多師.	옛날에 나의 스승이 많다.

이 시는 서문과 4구(句)씩의 네 단락으로 되어 있다. 서문과 첫째
단락, 둘째 단락에서는 젊어서부터 겪어온 기한을 돌아보며 탄식하
고 있다. 셋째 단락의 '소매로 얼굴을 가리고 온 자〔몽메자(蒙袂者)〕'
에 대한 비판은 두 가지 의미를 가지고 있다. 곤궁에 굳센 절개가 무
엇인지를 잘못 알고 있는 무지에 대한 비판과 부질없는 죽음에 대한
비판으로, 『예기(禮記)·단궁하(檀弓下)』의 다음 기록을 시화(詩化)한
것이다.

제나라에 크게 기근이 들자 검오가 길에서 음식을 만들어 굶주린 사람
에게 먹었다. 어떤 굶주린 사람이 소매로 얼굴을 가린 채 신발을 끌고 비
틀거리며 왔다. 검오가 왼손으로 음식을 들고 오른손으로 마실 것을 든
채, '저런! 와서 먹어라.'라고 하였다. 그가 눈을 치켜뜨고 바라보며, '나는
'저런! 와서 먹어라.'라고 하는〔무례하게 대접하는〕음식을 먹지 않아서
이 지경이 되었소.'라고 하였다. 이에 사과하였지만 끝내 먹지 않고 죽었

다.(齊大饑, 黔敖爲食於路, 以待餓者而食之. 有餓者蒙袂輯屨, 貿貿然來. 黔敖左奉

食, 右執飮曰, 嗟. 來食. 揚其目而視之曰, 予唯不食嗟來之食以至於斯也. 從而謝焉,

終不食而死.)

『예기』의 내용을 끌어 쓴 위의 시구는, 생명을 귀하게 여기는 도연
명의 자세를 보여 주고 있다. 공자는 작은 신의(信義)를 위해 목숨을
버리는 경솔함을 경계하였고[108] 장자는 이욕(利欲)이나 명예 등의 외
물(外物)을 위해 몸을 희생시키는 어리석음을 비판하였다.[109] 이러한
가르침이 생명을 중시하는 도연명의 자세의 바탕이 되었을 것이다.

마지막 단락에서 앞의 내용을 요약하여, 아무리 곤궁해도 '곤궁하
면 넘치는'[110] 소인의 지경에 이르지는 않겠다는 결의와 곤궁에 굳세
고자 하는 절개를 밝히고 있다. 또 이러한 절개를 간직한 채, 옛날의
'곤궁을 초월했던' 이들의 길을 따르리라는 각오를 서술하고 있다. 제
목에서 언급한 '깨달음'은 바로 곤궁에 굳센 절개의 깨달음이다.

둘째, 도연명이 보인 절개의 견지는 고사(故事)나 옛사람에 의탁한

---

108 『논어(論語)·헌문(憲問)』, "관중(管仲)이 아니었다면 우리는 아마도 머리를 풀고 옷깃을 왼
    편으로 하는 오랑캐가 되었을 것이다. 어찌 필부(匹夫)·필부(匹婦)들이 조그마한 신의(信義)
    를 위하여 스스로 도랑에서 목매어 죽은 채 알아주는 이가 없는 것과 같이 하겠는가.(微管
    仲, 吾其被髮左衽矣. 豈若匹夫匹婦之爲諒也, 自經於溝瀆而莫之知也.)"
109 『장자(莊子)·병무(騈拇)』, "백성은 이익에 몸을 바치고, 선비는 명예에 몸을 바친다.(小人則
    以身殉利, 士則以身殉名.)"
110 『논어(論語)·위령공(衛靈公)』, "소인은 곤궁하면 넘친다.(小人, 窮斯濫矣.)"

간접적 비유로 나타난다. 그의 굳센 절개와 불굴의 정신은 「『산해경』을 읽고서讀山海經」 제10수에서 정위(精衛)와 형천(刑天)의 고사를 읊은 데에서 절실하게 드러난다.

精衛銜微木,	정위새가 잔 나뭇가지를 물어 나른 것은,
將以塡滄海.	장차 큰 바다를 메우려 함이었다.
刑天舞干戚,	형천은 방패와 창을 들고 춤추었으니,
猛志固常在.	맹렬한 뜻은 진실로 항상 남아 있었다.
同物旣無慮,	새가 되었어도 이미 염려함 없고,
化去不復悔.	죽었어도 다시 후회하지 않는다.
徒設在昔心,	그저 옛날에 가졌던 마음 간직할 뿐,
良晨詎可待.	좋은 때를 어찌 기대할 수 있으리오.

이 시는 바다에 익사한 정위새의 분투 정신과, 천제(天帝)와 다투다 목이 잘린 형천(刑天)의 투쟁 정신을 기리고 있다. 『산해경』에 의하면, 염제(炎帝)의 딸인 여와(女娃)가 동해에서 익사하였다가 새가 되었는데, 원한을 풀기 위해 나무와 돌을 물어다 동해를 메우려 하였고,[111] 형천은 원수를 갚기 위해 죽은 뒤에도 여전히 창과 방패를 휘둘렀다고 한다.[112] 왕조의 교체기에서 도연명은 죽어서도 굽히지 않

---

111 『산해경(山海經)·북산경(北山經)』
112 『산해경(山海經)·해외서경(海外西經)』

는 정위새와 형천을 기림으로써, 불의에 대한 자신의 태도를 암시적으로 드러내었다. 형천을 기리는 "맹렬한 뜻은 진실로 항상 남아 있었다.(猛志固常在.)"는 바로 시인의 마음가짐이다. 마지막 구절의 '좋은 때'는 자신의 뜻을 이룰 때를 의미한다. 그런 때를 기약할 수 없음에도 정위와 형천처럼 맹렬한 뜻을 잃지 않을 것임을 밝히고 있다.

이외에도 절의(節義)를 굳게 지켰던 백이·숙제, 형가(荊軻), 영계기(榮啓期) 등을 추모함으로써 자신의 절의와 이상을 보이기도 하였다. 「술을 마시며」 제 2수에서는 다음과 같이 읊고 있다.

積善云有報,	선한 일을 많이 하면 보답이 있다는데,
夷叔在西山.	백이와 숙제는 서산에서 살았네.
善惡苟不應,	선과 악이 진실로 보답 받지 못한다면,
何事空立言.	무슨 일로 부질없이 그런 말을 내세웠나.
九十行帶索,	영계기는 90에도 새끼 띠를 하였다는데,
飢寒況當年.	하물며 젊은 시절의 굶주림과 추위쯤이야.
不賴固窮節,	곤궁에 굳센 절개를 힘입지 않는다면,
百世當誰傳.	백대 후에 장차 누가 전해 주리오.

이 시는 상단 4구의 의미가 하단 4구에서 반전되고 있다. 상단에서는 백이·숙제 같이 의를 추구했던 사람들이 굶어 죽었으니 선한 일을 하는 의미가 무엇인가를 의심하고 있다. 그러나 하단에서 이를 반전시켜 곤궁에 굳센 절개를 지켜 훌륭한 이름을 남겨야 할 것으로

마무리하였다. 백이·숙제는 은(殷)·주(周)의 왕조 교체기를 만나 죽음도 개의치 않고 스스로 옳다고 여기는 바를 따랐다. 진·송의 교체기를 살았던 도연명은 시대적인 유사성으로 인하여 백이·숙제처럼 절개를 지켰던 이들에 대한 경도가 특히 심하였다. 심덕잠(沈德潛)은 『고시원(古詩源)』에서, "『사기(史記)·백이전(伯夷傳)』의 대지(大旨)가 이 시에 모두 표현되어 있다.(伯夷傳大旨, 已盡於此.)"라고 평하였는데, 기한과 나아가서 죽음도 개의치 않았던 백이·숙제의 절개를 칭송한 내용을 지적한 것이다.

「가난한 선비를 노래함詠貧士」 7수는, 현실에서 절개를 지닌 이를 찾을 수 없어 옛날의 가난한 선비들을 기리며 벗하고자 하는 생각을 읊은 시이다. 다음에 살필 제1수는 일곱 수의 서문에 해당한다.

萬族各有託,	만물은 각기 의탁할 곳이 있는데,
孤雲獨無依.	외로운 구름은 홀로 의지할 곳이 없다.
曖曖空中滅,	희미하게 공중에서 사라지리니,
何時見餘暉.	어느 때 넉넉한 빛을 보리오.
朝霞開宿霧,	아침노을이 밤안개를 걷어 내니,
衆鳥相與飛.	뭇 새들이 서로 어울려 난다.
遲遲出林翮,	느지막이 숲을 나왔던 새는,
未夕復來歸.	저녁도 되지 않아 다시 돌아왔네.
量力守故轍,	제 힘을 헤아려 옛 길을 지켜 가니,
豈不寒與飢.	어찌 춥고 배고프지 않으리오.

知音苟不存,	날 알아 줄 이 진실로 존재하지 않으니,
已矣何所悲.	그만이로다! 무엇을 슬퍼하리오.

　자신을 외로운 구름에 비유하면서 시작한 내용은, 벼슬에 나선지 얼마 되지 않아 귀은하였고 기한을 감수하면서 옛 도를 지켜 가는 것으로 이어진다. 제3연의 "아침노을이 밤안개를 걷어 내니, 뭇 새들이 서로 어울려 난다."라고 읊은 것은 새로 시작된 송 왕조를 따르는 뭇사람들의 행태에 대한 풍자이다. 제 4연에서 도연명은 이러한 세태에 동조할 수 없는 자신을, 저녁도 되기 전에 돌아온 새에 비유하였다. 제5연의 "제 힘을 헤아려 옛 길을 지켜 가니, 어찌 춥고 배고프지 않으리오."는 기한에도 변함없이 옛 도를 지켜가겠다는 다짐을 드러낸 표현이다. 마지막 연에서, 현실에서 알아줄 이를 만날 수 없으니 도를 지켜 가며 가난하게 살았던 옛날의 은사들을 '위로 벗〔상우(尙友)〕'할 것임을 암시하고 있다. 「가난한 선비를 노래함」 제2수에서부터 제7수는 상우의 대상들을 구체적으로 드러내어 읊은 것이다. 이 외에 「고시(古詩)에 의작함」 제8수에서도 절의를 지켰던 옛사람들을 다음과 같이 추모하고 있다.

少時壯且厲,	젊었을 적에는 굳세고도 거칠어,
撫劍獨行遊.	칼 차고 혼자서 돌아다녔다.
誰言行遊近.	누가 돌아다닌 곳 가깝다고 하리오.
張掖至幽州.	장액(張掖)에서 유주(幽州)까지 갔는데.

飢食首陽薇,	배고프면 수양산(首陽山)의 고사리를 뜯어먹고,
渴飲易水流.	목마르면 역수(易水)의 흐르는 물을 마셨다.
不見相知人,	알아줄 사람은 만나지 못하고,
惟見古時丘.	다만 옛날의 무덤만 보았다.
路邊兩高墳,	길가에 높이 솟은 두 개의 봉분은,
伯牙與莊周.	백아(伯牙)와 장주(莊周)의 것이었다.
此士難再得,	이런 선비들을 다시 얻을 수 없었는데,
吾行欲何求.	내 걸음이 무엇을 구하려 함이었던가.

첫 4구에서는 호탕한 뜻을 가지고 공을 이루고자 노력하였던 젊은 시절을 회고하고 있다. 다음 연의 '수양산의 고사리'나 '역수의 흐르는 물'은 백이·숙제와 형가를 흠모하는 상징적 표현이다. 항상 백이의 절의와 형가의 의협을 소중히 여겼는데, 현실은 그러한 절의와 의협을 간직한 자신을 알아 줄 사람이 존재하지 않음을 백아와 장주를 들어 암시하고 있다. 종자기가 알아줌으로써 거문고를 연주했던 백아[113]나, 혜시(惠施)가 상대해줌으로써 말에 의미가 있었던 장자[114]는

---

[113] 『열자(列子)·탕문(湯問)』, " 백아는 거문고를 잘 탔고, 종자기는 듣기를 잘 했다. 백아가 거문고를 타면서 뜻이 높은 산에 오르는 데에 있으면 종자기는, '훌륭하도다. 드높기가 태산(泰山)과 같구나.'라고 하였고, 뜻이 흐르는 물에 있으면 종자기는, '훌륭하도다. 드넓기가 강하(江河)와 같구나.'라고 하였으니, 백아가 생각하는 바를 종자기는 반드시 알았다.(伯牙善鼓琴, 鍾子期善聽, 伯牙鼓琴, 志在登高山, 鍾子期曰, 善哉, 峩峩兮若泰山, 志在流水, 鍾子期曰, 善哉, 洋洋兮若江河, 伯牙所念, 鍾子期必得之.)"

[114] 『장자(莊子)·서무귀(徐无鬼)』, "혜자(惠子)가 죽은 뒤로 나는 상대할 이가 없어졌으니, 나는 함께 얘기할 사람이 없게 되었구나.(自夫子之死也, 吾无以爲質矣, 吾无與言之矣.)"

종자기와 혜시의 죽음으로 지기(知己)를 상실하였다.[115] 이 시에는 절의를 지켰던 옛 사람들에 대한 칭송과 지기를 만날 수 없는 현실에 대한 실망이 교차되어 있다.

셋째, 도연명은 자신의 절개를 소나무, 국화, 난초 등 자연물의 품성에 기탁하여 상징적으로 표현하였다. 따라서 시의 소재가 된 자연물은 그 특성에 따라 인격이 부여된 상징물이다. 그 중에서 가장 많이 등장하는 것이 소나무이다.

추운 겨울일수록 그 푸르름과 꿋꿋함이 더욱 드러나는 것이 소나무의 특성이다. 이 때문에 예로부터 변함없는 절개나 덕성을 상징하였다.[116] 도연명에게 소나무는 외로움을 달래고 정을 나누는 벗이었고 그 절개를 본받으려 한 본보기였다. 「귀거래사」에서, 동산의 오솔길은 거칠어졌으나 소나무와 국화는 그래도 남아서 자신을 반기고 있다고[117] 하였듯이, 벼슬길에서 갈등을 겪다가 전원으로 돌아온 도연명

---

115 『회남자(淮南子)·수무훈(脩務訓)』, "종자기가 죽자 백아는 거문고 줄을 끊고 거문고를 부쉈으니, 세상에 알아줄 사람이 없음을 알았기 때문이다. 혜시가 죽자 장자는 말을 그쳤으니, 세상에 말할 만한 사람이 없음을 알았기 때문이다.(鍾子期死, 而伯牙絶絃破琴, 知世莫賞也. 惠施死, 而莊子寢說言, 見世莫可爲語者也.)"

116 『논어(論語)·자한(子罕)』, "공자가 말씀하시기를, '날씨가 추워진 뒤에야 소나무와 잣나무가 뒤늦게 시드는 것을 알 수 있다.'라고 하였다.(子曰, 歲寒然後, 知松柏之後彫也.)"; 『장자(莊子)·양왕(讓王)』, "큰 추위가 이르고 서리와 눈에 내리게 되면, 나는 이로써 소나무와 잣나무가 무성함을 알게 된다.(大寒旣至, 霜雪旣降, 吾是以知松柏之茂也.)"; 『예기(禮記)·예기(禮器)』, "예(禮)는 … 대나무가 푸른 껍질이 있는 것과 같고, 소나무와 잣나무가 심이 있는 것과 같다. 이 둘은 천하에서 큰 절개의 상징으로, 네 계절을 통하여 가지나 잎을 바꾸지 않는다.(禮, … 如竹箭之有筠, 如松柏之有心也. 二者居天下之大端矣, 故貫四時而不改柯易葉.)"

117 「귀거래사歸去來辭」, "세 갈래 오솔길은 거칠어졌으나 소나무와 국화는 여전히 남아 있다.(三逕就荒, 松菊猶存.)"

을 맞이해 준 것이 소나무였다.「술을 마시며」제4수에서는, "외롭게 자라 있는 소나무를 만나게 되어, 날개 거두고 멀리에서 돌아왔다. 거센 바람에 무성한 나무가 없는데, 이 그늘만이 홀로 쇠하지 않았다.(因値孤生松, 斂翮遙來歸. 勁風無榮木, 此蔭獨不衰.)"라고 하여 외롭게 서 있는 소나무가 풍파에 지친 새에게 의지처가 되었음을 읊었다. 새는 세속에 어울리지 못하고 지쳐 돌아온 자신이다. 또「귀거래사」에서, "석양은 어둑어둑 장차 지려 하는데, 한 그루 소나무를 어루만지며 서성인다.(景翳翳以將入, 撫孤松而盤桓.)"라고 읊었듯이, 만년의 절개를 지켜나가는 과정에서 '형체를 초월한 교제'를 맺고자 한 것이 한 그루 소나무였다.「술을 마시며」제8수에는, 소나무의 기상처럼 어려운 때일수록 세속에 얽매이지 않고 절개를 지켜 나가리라는 다짐을 밝혔다.

靑松在東園,	푸른 소나무가 동산에 있는데,
衆草沒其姿,	많은 풀들로 그 자태가 묻혔더니,
凝霜殄異類,	된서리가 다른 것들을 다 죽이자,
卓然見高枝.	우뚝하게 높은 가지를 드러낸다.
連林人不覺,	빽빽한 숲에서는 사람들 못 느끼더니,
獨樹衆乃奇.	홀로 선 나무가 되자 많은 이들 기특해 한다.
提壺挂寒柯,	술병 들고 와 겨울 가지에 걸어 놓고,
遠望時復爲.	때때로 멀리 바라보기도 한다.
吾生夢幻間,	우리 인생이 꿈과 환상 가운데의 삶인데,
何事紲塵羈.	어찌하여 속세의 굴레에 매일 것인가.

소나무는 다른 풀들이 무성할 때에는 돋보이지 않다가 추운 겨울이 되면 우뚝 솟은 모습을 드러낸다. 이러한 모습은 어려운 때일수록 굽히지 않는 절개에 비유되기에 가장 적절한 상징이다. 순자(荀子)가 "날씨가 춥지 않으면, 소나무와 잣나무를 알아볼 수 없고, 일이 어렵지 않으면 군자를 알아볼 수 없다.(歲不寒, 無以知松柏, 事不難, 無以知君子.)"[118]라고 한 것이 바로 이 시의 주제이다.

된서리 내리는 추위에도 한결같음을 유지하는 소나무는, 어렵고 힘든 시기에 곧음을 잃지 않는 자신에 대한 자부의 표현이다. 도연명은 이런 소나무를 사랑하여 그 가지에 술병을 걸어놓고 기상을 본받고자 하였으며, 그 아래에서 술잔을 들면서 교유하였다. 도연명은 소나무로부터 한결같은 절개를 유지할 수 있는 덕성을 배웠으니, 마지막 연의 세속에 매이지 않겠다는 자세가 그것이다.

조맹부(趙孟頫)는 「제귀거래도(題歸去來圖)」라는 제화시(題畵詩)에서, "이 사람은 진정으로 도를 터득하였으니, 이름이 해, 달과 함께 빛난다. 푸른 소나무의 우뚝한 지조이며, 서리 가운데 피어나는 국화의 아름다움이다. 관직 버리기도 쉽게 하였고, 북창 아래에서 곤궁을 감내하였다. 거문고 어루만지며 자주 탄식하였으니, 세월이 오랠수록 이런 분은 없구나.(斯人眞有道, 名與日月顯. 靑松卓然操, 黃花霜中鮮. 棄官亦易耳, 忍窮北窓下. 撫琴三歎息, 世久無此賢.)"라고 도연명의 인격을 소나무와 국화에 비유하여 칭송하였다. 상상컨대 조맹부의 그

---

[118] 『순자(荀子)·대략(大略)』

림에는 틀림없이 우뚝 솟은 푸른 소나무와 노랗게 핀 국화가 그려져 있을 것이다.

　도연명의 소나무에 대한 애정은 특별하였는데, 후인들은 도연명과 관련하여 소나무보다는 국화를 더 연상하곤 하였다. 이는 「술을 마시며」 제5수의 "동쪽 울 아래에서 국화를 따다가, 멀리 남산을 보게 되었다.(采菊東籬下, 悠然見南山.)"라는 구절이 워낙 인구에 회자되었고, 국화와 관련된 일화가 유명하였기 때문일 것이다.[119] 후대 문인들은 도연명의 인격과 국화의 기상을 동일시하여 시문으로 자주 읊었고,[120] 주돈이(周敦頤: 1017-1073)는 「애련설(愛蓮說)」에서 국화를 도연명에게 독점적으로 귀속시켰다.[121]

---

[119] 소통, 「도연명전」, "일찍이 9월 9일에, 집 가의 국화꽃 사이로 나가 앉아 오랫동안 손에 가득 국화를 따서 쥐고 있었다. 마침 왕홍(王弘)이 술을 보내 주자, 즉시 마시고는 취해서 돌아왔다.(嘗九月九日, 出宅邊菊叢中坐, 久之滿手把菊, 忽値弘送酒至, 即便就酌, 醉而歸.)"

[120] 노조린(盧照鄰), 「산림휴일전가(山林休日田家)」, "남쪽 계곡의 샘물이 막 차가워지면서, 동쪽 울타리의 국화는 한창 향기롭다.(南澗泉初冽, 東籬菊正芳.)"; 맹호연(孟浩然), 「과고인장(過故人莊)」, "중양절(重陽節)을 기다렸다가, 돌아와 국화꽃밭으로 가리라.(待到重陽日, 還來就菊花.)"; 왕유(王維), 「우연작(偶然作)」 제4수, "9월 9일이 되니, 국화만 부질없이 손에 가득 들고 있네.(九月九日時, 菊花空滿手.)"; 이백(李白), 「구일등고(九日登高)」, "흰옷 입은 사람을 불러, 웃으면서 국화주를 주고받네.(因招白衣人, 笑酌黃花菊.)"; 두보(杜甫), 「부수(復愁)」 제1수, "항상 한스러운 것은, 도연명이 돈이 없어 국화만 대하고 있던 일이라네.(每恨陶彭澤, 無錢對菊花.)"; 백거이(白居易), 「방도공구택(訪陶公舊宅)」, "울 아래 국화는 보이질 않고, 마을의 연기만 남아 있다.(不見籬下菊, 但餘墟中煙.)"; 구양수(歐陽修), 「희서배정학사삼장(喜書拜呈學士三丈)」, "국화를 들고 시를 읊는데, 문을 바라보다 흰옷 입은 사람을 만났네.(詠句把黃菊, 望門逢白衣.)"

[121] "국화는 꽃 가운데에서 은자이다. … 국화에 대한 사랑은 도연명 이후 들은 바가 드물다.(菊, 花之隱逸者也. … 菊之愛, 陶後鮮有聞.)"

「곽주부의 시에 화답함」 제2수에서는 서리를 무릅쓰고 피어 있는 국화를 소나무와 병칭하여 '서리 아래의 준걸〔상하걸(霜下傑)〕'이라고 칭송하였다.

| … | … |

芳菊開林耀,	향기로운 국화는 숲에 피어 빛나고,
靑松冠巖列.	푸른 소나무는 바위산 위에 늘어서 있다.
懷此貞秀姿,	이 곧고 빼어난 모습을 간직한 채,
卓爲霜下傑.	우뚝하게 서리 아래의 준걸이 되었구나.

| … | … |

다른 꽃들은 시들어 떨어지는 계절에 서리를 무릅쓰고 피어나는 국화와 푸른 잎이 지지 않는 소나무의 기상을 칭송하고 있다. 도연명은 소나무와 마찬가지로 국화로부터 어려움에 굽히지 않는 절개를 배우고자 하였다.

난초(蘭草)는 굴원에 의해 고결한 품성의 상징이 된 이후,[122] 더욱 사람들의 사랑을 받았다. 도연명도 자신의 덕성과 절개를 나타내기 위해 난초를 자주 시문의 소재로 사용하였다.

---

[122] 「이소(離騷)」, "때는 어둑어둑 날이 지려 하는데, 향기로운 난초를 묶은 채 우두커니 서있다.(時曖曖其將罷兮, 結幽蘭而延佇.)"

幽蘭生前庭,	그윽한 난초가 앞뜰에 났는데,
含薰待淸風.	향기를 머금고 맑은 바람을 기다린다.
淸風脫然至,	맑은 바람이 홀연히 불어오자,
見別蕭艾中.	쑥대풀 가운데 유별남을 드러낸다.

「술을 마시며(飮酒)」 제17수

雖懷瓊而握蘭,	비록 좋은 옥을 품고 난초를 쥐고 있어도,
徒芳潔而誰亮.	한갓 향기롭고 깨끗할 뿐 누가 알아 주겠는가!

「선비가 때를 만나지 못한 것에 느낌을 받은 부(感士不遇賦)」

「술을 마시며」 제17수에서 읊고 있는 그윽한 난초는 자신을 비유한 것이다. 훌륭한 덕을 갖추고 알아줄 사람을 기다리는 심정을 "향기를 머금고 맑은 바람을 기다린다.(含薰待淸風.)"라고 표현하였다. 「선비가 때를 만나지 못한 것에 느낌을 받은 부」에서는, 자신의 덕을 난초에 비유하여 자신이 아무리 아름다운 덕을 지니고 있어도 누구도 그것을 알아주지 않음을 개탄하고 있다.

도연명이 역대로 존경받고 그의 시가 애독되어온 이유 중의 하나가 그의 지조에서 말미암은 것이다. 이상의 시문을 통하여, 생존의 위기가 절실했던 왕조 교체기에 일신의 영달이나 안일을 돌아보지 않았던 도연명의 절개를 확인할 수 있었다. 어려운 시대에 인격을 지켜 나갔던 옛 사람에 대한 칭송에서 도연명의 지향(志向)을 느낄 수 있고, 추운 겨울에도 시들지 않는 소나무, 서리를 무릅쓰고 피어나는 국화, 그윽한 향기의 난초에 대한 사랑에서 도연명의 취향(趣向)을 살필 수 있다. 이러한 마음과 다짐들이 그의 행동을 인도하고 그의 인격을 완성해 나갔다고 하겠다.

4) 귀거래의 꿈

도연명이 포부를 지니고 나섰던 벼슬길은 한편으로는 그 뜻의 실현이 불가능함을 깨닫는 과정이었다. 현실에 대한 기대와 실망으로 점철된 십여 년의 갈등은 그의 귀거래의 꿈을 강화시켰다. 그가 관식에 부임하거나 물러나면서, 혹은 관직에 있는 동안 썼던 시들로「경자년 5월 중에 서울로부터 돌아오는데 규림(規林)에서 바람에 막혀 있으면서庚子歲五月中從都還阻風於規林」 2수,「신축년 7월에 휴가 갔다 강릉(江陵)으로 돌아갈 때 밤에 도구(塗口)를 지나며辛丑歲七月赴假還江陵夜行塗口」,「처음 진군장군의 참군이 되어 곡아(曲阿)를 지나며始作鎮軍參軍經曲阿」,「을사년 3월 건위참군(建威參軍)이 되어 서울에 사신 가는 길에 전계(錢溪)를 지나며乙巳歲三月爲建威參軍使都經錢溪」,「잡시雜詩」 제10수 등이 있다. 이 시들에는 포부를 이룰 가능성은 이미 사라졌는데 본성에 어긋난 채 상황에 끌려가는 자신에 대한 반성과 귀은의 간절한 바람이 드러나 있다. 도연명은 마침내 41세에 팽택령을 끝으로 벼슬길을 떠났는데, 그 기간에 썼던 시들을 통하여 귀거래에 대한 마음가짐을 살펴본다.

도연명은 36세에 환현(桓玄)의 막하(幕下)에 있으면서 잠시 귀향하게 되었다. 고향 마을을 지척에 두고 바람에 막혀 있으면서 지난 일을 회상하고 앞으로의 바람, 즉 귀은의 마음가짐을 표현한 시가 「경자년 5월 중에 서울로부터 돌아오는데 규림(規林)에서 바람에 막혀 있으면서」 2수이다. 특히 제2수에 이러한 뜻이 잘 나타나 있다.

自古歎行役,	예로부터 객지로 일 나가는 것 탄식하더니,
我今始知之.	나 이제야 비로소 그것을 알았다.
山川一何曠,	산천은 어찌 그리 드넓으며,
巽坎難與期.	바람과 물은 예측하기 어려워라.
崩浪聑天響,	쏟아지는 물결은 하늘에 시끄럽게 울리고,
長風無息時.	센 바람은 그칠 때가 없구나.
久游戀所生,	오래 나돌아 고향 땅 그리운데,
如何淹在茲.	어찌하여 오래도록 이곳에 머무는가.
靜念園林好,	고요히 동산 숲의 아름다움을 생각하니,
人間良可辭.	인간사는 진실로 사양할 만하다.
當年詎有幾,	젊은 시절이 얼마나 되겠는가,
縱心復何疑.	마음에 맡겨 살 것이니 다시 무엇을 의심하랴.

풍파가 심한 세상에서 집 떠나 세속의 일을 겪는 심사가 어떤지를 알게 되었다. 제3연의 "쏟아지는 물결은 하늘에 시끄럽게 울리고, 센 바람은 그칠 때가 없구나."라는 표현으로 세상의 혼란함을 상징하고

있다. 제4연은 제목에서 밝힌, "규림(規林)에서 바람에 막혀 있으면서 (阻風於規林)"를 받아, 가족을 만나는 기대와 희열이 바람에 막혀 초조함으로 바뀌는 심사를 서술하고 있다. 마지막의 4구에서, 이제 세속의 일을 떠나 그리운 원림(園林)으로 돌아가 남은 인생을 내 뜻대로 살겠다는 각오를 서술하고 있다. 끝 구절의 '마음에 맡겨 살 것〔종심(縱心)〕'이라는 말이 도연명의 전원생활에 대한 갈망을 두드러지게 하고 있다. 마음에 맡겨 살 수 있는 '원림(園林)'과, 쏟아지는 물결과 센 바람으로 소란한 '인간(人間)' 사이에서의 선택은 자명해진다. 주희(朱熹)는 말하기를, "이 시를 제대로 깨닫는다면, 오늘의 이른바 과거공부라는 것과 훗날의 이른바 부귀공명(富貴功名)이라는 것은 모두 신경 쓰지 않아도 될 것이다.(能參得此一詩透, 則今日所謂擧業, 與夫他日所謂功名富貴者, 皆不必經心可也.)"[123]라고 하였는데, 이는 일찍이 소통이, "도연명의 글을 제대로 보는 자라면, 치달리며 다투는 마음이 버려질 것이다.(有能觀淵明之文者, 馳競之情遣.)"[124]라고 했던 평과 같은 맥락이라고 하겠다.

「신축년 7월에 휴가 갔다 강릉으로 돌아갈 때 밤에 도구를 지나며」도 환현의 막하로 있던 37세에 지은 시이다. 전원에 돌아가 농사 지으며 참됨을 기르고 싶은 심정을 그리고 있다.

---

[123] 『도연명시문휘평(陶淵明詩文彙評)』, p.122.
[124] 소통, 「도연명집서」

閑居三十載,	한가로이 사는 30년 동안에,
遂與塵事冥.	마침내 세속의 일과는 아득해졌지.
詩書敦宿好,	『시경(詩經)』, 『서경(書經)』은 옛날부터 좋아하던 바가 심해지고,
林園無俗情.	숲과 동산에서 세속의 정은 없어졌다.
如何舍此去,	어찌하여 이런 것들 버리고 떠나,
遙遙至西荊.	아득히 서쪽 형주에 이르렀나.
叩枻新秋月,	초가을 달빛 아래 노를 저어 가며,
臨流別友生.	물가에서 친구와 이별하였네.
凉風起將夕,	서늘한 바람이 저녁 무렵에 일어나고
夜景湛虛明.	밤 경치는 담담하여 텅 비고 밝다.
昭昭天宇闊,	밝고 밝은 하늘은 드넓고,
晶晶川上平.	희고 흰 개울가는 평평하다.
懷役不遑寐,	맡은 일 생각하느라 잠잘 겨를 못 내고,
中宵尙孤征.	한밤중까지도 홀로 먼길을 간다.
商歌非吾事,	벼슬 구하는 슬픈 노래는 나의 일 아니니,
依依在耦耕.	그리워함은 짝지어 밭가는 데에 있다.
投冠旋舊墟,	벼슬 버리고 고향에 돌아가,
不爲好爵縈.	좋은 작위에 얽매이지 않으리라.
養眞衡茅下,	일자(一字) 대문의 초가 아래 참된 본성 기르리니,
庶以善自名.	그것을 잘하는 것으로 자부하고 싶을 뿐.

본디 좋아하던 한가한 생활을 버려두고 한밤중에도 길을 재촉해야 하는 하급 관료 생활에 염증을 느끼며, 여차하면 그리운 전원으로 돌아가 '참됨을 기르겠다[양진(養眞)]'는 마음을 서술하고 있다. 추구하는 바는 슬픈 노래를 불러 제(齊) 환공(桓公)에게 벼슬을 얻었던 영척(寧戚)의 행동[125]이 아니고 나란히 밭을 갈았던 장저와 걸익처럼 직접 농사짓는 것임을 천명하고 있다.

청(淸)의 구가수(邱嘉穗)는, "도연명은 스스로 본성이 한정(閒靜)을 좋아하고 영리를 부러워하지 않았다고 하였는데, 이 시의 처음과 끝 몇 마디에서 더욱 (그러함을) 그려볼 수 있다.(公自謂性愛閒靜, 不慕榮利, 於此詩起結數語, 尤可想見.)"[126]라고 하여 도연명의 귀은에 대한 바람이 그의 본성에서 말미암은 것임을 강조하였다. 이러한 귀은의 바람은 40세에 유유(劉裕)의 참군(參軍)으로 부임하면서 지은,「처음 진군장군의 참군이 되어 곡아(曲阿)를 지나며」에도 간절하게 표현되어 있다.

| 弱齡寄事外, | 젊은 나이에 세상사의 밖에 뜻을 두고, |
| 委懷在琴書. | 마음을 맡긴 것이 거문고와 책에 있었다. |

---

[125] 『회남자(淮南子)·도응훈(道應訓)』, "영척은 수레 밑에서 소에게 꼴을 먹이고 있다가, 제 환공을 바라보고 슬퍼하면서 쇠뿔을 두드리며 급히 상가(商歌)를 불렀다. 환공은 이 노래를 듣고 마부의 손을 잡고 말하기를, '이상하다. 저 노래를 부르는 자는 보통 사람이 아니로다.'라 하고 뒷차에 명하여 태워 오도록 하였다.(甯戚飯牛車下, 望見桓公而悲, 擊牛角而疾商歌, 桓公聞之, 撫其僕之手曰, 異哉, 歌者, 非常人也, 命後車載之.)"

[126] 『동산초당도시전(東山草堂陶詩箋)』

被褐欣自得,	갈옷 걸치고도 기쁘게 자득하였고,
屢空常晏如.	자주 끼니 걸러도 항상 편안하였다.
時來苟冥會,	때가 와서 우연히 (형편이) 맞아,
宛轡憩通衢.	고삐 돌려 넓은 길(벼슬길)에 머물게 되었다.
投策命晨裝,	지팡이 던져두고 새벽 행장 꾸리게 하여,
暫與園田疎.	잠시 전원과는 멀어지게 되었다.
眇眇孤舟遊,	아득히 외로운 배 떠나가는데,
綿綿歸思紆.	끊임없이 돌아가고픈 생각 얽혀 온다.
我行豈不遙,	내 갈길 어찌 멀지 않으리오,
登陟千里餘.	산 넘고 물 건너 천여 리를 지났다.
目倦川塗異,	눈은 달라진 물길과 육로에 지치고,
心念山澤居.	마음속은 산택의 생활을 생각한다.
望雲慙高鳥,	구름을 보다가 높이 나는 새에게 창피해하고,
臨水愧游魚.	물가에 서서 노니는 물고기에게 부끄러워한다.
眞想初在襟,	참된 생각 처음부터 마음속에 있었으니,
誰謂形迹拘.	누가 몸과 자취에 얽매일 것이라고 하리오.
聊且憑化遷,	그런 대로 우선은 변화 따라 옮겨가지만,
終返班生廬.	끝내는 반고(班固)가 말한 오두막으로 돌아가리라.

40세 여름에 지은 「무궁화」에서 도연명은, "나의 수레를 기름 치고 나의 말을 채찍질하여, 천리가 비록 멀지만 어찌 감히 가지 않을 것인가.(脂我名車, 策我名驥. 千里雖遙, 孰敢不至.)"라고 하면서 세상에

나설 강한 뜻을 드러내었다. 그러다가 기회가 닿아 참군(參軍) 류의 낮은 직책이지만 벼슬길에 나서게 되었던 것이다. 시대 상황이나 맡은 직책 등 모두 자신의 뜻을 펼 수 있는 여건이 아니기에, 또 낯선 땅의 힘든 행역에 다시 귀은의 바람이 간절해진다. 우선은 할 수 없이 부임길에 나섰지만 머지않아 귀은하겠다는 다짐이 절실하다. 제18구 "누가 몸과 자취에 얽매일 것이라고 하리오."에서는 반어법을 써서 자신의 본성을 지킬 것에 대한 자신감을 보이고 있다. 마지막 연에서 '료차(聊且)'라는 허사(虛辭)의 운용이 독특하다. 현재 상황에 대한 아쉬움을 표현하는 '우선은'의 뜻을 갖는 '료(聊)'자와 '차(且)'자를 동시에 쓰고 있다. 우선은 형편 때문에 어쩔 수 없이 나섰다는, 현재의 입장에 대한 시인의 심적 갈등을 이 허사의 사용으로 드러내고 있다. 마지막 구에서 '끝내는[종(終)]'이라는 시어로 이상에서 보인 갈등을 반전시킴으로써 자신의 지향(志向)을 분명하게 밝히고 있다.

「잡시」 제10수는 41세에 귀은하기 전, 하급 관료로 사방을 돌아다니면서 그 감회를 읊은 시이다. 이 시에도 귀은의 바람이 행간에 배어 있다.

閒居執蕩志,	한가히 살면서도 호탕한 뜻 가졌으니,
時駛不可稽.	세월 빠름에 그 마음 머물러 둘 수 없다.
驅役無停息,	행역에 쫓겨 멈추어 쉴 수 없어,
軒裳逝東崖.	수레 타고 옷 입고 동쪽 끝까지 갔다.
…	…

慷慨憶綢繆,	강개한 마음에 집사람 생각나니,
此情久已離.	이 그리운 정도 오랫동안 떠나 있었구나.
荏苒經十載,	그럭저럭 10년을 지내면서,
暫爲人所羈.	잠시 남에게 얽매여 있었구나.
庭宇翳餘木,	집안이 많은 나무로 뒤덮여 있으리니,
倏忽日月虧.	잠깐 사이에 세월은 사라져 갔구나.

세월은 빠르고 나이는 40을 넘어가니 무언가를 해 놓아야 되겠다는 초조감에 나섰지만, 하급 관리로 일에 쫓기면서 동쪽 끝까지 다녀야 하는 수고에 회의가 일기도 한다. 이렇게 객지로 나도는 형편에서, 지난 10여 년의 관리 생활에 대한 반성과 부인 생각, 고향 생각을 하게 된 것이다.

도연명이 관직에 있으면서 쓴 위의 시들에서 공통적이고 일관적인 것은 귀은과 전원 생활에 대한 간절한 열망이다. 그 열망의 원인을 들자면, 하급 관료로서 뜻을 펼 수 없는 여건, 혼란한 사회와 정국에 대한 실망, 그리고 구속을 싫어하는 그의 타고난 성품[127] 등이라고 하겠다. 이 중에서 마지막의 요인이 가장 크다고 하겠다. 임지에 도착하여 일을 시작하기도 전인 부임 길에서도 벼슬살이와 귀은에 대한 갈

---

[127] 「귀거래사歸去來辭」, "천성이 자연스러워 고치고 힘써서 될 수 있는 것이 아니다. 굶주림과 추위가 비록 절박하더라도 나와 어긋나는 것은 모두가 고통이다.(質性自然, 非矯勵所得. 飢凍雖切, 違己交病.)"; 「고향집에 돌아옴歸園田居」 제1수, "젊어서부터 세속에 맞는 운치가 없고, 본성이 원래 산을 좋아하였다.(少無適俗韻, 性本愛丘山.)"

등이 가슴에 가득하다.[128] 본래 원하던 바도, 본성에 맞는 바도 아니기 때문이다.

　도연명은 시인으로서의 감성이 풍부했던 사람이다. 더구나 혼란한 때를 만나 느끼는 감회는 복잡할 수밖에 없었다. 도연명의 영회시는 속마음을 터놓고 이야기할 지기(知己)를 만나지 못해, 그 복잡한 감회를 시로 표현해낸 것들이 주를 이룬다. 유가적 교육을 받고 불후의 공을 이루고자 하던 젊은 시절의 포부는 현실에 의해 좌절되었다. 도연명은 이 과정에서 냉정하게 현실을 직시하고 자신의 거취를 결정하였다. 불의의 시대를 살면서 세상에 대한 책임을 외면할 수 없었던 도연명은, 행동으로 그 불의를 바로잡을 수 없었기에 시문을 통해서 불의를 매도하고 의(義)를 드러내고자 하였다. 도연명이 영회시에서 보인 자세는 진취적이고 적극적인 것이었음을 살필 수 있었다.

4. 영사시(詠史詩)

　역사 사실, 혹은 역사 인물을 소재로 하여 지은 시가 영사시이다. 동한(東漢) 시기에 이미 반고(班固: 32-92)의 「영사시(詠史詩)」가 나왔

---

[128] 「처음 진군장군의 참군이 되어 곡아(曲阿)를 지나며始作鎭軍參軍經曲阿」, "아득히 외로운 배 떠나가는데, 끊임없이 돌아가고픈 생각 얽혀 온다.(眇眇孤舟遊, 綿綿歸思紆.)"

지만, 단편적인 역사 사실을 서술하는데 그쳤다. 위진대(魏晋代)에 이르러 적은 수이지만 역사 소재를 이끌어 자신의 감회를 읊는 진정한 의미의 영사시가 출현하였다. 완우(阮瑀: 약 165-212)의 「영사시」, 왕찬(王粲: 177-217)의 「영사시」, 장협(張協: ?-307)의 「영사시」, 좌사(左思: 약 250-약 300)의 「영사시」 8수 등이 그것이다. 특히 좌사는 전쟁과 왕조 교체 등 혼란했던 위진대를 살면서, 「영사시」를 통해 단간목(段干木), 노중련(魯仲連), 형가(荊軻), 양웅(揚雄) 등 절의가 뛰어났던 인물들을 기렸다.[129] 이 외에도 미천한 가문의 출신으로서 압박 받는 자의 심정을 읊거나,[130] 실권자들과는 어울리지 않겠다는 태도[131] 등을 써냄으로써 중국의 시사(詩史)에서 「영사시」의 위상을 확정지었다.

도연명의 영사시는 의상(意象)이나 소재(素材) 모두 완우(阮瑀), 좌사(左思) 등을 계승한 점이 많다. 그들이 읊었던, 곤궁에 굳센 절개의 다짐, 옛날의 고사(高士)나 가난한 선비[빈사(貧士)]들에 대한 찬양 등의 정취는 도연명 영사시의 선하(先河)가 되었다. 도연명의 영사

---

[129] 「영사시(詠史詩)」 제3수, "나는 단간목(段干木)을 앙모하노니, 누워 쉬면서도 위(魏)나라 임금에게 울타리가 되었네. 나는 노중련(魯仲連)을 사모하노니, 담소하면서 진(秦)나라 군대를 물리쳤지.(吾希段干木, 偃息藩魏君. 吾慕魯仲連, 談笑却秦軍.)"; 제6수, "형가(荊軻)가 연(燕)나라 시장에서 술을 마시는데, 술기운이 오르자 기세가 더욱 진동하였네. 슬픈 노래로 고점리(高漸離)의 축(筑)에 맞추는데, 옆에 사람이 없는 듯이 하였다네.(荊軻飮燕市, 酒酣氣益震. 哀歌和漸離, 謂若傍無人.)"

[130] 「영사시」 제7수, "영웅들이 불행했던 것은, 옛날부터 그러했다. 어느 때인들 뛰어난 재주가 없었겠소만, 버려져 초야에 묻혔다네.(英雄有屯邅, 由來自古昔. 何世無奇才, 遺之在草澤.)"

[131] 「영사시」 제5수, "갈옷 걸치고 대궐을 나서, 고상한 걸음으로 허유(許由)를 좇네. 천 길의 언덕에서 옷을 털며, 만 리의 물결에서 발을 씻는다.(被褐出閶闔, 高步追許由. 振衣千仞岡, 濯足萬里流.)"

시에 나타나는 주제는 두 가지로 요약된다. 첫째는 옛 빈사들의 행적과 절개를 읊음으로써 곤궁에 굳센 절개를 지켜나갈 것을 다짐하는 내용이고, 둘째는 역사 인물들의 행적을 기림으로써 현실에 대한 비판의 뜻을 기탁하는 내용이다.

먼저 옛 빈사들의 행적과 절개를 읊음으로써 자신의 굳은 절개의 뜻을 보인 시로는 「술을 마시며」 제 12수와 「가난한 선비를 노래함」 일곱 수가 있다. 빈사는 기한에도 자신의 절개를 한결같이 했던 인물들이다. 이들이 자신의 절개를 위해 기한을 무릅쓰고 은거하였던 점이 도연명의 사고와 행동에 모범이 되었다. 그들을 그리워하고 칭송하는 이유를 「가난한 선비를 노래함」 제2수에서, "무엇으로 내 마음을 달랠 것인가. 옛날에 그런 현자 많았음에 위안한다.(何以慰吾懷. 賴古多此賢.)"라고 밝혔으며, 제7수에서는, "누가 곤궁에 굳센 절개가 어렵다고 하였는가, 멀리 이 선현(先賢)들이 있는데.(誰云固窮難, 邈哉此前修.)"라고 하면서 곤궁에 꿋꿋했던 절개를 본받고자 하였다. 즉 이들을 기리고 잊지 않음으로써 자신의 지조를 더욱 강하게 하고자 하였다. 다음에 살필 「술을 마시며」 제12수가 전형적인 예이다.

長公曾一仕,	장장공(張長公)은 일찍이 한 번 벼슬했는데,
壯節忽失時.	젊은 시절에 홀연 때를 잃었다.
杜門不復出,	문 닫고 다시는 나가지 않은 채,
終身與世辭.	종신토록 세상과 떠나 있었다.
仲理歸大澤,	양중리(楊仲理)가 대택으로 돌아가자,

高風始在玆.	고상한 기풍이 비로소 그곳에 있게 되었다.
一往便當已,	한번 나섰으면 마땅히 그만둘 것이니,
何爲復狐疑.	무엇 때문에 다시 주저하리오.
去去當奚道.	떠나서 장차 어느 길로 갈 것인가.
世俗久相欺.	세속은 서로를 속이는 지가 오래 되었다.
擺落悠悠談,	한가로운 담론은 떨쳐 버리고,
請從余所之.	청컨대 내가 가는 곳을 따르시라.

서한(西漢)의 장지[張摯, 자가 장공(長公)이다.]는 강직한 성품으로 속 인들과 맞지 않아 은거하였고, 동한(東漢)의 양륜[楊倫, 자가 중리(仲 理)이다.]은 높은 절개 때문에 시대와 맞지 않아 물러나서 제자 교육 에 전념하였다. 도연명은 자신의 은거 생활에 두 역사 인물의 행적을 본보기로 삼을 것을 다짐하면서, 서로를 속이는 속인들을 향하여 의 미 없는 청담(淸談)을 버릴 것을 당부하고 있다.

「가난한 선비를 노래함」 제7수에서는 연작시를 결론지으면서, 일 곱 수에 걸쳐 옛 빈사를 칭송한 이유를 밝히고 있다. 즉 도연명에게 이들은 곤궁 속에서 지조를 견지했던 본보기가 되었던 것이다.

昔有黃子廉,	옛날에 황자렴(黃子廉)은,
彈冠佐名州.	갓 먼지 털고 이름난 고을을 도왔다.
一朝辭吏歸,	하루아침에 관직 그만두고 돌아오니,
淸貧略難儔.	청빈하기가 거의 짝할 이 없었다.

年饑感仁妻,	흉년이 들자 어진 아내도 느낌이 있어,
泣涕向我流.	나를 보고 눈물을 흘리는구나.
丈夫雖有志,	"장부가 비록 뜻을 가지고 있어도,
固爲兒女憂.	진실로 처자식 위해 걱정해야지요."
惠孫一晤歎,	혜손(惠孫)이 한번 만나 보고 감탄하였지만,
腆贈竟莫酬.	후한 선물도 끝내 받지 않았다.
誰云固窮難,	누가 곤궁에 굳센 절개가 어렵다고 하였는가,
邈哉此前修.	멀리 이 선현(先賢)들이 있는데.

황자렴(黃子廉)은 하루아침에 관직을 버리고 귀은하여 가난을 감내하였다. 자신의 도를 지켜 가며 영달과 부귀를 초개처럼 여겼던 옛날의 많은 선비들이 곤궁에 꿋꿋했던 가르침을 남겼으니, 이것이 아내의 하소연이나 남의 후한 선물에 마음을 동요시킴 없이 지켜나가야 할 절개이다. 마지막 연에서, 이렇게 훌륭한 빈사들이 곤궁의 절개를 실천하여 역사에 남아 있으니 이들을 배운다면 그것이 어려운 일이 아니라고 하여 일곱 수의 요지(要旨)를 집약시켰다. 즉 이들을 본받고 상우(尙友)하겠다는 다짐이다.

다음으로, 역사 인물들의 행적을 기림으로써 현실에 대한 풍자의 뜻을 담은 시들을 살펴본다. 역사 인물이나 역사 사실을 끌어다 현실을 풍자하는 것은 위진대 초기의 영사시에서부터 비롯된 전통이다. 당(唐)의 여향(呂向)은 『문선』에 수록되어 있는 왕찬(王粲)의 「영사시」를 설명하면서, "사서(史書)를 보고 일의 잘잘못을 읊으면서 혹 자신의 감정을 기탁하기도 한다. 조조(曹操)가 걸핏하면 개인적인 일로 훌륭한 사람들을 죽이자, 왕찬은 짐짓 진(秦) 목공(穆公)이 세 명의 훌륭한 이들을 죽여 순장시킨 일에 의탁하여 풍자하였다.(覽史書, 詠其行事得失, 或自寄情焉. 曹公好以己事誅殺賢良, 粲故託言秦穆公殺三良自殉以諷之.)"[132]라고 하였다. 영사시를 통한 현실 풍자에는 두 가지 효과가 있다. 첫째, 역사 고사를 이끌어 씀으로써 시의 상징성(象徵性)과 형상성(形象性)을 높일 수 있다. 둘째, 시사(時事)에 대해 직설적 비판을 피함으로써 난세에 화를 면할 수 있다.

도연명의 시 가운데 「두 소씨(疏氏)를 노래함詠二疏」, 「세 좋은 신하를 노래함詠三良」, 「형가(荊軻)를 노래함詠荊軻」 등이 그러한 예의 영사시이다. 세력 있는 자들이 왕위를 노리던 동진 시대에, 유가적 소양을 지녔던 도연명의 마음속에는 이상과 현실의 괴리에서 오는 갈등이 많았을 것이다. 그러한 갈등과 불만을, 지조와 기백을 지녔던 옛 사람들에 대한 찬양을 통하여 간접적으로 표현하였다. 송(宋)으로 왕조가 바뀐 다음해(421년)에 지은 「두 소씨(疏氏)를 노래함」은 역사 인물의 행적을 읊음으로써 현실에 대한 비판을 기탁한 대표적 영사시이다.

大象轉四時,   하늘[대상(大象)]은 네 계절로 옮겨가며,
功成者自去.   공이 이루어진 것은 스스로 떠난다.

[132] 『문선(文選)』 육신주(六臣注).

借問衰周來,	묻노니 주나라 말기 이래로,
幾人得其趣.	몇 사람이나 이 뜻을 터득하였나.
游目漢廷中,	한 나라 조정으로 눈을 돌려보니,
二疎復此舉.	두 소씨(疎氏)가 이 일을 실천했구나.
高嘯返舊居,	높이 휘파람 불며 옛 집으로 돌아가,
長揖儲君傅.	길이 태자의 스승 자리 사양하였다.
餞送傾皇朝,	전송하는데 온 조정 사람들이 다 나와,
華軒盈道路.	화려한 수레가 길에 가득하였다.
離別情所悲,	이별은 인정상 슬픈 것이지만,
餘榮何足顧.	나머지 영화를 어찌 돌아볼 만하겠는가.
事勝感行人,	일이 훌륭하여 길가는 사람도 감동하니,
賢哉豈常譽.	훌륭하다는 말이 어찌 평범한 찬사리오.
厭厭閭里歡,	실컷 누리는 고향의 즐거움에,
所營非近務.	일삼는 것은 비근한 일이 아니다.
促席延故老,	자리 가까이 하고 노인들 초대하여,
揮觴道平素.	술잔 비우며 지난 일을 이야기한다.
問金終寄心,	돈에 관해 물으며 끝내 마음 두기에,
淸言曉未悟.	맑은 말로 깨닫지 못한 이들을 일깨워 준다.
放意樂餘年,	마음 놓고 남은 생애 즐길 것이니,
遑恤身後慮.	어느 겨를에 죽은 후의 염려까지 하리오.
誰云其人亡,	누가 그 사람들 죽어 없다고 하겠는가.
久而道彌著.	오랠수록 그들의 도는 더욱 드러나는데.

서한(西漢)의 소광(疏廣)과 소수(疏受)는 태자(太子)의 태부(太傅)와 소부(少傅)로 영예를 누리다가, 하루아침에 물러나 '공이 이루어지자 자신은 물러나는[공수신퇴(功遂身退)]' 도리를 실천하였다. 이 시는 진(晋)이 송(宋)으로 교체된 직후에 지어진 시로, 공을 이루고 나라를 찬탈한 유유(劉裕)를 소광, 소수와 대조시켜 암시적으로 비판한 내용이다.

「형가를 노래함」은 『전국책(戰國策)·연책(燕策)』과 『사기(史記)·자객열전(刺客列傳)』에 보이는 형가의 기록을 강개 가득한 필치로 형상화시킨 영사시이다.

燕丹善養士,	연태자(燕太子) 단(丹)은 선비를 잘 길렀으니,
志在報强嬴.	그 뜻은 강한 진(秦)에 복수하는 데 있었다.
招集百夫良,	백 사람 감당할 뛰어난 이를 모으는데,
歲暮得荊卿.	세모에 형가를 얻게 되었다.
君子死知己,	군자는 지기(知己)를 위해 죽는 법,
提劍出燕京.	칼을 들고서 연경(燕京)을 나선다.
素驥鳴廣陌,	흰 기마(驥馬)는 넓은 길에서 울고
慷慨送我行.	사람들은 강개에 차 나의 가는 길 전송한다.
雄髮指危冠,	굳센 머리털은 높은 갓 위로 치솟고,
猛氣衝長纓.	맹렬한 기세는 긴 갓끈을 뚫는다.
飮餞易水上,	역수(易水) 가에서 술 마시며 전송하는데,
四座列群英.	온 좌석에 뭇 영웅들 늘어서 있다.

漸離擊悲筑,	고점리(高漸離)는 슬프게 축을 타고,
宋意唱高聲.	송의(宋意)는 높은 소리로 노래 부른다.
蕭蕭哀風逝,	쓸쓸하게 슬픈 바람 지나가고,
淡淡寒波生.	담담하게 찬 물결 일어난다.
商音更流涕,	상성(商聲)은 더욱 눈물 흘리게 하고,
羽奏壯士驚.	우성(羽聲)이 연주되니 장사들 놀란다.
公知去不歸,	공(公)은 떠나가면 돌아오지 못하지만,
且有後世名.	그래도 후세에 이름이 남을 것을 알았네.
登車何時顧.	수레에 올라 뒤돌아볼 틈도 없이,
飛蓋入秦庭.	나는 듯한 수레 진(秦)의 조정으로 들어간다.
凌厲越萬里,	치달리며 만리 길을 넘어가고,
逶迤過千城.	돌고 돌아 천 개의 성을 지났다.
圖窮事自至,	지도가 다 펴지자 일이 저절로 드러나,
豪主正怔營.	호걸스런 임금도 정녕 겁에 질렸구나.
惜哉劍術疎,	애석하다! 검술의 서투름이여,
奇功遂不成.	기이한 공을 끝내 이루지 못했구나.
其人雖已沒,	그 사람 비록 벌써 죽었으나,
千載有餘情.	천년이 지나도록 많은 느낌이 있구나.

이 시는 「두 소씨를 노래함」과 마찬가지로 진이 망하고 송이 들어
선 이듬해인 421년에 지은 것으로, 유유가 공제(恭帝)를 시해한 사건
과 관련이 있다. 첫 연의 '강한 진(秦)'은 유유의 송(宋)을 암시하고

있다. 찬탈자인 유유에 대한 강한 저항감과 비판의식을 암시적으로 드러내고 있다.

형가는 자신을 알아주었던 연나라 태자 단을 위해 진(秦)에 복수하고자 목숨을 초개와 같이 던졌다. 그의 의협은 불의의 왕조 교체를 목도한 도연명에게 더욱 의미 있게 여겨졌다. 죽을 것을 알면서도 옳다고 생각하는 일에 기꺼이 몸을 던진 형가의 기백은, 만난을 감수하면서 지조를 유지했던 도연명과 통한다. 도연명이 「『산해경』을 읽고서」 제10수에서 정위(精衛)와 형천(刑天)의 기상을 높였던 것도 이러한 이유에서이다. 목숨을 돌보지 않고 의(義)를 위해 죽은 형가같은 사람이 없는 현실에 대한 개탄이 마지막 구의 "천년이 지나도록 많은 느낌이 있구나."에 집약되어 있다. 역사 사실을 끌어다 생동감 있게 형상화시켜 현실을 풍자한 점에서, 뛰어난 영사시로 평할 만하다.

도연명은 영사시를 통하여, 옛 빈사들이 굳게 지켰던 곤궁의 절개를 칭송함으로써 자신의 절개를 강화하였고, 시사(時事)에 대한 감회를 역사적 인물이나 사건을 빌어 표현함으로써 불의의 현실에 대해 비판하였다. 앞에서 살핀 영회시에서와 마찬가지로, 현실에 대한 끊이지 않는 관심이 도연명 영사시의 원천이었다. 즉 「가난한 선비를 노래함」에서는 빈사들을 추모하고 기림으로써 왕조 교체기에 권세와 이익을 좇아 절개를 돌아보지 않는 이들을 비판하는 뜻을 기탁하였고, 「두 소씨를 노래함」, 「세 좋은 신하를 노래함」, 「형가를 노래함」 등에서는 왕조 교체의 혼란 속에서 일어난 불의의 사건들을 보고 그 불의(不義)를 드러내었다. 황문환(黃文煥)이 「세 좋은 신하를 노래함」

과 「형가를 노래함」을 평하여, "왕조가 바뀌고 임금이 시해되는데, 죽어서 은혜를 갚은 것이 삼량(三良) 같은 이들이 있었는가. 그런 사람 없었다. 살아서 원수를 갚은 것이 형가 같은 이가 있었는가. 또한 그런 사람 없었다. 이는 옛날을 조의(弔意)하는 마음으로 지금을 가슴아 파하는 눈물을 뿌리고 있는 것이다.(祚移君弑, 有死而報恩, 如三良者乎. 無人矣. 有生而報讐, 如荊軻者乎. 又無人矣. 此則以弔古之懷, 灑傷今之淚也.)"[133]라고 하였듯이, 도연명은 불의의 현실을 가슴 아파하는 지식인으로서의 책임감을 잃지 않았다.

5. 교유시(交遊詩)

혼란한 시기에는 교제의 도리도 쇠퇴하여 일신의 영달을 위하여 친구 간에 의리를 저버리는 일이 많았다. 지조를 중시하였던 도연명은 이러한 일들을 겪으면서 교유에 있어서 가져야 할 태도를 분명히 하였다. 「귀거래사」에서 "돌아가리라. 교제를 그만두고 어울림을 끊자. 세상이 나와 어긋났는데 다시 수레를 타고 나가 무엇을 구하겠는가.(歸去來兮. 請息交以絶遊. 世與我而相違, 復駕言兮焉求.)"라고 읊었는데, 이는 뜻에 맞지 않는 교제에 대한 결연한 단절을 선언한 것이다.

도연명의 시에는 당시 사람들과 교유하면서 화답(和答)한 작품들

---

[133] 도주(陶澍), 위의 책 권4, p.20.

이 적지 않다. 이러한 시들을 통해, 도리에 어긋나지 않는 교제에 있어서는 그 대상에 제한을 두지 않았음을 살필 수 있으니, 당시의 은자들이나 농부는 물론이고 관직에 있는 이들과도 교제를 유지하였다. 도연명의 분명한 교유 태도에서 그의 지조를 살필 수 있고, 제한을 두지 않은 교유 대상에서 그의 아량을 느낄 수 있다. 도연명의 교유시에 나타나는 내용을 교유 태도와 교유 대상으로 나누어 살펴본다.

1) 교유 태도

도연명은 교제에서 담백함, 충후함, 진지함을 중요한 가치로 강조하였다. 이는 이해득실을 따지며 이러한 덕목을 아랑곳하지 않는 세태에 대한 풍자를 담고 있다.

장자는 말하기를, "군자의 교제는 담백(淡白)한 것이 물과 같고 소인의 교제는 달콤한 것이 단술과 같다. 군자는 담백함으로 교제하기 때문에 가까워지고 소인은 달콤함으로 교제하기 때문에 끊어진다.(君子之交淡若水, 小人之交甘若醴. 君子淡以親, 小人甘以絶.)"[134]라고 하였다. 도연명도 교제에서 담백함을 중시하여, 「독사술(讀史述)·관포(管鮑)」에서는 관중(管仲)과 포숙아(鮑叔牙)의 교제에 대하여 다음과 같이 칭송하였다.

---

[134] 『장자(莊子)·산목(山木)』

사람을 알아보기 쉽지 않고, 서로를 알아줌은 진실로 어렵다. 담백하게 처음의 사귐을 잘 해도 이해 때문에 어려운 때에는 어그러진다. 관중이 자기 마음대로 했어도 포숙아는 항상 마음을 편히 하였다. 특별한 우정은 두 사람 다 진실되었고 아름다운 이름 모두 완전하였다.(知人未易, 相知實難. 淡美初交, 利乖歲寒. 管生稱心, 鮑叔必安. 奇情雙亮, 令名俱完.)

도연명은 이해를 초월하는 담백한 교제를 바랐지만 현실에서 그러한 교제를 얻을 수 없었다.[135] 위의 글에서 도연명은 옛날에 관중과 포숙아가 이해를 초월하였기 때문에 교제가 담백할 수 있었으며, 따라서 어려운 시기에도 어긋남 없이 우정이 지속될 수 있었음을 칭송하였다.

도연명이 또 강조한 교제의 덕목은 충후함이다. 「고시에 의작함」 제1수에서는, 세상이 야박해져 교제의 도리가 쇠퇴하였음을 탄식하면서 다음과 같은 충후(忠厚)한 교제를 강조하였다.

榮榮窓下蘭,   무성한 창 아래 난초요,

---

[135] 도연명의 시에는 지기(知己)를 만나지 못함을 가슴아파 하는 내용이 많다. 「잡시雜詩」 제2수에서는, "말하려고 하여도 나와 맞는 이 없어, 잔 비우고 외로운 그림자에게 권한다.(欲言無予和, 揮杯勸孤影.)"라고 하였고, 「가난한 선비를 노래함詠貧士」 제1수에서는, "날 알아 줄이 진실로 존재하지 않으니, 그만이로다. 무엇을 슬퍼하리오.(知音苟不存, 已矣何所悲.)"라고 탄식하였다. 이런 까닭으로 「도화원시桃花源詩」에서는, "바라건대 가벼운 바람 타고서, 높이 날아 나와 뜻 맞는 이 찾으리.(願言躡輕風, 高擧尋吾契.)"라고 하여 현실을 벗어나 이상향(理想鄕)의 사람들과의 순박한 교제가 이루어지기를 환상하기도 하였다.

密密堂前柳.	빽빽한 집 앞의 버들이로다.
初與君別時,	전에 그대와 헤어질 때는,
不謂行當久.	떠나서 오래 있겠다고 하지 않았지.
出門萬里客,	문을 나서 만리길 가는 나그네가,
中道逢嘉友.	중도에 좋은 친구를 만났네.
未言心先醉,	말도 하기 전에 마음이 먼저 취했는데,
不在接杯酒.	한 잔의 술을 같이 들어서가 아니었다.
蘭枯柳亦衰,	난초는 마르고 버들도 시들어,
遂令此言負.	마침내 이 말을 저버리게 하였구나.
多謝諸少年,	간절히 여러 젊은이들에게 말하노니,
相知不忠厚.	벗은 충후해야 하지 않겠는가.
意氣傾人命,	뜻이 맞아 목숨도 바칠 듯하니,
離隔復何有.	(옛 친구와) 헤어짐에 또한 무슨 어려움이 있겠는가.

「고시에 의작함」 9수는 진(晉)이 망한 다음해(421년)에 지어진 연작시로, 왕조 교체의 감개가 그 주제이다. 위의 시는 그 첫 수로, 도연명은 평소에 교제하던 사람들이 새 왕조에 붙어 충후의 도리를 저버린 것을 질타하고 있다. 난초처럼 향기롭고 버들처럼 긴밀한 교제를 기대하였던 시인은 "난초는 마르고 버들도 시들어, 마침내 이 말을 저버리게 한" 친구의 변절에 상심하고 있다. 마지막 연에서는 교제에 충후함을 지키지 못하고 쉽게 이별하는 경박한 세태를 풍자하고 있다.

다음으로 도연명은 교제에 있어서 진지한 정을 중시하였다. 「은진

안(殷晉安)과 헤어짐[與殷晉安別]」에서, "함께 노닐고 좋아하기 오래 한
것도 아닌데 한번 만남에 은근한 정을 다하였다.(遊好非久長, 一遇盡殷
勤.)"라고 하여, 교제하는 사람들과 나누는 진지한 정을 보이고 있다.
은진안[殷晉安: 은경인(殷景仁)]은 도연명이 46세에 남촌으로 이사하여
이웃으로 사귀게 된 친구인데, 만나자마자 뜻이 통하여 진지한 정을
나눌 수 있었음을 밝히고 있다. 다음에 살필 「방참군(龐參軍)에게 주
는 답시[答龐參軍]」에서도, 교제에서 진지한 정을 갖게 되는 것은 교제
의 시간이 문제가 아니고 서로 뜻이 통하는 정도에 달려 있음을 강
조하였다.

「서문」
보내 주신 시를 세 번이나 반복해 읽었는데 그만두려 해도 그만둘 수 없
었습니다. 이웃이 된 이후로 겨울과 봄을 두 차례 만났는데 정답게 잘 지
내다 보니 홀연 오래 사귄 사이같이 되었습니다.…(三復來貺, 欲罷不能. 自
爾隣曲, 冬春再交, 款然良對, 忽成舊游.…)

相知何必舊,	서로 아는데 어찌 꼭 오랜 세월이 필요하겠소,
傾蓋定前言.	수레 덮개 기울였던 일이 바로 옛날에 있던 말이지.
有客賞我趣,	손님이 나의 취향을 좋아하여,
每每顧林園.	매번 동산으로 찾아왔지.
談諧無俗調,	담소가 어우러져도 속된 가락 없고,
所說聖人篇.	나누는 말은 성인의 글들이었지.

或有數斗酒,	혹시 몇 말의 술이 생기면,
閒飮自歡然.	한가로이 마시면서 절로 즐거워하였다.
我實幽居士,	나는 실로 은거해 사는 이라서,
無復東西緣.	다시 동서로 나다닐 인연이 없다오.
物新人唯舊,	물건은 새로워야 하지만 사람은 오랜 친구뿐이라고,
弱毫多所宣.	글로 많이 말했던 것이지.
情通萬里外,	마음은 만 리 밖까지 통하지만,
形跡滯江山.	몸과 자취는 강산으로 막히게 되었네.
君其愛體素.	그대여 바라건대 몸조심하소서.
來會在何年.	다음 만남은 언제쯤이나 될까.

서문의, "이웃이 된 이후로 겨울과 봄을 두 차례 만났는데 정답게 잘 지내다 보니 홀연 오래 사귄 사이같이 되었습니다."나 첫 연의 "서로 아는데 어찌 꼭 오랜 세월이 필요하겠소, 수레 덮개 기울였던 일이 바로 옛날에 있던 말이지."라는 표현에서, 방참군과는 얼마 되지 않은 사귐이지만 뜻이 맞아 좋은 친구가 되었음을 알 수 있다. '수레 덮개 기울였던 일(傾蓋)'은 공자가 담(郯)에서 정자(程子)를 만났던 고사[136]로, 처음 만나서 뜻이 맞는 것을 가리킨다. 둘째 연에서는, "손님이 나의 취향을 좋아하여, 매번 동산으로 찾아왔었지."라고 하여 취향을 같이 하였기 때문에 자주 어울렸음을 밝히고, 또 담소가 속되

---

[136] 『공자가어(孔子家語) · 치사(致思)』

지 않았고 함께 글을 이야기하고 술을 즐겼다고 하였다. 마지막 연의 몸조심하라는 당부와 다음 만남에 대한 기대에서, 친구에 대한 진지한 정을 느낄 수 있다.

위의 두 시에서 살핀 은진안, 방참군 등과 이웃하여 살게 된 초기의 심정을 읊은 시에 「이사移居」 2수가 있다. 이 두 수의 시에는 이상에서 살핀 담박함, 충후함, 진지함 등 도연명의 교유 태도가 잘 드러나 있다. 먼저 제1수를 살펴본다.

昔欲居南村,	옛날에 남촌에서 살고 싶어했던 것은,
非爲卜其宅.	택지를 점쳐서가 아니었다.
聞多素心人,	소박한 마음의 사람들이 많다고 들어,
樂與數晨夕.	아침저녁으로 자주 만나 어울리고 싶어서였다.
懷此頗有年,	이 마음을 먹은 지 꽤 여러 해 지나,
今日從玆役.	오늘에야 이 일을 하게 되었다.
弊廬何必廣.	보잘것없는 집 어찌 넓을 필요 있겠는가.
取足蔽牀席.	침상과 자리 덮으면 만족을 얻는다.
隣曲時時來,	이웃들 때때로 찾아와서,
抗言談在昔.	얼굴을 마주하고 옛날의 일 담론한다.
奇文共欣賞,	기묘한 문장을 함께 감상하고,
疑義相與析.	의심나는 글 뜻을 서로 풀어 본다.

남촌(南村)에 이사하여 소박한 마음을 가진 사람들과 수시로 만나

옛일을 이야기하고 글을 논하는 즐거움을 묘사하고 있다. 평소에 이러한 교유를 갈망하였기에 택지(宅地)의 길흉(吉凶)이나 집의 대소(大小)는 안중에 없다. '소박한 마음의 사람들〔소심인(素心人)〕'은 도연명이 항상 교제하고 싶었던 사람들이었기 때문에, 이사하게 되었을 때 기꺼이 남촌을 택한 것이다. 공자가, "마을은 인후한 것이 아름답다. 마을을 택하는데 인후한 곳을 골라 살지 않는다면 어떻게 지혜로울 수 있겠는가.(里仁爲美, 擇不處仁, 焉得知.)"[137]라고 했던 지혜로움이나, 『좌전(左傳)』에 보이는, "택지를 점칠 것이 아니라, 이웃을 점쳐야 한다.(非宅是卜, 唯隣是卜.)"[138]는 가르침이 드러난 시이다. 마지막 연의 "기묘한 문장을 함께 감상하고, 의심나는 글 뜻을 서로 풀어 본다."는 말은 공자가 일컬은, "군자는 글로 벗을 모으고, 벗으로 인을 돕는다.(君子, 以文會友, 以友輔仁.)"[139]는 말을 연상시킨다. 남촌에서 도연명은 뜻이 통하는 벗들과 글을 논하며 탁마상성(琢磨相成)해 가는 즐거움을 누릴 수 있었다.

「이사移居」제2수에서는, 봄가을의 좋은 계절에 농사의 한가한 틈을 타서 서로 만나 술 마시고 시 지으며 담소하는 즐거움과, 열심히 농사지으면서 이 교제의 즐거움이 계속되기를 바란다는 소박한 바람을 표현하고 있다.

---

[137] 『논어(論語) · 이인(里仁)』
[138] 『좌전(左傳) · 소공(昭公) · 3년』
[139] 『논어(論語) · 안연(顔淵)』

春秋多佳日,	봄가을엔 좋은 날이 많아,
登高賦新詩.	높은 곳에 올라 새로운 시를 짓는다.
過門更相呼,	문에 들러 번갈아 불러서는,
有酒斟酌之.	술이 있으면 잔에 따라 권한다.
農務各自歸,	농사일로 각자 돌아갔다가,
閒暇輒相思.	한가한 틈에는 문득 서로 생각한다.
相思則披衣,	생각나면 옷 걸치고 찾아가,
言笑無厭時.	담소함에 싫증날 때가 없다.
此理將不勝,	이러한 이치를 장차 이루다 누릴 수 없으리니,
無爲忽去玆.	갑자기 이곳을 떠나지 말지어다.
衣食當須紀,	입고 먹는 것 마땅히 경영해야 할 것이니,
力耕不吾欺.	힘써 짓는 농사가 나를 저버리지 않으리.

농사일이 바쁠 때에는 각자 열심히 일하고, 한가해지면 만나고 싶은 생각이 들어 옷 걸치고 찾아가는 정을 그리고 있다. 평범한 일상생활 속에서 나누는 순수하고 진지한 교제의 즐거움이 넘친다. 그 즐거움은 바로 도연명이 추구한 담백하고 충후하고 진지한 정을 나눌 수 있었기에 가능하였다. "이러한 이치를 장차 이루다 누릴 수 없으리니, 갑자기 이곳을 떠나지 말지어다."라고 한 말에서 이러한 교제의 즐거움이 계속되기를 바라는 간절한 심정이 드러나 있다.

2) 교유 대상

　도연명의 교유 대상은 다양하였다. 옛 사람, 관리, 은자, 농부 등 담백하고 소박한 마음을 가진 이라면 누구든지 선입견 없이 교제하였다. 유형에 따라 다음의 네 가지로 나누어 살필 수 있다.

　첫째, 역사상 훌륭한 인격의 소유자들과 상우(尚友)를 추구하여 그들의 품덕과 절개를 배우고자 하였다. 「계묘년 12월 중에 지어 사촌 동생 경원(敬遠)에게 줌癸卯歲十二月中作與從弟敬遠」에서는, "천년 동안의 책을 두루 살피다가, 때때로 남겨진 업적을 본다.(歷覽千載書, 時時見遺烈.)"라고 하여 책을 통해 옛 사람과 교유하고자 하였고, 「가난한 선비를 노래함」 제2수에서는, "무엇으로 내 마음을 달랠 것인가. 옛날에 그런 현자 많았음에 위안한다.(何以慰吾懷, 賴古多此賢.)"라고 하여 옛 사람의 지혜로움에서 위안받고자 하였다. 특히 왕조가 바뀌는 혼란하고 위태로운 시대에 자신의 인격을 잃지 않았던 은(殷), 주(周) 교체기의 백이·숙제나 주(周), 진(秦), 한(漢) 교체기의 상산사호(商山四皓)에 대한 경도가 심하였다. 그들과는 처한 상황과 지닌 마음가짐이 비슷했기 때문이다.

　도연명의 백이·숙제에 대한 기림과 사모는 절대적이었다. 백이·숙제는 「채미가(采薇歌)」를 지어, 무왕(武王)의 은(殷) 정벌에 대해 폭력으로 포악을 바꾸는 일이라고 비난하면서 굶어 죽는 길을 택하였다.[140] 그들의 굳은 절개는 도연명의 가치관에 큰 영향을 끼쳤다. 「고시에 의작함」 제8수에서, "배고프면 수양산(首陽山)의 고사리를 뜯어먹고, 목마르면 역수(易水)의 흐르는 물 마셨다.(飢食首陽薇, 渴飲易水流.)"라고 하였듯이, 도연명은 힘든 고비에서 백이·숙제를 연상하고 힘을 얻었다. 걸식할 정도로 기한에 고통 받던 노년에, 그것도 굶은 지 여러 날이 되어 병까지 든 상황에서도 단도제(檀道濟)가 보낸 많은 선물을 물리친 일화[141]는 백이·숙제의 "굶어 죽어도 신경 쓰지 않던(餓死而不顧)"[142] 고집에 못지않다.

「독사술(讀史述)·이제(夷齊)」에서는 다음과 같이 백이·숙제를 기리고 있다.

두 사람은 나라를 양보하고 함께 바닷가로 가서, 하늘과 사람 모두 명이 바뀔 때 궁벽한 곳에 모습을 감추었다. 고사리 뜯으며 크게 노래하고 개탄하며 황제와 순임금 생각하였다. 곧은 기풍은 세속을 초월하여 나약한 사람까지 감동시킨다.(二子讓國, 相將海隅, 天人革命, 絶景窮居, 采薇高歌, 慨想

---

[140] "저 서산(西山)에 올라 고사리를 뜯는다. 폭력으로 포악을 바꾸면서 그 잘못을 알지 못하는구나. 신농씨(神農氏), 순(舜)임금, 우(禹)임금, 홀연 돌아가셨으니, 나는 어디로 가야 하나. 아 떠나리니, 천명이 쇠약해졌구나.(登彼西山兮, 采其薇矣. 以暴易暴兮, 不知其非矣. 神農虞夏, 忽焉沒兮, 我安適歸矣. 于嗟徂兮, 命之衰矣.)"

[141] 소통, 「도연명전」, "강주자사 단도제가 그를 찾아가 문안을 하였는데 자리에 누워 야위고 굶주린 지가 여러 날이 되었다. 단도제가 말하기를, '현자가 세상을 살아감에, 천하에 도가 없으면 은둔하고 도가 있으면 이른다고 하였는데, 지금 그대는 밝은 세상에 살면서 어찌하여 스스로 괴롭히기를 이와 같이 하십니까?'라고 하니 대답하기를, '제가 어찌 감히 현자이기를 기대하겠습니까? 뜻이 미치지 못합니다.'라고 하였다. 단도제가 양식과 고기를 보내 주었으나 손을 내저어 물리쳤다.(江州刺史檀道濟往候之, 偃臥瘠餒有日矣. 道濟謂曰, 賢者處世, 天下無道則隱, 有道則至, 今子生文明之世, 奈何自苦如此. 對曰, 潛也何敢望賢. 志不及也. 道濟饋以粱肉, 麾而去之.)"

[142] 한유(韓愈), 「백이송(伯夷頌)」

黃虞. 貞風凌俗, 爰感懦夫.)

　첫 두 구를 제외하면 도연명 자신을 읊고 있다는 착각이 들 정도이다. 따라서 이렇게 선을 쌓고 의를 행했던 백이·숙제가 굶어 죽은 비극이 도연명을 괴롭혔다. 「술을 마시며」 제2수에서는, "선한 일 많이 하면 보답이 있다는데, 백이·숙제는 서산에서 살았다. 선과 악이 진실로 보답 받지 못한다면, 무슨 일로 부질없이 그런 말을 내세웠나.(積善云有報, 夷叔在西山. 善惡苟不應, 何事空立言.)"라고 하였고, 「선비가 때를 만나지 못한 것에 느낌을 받은 부」에서는 "백이는 늙도록 내내 굶주렸고, 안회는 일찍 죽었으며 또 가난하였다.(夷投老以長飢, 回早夭而又貧.)"라고 하여 의인(義人)이 인정받지 못하는 세상을 개탄하였다. 결국 백이·숙제에 대한 칭송과 연민은 도연명 자신에 대한 자부와 연민의 투영이라고 할 수 있다.

　주(周), 진(秦), 한(漢) 교체기에 혼란을 피해 살며 결백을 지켜 나갔던 상산사호(商山四皓)에 대한 칭송도 백이·숙제에 대한 칭송과 같은 맥락이다. 「양장사(羊長史)에게 증정함」에서, "가는 길이 만약 상산(商山)을 경유한다면, 나를 위해 잠시 걸음을 멈추어 주오. 기리계(綺里季)와 녹리(甪里)께 잘 안부 드리고, 혼백은 지금 어떠신지 물어 주오.(路若經商山, 爲我少躊躇. 多謝綺與甪, 精爽今何如.)"라고 읊은 애착이나 「선비가 때를 만나지 못한 것에 느낌을 받은 부」에서, "백이와 상산사호가 '어디로 갈 것인가'라는 탄식을 하였고 굴원이 '그만이로다.'라는 슬픔을 발하였던 것이다.(夷皓有安歸之嘆, 三閭發已矣之哀.)"라고 읊은 연민이 진송 교체기의 혼란 속에서 살았던 도연명에게는 절실한 자신의 처지였다.

도연명은 노년에 갈수록 더욱 빈곤하여졌다. 62세에 지은 「깨달음이 있어서 지음」에서 "배고픔은 삼순구식에 버금가고, 더운 철을 당해도 겨울 옷 질리게 입는다.(怒如亞九飯, 當暑厭寒衣.)"라고 하였고, 비슷한 시기에 지은 「걸식」에서는 "굶주림이 와서 나를 몰아대나, 끝내 어디로 가야 할지 모르겠다. 걷고 걸어 이 마을에 이르러서, 문을 두드리고는 말을 더듬는다.(飢來驅我去, 不知竟何之. 行行至斯里, 叩門拙言辭.)"라고 하였듯이 결국은 굶주림에 쫓겨 구걸에 나서기까지 하였다. 백이·숙제같은 절개를 가졌던 도연명의 심정이 어떠했을지 짐작이 간다. 이렇게 어려운 시절에 도연명은 옛날에 어렵게 살았던 빈사들에게 관심이 기울었고, 그들이 기한에도 변함없이 자신의 도를 지켰던 것을 보고 더욱 그들을 높였다. 「가난한 선비를 노래함」 제1수에서 읊은, "제 힘을 헤아려 옛 길을 지켜 가니, 어찌 춥고 배고프지 않으리오.(量力守故轍, 豈不寒與飢.)"는 기한에도 옛 길을 지켜가겠다는 다짐이며, "날 알아 줄 이 진실로 존재하지 않으니, 그만이로다. 무엇을 슬퍼하리오.(知音苟不存, 已矣何所悲.)"는 현실에 지음(知音)이 존재하지 않는다는 탄식이자, 뒤에 읊는 빈사들이 시대를 초월한 지음(知音)일 수밖에 없다는 복선(伏線)이 되고 있다. 즉 제1수는 빈사(貧士)와의 상우(尙友)를 추구하여 옛날의 절의 있던 빈사들을 읊겠다는, 「가난한 선비를 노래함」 일곱 수의 서문이 되는 시이다. 제2수에서는 이 뜻을 이어 "무엇으로 내 마음을 달랠 것인가. 옛날에 그런

현자 많았음에 위안한다.(何以慰吾懷. 賴古多此賢.)"라고 상우의 뜻을
구체화하고 있다.

　제3수에서부터 제7수에 이르기까지, 기한에도 변함없이 자신의
도를 지켜나갔던 일곱 명의 옛 빈사를 읊었다. 제3수에서는 공자에
게 '삼락(三樂)'을 설파했던 영계기(榮啓期)[143]와, 부유했던 자공(子貢)
을 깨우쳤던 원헌(原憲)[144]에 대해, "어찌 가벼운 갖옷 입는 것 모르
리오만, 구차히 얻는 것은 바라는 바 아니었다.(豈忘襲輕裘, 苟得非所
欽.)"라고 칭송하였다. 제4수에서는 공자와 같은 시대에 살았던 검루

---

[143] 『열자(列子)·천서(天瑞)』, "공자가 태산(泰山)을 유람하다가 성(郕) 땅의 들을 지나는 영계
기를 만났는데, 남루한 갖옷에 새끼로 허리를 두르고 거문고를 연주하면서 노래부르고 있
었다. 공자가, '선생이 즐거워하는 것은 무엇입니까?'라고 물으니 대답하기를, '내가 즐거워
하는 것은 매우 많습니다. 하늘이 만물을 내면서 오직 사람이 귀한데 나는 사람이 될 수 있
었으니, 이것이 첫번째 즐거움입니다. 남녀의 구별은 남자가 높고 여자가 낮아 남자를 귀하
게 여기는데 나는 이미 남자가 될 수 있었으니, 이것이 두번째 즐거움입니다. 사람이 태어나
서 해와 달도 보지 못하고 강보에 싸인 채 죽는 사람이 있는데 나는 이미 90을 살았으니, 이
것이 세번째 즐거움입니다.'라고 하였다.(孔子遊於太山, 見榮啓期行乎郕之野, 鹿裘帶索, 鼓琴而歌.
孔子問曰, 先生所以樂, 何也, 對曰, 吾樂甚多. 天生萬物, 唯人爲貴, 而吾得爲人矣, 是一樂也. 男女之別,
男尊女卑, 故以男爲貴, 吾旣得爲男矣, 是二樂也. 人生有不見日月, 不免襁褓者, 吾旣已行年九十矣, 是三樂
也.)"

[144] 『사기(史記)·중니제자열전(仲尼弟子列傳)』, "공자가 세상을 떠나자 원헌은 마침내 초야로 물
러났다. 자공이 위나라에 재상으로 있었는데, 사마(四馬)의 수레가 연이어진 채 명아주를
밀치며 궁벽한 마을로 원헌을 방문하였다. 원헌이 해진 의관을 입고 자공을 맞이하자, 자공
이 그것을 부끄럽게 여기면서 말하기를, '그대는 어찌 이렇게 곤고(困苦)하십니까?'라고 하
였다. 원헌이 말하기를, '내가 듣기에, 재물이 없는 것을 가난하다고 하고 도를 배우고서 제
대로 실천하지 못하는 것을 곤고하다고 한다고 하오. 나 같은 경우는 가난한 것이지 곤고한
것이 아니오.'라고 하였다. 자공은 부끄러워져 불편해 하면서 돌아갔고, 종신토록 그때 한
말이 잘못되었던 것을 부끄러워하였다.(孔子卒, 原憲遂亡在草澤中. 子貢相衛, 而結駟連騎, 排藜藋
入窮閻, 過謝原憲. 憲攝敝衣冠見子貢, 子貢恥之曰, 夫子豈病乎! 原憲曰, 吾聞之, 無財者, 謂之貧, 學道而
不能行者, 謂之病. 若憲, 貧也, 非病也. 子貢慙, 不懌而去, 終身恥其言之過也.)"

(黔婁)를 기리고 있다. "아침에 인의(仁義)와 더불어 살았으니, 저녁에 죽은들 다시 무엇을 구하리오.(朝與仁義生, 夕死復何求.)"라고 하여, 공자가 말한 "아침에 도를 들으면 저녁에 죽어도 좋다.(朝聞道, 夕死, 可矣.)"[145]는 경지에 이르렀음을 인정하고 있다. 제5수에서는 빈부에 초연했던 원안(袁安)과 완공(阮公)에 대해, "빈천과 부귀가 항상 서로 싸우나, 도(道)가 이기니 근심하는 빛이 없었다.(貧富常交戰, 道勝無戚顏.)"라고 하여, 역시 그들의 안빈낙도했던 점을 높이고 있다. 제6수에서는 한대(漢代)의 장중울(張仲蔚)을 칭송하여, "굳건히 자기 일에 편안하여, 즐기는 것이 곤궁이나 영달이 아니었다.(介焉安其業, 所樂非窮通.)"라고 하면서 "나 또한 세상일에 진실로 서투르니, 그저 이런 사람과 길이 상종할 수 있었으면.(人事固以拙, 聊得長相從.)"이라고 읊어 그들의 청빈(淸貧)과 기개를 본받고자 하였다.

제7수에서는, 벼슬길에 나섰다가 하루아침에 사직하고 청빈함을 지켰던 황자렴(黃子廉)을 기린 뒤, 마지막 연에서 "누가 곤궁에 굳센 절개가 어렵다고 하였는가, 멀리 이 선현(先賢)들이 있는데.(誰云固窮難, 邈哉此前修.)"라고 마무리지었다. 도연명은 이런 사람들과 상우(尙友)하면서 평생 자신의 절개를 한결같이 할 수 있었다.

둘째, 자신이 은거한다고 하여 벼슬에 있는 이들을 무조건 배척하지는 않았다. 각자의 입장에 따라 벼슬하고 은거하는 것에 대한 선

---

[145] 『논어(論語) · 이인(里仁)』

택을 존중하여 관리들과도 진지한 정을 나누었다. 이는 도연명이 벼슬살이와 은거에 대한 갈등을 겪은 이후, 각자의 가치관과 입장에 따른 선택에 대해 '무가무불가(無可無不可)'의 태도를 지녔기 때문이다.[146] 다음의 구절들에 도연명의 이러한 태도가 잘 나타나 있다.

良才不隱世,	훌륭한 인재는 세상에서 숨지 않으나,
江湖多賤貧.	강호에 사는 나는 빈천함이 많도다.

「은진안(殷晉安)과 헤어지며(與殷晉安別)」

或擊壤以自歡,	어떤 사람은 (은거하여) 양(壤)을 두드리며 스스로 즐기고,
或大濟于蒼生.	어떤 사람은 크게 창생(蒼生)을 구제하기도 한다.
靡潛躍之非分,	은거하고 벼슬함이 각자의 분수 아님이 없어,
常傲然以稱情.	항상 득의(得意)하여 제 뜻에 맞게 산다.

「선비가 때를 만나지 못한 것에 느낌을 받은 무士不遇賦」

---

[146] 소식(蘇軾)은 「서이간부시집후(書李簡夫詩集後)」에서, 도연명이 공자(孔子)의 '무가무불가(無可無不可)'를 실천하였음을 칭송하여, "도연명은 벼슬하고 싶으면 벼슬하여 구하는 것을 혐의로 여기지 않았고, 은거하고 싶으면 은거하여 떠나는 것을 고상으로 여기지 않았다. 배고프면 남의 문을 두드려 걸식하였고, 넉넉하면 닭 잡고 밥을 지어 손님을 초대하였다. 옛날이나 지금이나 그를 훌륭하게 여기는 것은 그 진솔함을 높이 여기기 때문이다.(陶淵明欲仕則仕, 不以求之爲嫌, 欲隱則隱, 不以去之爲高. 飢則叩門而乞食, 飽則鷄黍而迎客, 古今賢之, 貴其眞也.)"라고 하였다.

한 가지 기준을 고집하여 남을 평가하는 속인들과는 다른 도연명
의 '무가무불가'의 자세를 확인할 수 있다. 즉 자신이 은거한다 하여
관직에 나선 이들을 무조건 비판하지는 않았다. 남촌에 이사하여 사
귀게 된 은경인(殷景仁)이 태위(太尉)의 참군(參軍)이 되어 동쪽으로
이사하게 되었다. 이에 작별을 아쉬워하는 마음으로 지어 준 시가
「은진안(殷晉安)과 헤어짐與殷晉安別」이다.

「서문」

은경인(殷景仁)이 전에 진안(晉安)의 남부군(南府郡)에서 장사(長史)라는
속관이 되었는데 그로 인해 심양(潯陽)에 살게 되었다. 뒤에 태위의 참군
이 되어 집을 옮겨 동쪽으로 내려가게 되어 이 시를 지어 준다.(殷先作晉安
南府長史掾, 因居潯陽. 後作太尉參軍, 移家東下, 作此以贈.)

遊好非久長,	함께 노닐고 좋아하기 오래 한 것도 아닌데,
一遇盡殷勤.	한번 만남에 은근한 정을 다하였다.
信宿酬淸話,	이틀을 함께 자며 고상한 대화 나누니,
益復知爲親.	더더욱 가까워짐을 알겠다.
去歲家南里,	지난해 남쪽 마을에 살게 되어,
薄作少時隣.	잠시 짧은 동안 이웃이 되었었지.
負杖肆游從,	지팡이 메고 마음대로 어울리고,
淹留忘宵晨.	함께 머무르며 밤인지 낮인지도 잊었다.
語黙自殊勢,	나서는 것과 머무는 것이 자연 형편이 달라,

亦知當乖分,	역시 어긋나 헤어질 것을 알고 있었지만,
未謂事已及,	일이 벌써 닥쳐와,
輿言在妓春.	이 봄에 떠날 줄은 생각지 못하였다.
飄飄西來風,	표연히 서쪽에서 오는 바람에,
悠悠東去雲.	유유히 동쪽으로 가는 구름이구나.
山川千里外,	산천이 천리나 되는 밖에서,
言笑難爲因.	이야기하고 웃는 일 계속하기가 어렵겠구나.
良才不隱世,	훌륭한 인재는 세상에서 숨지 않으나,
江湖多賤貧.	강호에 사는 나는 빈천함이 많도다.
脱有經過便,	혹시 지나가는 기회 있거든,
念來存故人.	생각해서 친구를 찾아 주오.

은경인은 오래 사귄 친구는 아니지만 만나면서부터 뜻이 맞아 함께 밤을 지내며 담론하기도 하였다. 한 사람은 관직에 몸담아 있고 한 사람은 은거해 살아가니 헤어질 수밖에 없음을 알고 있었지만, 막상 헤어지게 되자 그 아쉬움을 "일이 벌써 닥쳐와, 이 봄에 떠날 줄은 생각지 못하였다."라고 하였다. 다음 연의 "표연히 서쪽에서 오는 바람에, 유유히 동쪽으로 가는 구름이구나."라고 한 구절은 이별에 임해 느끼는 감정을 홀연히 부는 바람과 정처 없이 떠가는 구름에 의탁한 표현이다. 마지막 연에서, 벼슬길에 나서는 친구와 그 동안 나눴던 진지한 정을 간직한 채 훗날의 재회를 기대하는 것으로 마무리하였다. 뒤에서 살필 「주속지(周續之)·조기(祖企)·사경이(謝景夷)

세 사람에게 보임示周續之祖企謝景夷三郎」이라는 시에 보이는 은근한 풍자와는 달리 벼슬하는 사람으로서의 은경인에게 대해서는 "나서 는 것과 머무는 것이 자연 형편이 달라, 역시 어긋나 헤어질 것을 알 고 있었다."라고 하여 벼슬살이를 비난하는 내용이 없다. 주속지(周 續之)를 풍자한 것은 그가 '심양삼은(潯陽三隱)'으로 칭해질 정도로 은 일을 표방하고 실천했던 인물인데 어느 날 갑자기 자신의 태도를 바 꾸었기 때문이다.

「방참군(龐參軍)에게 주는 답시答龐參軍」는 서문과 6장으로 된 장 편의 사언시(四言詩)이다. 당시에 위군장군(衛軍將軍) 사회(謝晦)의 막 료로 강릉에 있던 방참군이 사회의 명으로 도성에 심부름 가면서 심 양에 들러 도연명을 만났다. 서로 시를 주고받았는데, 친구에 대한 정이 절실하게 표현되어 있다. 서문과 제2장, 제4장, 제6장만을 들어 살펴본다.

「서문」

방(龐)이 위군장군의 참군이 되어, 강릉(江陵)에서 상도(上都)로 심부름가 는 길에 심양에 들렀을 때 시를 받게 되었다.(龐爲衛軍參軍, 從江陵使上都, 過潯陽見贈.)

第二章

人之所寶,　　　　　남들이 보배로 여기는 것은,

尙或未珍.　　　　　오히려 진귀하지 않은 듯하네.

不有同愛,	함께 좋아하는 것이 없는데,
云胡以親.	어떻게 친해지리오.
我求良友,	내가 좋은 벗을 찾던 터에
實覯懷人.	진실로 그리워하던 사람을 만났네.
歡心孔洽,	즐거운 마음 매우 흡족하게도,
棟宇惟隣.	집을 이웃하게 되었지.

第四章

嘉遊未斁,	아름다운 교유가 싫증나지 않았는데,
誓將離分.	장차 헤어지게 되었지.
送爾于路,	길에서 그대를 전송함에,
銜觴無欣.	술잔을 들고도 즐거움이 없었지.
依依舊楚,	그리운, 옛 초 지역[강릉(江陵)]으로 간 그대,
邈邈西雲.	까마득한 서쪽의 구름.
之子云遠,	그대 멀어져 갔으니,
良話曷聞.	훌륭한 말 어느 때나 듣게 될까 했었지.

第六章

慘慘寒日,	매섭게 추운 날,
肅肅其風.	차디차게 부는 바람.
翩彼方舟,	나는 듯이 가는 저 방주(方舟)는,
容裔江中.	강 가운데에서 흔들리네.

勖哉征人,	힘쓸지어다. 길 떠나는 이여,
在始思終.	처음에 끝을 생각할지어다.
敬玆良辰,	이 좋은 때에 조심하여,
以保爾躬.	몸 관리 잘 하시기를.

오언(五言)으로 된 「방참군에게 주는 답시」에서 살폈듯이 방참군은 교유한 지 2년밖에 안된 친구이다. 그러나 그와는 취향이 같았고〔동애(同愛)〕 덕을 좋아하여〔흔덕(欣德)〕 함께 술 마시고 시를 지으면서 즐거운 교제를 가졌다. 이 시는 도연명이 작별에 임해 우정을 담아 지어 준 시이다. 제2장에서는 그와 가까워졌던 까닭을 밝히고 있다. 바로 취향이 같았기 때문이다. 제4장에서는 지난날 방참군이 강릉으로 떠나게 되어 그러한 교제를 나눌 수 없게 되었던 상황을 떠가는 구름에 의탁하여 회상하고 있다. 제6장 후반부의 친구에 대한 격려와 평안을 기원하는 내용에서, 친구에 대한 충후의 정을 확인할 수 있다.

이외에도 당시 관직에 있던 왕홍(王弘), 안연지(顔延之) 등과 교유하였다. 왕홍은 동진 초기의 승상이었던 왕도(王導)의 증손으로, 유유(劉裕)에게 인정받아 송(宋)에 들어와서도 여러 관직을 역임하였다. 그가 무군장군(撫軍將軍)으로 강주자사(江州刺史)를 맡고 있을 때 도연명을 만나려고 찾아갔는데, 도연명은 탐탁하게 여기지 않아 병을 핑계로 만나지 않았다고 한다.[147] 그는 염정(廉正)하고 후덕(厚德)한 인물로 선정을 폈다고 전해지는데, 그가 진지한 마음으로 계속 도연명과의 만남을 바라자 결국 그와 교제하게 된 듯하다. 소통의 「도연명전」에, 왕홍이 도연명의 친구인 방통지(龐通之)에게 부탁하여 도연명과 교제를 맺게 된 경위가 소개되어 있다.[148] 그와 교제하면서 쓴 시로 「왕무군장군(王撫軍將軍)의 좌석에서 객을 전송함於王撫軍座送客」이 있다.

秋日淒且厲,	가을날이 쌀쌀하고 매서워져,
百卉具已腓.	온갖 풀들 모두 벌써 시들었다.
爰以履霜節,	이에 서리 밟는 계절이 되었는데,
登高餞將歸.	높은 곳에 올라서 떠나는 이 전송한다.
寒氣冒山澤,	찬 기운이 산과 늪을 덮었고,
游雲倐無依.	떠가는 구름은 홀연 의지할 곳 없어졌다.
洲渚四緜邈,	모래톱의 물가는 사방으로 아득한데,
風水互乖違.	바람과 물을 따라 서로 헤어지게 되었다.
瞻夕欣良讌,	저녁에 만나 좋은 잔치 즐기나,

147 『진서(晋書)·은일전(隱逸傳)』, "자사 왕홍이 원희(元熙:418-420) 연간에 주(州)를 맡았는데, 도연명을 매우 흠모하였다. 뒤에 직접 찾아갔으나 도연명은 병을 핑계로 만나지 않았다.(刺史王弘, 以元熙中臨州, 甚欽遲之. 後自造焉, 潛稱疾不見.)"

148 "강주자사 왕홍이 그와 알고지내려 하였으나 부를 수 없었다. 도연명이 일찍이 여산(廬山)에 갔는데, 왕홍이 도연명의 친구인 방통지에게 술과 그릇을 가지고 가 중간인 율리(栗里)쯤에서 맞이하도록 하였다. 도연명은 다리 병이 있어 문하생인 두 아이에게 가마를 들도록 하였는데, (율리에) 이르자 즐겁게 함께 술을 마셨다. 얼마 후 왕홍이 이르렀고, 또한 거슬림이 없었다.(江州刺史王弘欲識之, 不能致也, 淵明嘗往廬山, 弘命淵明故人龐通之齎酒具, 於半道栗里之間邀之. 淵明有脚疾, 使一門生二兒擧藍輿, 旣至, 欣然便共飲酌, 俄頃弘至, 亦無迕也.)"

離言聿云悲.	헤어지게 되니 끝내 슬퍼진다.
晨鳥暮來還,	새벽에 나간 새들은 날 저물자 돌아오고,
懸車斂餘暉.	저녁 해도 남은 빛을 거둔다.
逝止判殊路,	가고 머묾이 판연히 길을 달리하니,
旋駕悵遲遲.	수레 돌리며 쓸쓸히 머뭇거린다.
目送回舟遠,	눈으로 돌아가는 배를 멀리 전송하지만,
情隨萬化遺.	감정도 온갖 변화를 따라서 버려지리라.

　왕홍이 서양태수(西陽太守)로 있다가 태자서자(太子庶子)의 직책을
맡아 상경하는 유등지(庾登之)와 예장태수(豫章太守)로 부임하는 사
첨(謝瞻)을 전송하는 자리에 도연명을 초대하였다. 이 자리에서 사첨
은「왕무군유서양집별(王撫軍庾西陽集別)」이란 시를 지었고 도연명은
이 시를 지었다. 도연명의 시 가운데 드물게 서경(敍景)과 서정(抒情)
이 결합된 형태의 시이다. 전반부의 8구는 전송연(餞送宴)이 벌어지
는 주변의 경치를 묘사하였고, 후반부의 8구는 이별에 임해 느끼는
정을 표현하고 있다. 마지막 연에 도연명 특유의 달관이 드러난다. 멀
어지는 배를 전송하며, 이별도 자연의 운행 중에 일어나는 한 변화이
고 따라서 아쉬움도 가라앉을 것이라는 달관이 그것이다.

　안연지(顔延之: 384-456)는 도연명보다 19세 연하로, 도연명이 죽
은 뒤에 뇌문(誄文)을 쓰고 시호(諡號)를 지었다. 뇌문에서 안연지는,
"지혜로웠던 말씀 내내 남아있는데, 누가 나의 결점을 바로잡아줄 것
인가.(叡音永矣, 誰箴余闕.)"[149]라고 하면서 도연명의 죽음을 애도하였

다. 안연지가 일찍이 도연명 생전에 2만 전(錢)이라는 거금을 주었는데, 도연명은 그 돈을 모두 술집에 맡겨놓고 술을 마셨다는 일화도 전해진다.[150]

셋째, 여산(廬山)에 은거하던 유유민(劉遺民), 주속지(周續之) 등 당시의 은자들과 교제하였다. 유유민과는 여러 차례 시를 주고받았고 주속지에게도 시를 보냈다. 특히 이들은 도연명과 함께 '심양삼은(潯陽三隱)'이라고 칭해지던 인물들이다. 유유민은 전에 채상령(柴桑令)을 지냈는데, 뒤에 여산에 은거하면서 도연명에게 입산하여 함께 은거할 것을 권하는 시를 보냈다. 이에 답한 시가 「유채상(劉柴桑)의 시에 화답함」이다. 주속지는 유유민과 마찬가지로 여산에 은거하며 혜원(慧遠)과 교유하던 인물이다. 그의 일관되지 못한 행위를 풍자한 시로, 「주속지(周續之)·조기(祖企)·사경이(謝景夷) 세 사람에게 보임 示周續之祖企謝景夷三郞」이 있다.

負痾頹簷下,	쇠락한 처마 아래 병들어 있으니,
終日無一欣.	종일토록 한 가지 즐거움도 없다.
藥石有時閒,	약과 침으로 가끔 차도가 있으면,

[149] 「도징사뢰(陶徵士誄)」
[150] 소통 「도연명전」, "안연지가 떠나면서 2만 전(錢)을 남겨 도연명에게 주자, 도연명은 모두 술집에 보내고서 이따금씩 가서 술을 마셨다.(延之臨去, 留二萬錢與淵明, 淵明悉送酒家, 稍就取酒.)"

念我意中人.	내 마음속의 사람들을 생각하게 된다.
相去不尋常,	서로의 거리가 떨어진 게 가깝지 않아,
道路邈何因.	길이 아득하니 어떻게 만날까.
周生述孔業,	주(周)선생이 공자의 학업을 강술하자,
祖謝響然臻.	조기(祖企), 사경이(謝景夷) 등이 메아리같이 이르렀다지.
道喪向千載,	도가 사라진지 천년이 가까워 오는데,
今朝復斯聞.	오늘 아침에 다시 이런 소식 들었구나.
馬隊非講肆,	마대(馬隊)는 강습할 곳 아닌데도,
校書亦已勤.	책의 교감까지 부지런히 하신다지.
老夫有所愛,	이 늙은이가 좋아하는 바가 있으니,
思與爾爲隣.	생각에 그대들과 더불어 이웃이 되는 것이네.
願言誨諸子,	원컨대 그대들에게 이르노니,
從我穎水濱.	영수(穎水)의 물가로 나를 따르시게나.

여산에 은거하던 주속지가 강주자사 단소(檀韶)의 요청에 주부(州府)로 나와 예(禮)를 강하였다. 당시 사람들은 이를 '통은(通隱)'이라 불렀으나 도연명은 주속지에게 자신처럼 은거자로서의 일관된 자세를 유지할 것을 권하며 넌지시 풍자하고 있다.[151]

넷째, 직접 농사지으면서 이웃 농부들과 접촉하고 사귀었다. 직접 농사짓는 가운데 이들과의 교제를 읊은 시에서 특히 순수함과 소박

함이 두드러진다. 「고향집에 돌아옴」 제2수에서 그런 정취를 느낄 수
있다.

…	…
時復墟曲中,	때때로 마을 안에서,
披草共來往.	풀 헤치고 서로 오고가는데,
相見無雜言,	서로 만나서는 잡된 말 나누지 않고,
但道桑麻長.	그저 뽕과 삼 자라는 것이나 말한다.
…	…

소계종(蕭繼宗)은 이러한 태도를 평하여, "도연명은 전원으로 돌아
가는 것으로 은일을 삼아 잡초 사이에서 몸소 농사지었다. 그러므로
농부를 만나면 뽕과 삼을 이야기하면서 처음부터 자신을 농부들과
다르게 여기는 뜻이 없었다. 맹호연(孟浩然)의 경우는 몸은 전원에 있
으면서 높은 관직에 오르는 것을 잊지 않았다. 그러므로 마음속으로
농사짓는 이들을 대화 상대로 여기지 않았다.(淵明以歸田爲隱, 躬耕草
萊. 故遇野老, 卽話桑麻, 初無自異於衆之意. 浩然身在田間, 不忘騰擲. 故心

---

151 소통 「도연명전」, "당시에 주속지가 여산에 들어가 혜원(慧遠)법사를 섬겼다. … 뒤에 자사
단소(檀韶)가 주속지에게 주부(州府)로 나올 것을 간절히 청하자, 학사 조기(祖企), 사경이(謝
景夷)와 더불어 세 사람이 함께 성북(城北)에서 예(禮)를 강학하고 더욱이 교수(校讐)까지 하
였다. 머무르던 공관(公館)이 기병부대에 가까웠기 때문에 도연명이 이렇게 시를 써서 보낸
것이다.(時周續之入廬山, 事釋慧遠. … 後刺史檀韶苦請續之出州, 與學士祖企, 謝景夷三人, 共在城北
講禮, 加以讐校. 所住公廨, 近於馬隊, 是以淵明示其詩云.)"

3장 도연명시의 내용 297

以田夫野老爲不足與言.)"[152]라고 하면서, 농부들로부터 방관자의 입장에서 있었던 맹호연과의 차이를 부각시켰다. 소계종이 지적한 바와 같이, 이러한 마음가짐 때문에 도연명은 농부들에 대한 태도가 진지하였고 농부들과의 가식 없는 교제가 이루어질 수 있었다.

도연명은 이(利)로 맺어지는 소인의 교제를 비판하고 의(義)로 맺어지는 군자의 교제를 추구하였다. 그가 중시한 교제의 덕목은 담박함, 충후함, 진지함으로 특징지을 수 있다. 따라서 이러한 덕목을 통하여 서로를 깊이 이해하는 교제를 갈망하였다. 그러나 각박한 현실에서 이러한 교제를 얻기가 어려워 옛 빈사나 의인(義人)들과의 상우(尙友)를 추구하기도 하였다.

6. 기타

도연명의 시에는 앞에서 분류한 다섯 가지의 내용 이외에, 인생무상(人生無常)이나 급시행락(及時行樂)을 읊은 시들과 유선적(遊仙的) 요소를 지닌 시들이 있다. 이러한 시들은 도연명의 본지(本志)를 파악하는데 있어 한 항목으로 하여 살피기에는 적합하지 않아, 기타로 분류하여 간략히 살펴본다.

---

[152] 소계종(蕭繼宗), 『맹호연시설(孟浩然詩說)』, p.35.

먼저 인생무상과 급시행락의 내용을 살펴본다. 「기유년 9월 9일己酉歲九月九日」, 「고시에 의작함」 제7수, 「잡시」 제2수, 「잡시」 제6수, 「사촌 동생 중덕(仲德)을 슬퍼함悲從弟仲德」이 여기에 해당하는 시들이다.

자신이 추구하던 뜻이 좌절되거나 짧은 인생에 대한 무상감을 느낄 때, 또는 혼란함 속에서 생명의 위협을 느낄 때, 시인들은 인생무상을 노래하였다.[153] 이러한 무상감과 위기의식은 종종 급시행락으로 이어진다. 완적(阮籍)을 위시한 죽림칠현(竹林七賢)의 경우 이러한 무상감과 위기의식에서 벗어나기 위하여 술에 탐닉하였다.

도연명도 인생에 대한 무상감이나 무력감을 천운에 맡기고 술로 잊고자 하는 소극적 정서를 보이기도 하였다. 「기유년 9월 9일」이 그런 예이다.

靡靡秋已夕,	어느덧 가을도 이미 저물어,
凄凄風露交.	싸늘하게 바람과 이슬이 교차한다.
蔓草不復榮,	덩굴풀은 더 이상 번어나지 않고,
園林空自凋.	동산의 나무들도 속절없이 시든다.
淸氣澄餘滓,	깨끗한 기운이 남은 찌끼를 맑게 하니,
杳然天界高.	아스라이 하늘은 높구나.

---

153 조식(曹植), 「송응씨(送應氏)」. "천지는 무궁한데, 인생은 아침이슬과 같다.(天地無終極, 人生如朝露.)"; 완적(阮籍), 「영회시(詠懷詩)」, "인생은 티끌과 이슬 같은데, 하늘의 도는 아득히 멀구나.(人生若塵露, 天道邈悠悠.)"

哀蟬無留響,	슬피 울던 매미도 남은 소리 없고,
叢雁鳴雲霄.	떼 지어 나는 기러기는 구름 낀 하늘에서 운다.
萬化相尋繹,	온갖 변화가 서로 이으니,
人生豈不勞.	인생이 어찌 힘들지 않겠는가.
從古皆有沒,	예로부터 모두가 죽게 되어 있으니,
念之中心焦.	이를 생각하면 마음속이 타는구나.
何以稱我情,	무엇으로 내 마음을 위로할 것인가.
濁酒且自陶.	탁주로나마 잠시 스스로 즐겨 보자.
千載非所知,	천년 후는 알 바 아니고,
聊以永今朝.	그저 오늘 아침이나 잘 지내리.

이 시는 도연명의 45세에 지은 시인데, 가을이 되어 초목들이 시드는 것을 보고 인생도 기울어 감을 느끼게 된다. 「곽주부의 시에 화답함」 제2수처럼 청량한 기운과 빼어난 풍경의 가을을 읊은 경우도 있지만,[154] 이 시에서는 슬픈 가을에 대한 애상과 급시행락의 추구를 읊고 있다. 4구에서, "동산의 나무들도 속절없이 시든다."라고 한 것이나, 7구에서, "슬피 울던 매미도 남은 소리 없다."라고 읊은 구절에서 자연물에 이입(移入)된 시인의 애상을 느낄 수 있다. 이러한 애

---

[154] "온화한 윤택이 세 달 봄에 두루 미치더니, 맑고 서늘한 가을철이 되었구나. 이슬 엉기니 떠도는 먼지 없어, 하늘은 높고 풍경이 맑다. 높은 등성이에 빼어난 봉우리 솟아 있어, 멀리 바라보니 모두 기이하고 절묘하다. 향기로운 국화는 숲에 피어 빛나고, 푸른 소나무는 바위산 위로 늘어서 있다.(和澤周三春, 淸凉素秋節. 露凝無游氛, 天高風景澈. 陵岑聳逸峯, 遙瞻皆奇絶. 芳菊開林耀, 靑松冠巖列.)"

상을 술로 달래고자 하는 심사로 마무리하고 있다.

위의 시와 마찬가지로 인생에 대한 무상감을 느끼고 그로 말미암아 일어난 급시행락의 바람을 표현한 시로 「고시에 의작함」 제6수가 있다.

昔聞長者言,	옛날에 어른들 말씀을 들을 때는,
掩耳每不喜,	귀 막으며 매번 좋아하지 않았더니,
奈何五十年,	어찌하여 50이 되어,
忽已親此事.	홀연히 이 일을 직접 하게 되었나.
求我盛年歡,	내 한창 때의 즐거움을 구하려 하나,
一毫無復意.	조금도 다시는 그런 뜻이 없구나.
去去轉欲遠,	세월 갈수록 더욱 멀어져 가는데,
此生豈再值.	이 삶을 어찌 다시 만날 수 있으리오.
傾家時作樂,	가산을 기울여 때때로 즐기며,
竟此歲月駛.	이 빠른 세월을 마치리라.
有子不留金,	자식이 있어도 돈을 남겨 주지 않을 것인데,
何用身後置.	어찌 죽은 뒤를 위해 남길 것인가.

노년이 되자 젊은 시절의 즐거웠던 마음은 사라졌고 인생에 대한 무상감이 인다. 이에 급시행락을 추구하고 싶은 마음을 갖게 된 것이다.

다음으로 유선적(遊仙的) 요소를 지닌 시들을 살펴본다. 혜강(嵇康)은 「양생론(養生論)」이라는 글에서, "무릇 신선(神仙)이란 존재는 비록 눈으로 볼 수 없지만 전적(典籍)에 실려 있고 역사에 전해지는 것이니, 따져 논해보면 존재하는 것이 확실하다. 다만 특별히 다른 기질(氣質)을 받아 자연에서 타고나는 것으로, 학문을 쌓아서 이를 수 있는 것은 아닌 듯하다. (그러나) 섭생(攝生)이 도리를 얻어 생명을 극진히 하게 된다면, 위로는 천여 살을 얻을 수 있고 아래로는 수백 년을 살 수 있는 경우도 가능한데, 세상 사람들이 모두 정밀치 못한지라 그것을 얻을 수 없는 것이다.(夫神仙雖不目見, 然記籍所載, 前史所傳, 較而論之, 其有必矣. 似特受異氣, 稟之自然, 非積學所能致也. 至於導養得理, 而盡性命, 上獲千餘歲, 下可數百年, 可有之耳, 而世皆不精, 故莫能得之.)"라고 하여 신선이 될 수 있는 가능성을 인정하였다.

도연명은 위진대에 신선을 추구하던 풍조와는 달리 신선을 배격하였지만, 신선의 고사나 유선적인 것에 대해서는 꽤 언급하였다. 「『산해경』을 읽고서」 13수가 대표적인 예이다. 그 중 제2수에서 제8수까지의 일곱 수는 신선에 의탁한 유선적 요소가 다분한데, 현실에서 느끼는 불만과 마음의 답답함을 풀고자 하는 한 방편에서 지은 것으로 여겨진다. 제3수를 예로 든다.

迢迢槐江嶺,	높고 높은 괴강의 고개,
是謂玄圃丘.	이를 일러 현포의 언덕이라 한다.
西南望崑墟,	서남으로 곤륜의 터전을 바라보니,

光氣難與儔.	빛과 기운이 짝하기 어려워라.
亭亭明玕照,	우뚝하게 밝은 낭간수(琅玕樹)가 빛나고,
落落淸瑤流.	맑고 맑게 깨끗한 요수(瑤水)가 흐른다.
恨不及周穆,	한스러운 것은 주목왕 때 태어나,
託乘一來遊.	편승하여 한번 와서 놀지 못한 것이네.

괴강(槐江)이라는 선산(仙山)은 낭간수(琅玕樹)와 요수(瑤水)가 있는 선경(仙境)으로, 주(周) 목왕(穆王)이 놀던 곳이다. 이 시는 이곳에서 노닐어 봤으면 하는 바람을 표현하고 있다. 도연명이 「『산해경』을 읽고서」를 짓게 된 배경에 대해 하작(何焯)은 다음과 같이 설명하였다.

도연명은 육경(六經)을 숭상하였고 신선이나 부처를 입에 올리지 않았으며 또한 생사의 경계에서 초연하였다. 그런데 「『산해경(山海經)』을 읽고서」 몇 편을 지어 천외(天外)의 일을 상당히 언급하였다. 이것은 우언에 뜻을 의탁한 것으로 굴원의 「천문(天問)」, 「원유(遠遊)」와 같은 것들이다.(公宗尙六經, 絶口仙釋, 而且超然於生死之際. 乃爲「讀山海經」數章, 頗言天外事. 蓋託意寓言, 屈原天問遠遊之類也.)[155]

하작(何焯)의 말처럼, 「『산해경』을 읽고서」 13수는 도연명의 다른

---

[155] 도주(陶澍), 위의 책 권4, p.21.

시들과 비교하여 예외적인 것들이다. 이는 도연명이 『산해경』을 읽고 일시적 감흥에서 지은 시로, 다른 시들에서는 보이지 않는 유선적 특징을 드러내고 있다.

이상에서 도연명의 전체시 125수(首)를 대상으로 주제에 따라 분류하여 내용을 살폈다. 도연명의 시는 평생에 걸쳐 이룩한 사상을 그 바탕에 깔고 있음을 확인할 수 있으니, 기본적으로는 유가사상을 뿌리로 하였고 위기와 고통의 시대를 살면서 도가사상을 수용하였다. 중국의 지식인들이 대체로 그런 경향을 띠었지만, 도연명의 경우에는 그 누구보다도 유가와 도가의 가르침을 잘 조화시켰던 전형적 예라고 하겠다. 이렇게 조화된 인격(人格)에서 깊이 있고 감성이 풍부한 시가 나올 수 있었다.

도연명시의 풍격(風格)

　　풍격은 작품에서 드러나는 작가의 개성이나 기상을 일컫는다. 또한 작가의 개성에 의해 형성된 작품의 분위기이며, 나아가서 독자가 작품을 통해 느끼는 운치(韻致)까지를 포함한다. 풍격은 전반적으로는 작가의 기질이나 학습 과정, 시대 배경,[1] 사상[2] 등으로부터 형성되는 것이지만, 구체적으로는 그 작품을 제작할 당시의 상황이나 감정

---

[1]　『예기(禮記)·악기(樂記)』의 다음 말이 이 점을 잘 설명해 준다. "잘 다스려지는 세상의 음악은 편안하고 즐거우며 그 정치는 조화롭다. 어지러운 세상의 음악은 원망하고 노여워하며 그 정치는 어긋난다. 망하는 나라의 음악은 슬프고 애처로우며 그 백성은 곤고하다.(治世之音, 安以樂, 其政和. 亂世之音, 怨以怒, 其政乖. 亡國之音, 哀以思, 其民困.)"

[2]　이백(李白)의 대표적 풍격인 '호방(豪放)'은 도가 사상이나 유협 정신의 영향으로부터 형성된 것이고, 두보(杜甫)의 대표적 풍격인 '침울(沈鬱)'은 유가의 우도(憂道)·우민(憂民) 의식에서 비롯되었다는 것이 풍격과 사상의 관계를 설명하는 예이다. 『수사학인론(修辭學引論)』, p.152 참조.

305

에 의해서도 영향 받는다. 이 이외에도 어법(語法), 음운(音韻), 표현 기교(表現技巧) 등으로 인해 형성되는 작품의 특색이 풍격에 영향을 미친다. 따라서 작품의 풍격을 논할 때에는 위와 같은 제반 요소들이 고려되어야 한다. 또 한 작가의 작품들이 여러 풍격으로 구분되어 논해지는 이유도 여기에 있다.

도연명시의 풍격에 대해 역대로 평담(平淡)을 그 특징으로 드는 이들이 많았다. 이 이외에도 함축(含蓄), 해학(諧謔) 등이 도연명시에 두드러지게 나타나는 풍격들이다. 각 풍격들을 항목별로 나누어 살펴본다.

1. 평담(平淡)

역대로 시를 평하는 사람들이 도연명시의 풍격을 개괄하여 평담(平淡)을 드는 경우가 많았다. 다음의 평가가 그러한 예이다.

1.
갈립방(葛立方) : 도잠(陶潛)과 사조(謝朓)의 시는 모두 평담(平淡)하고 의취(意趣)가 있다.(陶潛 · 謝朓詩, 皆平淡有思致.)[3]

---

3 『운어양추(韻語陽秋)』권1.

2.

주희(朱熹) : 도연명시의 평담(平淡)은 자연에서 나왔다. 후인들은 그의 평담을 배웠지만 차이가 심하다.(陶淵明詩平淡, 出於自然. 後人學他平淡, 便相去遠矣.)[4]

3.

허의(許顗) : 도연명시에 안연지(顔延之)·사령운(謝靈運)·반악(潘岳)·육기(陸機) 등이 모두 미칠 수 없는 것은 그 평담(平淡) 때문이다. 이전에 겪었던 일을 시로 써냄에 한 점의 부끄러운 말도 없었기 때문에 그럴 수 있었다.(陶彭澤詩, 顔·謝·潘·陸, 皆不及者, 以其平. 昔所行之事, 賦之於詩, 無一點愧詞, 所以能爾.)[5]

평담은 담담하면서 맛이 깊은, 다시 말하여 시어(詩語)는 평이하지만 시의(詩意)는 깊은 풍격으로, 평이(平易)함이나 무미(無味)함이 아니다. 청(淸) 왕부지(王夫之)는, "만약 통속적인 것을 '평(平)'이라 하고, 무미건조한 것을 '담(淡)'이라 한다면 당(唐)의 원진(元稹)·백거이(白居易), 송(宋)의 구양수(歐陽修)·매요신(梅堯臣)이 이 점에서 뛰어난 경우라고 하겠다.(若以近俚爲平, 無味爲淡, 唐之元白, 宋之歐梅, 據此以爲勝場.)"[6]라고 하여 평담에 대한 오해를 불식시켰다. 깊은 시의(詩

---

4 『주자어류(朱子語類)·논문하(論文下)』
5 『언주시화(彦周詩話)』,『백종시화유편(百種詩話類編)』, p.753.
6 『고시평선(古詩評選)』,『도연명시문휘평(陶淵明詩文彙評)』, p.54.

意)를 평이한 언어로 표현해 내는 것은 경지에 이른 시인에게서만이
가능한 것이다.

　송(宋) 양만리(楊萬里)가, "오언고시(五言古詩)에서 시구가 아담하고
의미가 깊은 것은 도연명과 유자후(柳子厚)의 경우이다.(五言古詩, 句雅
淡而味深長者, 陶淵明·柳子厚也.)"[7]라고 하여 이런 경지에 이른 시인으
로 도연명과 유종원을 지적하였듯이, 도연명시의 풍격은 평담을 가
장 대표적 특색으로 한다.

　한편 주희는, "도연명시를 사람들이 모두 평담하다고 말하는데,
내가 보기에 그는 호방(豪放) 그 자체이다. 다만 호방함을 깨달을 수
없을 뿐이다. 그가 본 모습을 드러낸 것이 「형가를 노래함」이란 시이
다. 평담한 사람이 어떻게 이러한 말을 해낼 수 있었겠는가.(淵明詩,
人皆曰平淡, 據某看他自豪放. 但豪放得來不覺耳. 其露出本相者, 是詠荊軻一
篇. 平淡底人, 如何說得這樣言語出來.)"[8]라고 하여 도연명시의 호방한 풍
격을 강조하면서 사람들이 평담이라는 한 가지로만 평가하는 치우침
을 지적하였다. 그러나 위에서 보았듯이 그 자신도 도연명시의 전체
적 풍격이 평담임을 분명하게 밝힌 바 있다.[9] 평담이라는 풍격은 특

7　『성재시화(誠齋詩話)』
8　『주자어류(朱子語類)·논문하(論文下)』
9　도연명의 시 중에, 왕조 교체 과정의 시사(時事)를 논한 일부의 시들에서 강개함을 보이는
　것은 사실이나 그러한 시들도 함축(含蓄)적인 수법으로 표현되어 있다. 결국 도연명시의 전
　체적인 기조가 평담임을 부정할 수는 없다. 이는 도연명이 시를 짓는 데에 과장법이나 지나
　친 용전, 언어의 조탁 등을 추구하지 않고 자신의 감정을 진실되게 백묘(白描)의 수법으로 써
　낸 것과도 연관이 있다.

히 송대에 들어 중시되었는데, 그것은 매요신의 강조에서 비롯되었다. 그는 "시를 짓는 데는 예나 지금이나 할 것 없이, 오직 평담에 이르기가 어렵다.(作詩無古今, 唯造平淡難.)"[10]라고 하여 평담을 시 풍격의 최고 경지로 여겼다.

도연명시는, 전원 생활과 그 감수를 소박한 필치로 드러내었기 때문에 평담한 풍격을 띠게 된다. 또 이 가운데에서 자연의 이치를 따르는 순응자연(順應自然)이나 세속적 가치를 초월하는 달관을 읊은 시들 또한 격정적이거나 호방함과는 달리 평담할 수밖에 없었다.

평담은 내용상의 깊이에서 드러나는 충담(沖淡), 형식상의 소박함에서 나오는 고담(枯淡), 인공을 초월한 자연스러움을 의미하는 졸박(拙樸) 등의 하부 풍격을 포괄한다. 다음에서 평담을 이상의 세 가지로 구분하여 논의한다.

1) 충담(沖淡)

충담은 의경(意境)이 깊고 담백한 풍격으로 도가에서 중시한 '염담(恬淡)'을 그 미학적 바탕으로 하고 있다. 노자는 도(道)가 언어로 표현되면 담박무미(淡泊無味)하다고 하였고,[11] 염담이 최고의 미덕임을 강조하였다.[12] 노자가 도의 특성으로 규정한 '무미(無味)'는 최고의 미

---

[10] 「독소불의학사시권(讀邵不疑學士詩卷)」
[11] 『노자(老子)・35장』, "도가 말로 나오면 담박하여 무미(無味)하다.(道之出口, 淡乎其無味.)"
[12] 『노자(老子)・31장』, "염담(恬淡)이 최상이다.(恬淡爲上.)"

(味)에 대한 역설이다. 장자는 도의 성격을, '비어 있고 고요하며, 담백하고 적막하며, 작위함이 없음〔허정염담적막무위(虛靜恬淡寂漠无爲)〕'이라고 정의하였는데,[13] 이는 노자가 말한 '담박하여 무미함(淡乎其無味)'의 다른 표현이다. 또 장자는 천지의 도(道)와 성인의 덕(德)은 담박하고 무궁한 것으로 모든 아름다움의 근원이라고 하였다.[14] 여기서 노장이 말하는 '담(淡)'은 '지극한 맛〔지미(至味)〕'과 '지극한 아름다움〔지미(至美)〕'을 지닌 도의 특성을 의미한다. 사공도(司空圖)는 충담을 시의 한 중요한 풍격으로 설정하여, 「이십사시품(二十四詩品)」에서 다음과 같이 정의하였다.

소박하게 살며 말이 없으니 오묘한 기틀이 은미하다. 지극한 조화의 기운을 마시고 외로운 학과 함께 난다. 마치 남풍이 부드럽게 옷에 불어오는 것 같다. 긴 퉁소의 소리를 좋아하면서 함께 돌아간다. 언뜻 보면 깊지 않은 듯하나 다가서면 더욱 희미해진다. 혹 형상의 흡사함이 있어도 손으로 잡으면 이미 어긋난다.(素處以黙, 妙機其微. 飮之太和, 獨鶴與飛. 猶之惠風, 苒苒在衣. 閱音修篁, 美曰載歸. 遇之匪深, 卽之愈稀. 脫有形似, 握手已違.)

차주환(車柱環)은 사공도의 위 글을 설명하여, "시의 풍격으로서의 충담은 감정이 고상하고 생각이 원대하며 몸을 잊고 마음에 집착

---

[13] 『장자(莊子)·천도(天道)』
[14] 『장자(莊子)·각의(刻意)』, "담박하고 무한하여 온갖 아름다움이 이르니, 이것이 천지의 도이고 성인의 덕이다.(澹然无極而衆美從之, 此天地之道, 聖人之德也.)"

이 없는 것이 시에 반영되어 자아내는 미감(美感)이라고 생각해 볼 수 있는데 종래 시에서 충담의 미를 느끼기는 쉬운 일이 아니라고 여겨져 왔다. 저자 미상의 『이십사시품상주(二十四詩品詳註)』에는 도연명이 이 풍격을 가장 잘 나타냈다고 되어 있고, …"[15]라고 하였다. 도연명의 시 가운데 「곽주부의 시에 화답함」 2수, 「고향집에 돌아옴」 5수, 「유채상에게 보내는 답시」 등이 충담의 풍격을 보여 주는 시들이다. 그 중에서 「고향집에 돌아옴」 제2수를 들어 살펴본다.

種豆南山下,	남산 아래에 콩을 심었더니,
草盛豆苗稀.	풀만 무성하고 콩 싹은 드물다.
晨興理荒穢,	새벽에 일어나 거친 풀밭 매고,
帶月荷鋤歸.	달빛 띠고서 호미 메고 돌아온다.
道狹草木長,	길은 좁고 초목들이 자라나서,
夕露霑我衣.	저녁 이슬이 내 옷을 적신다.
衣霑不足惜,	옷이야 젖어도 아쉽지 않지만,
但使願無違.	그저 바라는 것이나 어그러지지 말았으면.

평이한 문자와 담백한 어조로 깊은 의경(意境)을 드러낸 시이다. 전원에서 직접 농사짓는 농부의 일과를 담담히 그려냄으로써, 현실에 충실하고 분수에 편안하며 삶의 이치를 깨닫고 자족할 줄 아는

---

[15] 차주환(車柱環), 『중국시론(中國詩論)』(서울大學校出版部, 1989), p.97.

경지를 보여 주고 있다. 손복(孫復)은 "도연명 시가(詩歌)의 평담은 그 중에 평민의 영혼을 함유하고 있다."[16]라고 하였는데, 평민의 영혼을 함유하고 있기 때문에 도연명시가 평담의 풍격을 띠게 되었음을 설명한 것으로, 도연명시에 나타나는 충담의 한 연원(淵源)을 지적한 것이다.

도연명시의 충담은 가식 없는 진실됨에서 비롯되었다. 제2장 3. 사상(思想)과 제3장 2. 설리시(說理詩)에서 살폈듯이 도연명시의 가치는 진실성에 있다. 방동수(方東樹)는 『소매첨언(昭昧詹言)』에서, "도연명은 부귀를 바라지 않는다고 말했는데, 진정으로 바라지 않았다. 사령운(謝靈運)은 본래 분개하고 원망하는 마음을 가지고 있었으면서도 시 가운데에서는 짐짓 염담(恬淡)한 체하였다.(陶公說不要富貴, 是眞不要. 康樂本以憤悗, 而詩中故作恬淡.)"라고 하여 도연명이 도달한 세속적 가치의 초월, 즉 염담은 사령운처럼 가식적인 것이 아니었음을 강조하였다. 가식적이지 않은 염담한 인격에서 충담한 시가 나왔다고 하겠다.

2) 고담(枯淡)

평담이 지나치면 외면상 메마른 느낌을 줄 수 있다. 그러나 내적 사상 감정까지 메말라 있다면 좋은 시가 될 수 없다. 이러한 폐단의

---

16 「도연명시가풍격이의(陶淵明詩歌風格異議)」(復印報刊資料, 1989, 2), p.82.

대표적 예가 동진(東晉)의 손작(孫綽), 허순(許珣)에 의해 지어진 현언시(玄言詩)이다. 종영(鍾嶸)이 말한, "이치(理致)가 문사(文辭)보다 지나쳐, 맹물처럼 맛이 적다."라거나 "평범하고 진부하여 (하안이 지은) 「도덕론(道德論)」과 같다."[17]라는 비판이 바로 평담이 외적인 '메마름〔고고(枯槁)〕'에만 그치고 내적인 '기름짐〔고유(膏腴)〕'을 지니지 못한 점을 비판한 것이다. 소식(蘇軾)은 도연명시가 이룩한, 외적 형식과 내적 사상 감정의 조화를 다음과 같이 평하였다.

고담(枯澹)에서 중요하게 여기는 것은, 밖은 메말랐어도 안은 기름지고, 담백한 듯하지만 사실은 아름다운 것을 일컫는 것으로, 도연명·유종원 등이 이런 경우이다. 만약 안과 밖이 모두 고담하다면 또한 어찌 족히 말할 것이 있겠는가.(所貴乎枯澹者, 謂其外枯而中膏, 似澹而實美, 淵明, 子厚之類 是也. 若中邊皆枯澹, 亦何足道.)[18]

위에서 소식이 제시한 이론을 '중변론(中邊論)'이라고 하는데, 밖으로는 메마른 듯하지만 안으로는 기름진 것, 즉 외적으로 화려하지 않은 건조한 표현이나 형식을 썼지만 그 내적 사상 감정은 풍부한 것을 가리킨다. 이러한 요건을 갖춘 풍격이 고담이다. 소식은 이러한 품격의 대표적인 예로 도연명과 유종원을 들고 있다. 도연명시의 평

---

17 제2장 주 12 참조
18 소식(蘇軾), 「평한유시(評韓柳詩)」

담이 고고(枯槁)에 흐르지 않고 고담(枯淡)한 것은 내적인 뜻의 깊이와 오랠수록 우러나오는 맛에 있다는 말이다.

'담(淡)'의 원의(原義)는 물맛이다. 물맛은 달지 않지만 아무리 먹어도 질리지 않는 순수함의 극치이다. 따라서 고담은 외적으로 화려하지 않지만 내적으로 순수함과 깊이를 지닌 것으로 정의할 수 있다. 도연명시가 거듭 읽어도 싫증나지 않고 많은 사람들에게 애호 받는 이유도 물맛과도 같은 고담함에 있다고 하겠다. 도연명의 시 중에서 「원한의 시 초조(楚調)로 방주부(龐主簿)와 등치중(鄧治中)에게 보여줌」, 「술을 말함述酒」, 「납일蠟日」 등이 고담의 풍격을 띤다. 그 중에서 「술을 말함」을 살펴본다.

重離照南陸,	중려(重黎)의 후손 사마씨(司馬氏)가 남쪽 땅에 빛나니,
鳴鳥聲相聞.	우는 새 소리 서로 들려 왔다.
秋草雖未黃,	가을 풀 아직은 누래지지 않았으나,
融風久已分.	봄바람과는 오래 전에 벌써 나뉘었다.
素礫晶修渚,	흰 자갈 긴 물가에 드러나고,
南嶽無餘雲.	남쪽 산에는 남은 구름 없어졌다.
豫章抗高門,	예장(豫章)은 높은 문을 세웠는데,
重華固靈墳.	중화(重華)는 단지 신령한 무덤에 있네.
流淚抱中歎,	눈물 흘리며 가슴속으로 탄식하고,
傾耳聽司晨.	귀 기울이며 새벽닭의 소리 듣는다.
神州獻嘉粟,	신주(神州)에서 좋은 곡식이 바쳐지고,

西靈爲我馴.	사령〔四靈:인(麟)·봉(鳳)·구(龜)·룡(龍)〕은 나를 위해 길들여졌다.
諸梁董師旅,	심제량(沈諸梁)이 군대를 거느리고 나가자,
羊勝喪其身.	양승(羊勝)이 그의 목숨 잃게 되었다.
山陽歸下國,	산양공(山陽公)이 아래 나라로 돌아갔어도,
成名猶不勤.	오히려 시해의 일 서두르지 않았다.
卜生善斯牧,	복식은 이 양 기르는 일을 잘했으니,
安樂不爲君.	안락공은 임금 노릇 못하게 되었지.
平王去舊京,	평왕(平王)이 옛 서울을 떠나감에,
峽中納遺薰.	낙양은 오랑캐의 손에 들어갔다.
雙陵甫云育,	효무제가 태어나자,
三趾顯奇文.	세 발 달린 새가 기문(奇文)을 보였다.
王子愛淸吹,	왕자(王子) 진(晉)은 생황 불기를 좋아하여,
日中翔河汾.	한낮에도 하수(河水)의 물가에서 노닐었지.
朱公練九齒,	도주공(陶朱公)은 장수의 도를 수련하여,
閒居離世紛.	한가히 살며 세상의 어지러움을 떠났다.
峨峨西嶺內,	높고 높은 서산(西山) 안이,
偃息常所親.	누워 쉬며 항상 가까이 할 곳이라네.
天容自永固,	타고난 모습은 저절로 영원하고 굳으니,
彭殤非等倫.	팽조(彭祖)와 상자(殤子)는 등급이 같지 않네.

역사 사실의 빈번한 사용으로 시의 맛을 건조하게 한 느낌이 든

다. 그러나 이 시는 진송(晉宋)의 왕조 교체 과정에서 일어났던 일련의 사건들을 은회(隱晦)의 수법으로 읊은 것으로, 내면에 시인의 강개한 마음과 굳센 지조가 자리잡고 있음을 느낄 수 있다. 황정견(黃庭堅)은 도연명시를 맛에 비유하여 다음과 같이 평하였다.

혈기(血氣)가 한창 강할 때에는 도연명의 시를 읽으면 마치 고목(枯木)을 씹는 것 같았다. 두루 세상사를 겪게 되어서는 (어떤 일을) 결정하는데 지혜를 쓸 바가 없음을 느낄 때마다 도연명의 시를 읽었는데, 마치 목마를 때 샘물을 먹는 듯하고 졸릴 때 차를 마시는 듯하였으며 배고플 때 국수를 먹는 듯하였다. 지금 사람 중에 또한 함께 맛볼 수 있는 자가 있을까. 아마 (고목 같아서) 씹어 낼 수 없을 것이다.(血氣方剛時, 讀此詩, 如嚼枯木. 及綿歷世事, 知決定無所用知, 每觀此篇, 如渴飲泉, 如欲寐得啜茗, 如飢噉湯餅. 今人亦有能同味者乎. 但恐嚼不破耳.)"[19]

감상자의 수준에 따라 시 이해의 깊이가 달라지기 때문에, 인생경륜이 적었을 때에는 도연명시의 진정한 맛을 알 수 없어 고목을 씹는 느낌이었다는 것이다. 이는 고담(枯淡)의 외적 특징인 고고(枯槁)함만을 알고 내적 깊이에 대한 통찰이 부족한 데에서 오는 한계이다. 고담의 진정한 가치는, 소식이 위응물(韋應物)과 유종원의 시를 평하여 담백함에 지극한 맛을 기탁하였다고 하였듯이[20] 외면의 담담함에

---

[19] 「서연명시후기왕길노(書淵明詩後寄王吉老)」

간직된 내면의 깊은 맛에 있다. 도연명시가 지니는 형식상의 소박미가 또한 도연명시가 고담한 풍격을 띠는데 중요한 기능을 하였다. 도연명시는 채색을 가하지 않은 백묘(白描)의 수법을 구사하였다고 일컬어지는데, 이러한 특징이 시의 풍격을 고담하게 하는 한 요인이 되었다.

3) 졸박(拙樸)

도연명시가 평담한 풍격을 띠는 것은 '인공(人工)을 초월한 자연미'를 의미하는 졸박(拙樸)에서도 연유한다. 졸박은 도가에서 유래한 풍격이다. 도가에서는 최고의 아름다움이 졸박이라고 하였다.[21] '졸(拙)'은 '교(巧)'의 반대, 즉 인공을 가하지 않은 상태이고, '박(樸)'은 가공하지 않은 통나무이니, 졸박은 인위가 없는 자연으로 도가 미학에서 추구하는 최고의 경지이다. 도가에서 가공을 배척하는 까닭은 가공하면 원래 면목을 잃어 자연에서 멀어지기 때문이다.[22] 이런 점에서 졸박은 '자연'과 같은 의미를 갖는 풍격이라고 하겠다.

---

20 「서황자사시집후(書黃子思詩集後)」, "유독 위응물과 유종원만이 간고(簡古)함에서 섬세하고 넉넉함을 드러내었고, 담백함에 지극한 맛을 기탁하였으니, 다른 이들이 미칠 바가 아니다.(獨韋應物·柳宗元, 發纖穠於簡古, 寄至味于淡泊, 非餘子所及.)"

21 『노자(老子)·45장』, "큰 기교는 졸박한 듯하다.(大巧若拙.)";『장자(莊子)·천도(天道)』, "소박하면 천하에 그것과 아름다움을 다툴 것이 없다.(樸素而天下莫能與之爭美.)"

22 『장자(莊子)·마제(馬蹄)』, "통나무를 잘라 그릇을 만든 것은 목수의 죄이고, 도덕을 훼손시켜 인의를 만든 것은 성인의 잘못이다.(夫殘樸以爲器, 工匠之罪也, 毀道德以爲仁義, 聖人之過也.)"

갈홍(葛洪: 284-364)은 "비록 색이 희다고 하더라도 물들이지 않으면 아름답지 않고, 비록 맛이 달다고 하더라도 가미하지 않으면 훌륭하지 않다.(雖云色白, 匪染不麗, 雖云味甘, 匪和不美.)"[23]고 하여 예술미는 자연미에 근원을 두지만, 자연미보다 뛰어나다는 주장을 폈다. 그러나 도가에서 자연을 높이는 것은 예술미를 부정하는 것이 아니고 도리어 작가에게 한 차원 높은 심미관을 요구하는 것이다.

도연명은 도가의 미학관에 근거하여, 인위적 기교를 배척하고 자연스런 상태인 졸박(拙樸)을 추구하였다. 「고향집에 돌아옴」 제1수에서, "남쪽 들가 황무지 개간하면서, 졸박함을 지키려 전원으로 돌아왔다.(開荒南野際, 守拙歸田園.)"라고 하였듯이 졸박을 그 본질로 하는 농촌 생활을 읊은 시들이 졸박한 풍격을 띠는 것은 당연하다. 황해장(黃海章)은 도연명시의 풍격이 참되고 소박하며 생동적이고 자연스럽다고 하면서 이는 노동을 읊고 전원을 읊은 데에서 비롯된 것이라고 하였다.[24] 졸박은 자연스러운 것, 질박한 것을 의미한다. 도연명시 가운데 졸박의 풍격을 띠는 구체적 예로, 「이사」 제2수를 들 수 있다.

春秋多佳日,   봄가을엔 좋은 날이 많아,

登高賦新詩.   높은 곳에 올라 새로운 시를 짓는다.

過門更相呼,   문에 들러 번갈아 불러서는,

---

23 『포박자(抱朴子)·욱학(勖學)』

24 황해장(黃海章), 『중국문학비평간사(中國文學批評簡史)』, 廣東人民出版社, 1981), p.76 참조.

有酒斟酌之.	술이 있으면 잔에 따라 권한다.
農務各自歸,	농사일로 각자 돌아갔다가,
閒暇輒相思.	한가한 틈에는 문득 서로 생각한다.
相思則披衣,	생각나면 옷 걸치고 찾아가,
言笑無厭時.	담소함에 싫증 날 때가 없다.
此理將不勝,	이러한 이치를 장차 이루다 누릴 수 없으리니,
無爲忽去妓.	갑자기 이곳을 떠나지 말지어다.
衣食當須紀,	입고 먹는 것 마땅히 경영해야 할 것이니,
力耕不吾欺.	힘써 짓는 농사가 나를 저버리지 않으리.

시의(詩意)나 시경(詩境) 모두 졸박한 모습을 띠고 있다. 황정견(黃庭堅)은 도연명시가 도달한 졸박의 경지를 다음과 같이 평하였다.

다듬는 데에 뛰어난 이들은 그의 시가 졸박하다고 여기는 경우가 많고, 절제하는 데에 막힌 이들은 종종 그의 시가 방탄하다고 여긴다. 공자가 "영무자(甯無子)는, 그 지혜는 따라갈 수 있겠지만 그 어리석음은 따라갈 수 없다."고 하였듯이 도연명의 졸박과 방탄을 어찌 알지 못하는 자들에게 말할 수 있겠는가.(巧於斧斤者, 多疑其拙, 窘於檢括者, 輒病其放. 孔子曰, 甯無子, 其智可及也, 其愚不可及也. 淵明之拙與放, 豈可爲不知者道哉.)[25]

25 「제의가시후(題意可詩後)」

이는 도연명시의 졸박함이 보통 사람들은 쉽게 이해할 수 없음을 강조한 표현이다. 졸박의 풍격이 도연명시에서 유감없이 발휘되었음을 지적하여, 주희(朱熹)는 다음과 같이 도연명시의 훌륭한 점이 바로 자연천성(自然天成)에 있음을 강조하였다.

도연명의 시가 뛰어난 까닭은 바로 (의식적인) 안배를 도모하지 않고 마음속에서 자연스럽게 흘러나온 데에 있다. 소동파(蘇東坡)는 편(篇)마다 구(句)마다 운(韻)에 따라 화작(和作)하였는데, 비록 그의 뛰어난 재능으로 힘들여 한 것은 아닌 듯하지만, 그러나 이미 그 자연스러운 풍취는 잃어 버렸다.(淵明詩所以爲高, 正在不待安排, 胸中自然流出. 東坡乃篇篇句句, 依韻而和之, 雖其高才, 似不費力, 然已失去其自然之趣矣.)[26]

도연명은 시를 짓기 위해 고민하기 보다는 자신의 수양과 인생경험을 바탕으로 담담히 회포를 서술해 내었다고 할 수 있겠다. 주희는 도연명의 시가 자연스러운 까닭이 여기에 있음을 밝힌 것이다. 주광잠(朱光潛)은 『시론(詩論)』에서, "(도연명의 시는) 모두가 자연 본연의 모습이며 천의무봉(天衣無縫)으로, 예술의 지극한 경지에 이르렀으면서도 사람들로 하여금 그것이 예술인지 조차도 잊게 한다.(全是自然本色, 天衣無縫, 到藝術極境, 而使人忘其爲藝術.)"[27]라고 하여 그 자연스러

---

[26] 고염무(顧炎武), 『일지록(日知錄) · 작시지지(作詩之旨)』
[27] 『시론(詩論)』(臺北, 漢京文化事業有限公司, 1882), p.255.

움에 대해 극찬하였는데, 도연명시가 화려함이나 기교를 뛰어넘는 졸박한 풍격을 띠고 있기 때문에 자연스러울 수 있었고, 이것이 평담한 풍격의 바탕이 되었다고 하겠다.

2. 함축(含蓄)

문학작품 속에 구사되는 문자인 '언(言)'과 그것을 통해 구현되는 사상감정인 '의(意)'의 관계는 예로부터 문인들의 중요한 관심이 되어 왔다. 『주역(周易)·계사상(繫辭上)』에서는, "글은 말을 다 표현하지 못하고, 말은 뜻을 다 표현하지 못한다.(書不盡言, 言不盡意.)"라 하여 언(言)의 한계성을 제시하였다. 장자는 "통발이란 것은 물고기를 잡는 데에 목적이 있으니, 물고기를 잡았으면 통발은 잊을 것이다. 올무란 것은 토끼를 잡는 데에 목적이 있으니, 토끼를 잡았으면 올무는 잊을 것이다. 말이란 것은 뜻을 얻는 데에 목적이 있으니, 뜻을 얻었으면 말은 잊을 것이다.(筌者所以在魚, 得魚而忘筌. 蹄者所以在兎, 得兎而忘蹄. 言者所以在意, 得意而忘言.)"[28]라고 하였는데, 장자의 주장은 『주역(周易)』에서 언급한 언(言)의 한계성보다는 언(言)이라는 수단과 의(意)라는 목적의 정확한 인식을 강조한 것으로 이해된다.

후한대에 들어온 불교가 도(道)는 실존적 체험을 통한 심득(心得)

---

[28] 『장자(莊子)·외물(外物)』

만이 가능함을 역설하면서, 전통적 언의지변(言意之辯)에 힘을 실어
주게 되었다. 위진대에 일어난 현학(玄學)에서는 언의지변이 문학 창
작과 감상의 기준이 되었다. 이후로 함축적 표현은 시문에서 지극한
경지로 여겨졌다. 유협(劉勰)이 『문심조룡(文心雕龍)』에 「은수(隱秀)」
편을 두어 함축의 수법인 '은(隱)'을 설명하면서, '은(隱)'의 본질은 의
(意)가 문외(文外)에 자리잡음에 있다고 하였다.[29] 이후 문학작품 특
히 시에서 함축을 중시하는 태도는 갈수록 심화되었다.[30]

특히 시는 상징(象徵)과 비유(比喩) 등의 수사를 통해 시인의 뜻을
전하는 것이기 때문에 그 표현은 더욱 함축적이다. 함축은 모호(模
糊)와는 다른 것으로, 작가는 독자를 위해 작품 속에 유도성(誘導性)
과 지향성(指向性)을 갖추어 두어야 한다. 독자는 이에 근거하여 연상
(聯想)과 상상(想像)을 통한 재구성(再構成)의 과정을 거쳐, 시인이 구
체적으로 표현할 수 없었던 '의(意)'를 포착해 내는 것이다.

도연명은 언(言)의 한계를 인정하고 의(意)의 체득을 강조하였다.
「술을 마시며」 제5수는 '말은 뜻을 다 표현하지 못한다.'는 입장에
서, '말이란 것은 뜻을 얻는 데에 목적이 있으니, 뜻을 얻었으면 말은
잊을 것'을 시화(詩化)한 내용이다. 후반부만을 인용하여 살펴본다.

---

[29] 『문심조룡(文心雕龍)·은수(隱秀)』, "글의 훌륭함에는, 빼어난 것이 있고 함축적인 것이 있
다. 함축이라는 것은 글자 밖의 이중의 뜻이다.(文之英蕤, 有秀有隱, 隱也者, 文外之重旨者也.)"
[30] 강기(姜夔), 『백석도인설시(白石道人說詩)』, "말은 함축(含蓄)을 귀하게 여긴다. 동파(東坡)가
이르기를, '말은 다했지만 뜻은 무궁한 것이 천하의 지극한 글[지언(至言)]이다.'라고 하였는
데, 황산곡은 이 점에 더욱 주의하였다.(語貴含蓄, 東坡云, 言有盡而意無窮者, 天下之至言也. 山谷
尤謹於此.)"

...	...
山氣日夕佳,	산 기운은 저녁 되어 아름다운데,
飛鳥相與還.	나는 새들이 더불어 돌아간다.
此中有眞意,	이 가운데에 참뜻이 있으니,
欲辯已忘言.	따져서 말하려다 이미 말을 잊었다.

낮 동안 활발하게 날던 새들도 저녁 되어 쉴 곳으로 돌아가는 모습, 즉 타고난 생리대로 살아가는 것이 순응자연(順應自然)이다. 시인도 자연의 존재들과 마찬가지로 휴식을 취하게 될 것이다. 산(山)과 새와 시인이 구분되지 않는 자연의 일부로 존재하는 물아일체(物我一體)의 경지이다. 이것이 바로 자연의 이치가 만물에 구현되어 있는 것으로, 도가에서 말한 도(道)의 작용이다. 구체물의 묘사 속에 순응자연과 물아일체의 추상적 경지를 함축하고 있다. 이른바 '말은 다했지만 뜻은 무궁한(言有盡而意無窮)' 경지이다.

도연명시의 함축은 혼란한 세상을 만나 자신의 감회를 은회(隱晦)의 수법으로 표현할 수밖에 없었던 데에서도 기인한다. 「양장사(羊長史)에게 증정함」에서 보인 함축이 그것이다. 이 시는 양송령(羊松齡)이 좌장군(左將軍) 주령석(朱齡石)의 명으로, 유유(劉裕)의 북벌(北伐) 성공을 축하하는 사절로 떠나게 되자 송별하면서 자신의 감회를 서술한 시이다. 역시 후반부만을 인용하여 살펴본다.

多謝綺與甪,　　　기리계와 녹리께 잘 안부 드리고,

精爽今何如.　　　혼백은 지금 어떠신지 물어주오.

紫芝誰復採,　　　붉은 지초는 누가 또 딸 것인가,

深谷久應蕪.　　　깊은 골짜기는 오래되어 묵어 있으리라.

駟馬無貰患,　　　사마 타는 사람들 근심 없애지 못하나,

貧賤有交娛.　　　빈천한 이들은 계속되는 즐거움 있다 하였지.

淸謠結心曲,　　　맑은 노래가 마음속에 맺혀 있는데,

人乖運見疎.　　　사람은 떠났고 시대도 멀어졌구나.

擁懷累代下,　　　여러 대 뒤에서 그리움 간직한 채,

言盡意不舒.　　　말은 다 했지만 뜻은 펴지지를 않는구나.

위에서 읊고 있는 상산사호는 주(周), 진(秦), 한(漢)의 교체기를 살면서 자신들의 고매한 인격을 손상시키지 않았던 사람들이다. 왕조가 교체되는 때를 만나 현실에 대한 상심을 노골적으로 표현하지 못하고, 이들을 경모하는 마음에 의탁하여 나타냄으로써 상심의 깊이를 더하고 있다. 이러한 시대적 상황이 도연명의 시가 함축의 풍격을 띠는 데에 큰 작용을 하였다. 청(淸) 심덕잠(沈德潛)은 『설시수어(說詩晬語)』에서, "도연명은 명신(名臣)의 후예로서 왕조 교체기를 만나 말을 하고 싶어도 말하기가 어려워, 때때로 뜻을 기탁하였으니 「형가(荊軻)를 노래함」한 편만이 그런 것이 아니다.(陶公以名臣之後, 際易代之時, 欲言難言, 時時寄託, 不獨詠荊軻一章也.)"라고 하였는데, 도연명의 시가 함축적 특성을

지니게 된 배경을 시대상과 연관지어 설명한 것이다.

도연명은 시의 표현기교 면에서도 함축적인 표현을 잘 구사하였다. 송(宋)의 나대경(羅大經)은 말하기를, "「고시십구수(古詩十九首)」 제15수에서, '인생이 백 년도 되지 않는데, 항상 천 년의 근심을 지닌다.'라고 한 것을, 도연명은 '인생은 짧은데 생각은 항상 많다.'[31]는 다섯 자로 모두 표현하였다.(古詩云, 生年不滿百, 常懷千歲憂. 而淵明以五字盡之曰, 世短意常多.)"라고 하여 도연명시의 함축적인 특징을 지적하였다.[32] 또 당경(唐庚)은, "당인(唐人)의 시에, '산승(山僧)은 갑자(甲子)를 따질 줄 모르지만, 나뭇잎 하나 지자 세상이 가을되었음을 안다.'라고 하였는데, 도연명의 시에서, '비록 달력의 기록 없지만, 네 계절이 저절로 한 해를 이루어 간다.'라고 읊은 구절을 보고서 당인(唐人)의 힘 낭비가 이러함을 깨닫게 되었다.(唐人有詩云, 山僧不解數甲子, 一葉落知天下秋. 及觀淵明詩云, 雖無紀曆誌, 四時自成歲. 便覺唐人費力如此.)"[33]라고 하여 도연명이 함축적 표현에 뛰어났음을 지적하였다. 이전에 종영(鍾嶸)은 벌써 도연명의 시를 평하여, "문체는 생략되고 깨끗하여, 거의 장황한 말이 없다.(文體省淨, 殆無長語.)"[34]라고 하였는데, 도연명시에 내재되어 있는 함축적 특징에 대해 간략하면서도 적절하게 내린 평어(評語)라고 하겠다.

[31] 「구일에 한가하게 있으면서九日閑居」
[32] 『학림옥로(鶴林玉露)』
[33] 『당자서문록(唐子西文錄)』
[34] 종영(鍾嶸), 위의 책, p.40.

3. 해학(諧謔)

중국 고대의 제왕 가운데에는, '배우〔우(優)〕'를 옆에 두고 그들의 해학(諧謔)을 즐긴 이들이 있었다. 서한(西漢) 초기의 무제(武帝)가 그런 경우로, 동방삭(東方朔), 매승(枚乘), 사마상여(司馬相如) 등이 무제를 위해 해학을 일삼았다. 이들의 해학을 특히 '골계(滑稽)'라고 하였는데, 이 경우의 해학은 몸짓이나 동작이 아니라 주로 문자(文字)를 통해 이루어진 것이기 때문에, '우(優)'는 문인이기도 하였다. 이렇듯 해학은 일찍부터 존재하였고 문학과 관계가 깊었다.[35]

도연명은 해학적인 표현을 잘 구사하였는데, 그 풍격은 세 방면에서 비롯되었다. 전원생활 중의 만족감에서 나온 해학, 비판을 기탁한 풍자 또는 체념의 뜻이 함축된 해학, 인생에 대한 달관으로부터 나온 해학 등이 그것이다.

첫째, 전원생활 중의 만족감으로부터 나온 해학으로, 「유채상의 시에 화답함和劉柴桑」을 예로 들 수 있다.

```
    …           …
谷風轉凄薄,    동풍이 아직은 싸늘하게 와 닿지만,
春醪解飢劬.    봄 막걸리로 허기와 피로를 푼다.
```

---

[35] 주광잠(朱光潛), 위의 책, PP.25~26 참조.

弱女雖非男,	탁한 막걸리가 비록 좋은 술은 못되나,
慰情良勝無.	마음 위로하는 데는 진정 없는 것보다 낫다.
栖栖世中事,	위태위태한 세상의 일은,
歲月共相疎.	세월 갈수록 (나와는) 서로 멀어진다.
耕織稱其用,	경작과 길쌈은 쓰기에 맞게 할 뿐,
過此奚所須.	그보다 더해서 어디에 필요하리오.
去去百年外,	세월이 흘러 죽은 뒤에는,
身名同翳如.	몸과 이름 모두 가물가물해질 텐데.

"봄 막걸리로 허기와 피로를 푼다."라고 한 것처럼, 예로부터 농촌에서는 막걸리가 갈증과 허기를 풀어 주는 음료로 애용되었는데, "탁한 막걸리가 비록 좋은 술은 못된다.(弱女雖非男.)"에서는 막걸리를 '보잘것없는 딸〔약녀(弱女)〕'로, 좋은 술을 '아들〔남(男)〕'로 비유하고, 이어서 "마음 위로하는 데는 진정 없는 것보다 낫다.(慰情良勝無.)"라고 하여 도연명 특유의 해학을 보이고 있다.

「아들들을 나무람責子」은 도연명 44세에 다섯 아들을 대상으로 읊은 시인데, 제목과 달리 자식에 대한 사랑과 해학이 넘친다. 내용을 고려해 볼 때, 제목부터 해학을 내포하고 있다.

白髮被兩鬢,	흰머리가 양 귀밑을 덮고,
肌膚不復實.	살결도 이제는 실하지 못하다.
雖有五男兒,	비록 다섯 아들이 있지만,

總不好紙筆.	모두 종이와 붓을 싫어한다.
阿舒已二八,	아서는 벌써 열여섯이건만,
懶惰故無匹.	게으르기 진실로 짝이 없다.
阿宣行志學,	아선은 장차 학문에 뜻을 둘 나이(15세)인데,
而不愛文術.	글공부를 좋아하지 않는다.
雍端年十三,	옹과 단은 나이가 열세 살이건만,
不識六與七.	여섯 더하기 일곱도 모른다.
通子垂九齡,	통이란 녀석 거의 아홉 살이 돼가는데,
但覓梨與栗.	그저 배와 밤만 찾는다.
天運苟如此,	타고난 운이 진실로 이와 같으니,
且進杯中物.	그저 술이나 들이켤 밖에.

차주환은 이 시를 두고, '자식 사랑〔애자(愛子)〕'의 뜻을 해학적으로 표현한 것이라고 하였는데,[36] 다섯 아들이 공부하기를 좋아하지 않음을 지적하면서도 "여섯 더하기 일곱도 모른다."거나 "그저 배와 밤만 찾는다."라고 읊은 데에서 해학을 살필 수 있다. 공부는 잘하지 못해도 악착스럽지 않고 건강하게 자라는 자식들에 대한 사랑이 행간에 배어 있다. 특히 마지막 연의 "타고난 운이 진실로 이와 같으니, 그저 술이나 들이켤 밖에."라고 한 데에서는, 해학과 체념의 복잡한 심사를 보이고 있다.

---

[36] 차주환(車柱環), 「도연명시(陶淵明詩)의 특성(特性)」(서울大 碩士學位論文, 1954), p.31.

둘째, 비판을 위한 해학이다. 「주속지(周續之)·조기(祖企)·사경이 (謝景夷) 세 사람에게 보임示周續之祖企謝景夷三郎」는 주속지를 비판 하는 시인데, 그 내용이 해학적이어서 박절하지 않다.

…	…

周生述孔業, 　　주(周)선생이 공자의 학업을 강술하자,

祖謝響然臻.　　조기(祖企), 사경이(謝景夷) 등이 메아리같이 이르렀 　　　　　　　　다지.

道喪向千載,　　도가 사라진지 천년이 가까워 오는데,

今朝復斯聞.　　오늘 아침에 다시 이런 소식 들었구나.

馬隊非講肆,　　마대(馬隊)는 강습할 곳 아닌데도,

校書亦已勤.　　책의 교감까지 부지런히 하신다지.

　　…　　　　　　…

주속지가 여산(廬山)에 은거하다가 강주자사(江州刺史) 단소(檀韶) 의 요청에 응하여 주부(州府)로 나왔다. 이에 도연명은 초지(初志)를 굽힌 그의 행위를 해학의 방법으로 비판하고 있다. 따라서 그 권고 가 친구간의 정을 해치지 않는 완곡함에 그칠 수 있었다. 청(淸) 온여 능(溫汝能)은 "말은 비록 해학적이나 마음은 본디 정성스럽고 절실하 다. 옛 사람들의 우정이 구차하지 않았음을 여기에서 볼 수 있다.(語 雖詼謔, 意本肫切. 古人交誼不苟, 於此可見.)"[37]라고 평하였다.

「『산해경』을 읽고서」 제5수에서 읊은, "세상에서 필요한 것 없고,

오직 술과 오래 사는 것뿐이다. (在世無所須, 惟酒與長年.)"라는 해학은
세상에 대한 희망과 기대를 접은 체념을 해학적으로 드러낸 것이다.
비슷한 예로, 「술을 마시며」 제20수의 마지막 연에서 읊은 "다만 유
감스럽게도 잘못 많겠지만, 그대는 마땅히 취한 사람 용서하시게.(但
恨多謬誤, 君當恕醉人.)"라는 표현이 있다. 도연명은 혼란한 세상에서
많은 사람들이 화를 당하는 것을 보았다. 이에 현실과 당시 사람들
에 대한 비판을 담고 있는 「술을 마시며」 20수를 마무리하면서 자신
의 비판적 표현을 술에 의탁하여 양해를 구한다는 식의 해학으로 마
무리한 것이다.

셋째, 인생에 대한 달관에서 오는 해학이다. 「만가」 제1수에서 이
런 해학을 살필 수 있다.

有生必有死,	태어나면 반드시 죽게 되니,
早終非命促.	일찍 죽는다고 명이 짧은 것은 아니다.
昨暮同爲人,	어제 저녁에는 같은 사람이었는데,
今旦在鬼錄.	오늘 아침에는 귀신 명부에 있구나.
魂氣散何之.	넋과 기운은 흩어져 어디로 가는가.
枯形寄空木.	마른 몸체만 빈 나무에 의탁해 있다.
嬌兒索父啼,	예쁜 아이들 아버지 찾으며 울고,
良友撫我哭.	좋은 벗들은 나를 어루만지며 곡한다.

---

37 『도시휘평(陶詩彙評)』, 『도연명시문휘평(陶淵明詩文彙評)』, p.65.

得失不復知,	잘잘못을 다시는 알지 못하니,
是非安能覺.	시비인들 어떻게 깨달을 수 있으리오.
千秋萬歲後,	천년 만년 지난 후에,
誰知榮與辱.	누가 영화이었는지 치욕이었는지를 알리오.
但恨在世時,	다만 한스러운 것은 세상에 있을 때,
飮酒不得足.	술 마시는 일 넉넉하지 못했던 것뿐.

도연명은 죽음을 앞두고 「만가」 3수를 썼는데, 죽은 후의 자신과 그 상황을 상상을 통하여 제삼자의 입장에서 담담히 그려낸 것이다. 위에 든 제1수에서, 죽음에 대한 달관적 자세와 거기에서 비롯된 해학적 정취를 살필 수 있다. 특히 마지막 연에서 죽음에 대한 달관을 해학을 통해 드러내고 있다.

「술 끊기止酒」는 술 마시는 것이 몸에 좋지 않음을 느끼고, 끊고 싶은 마음을 갖게 되었으나 술을 끊을 수 없음을 해학적으로 표현한 시이다.

居止次城邑,	사는 곳이 도시에 자리 잡았으나,
逍遙自閑止.	소요하며 스스로 한가롭다.
坐止高蔭下,	앉는 것은 높은 나무 그늘 아래에 멈추고,
步止蓽門裏.	걷는 것은 사립문 안에 멈춘다.
好味止園葵,	좋은 맛은 텃밭의 아욱에서 그치고,
大歡止稚子.	큰 즐거움은 어린 자식에서 그친다.

平生不止酒,	평생 술을 끊지 못했으니,
止酒情無喜.	술을 끊으면 마음에 기쁨이 없어서이다.
暮止不安寢,	저녁에 끊으면 편안히 잠들지 못하고,
晨止不能起.	아침에 끊으면 일어날 수가 없다.
日日欲止之,	날마다 끊으려 하였지만,
營衛止不理.	몸의 기능이 멈추어 제대로 돌지 않는다.
徒知止不樂,	단지 술 끊으면 즐겁지 않은 것만 알고,
未信止利己.	술 끊는 것이 자신에게 유익한 것은 믿지 않는다.
始覺止爲善,	비로소 끊는 것이 좋다는 것을 깨닫고서는,
今朝眞止矣.	오늘 아침에 정말로 끊게 되었다.
從此一止去,	이로부터 한결같이 끊어버리면,
將止扶桑涘.	장차 부상의 물가에 이르리라.
淸顔止宿容,	맑은 얼굴이 예전의 모습대로 머물 것이니,
奚止千萬祀.	어찌 천만년에 그칠 뿐이겠는가.

첫 4구는「술을 마시며」제5수에서 보인, "사람들 사는 곳에 오두막집을 엮었으나, 수레와 말의 시끄러움이 없다. 묻노니 그대는 어떻게 그럴 수 있는가. 마음이 초원하니 땅은 절로 외지다네.(結廬在人境, 而無車馬喧. 問君何能爾. 心遠地自偏.)"라고 읊은 경지와 같다.「정신의 풀이」에서, "날마다 취하면 혹 잊을 수는 있겠지만, 아마 수명을 재촉하는 도구나 아닌지.(日醉或能忘, 將非促齡具.)"라고 한 말에서 알 수 있듯이 도연명은 술이 양생(養生)에 좋지 않음을 알고 있었다. 술을

끊어 맑은 정신과 깨끗한 몸을 간직할 수 있다면 신선이 될 수도 있을 테지만, 신선은 기약할 수 없고 술은 안 마실 수 없다. "저녁에 끊으면 편안히 잠들지 못하고, 아침에 끊으면 일어날 수 없기" 때문이다. 결국 그는 평생 술을 끊지 못하고 죽을 때까지 여전히 술을 마셨다. 이 시는 해학의 의경(意境)에다가 '지(止)'자를 통한 문자유희(文字遊戱)까지 더해져 해학의 정취가 넘친다.

「무신년 6월 중에 화재를 당함戊申歲六月中遇火」에서는, "한 밤중 우두커니 서서 이것저것 생각하며, 한번 돌아봄에 온 하늘을 두루 보았다.(中宵佇遙念, 一盼周九天.)"라고 하여, 화재로 집이 전소되어 배에서 임시로 거처하는 곤경을 해학적으로 표현하였다. 한밤중에 지붕 없는 배에서 쳐다본 하늘은 한 번에 두루 둘러 볼 수 있다. 당시 시인의 곤경을 상상하기가 어렵지 않다. 이러한 곤경을 해학적으로 표현함으로써 그 곤경에 빠져 괴로워하는 모습이 아닌 달관적 경지를 보이고 있다. 호적(胡適)은 "도잠(陶潛)과 두보(杜甫)는 모두 해학의 풍취를 지녔던 사람들이었다. … 그러므로 곤궁과 굶주림 가운데에서도 발광에 이르지 않았고 타락에 이르지도 않았다.(陶潛與杜甫, 都是有詼諧風趣的人. … 故雖在窮餓之中, 不至於發狂, 也不至於墮落.)"[38]라고 하였는데, 이는 달관에서 비롯된 해학적 정취를 지적한 평이라고 하겠다.

---

[38] 주광잠(朱光潛), 위의 책, p.32. 재인용

이상에서 도연명시가 띠고 있는 풍격들을 살펴보았는데, 도연명시의 전체적인 풍격은 평담이다. 그러나 그 평담이 평이하고 천박하지 않은 것은 그 속에는 깊이 있는 내용에서 우러나오는 충담(沖淡)이 있고, 밖은 담백하지만 안이 기름진 고담(枯淡)이 있고, 인위적이지 않아 자연스러운 졸박(拙樸)이 있고, 말은 평범하지만 뜻은 고원한 함축(含蓄)이 있기 때문이다. 따라서 해학을 제외한 나머지 풍격들은 평담이란 한 가지 풍격으로 수렴될 수 있다. 도연명의 시에 대해 여러 풍격이 거론될 수 있겠으나 평담한 기조는 도연명의 시가 띠고 있는 대표적인 색조로, 그의 성격이 자연스러웠던 점, 생활이 소박했던 점, 사상이 진실되었던 점 등에서 비롯된 풍격이라고 하겠다.

도연명시의 문학사적 의의(意義)

도연명시가 중국문학, 나아가 세계문학에서 지니는 의의와 가치는 중국의 어느 문인 못지않게 크다. 그 두드러진 것으로 네 가지를 들 수 있다. 첫째, 도연명은 한대(漢代) 이후 등장한 오언고시(五言古詩)라는 문학 장르를 최고의 경지로 끌어올렸다. 둘째, 처음으로 전원이 시의 주제가 되는 전원시를 써서 중국문학사상 전원문학이라는 새로운 경지를 열었다. 셋째, 혼란한 세상에서 절개와 인격을 굳게 유지하였고 이러한 자세와 가치관을 글로 남겨 후인들에게 지식인으로 지켜갈 하나의 모범을 제시하였다. 넷째, 노자의 '소국과민(小國寡民)'의 정치관과 기존의 이상향관(理想鄕觀)을 수용하고 자신의 전원생활의 경험과 바람을 종합하여 「도화원시와 기문」을 남김으로써, 중국문학에서 하나의 이상향을 창조해 내었다. 이상의 의의와 가치에 대하여 다음에서 보다 구체적으로 살펴본다.

1. 오언고시(五言古詩) 완성

오언(五言)의 시체(詩體)는 한대(漢代) 악부민가(樂府民歌)가 오언으로 정형화하면서 비롯되었다. 동한(東漢)의 반고(班固)에 이르러 비로소 오언의 정체(正體)로 인정되는 「영사시」가 출현하였고, 한말(漢末) 건안기(建安期)에는 많은 문인들이 오언시를 써냄으로써 하나의 시체로 확정되었다. 이후 위진대에 이르러 오언은 사언체(四言體)를 대신하여 문인들이 애용하는 시체가 되었는데, 오언시에 관한 고찰로 가장 주목할 만한 것이 종영(鍾嶸)이 지은 『시품(詩品)』이다. 종영은 오언시의 기원에서부터 자신이 생존했던 남조 양대(梁代)에 이르기까지 오언시를 남긴 시인과 시에 대하여 상중하의 세 단계로 등급을 매기고 평론을 가하였다. 오언시의 기원과 발전에 대하여, 그 기원을 이릉(李陵: B.C.약 139-74)에 두었고,[1] 양한에 걸쳐 부진하다가 건안기에 와서 대성하였음을 밝혔다. 종영은 건안시기의 오언시가 풍골(風骨)과 필력(筆力)을 갖추어, 조식(曹植) 등 이때에 활동했던 시인들을 가장 뛰어난 시인으로 여겼다.[2] 이때의 시가 뛰어난 이유는 시인의 개

---

[1] 종영(鍾嶸), 위의 책, p.2. "한(漢)의 이릉(李陵)에 이르러, 비로소 오언(五言)이라는 명칭이 나타났다.(逮漢李陵, 始著五言之目矣.)"

성이 시에 표현된 점, 즉 시의 서정성(抒情性)이 확보되었다는 점이다. 유협(劉勰)도 이 점을 중시하여, 이 시기의 시인들이 "강개한 마음으로 기운에 맡기고, 대범하게 재능을 구사하였다.(慷慨以任氣, 磊落以使才.)"[3] 라고 평하였다. 이렇게 서정성을 확보함으로써 오언시는 사언시를 대신하는 시체로 자리잡게 되었다.

한말의 「고시십구수(古詩十九首)」, 위조(魏朝)의 조조(曹操) 삼부자, 건안칠자(建安七子), 죽림칠현(竹林七賢) 등이 보인 오언시의 서정성은 서진(西晉)에서의 형식적 기교를 중시하는 풍조와 동진(東晉)에서의 유선시(遊仙詩), 현언시(玄言詩)의 등장으로 삭막해졌다. 도연명은 이러한 때에, 전원에서 체득한 삶의 이치를 담담히 그려냄으로써 오언시의 서정성(抒情性)과 예술성(藝術性)을 최고의 경지로 끌어올렸다. 청(淸) 이중화(李重華)는 말하기를, "오언고시는 도연명에게서 최고의 경지에 이르렀다고 하겠으니, 후인들은 쉽게 모방해 낼 수 없었다.(五言古以陶靖節爲詣極, 但後人輕易摹倣不得.)"[4]라고 하여 도연명의 오언시가 오언시 발전의 최고에 이르렀다고 하였다. 유대걸(劉大杰)도 오언시의 발전 과정에 대하여 언급하면서 그 완성을 다음과 같이 도연명 시에 두고 있다.

---

[2] 종영(鍾嶸), 위의 책, p.5, "조식이 건안(建安)의 최고로, … 오언(五言)의 으뜸이고 문사(文詞)로 세상에 이름을 날린 자이다.(陳思爲建安之傑, … 五言之冠冕, 文詞之命世也.)"

[3] 『문심조룡(文心雕龍)·명시(明詩)』

[4] 『정일재시화(貞一齋詩話)』

오언의 시형(詩形)은 한말의 「고시십구수」에서 그 기초가 다져졌고 건안기에 정착되었으며 정시(正始)·태강(太康)·영가(永嘉)의 시기를 거치며 발전하였고 도연명에 이르러 완성되었다.[5]

오언시의 확립과 발전, 그리고 완성에 대한 유대걸의 총평은 명료하다. 오언시가 도연명에 이르러 완성되었다고 단정하고 있다. 이는 도연명에 이르러 완성된 오언시를 바탕으로, 남조(南朝)를 거치면서 형식적 기교가 강구되어 당대(唐代)에 근체시(近體詩)가 출현한 점을 고려할 때, 문학사적 흐름을 제대로 지적한 평이라고 하겠다.

원행패(袁行霈)는 도연명과 사령운의 문학적 성취를 비교하면서, 일반적으로 문학사에서 위진남북조를 한 시기로 묶어 다루는 것을 반대하여 위진과 남조를 구분하여 논하였다. 그는 그 근거로 위진시는 위로 한시(漢詩)를 계승하여 고박한 시풍을 띠는 반면, 남조시는 위진의 고박함을 변화시켜 성색(聲色)을 추구한 점을 들면서 그 전환점이 도연명과 사령운이라고 하였다. 즉 "도연명은 위진의 고박(古朴)한 시가의 집대성자로 위진 시가는 그에 이르러 고봉(高峰)에 이르렀고, 사령운은 별도의 길을 열어 남조시대의 새로운 풍조를 열었다.(陶淵明, 是魏晉古朴詩歌的集大成者, 魏晉詩歌, 在他那裏, 達到了高峰, 謝靈運, 却另闢蹊徑, 開創了南朝的一代新風.)"[6]라고 규정하면서 두 사람

---

5   유대걸(劉大杰), 위의 책, p.251.
6   원행패(袁行霈), 『중국시가예술연구(中國詩歌藝術研究)』(北京大出版社, 1987.) p.195.

의 특징으로 도연명은 '뜻을 그리는[사의(寫意)]' 명수이고 사령운은 '경치를 그리는[사경(寫景)]' 명수라고 하였다.[7] 포붕산(鮑鵬山)은 「중국고전시가내재결구지변천(中國古典詩歌內在結構之變遷)」에서, 도연명의 「잡시」 제3수를 서술형(敍述型)에서 묘회형(描繪型)으로 넘어가는, 고시(古詩)와 근체시(近體詩)의 과도적 작품이라 하였다.[8] 바꾸어 말하면 도연명은 오언고시의 완성자이자 근체시(近體詩)의 선하(先河)를 연 사람이라는 것이다.

강성위(姜聲尉)가 「방회(方回)의 시학이론(詩學理論) 연구」에서, "방회는 두보에게서 율시(律詩)의 전범(典範)을 배우고자 하였고 도연명에게서 고시(古詩)의 전범을 배우고자 하여 두보와 함께 도연명을 즐거이 거론하였다."고 지적하였듯이[9] 도연명에 이르러 오언고시는 그 발전이 정점(頂点)에 이르게 되어 후대의 문인들은 고시의 전범을 도연명시에 두곤 하였다. 도연명시에 대한 올바른 평가는 형식적 아름다움 위에 진실된 내용을 중시하였던 당송대에 이르러서야 제대로 이루어지기 시작하였다. 당(唐) 이후 문인들이 도연명시를 읽고 애호하였으며 화운(和韻)하고 모방함으로써, 그의 시는 후대 문인들에게 의경(意境), 내용(內容), 시법(詩法) 등 여러 방면에서 오언고시의 전범이 되었다. 다음의 기록들에서 이점을 확인할 수 있다.

7　원행패, 위의 책, p.197.

8　문사철편집부(文史哲編輯部), 『문사철(文史哲)』(山東大學, 1997. 第3期), p.71.

9　강성위(姜聲尉), 「방회(方回)의 시학이론(詩學理論) 연구」(서울대 博士學位論文, 1996) p.25.

1.

주희(朱熹) : 내가 후대에 태어나, 시가 잘 지어진 것을 보면 마음을 기울여 배우려고 하였다. 마침내 도연명시의 평측(平仄)과 용자(用字)를 가지고, 하나하나 그에 따라 지었다. 한 달이 지난 후 곧 스스로 지을 수 있게 되었고 다른 책이 필요 없게 되었으니, 그제야 시를 짓는 법을 터득하였다.(某後生, 見做得詩好, 銳意要學. 遂將淵明詩平仄用字, 一一依他做. 到一月後, 便解自做, 不要他本子, 方得作詩之法.")[10]

2.

진덕수(陳德秀) : 도연명의 글은 그 자체를 한 체제로 하고『시경(詩經)』, 『초사(楚辭)』의 뒤에 붙여 시의 근본 법칙으로 삼아야 한다.(淵明之作, 宜自爲一編, 以附于三百篇·楚辭之後, 爲詩之根本準則.)[11]

3.

심덕잠(沈德潛) : 당인(唐人) 중에 (도연명의 시를) 본받아 계승한 자로서, 왕유(王維)는 그의 청유(淸腴)함을 얻었고 맹호연(孟浩然)은 그의 한원(閒遠)함을 얻었으며, 저광희(儲光羲)는 그의 박실(樸實)함을 얻었고 위응물(韋應物)은 그의 충화(沖和)함을 얻었으며, 유종원(柳宗元)은 그의 준결(峻潔)함을 얻었다. 모두가 도연명을 배웠는데, 자신의 성향과 비슷한 점을 터득하

10 차주환(車柱環), 위의 논문, p.21 재인용.
11 왕정장(王定璋), 위의 책, p.240 재인용.

였다.(唐人祖述者, 王維有其淸腴, 孟浩然有其閒遠, 儲光義有其樸實, 韋應物有其
沖和, 柳宗元有其峻潔. 皆學陶焉, 而得其性之所近.)[12]

당 이후에도 고시가 끊이지 않고 지어졌지만 이미 주도권은 근체
시로 넘어갔으니, 중국시사상 오언고시의 완성을 도연명시에 두는 데
에 무리가 없을 것이다. 도연명은 한(漢)의 악부민가(樂府民歌), 「고시
십구수(古詩十九首)」, 완적(阮籍), 좌사(左思) 등으로 이어지는 질박하
면서도 깊이 있는 오언고시의 전통을 계승하여 집대성한 시인이라고
하겠다.

2. 전원문학(田園文學) 형성

『시경(詩經)』 이래 농사를 읊은 시가 있어 왔지만, 농사는 단순한
소재로 등장할 뿐 전원생활의 감수(感受)나 직접 농사짓는 체험을 노
래한 것이 아니었다. 그것은 시를 짓고 이해할 수 있었던 지식인 계
층이 농촌 생활이나 농촌 풍경에 대해 방관자 또는 관찰자의 입장에
머물렀기 때문이다. 도연명은 이러한 한계에서 벗어나 직접 농사에
참여하였고 농사를 주제로 한 시를 써냄으로써 중국문학사에 처음
으로 전원문학이라는 시가가 등장하게 되었다. 도연명은 전원과 자

---

[12] 『설시수어(說詩晬語)』, 유대걸(劉大杰), 위의 책, p.283 재인용.

연에 대한 애착, 전원생활의 즐거움, 직접 농사지으면서 느낀 감수와 자부심 등 전원생활의 정서를 담담하게 그려내었다. 이후 전원은 시인들에게 중요한 시의 주제가 되었다.

당대(唐代) 이전에는 양(梁)의 강엄(江淹), 북주(北周)의 유신(庾信) 등이 전원시라고 할 수 있는 시를 지어 도연명 이후의 전원시의 명맥을 이었으나 일시적 감흥에 불과한 정도였다. 성당(盛唐)에 와서야 비로소 도연명의 성취를 이어 맹호연, 왕유 등이 전원이나 자연을 주제로 한 시들을 대량으로 짓기 시작하여 문학사에서 '자연시파(自然詩派)'라고 칭해지는 유파를 형성하게 되었다. 최웅혁(崔雄赫)은 왕유의 「위천전가(渭川田家)」[13]를 예로 들어, 시에 묘사된 경(景)과 정(情)이 도연명시에 비해 한층 더 세밀하고 구체적이라고 평하였다.[14] 맹호연은 도연명의 인격과 그의 시를 특히 애호하여 도연명시에서 의경(意境), 시어(詩語) 등을 끌어 쓴 부분이 많다. 이러한 점에서 두드러지는 작품이 「과고인장(過故人莊)」[15]으로, 도연명의 「고향집에 돌아옴」 5수를 모델로 하였음을 쉽게 알 수 있다.

당대 자연시파의 대표적 작가인 맹호연과 왕유의 공통적 특징으

---

[13] "기우는 햇빛이 촌락에 비치니, 외진 골목에 소와 양이 돌아온다. 촌로는 목동을 부르면서, 지팡이 짚고 사립문에서 기다린다. 꿩 우니 보리싹이 패이고, 누에가 잠들면서 뽕잎은 드물어진다. 농부들은 호미 들고 서서, 만나서 말하는 것이 정스럽다. 이 일로 한가로움을 부러워하며, 쓸쓸히 시경의 「식미(式微)」편을 읊조린다.(斜光照墟落, 窮巷牛羊歸. 野老念牧童, 倚杖候荊扉. 雉雊麥苗秀, 蠶眠桑葉稀. 田夫荷鋤立, 相見語依依. 卽此羨閑逸, 悵然吟式微.)"[「식미(式微)」는 『시경(詩經)·패풍(邶風)』의 편명으로, 망명해 있는 사람이 귀향을 바라는 내용이다.]

[14] 최웅혁(崔雄赫), 위의 논문, pp.319-320.

로 드는 것이, 시의 형식이 오언을 중심으로 이루어진 점, 시의 내용이 전원의 한적한 생활과 산수의 아름다운 풍경을 노래한 점, 시의 풍격이 한아(閑雅)하고 질박하다는 점 등이다.[16] 도연명시의 특징이 바로 이러한 것임 상기할 때, 자연시파라는 시문학 유파에서 도연명의 역할과 위상을 쉽게 짐작할 수 있다.

성당(盛唐)의 맹호연이나 왕유가 도연명의 은일생활이라는 면에 치중하여 전원을 읊은 것과 다르게, 중당(中唐)에 와서는 도연명시의 현실에 대한 관심 등 현실주의적(現實主義的)인 면이 계승되었다. 장적(張籍), 백거이(白居易) 등은 농촌의 현실과 농정(農政)에 대한 비판의식을 드러낸 전원시를 남기고 있다.

송대(宋代)의 전원시는 북송과 남송이 그 성격을 달리 한다. 북송의 매요신(梅堯臣), 왕안석(王安石) 등이 남긴 전원시는 중당(中唐)의 현실주의 정신을 계승하여 학정을 폭로하거나 현실을 비판하는 내용이 주가 되었다. 반면에 남송의 범성대(范成大), 육유(陸游), 양만리(楊萬里) 등은 농촌의 생활이나 풍경 등 다양한 소재를 읊었다. 최웅혁은 특히 범성대가 전원시의 영역을 확대시키는 한편, 전원시의 전형을 이루었다고 평하였다.[17] 범성대의 「사시전원잡흥(四時田園雜興)」

---

[15] "친구가 닭을 잡고 기장밥을 마련하여, 나를 부름에 농부의 집에 이르렀네. 녹색 나무들은 마을 가장자리에 나란하고, 푸른 산은 성곽 밖에 비스듬하다. 창문을 열고 마당과 밭을 향한 채, 술잔을 들고 뽕과 삼 이야기를 한다. 중양절(重陽節)을 기다렸다가, 다시 국화꽃밭으로 가리라.(故人具鷄黍, 邀我至田家. 綠樹村邊合, 靑山郭外斜. 開軒面場圃, 把酒話桑麻. 待到重陽日, 還來就菊花.)"

[16] 유대걸(劉大杰), 위의 책, p.451 참조.

60수는 도연명 전원시의 정취에 근접한 시라는 평을 받는다.

명말 청초의 유명한 전원시인으로 전징지(錢澄之)가 있다. 그는 명나라가 망하자 도연명을 본받아 전원에 은거하여 직접 농사지으면서 많은 전원시를 써내었다. 그의 전원시는 충담하고 질박하다고 평해지는데,『전간시집(田間詩集)』,『전간문집(田間文集)』속에 편집된 시들에서 도연명으로부터 받은 영향을 살필 수 있다.[18]

이상에서 전원문학의 형성과 계승, 발전에 대하여 간략하게 살펴보았다. 도연명 이후의 전원시는 주제나 제재상에서 확대가 있었던 것은 사실이나 도연명 전원시의 영향에서 벗어나 완전히 다른 의경(意境)을 묘사해낸 경우는 드물다. 이는 도연명의 전원시인으로서의 확고부동한 위상을 말해 주는 동시에 전원시 발전의 한계이기도 하였다.

3. 이상인격(理想人格) 제시

지금으로부터 1500여 년 전에 살았던 도연명은 세상을 떠난 직후부터 지금까지 많은 사람들에 의해 칭송되었다. 그것은 그의 문학상의 성취 못지 않게 그가 지녔던 인품과 절개 때문이었다. 도연명에

---

17 최웅혁, 위의 논문, p.335 참조.
18 진이량(陳怡良), 위의 책, p.530 참조.

관한 가장 이른 기록으로, 도연명 생전에 교분이 있었던 안연지(顏延之)가 쓴 「도징사뢰(陶徵士誄)」를 들 수 있다. 안연지는 이 글의 서문에서 도연명의 성격, 생활, 약력 등을 기술하였고, 본문에서는 주로 그의 인품을 칭송하였다. 이후로 『송서(宋書)·은일전(隱逸傳)』, 종영의 『시품』, 소통의 「도연명전」, 「도연명집서」, 『남사(南史)·은일전(隱逸傳)』, 『진서(晉書)·은일전(隱逸傳)』 등에서 도연명에 대한 평가가 이어졌다. 소통은 「도연명집서」에서 "내가 평소에 그의 글을 좋아하여 손에서 놓을 수 없었다. 그의 덕을 숭상하고 그리워하여, 시대를 같이하지 못한 것을 유감으로 여긴다.(余素愛其文, 不能釋手. 尙想其德, 恨不同時.)"라고 하여 그 시문과 인품을 흠모하였고, 이어서 도연명이 후세에 미치는 영향을 다음과 같이 지적하였다.

도연명의 글을 제대로 읽은 자라면 치달리며 다투는 마음이 버려지고 비루하고 인색한 뜻이 없어지며, 탐욕스러운 사람은 청렴해질 수 있고 나약한 사람은 자립할 수 있게 된다. 어찌 인의(仁義)를 따를 만하거나, 아니면 벼슬을 사양할 만한 데서 그치겠는가. 두루 태산(太山)·화산(華山)에 노닐고 멀리 노자에게서 구할 것 없으니, 이 또한 풍교(風敎)에 도움이 있다.(有能讀淵明之文者, 馳競之情遣, 鄙吝之意祛, 貪夫可以廉, 懦夫可以立. 豈止仁義可蹈, 抑乃爵祿可辭. 不必旁遊太華, 遠求柱史, 此亦有助於風敎也.)

남조에서는 화려한 기교와 형식적 수식을 중시하는 문학풍조가 유행하여, 도연명의 질박하고 솔직한 시들이 크게 주목받지 못하였다. 이러한 양상은 유협의 『문심조룡』에서 도연명에 관한 일언반구의 기록도 찾아볼 수 없는 점이나, 종영의 『시품』에서 도연명을 중품(中品)에 배열한 점에서도 드러난다. 위에서 살핀 소통의 언급도 시 자체에 대한 애호보다는 인격에 대한 존경에서 비롯된 경향이 강하다.

도연명의 인품과 절개는 후인들의 많은 애호와 존중을 받았다. 그 일례로 백거이(白居易)가 41세에 도연명의 구택(舊宅)을 방문하고 지은 다음과 같은 시를 들 수 있다.

「방도공구택(訪陶公舊宅)」 병서(并序)

「서문」

내가 일찍부터 도연명의 사람됨을 사모하여, 지난해 위수(渭水) 가에서 한가로이 지내면서 도연명의 시체(詩體)를 본뜬 16수의 시를 지은 적이 있다. 지금 여산(廬山)에 유람 왔다가 채상(柴桑)을 들르고 율리(栗里)를 방문하였다. 그 사람을 그리워하며 그의 살던 집을 찾으니, 말이 없을 수가 없어 또 이 시를 짓는다.(余夙慕陶淵明爲人, 往歲渭上閑居, 嘗有效陶體詩十六首. 今遊廬山, 經柴桑, 過栗里. 思其人, 訪其宅, 不能黙黙, 又題此詩云.)

垢塵不汚玉,	때와 먼지도 옥을 더럽히지 못하고,
靈凰不啄羶.	신령스런 봉황은 비린 것을 먹지 않는다.
嗚呼陶靖節,	아아! 도정절(陶靖節) 선생은,
生彼晋宋間,	저 진송(晋宋) 시대에 살면서,

心實有所守,	마음속에 진실로 지키는 바 있었으나,
口終不能言.	입으로 끝내 말해 내지 못하였다.
永惟孤竹子,	내내 고죽군의 두 아들 생각하였으니,
拂衣首陽山.	옷 떨치고 떠나서 수양산에 살았다지.
夷齊各一身,	백이와 숙제는 각기 다른 사람인데,
窮餓末爲難.	(똑같이) 곤궁과 배고픔을 어렵게 여기지 않았다.
先生有五男,	선생도 다섯 아들을 두었는데,
與之同飢寒.	그들과 함께 배 주리고 추웠지.
腸中食不充,	뱃속에는 먹은 것 부족했고,
身上衣不完.	몸에는 입은 것 허술하였네.
連徵竟不起,	조정에서 계속 불러도 끝내 나가지 않았으니,
斯可爲眞賢.	이야말로 진정한 현자라 하겠다.
我生君之後,	내가 선생의 뒤에 태어난 것이,
相去五百年,	오백 년이나 떨어져 있지만,
每讀五柳傳,	선생이 지으신 「오류선생전」을 볼 때마다,
目想心拳拳.	눈으로 그리고 마음으로 못 잊는다.
昔嘗詠遺風,	전에 일찍이 그 유풍(遺風)을 읊조려,
著爲十六篇.	16편의 시를 지었었다.
今來訪故宅,	이제 찾아와 고택을 둘러보니,
森若君在前.	엄연히 눈앞에 선생이 있는 듯.
不慕樽有酒,	술동이에 술이 있던 것을 그리워하지 않고,
不慕琴無絃.	거문고에 줄이 없던 것을 그리워하지 않는다.

慕君遺榮利,	영리(榮利)를 초월했던 선생을 그리워하는데,
老死此丘園.	이곳의 언덕에 늙어서 잠드셨구나.
柴桑古村落,	채상의 옛 촌락과,
栗里舊山川.	율리의 옛 산천.
不見籬下菊,	울 아래 국화는 보이질 않고,
但餘墟中煙.	마을의 연기만 남아 있구나.
子孫雖無聞,	후손에 대해서는 들어볼 수 없지만,
族氏猶未遷.	같은 성씨는 아직도 살고 있다.
每逢姓陶人,	성이 도씨인 사람을 만날 때마다,
使我心依然.	나로 하여금 마음속 그립게 하는구나.

송대(宋代)에 들어 도연명의 시와 인품에 대한 애호와 존중은 최고에 달하였다. 그 배경에는 대문호인 소식(蘇軾)과 대학자인 주희(朱熹)가 있다. 소식은 「추화도연명시인(追和陶淵明詩引)」에서, "나는 시인들에 대하여 좋아하는 이가 없고, 오직 도연명의 시만을 좋아하는데, 그는 시작(詩作)이 많지 않다. … (그의 시는) 조식(曹植), 유정(劉楨), 포조(鮑照), 사령운(謝靈運), 이백(李白), 두보(杜甫) 등 여러 사람들이 모두 미치지 못한다. 내가 전후로 그의 시에 화운(和韻)한 것이 모두 109편인데, 그 뜻을 터득한 점에 이르러서는 도연명에게 심히 부끄럽지 않으리라고 스스로 생각한다. … 그러나 내가 도연명에 대해 어찌 그의 시문만을 좋아하겠는가. 그 사람됨의 경우에도 실로 느끼는 것이 있다.(吾於詩人無所好, 獨好淵明詩, 淵明詩作不多. … 自曹劉

鮑謝李杜諸人, 皆莫及也. 吾前後和其詩, 凡一百有九篇, 至其得意, 自謂不甚 愧淵明. … 然吾於淵明, 豈獨好其詩文也哉. 如其爲人, 實有感焉.)"라고 하였 듯이 도연명의 시문(詩文) 못지않게 그의 인품을 좋아하였다. 이러한 애호에서 109수의 도연명시에 화운하여 「화도시(和陶詩)」를 짓게 되 었음을 밝히고 있다. 그 중의 「화도음주이십수(和陶飮酒二十首)」 제3 수를 감상해 본다.

道喪士失己,	도가 사라지니 선비들도 자신을 지키지 못해,
出語輒不情.	말하는 것마다 진실되지 못하다.
江左風流人,	동진(東晉)에서 풍류를 안다는 사람들,
醉中亦求名.	취중에도 명예를 추구하였다.
淵明獨淸眞,	도연명은 홀로 맑고 진실되었으니,
談笑得此生.	담소(談笑)하는 중에 이 삶의 이치를 터득하였다.
身如受風竹,	몸은 바람결의 대나무 같아,
掩冉衆葉驚.	바람에 쏠리자 뭇 이파리들 놀란다.
俯仰各有態,	굽히고 펼 때마다 각기 모습을 달리하는데,
得酒詩自成.	술 마시자 시가 저절로 이루어진다.

　남송의 주희는 이학(理學)을 집대성한 학자이면서도 이전의 시인 가운데 특히 도연명의 인격과 문학을 좋아하였다. 소식과 주자의 이 러한 태도는 도연명에 대한 애호열을 돋우었다. 이후 원(元), 명(明), 청(淸)을 거치면서 도연명에 대한 관심과 품평은 계속되어 왔다. 명

(明)의 하맹춘(何孟春)은, "도연명은 (인품으로는) 삼대(三代) 이래로 최고의 인물이고, 그 시문으로는 양한(兩漢) 이래로 최고의 작가이다. 오직 그의 마음속이 고상하였기 때문에 그의 언어가 뛰어났던 것이다. 후대 사람들이 그의 풍류를 사모하여 그의 작품을 찬탄하지 않은 적이 없고, 위로 그 사람이 백이(伯夷)이고, 검루(黔婁)이고, 굴원(屈原)이고, 장량(張良)이고, 제갈공명(諸葛孔明)이라고 말하지 않은 적이 없다.(陶公, 自三代而下, 爲第一流人物, 其詩文, 自兩漢以還, 爲第一等作家. 惟其胸次高, 故其言語妙. 而後世慕彼風流, 未嘗不欽厥制作, 未嘗不尙論其人之爲伯夷, 爲黔婁, 爲靈均, 子房, 孔明也.)"[19]라고 하여 중국 역사상 도연명이 최고의 인격을 이루었고 최상의 시문을 남겼다고 극찬하였다.

주광잠(朱光潛)은 중국시사(中國詩史)에서 도연명과 견줄 만한 시인으로 도연명 이전의 굴원과 도연명 이후의 두보만을 들면서도, '침울(沈鬱)'함을 특징으로 하는 굴원과 '크고 변화 많음〔활대다변화(闊大多變化)〕'을 특징으로 하는 두보에게는 도연명의 진순미(眞醇味)와 세련미(洗煉味)는 없다고 하였다.[20]

우리나라의 경우, 도연명의 시문이 소개된 것은 삼국시대와 통일신라시대로 추정되는 『문선(文選)』의 전래에 의해서이다. 그러나 그

---

[19] 진이량(陳怡良), 위의 책, p.523 재인용.
[20] 주광잠(朱光潛), 위의 책, p.255.

영향이 구체적 작품으로 드러난 것은 고려 중엽에 도연명을 지극히 좋아하였던 소식의 작품이 전래되어 유행하면서부터라고 할 수 있다. 이후 우리 선인들은 도연명의 시문과 그의 인격에 대한 애호의 정을 표현한 시문을 많이 남겼다. 고려(高麗) 이후 조선조(朝鮮朝)에 걸쳐 나타나는, 도연명의 시문과 인품에 대한 애호의 양상과 영향 관계를 살피기 위하여 몇 사람의 대표적 시인과 그들의 작품을 들어 본다.

이규보(李奎報: 1168~1241)는, 도연명시의 평담하고 참된 풍격과 절개를 지켰던 인격을 높였다. 그는 「독도잠시(讀陶潛詩)」[21]에서 도연명의 시문과 인격 모두가 숭모의 대상임을 밝히며 칭송하였다.

吾愛陶淵明,	나는 도연명을 좋아하니,
吐語淡而粹.	입으로 토해 낸 말 담백하고 순수하다.
常撫無絃琴,	언제나 줄 없는 거문고를 매만졌고,
其詩一如此.	그의 시도 한결같이 이와 같았다.
至音本無聲,	최상의 음(至音)은 애당초 소리가 없는 법,
何勞絃上指.	어찌 줄 위에 손을 올려 애쓰리오.
至言本無文,	최상의 글은 애당초 문채가 없는 법,
安事雕鑿費.	어찌 새기고 깎기를 일삼겠나.
平和出天然,	평담하고 온화함은 천연(天然)에서 나왔으니,

21 『동국이상국집(東國李相國集)』 권23, 「사가재기(四可齋記)」.

久嚼知醇味.	오랫동안 씹으면 참 맛을 알게 된다.
解印歸田園,	인끈을 풀어놓고 전원으로 돌아와,
逍遙三徑裏.	오솔길 안에서 유유히 소요하였다.
無酒亦從人,	술 없으면 또 다시 남을 좇아 마시며,
頹然日日醉.	쓰러지듯 날마다 취하곤 하였다.
一榻臥羲皇,	평상(平床)에 누워서 평화로운 희황상인(羲皇上人),
清風颯然至.	맑은 바람이 상쾌하게 불어왔지.
熙熙太古民,	태평하고 근심 없는 태고적 사람이오,
岌岌卓行士.	높고도 고상한 뛰어난 선비라네.
讀詩想見人,	그의 시를 읽고 그 사람을 생각하며,
千載仰高義.	천년토록 높은 절개를 우러러 사모한다.

20구로 된 시는 내용상 10구씩 크게 두 부분으로 나뉘어진다. 위 10구는 도연명시의 뛰어남을, 아래 10구는 도연명의 생활과 인품을 칭송하고 있다. 위 10구에서는 먼저 도연명시를 좋아하게 된 이유가 도연명시가 띠는 평담하고 순수한 풍격에 있음을 밝히고 있다. 이는 언어를 뛰어넘는 의(意)의 중시에서 비롯된 것임을, 무현금(無絃琴)의 일화[22]를 증거로 들면서, 노자의 "위대한 음(音)은 소리가 없다.(大音希聲.)", "큰 웅변은 어눌한 듯하다.(大辯若訥.)'라는 도가미학관(道

---

[22] 소통, 「도연명전」, "도연명은 음율을 잘 알지는 못했으나 줄이 없는 거문고 한 틀을 간직하고 있었다. 매번 술이 얼큰할 때마다 번번이 어루만지며 자신의 뜻을 가탁하였다.(淵明不解音律, 而蓄無絃琴一張, 每酒適, 輒撫弄以寄其意.)"

家美學觀)으로 도연명시의 뛰어남을 칭송하고 있다. 아래 10구에서는 귀은 후 도연명이 전원에서 자신의 본성을 지키며 살아가는 모습을 기리고 있다. 따라서 그 뛰어난 행실은 천년이 지난 후에도 존경받는 것이라고 하였다.

한국한문학사(韓國漢文學史)에서 가장 처음으로 도연명의 「귀거 래사」에 화운(和韻)한 「화도사(和陶辭)」는 이인로(李仁老: 1152-1220) 의 「화귀거래사(和歸去來辭)」이다. 이 작품은 도연명의 「귀거래사」의 30운(韻)에 '관(寬)'자 운(韻)을 하나 더 첨가하여 31운(韻)으로 읊었다.[23] 장편인 관계로 앞의 일부분만 살핀다.

歸去來兮!	돌아가자!
陶潛昔歸吾亦歸!	도잠이 옛날에 돌아갔듯이 나도 또한 돌아가리라!
得隍鹿而何喜,	골짜기의 사슴[24]을 얻은들 무엇이 기쁘며,
失塞馬而奚悲.	변방의 말[25] 잃은들 어찌 슬퍼하겠는가.
蛾赴燭而不悟,	나방은 불에 뛰어들어 타 죽어도 깨닫지 못하고,
駒過隙而莫追.	말이 틈을 지나듯 빠른 세월을 따를 수 없다.

---

23 남윤수(南潤秀), 「한국(韓國)의 『화도사(和陶辭)』 연구」 p.36 참조.
24 『열자(列子)·주목왕(周穆王)』, "정(鄭)나라 사람 중에 들에서 땔나무를 하는 자가 있었는데, 도망치는 사슴을 만나 때려서 죽였다. 남이 볼까 두려워서 서둘러 골짜기에 감추고 땔나무로 덮어둔 채 기쁨을 이기지 못하였다. 얼마 후 감추어 둔 자리를 잊어버리고는 마침내 꿈꾼 것으로 여겨버렸다.(鄭人有薪於野者, 遇駭鹿, 御而擊之斃之. 恐人見之也, 遽而藏諸隍中, 覆之以蕉, 不勝其喜. 俄而遺其所藏之處, 遂以爲夢焉."
25 『회남자(淮南子)·인간훈(人間訓)』에 보이는 '새옹지마(塞翁之馬)'의 고사.

纔握手而相誓,　　금방 손잡고 친하자고 맹세하더니,

未轉頭而皆非.　　머리도 돌리기 전 모두가 비난한다.

摘殘菊而爲飡,　　시들은 국화 따서 저녁 밥 짓고,

緝破荷而爲衣.　　찢어진 연잎 모아 옷을 만든다.

　　　…　　　　　　…

　이인로는 만년에 특히 도연명을 흠모하여 자신의 거처를 '와도헌 (臥陶軒)'이라고 명명하였다. 벼슬길에서의 실의로 불우했던 인생의 말년에 이르러 도연명의 달관과 초연을 배우고자 하였던 것이다. 이 「화귀거래사」가 바로 그러한 내면의 바람을 드러낸 것이다. 소식은 앞에서 언급한 「화도시(和陶詩)」 109수 이외에도 도연명의 「귀거래 사」에 화운(和韻)하여 「화귀거래사」를 남겼다. 이인로의 「화귀거래 사」는 직접적으로는 소식의 「화귀거래사」를 보고 모방한 것이라고 하는데,[26] 고려조에 소식의 애호열이 심했던 점을 생각할 때 수긍이 간다.

　도연명의 인품과 절개에 대한 경도는 여말(麗末)에 특히 심하였는 데, 그것은 시대상황과 밀접한 연관이 있다. 여말선초(麗末鮮初)의 왕 조 교체기를 당한 지식인들은 도연명에게서 그 인품과 절개를 배우 고자 하였다. 그 대표적 인물이 '여말삼은(麗末三隱)'으로 지칭되는 포은(圃隱) 정몽주(鄭夢周: 1337-1392), 도은(陶隱) 이숭인(李崇仁: 1347-

---

[26] 이창룡(李昌龍) 「고려시인(高麗詩人)과 도연명」(건대학술지 제16집, 1973) p.123 참조.

1392), 목은(牧隱) 이색(李穡: 1328-1396)이다. 앞에서 언급하였듯이 도연명의 태도는 진조(晉朝)를 향한 지조라기보다 불의의 현실에 대한 비판에서 나온 것이라는 점에서, 여말삼은의 여조(麗朝)에 대한 충성 일변도의 태도와는 좀 다르지만, 일신의 영달을 초월하여 절개를 견지한 점에서는 공통점이 있다.

삼은 중에서 정몽주와 이숭인은 왕조 교체의 와중에 희생되었고 이색만이 선초(鮮初)에 이르기까지 생존하여 은거생활을 하였기 때문에, 이색의 경우가 생애와 문학에 있어 도연명과 공통되는 점이 많다. 송정헌(宋政憲)은 「도연명과 여말삼은의 비교 연구」에서 삼은의 시문에 드러나는 도연명 시문의 수용양상을, 전고(典故)의 수용, 구절(句節)의 수용, 귀은사상(歸隱思想)의 수용이라는 세 측면으로 나누어 논의하였는데 목은이 가장 많은 영향을 받았음을 실례를 들어 고찰하였다.[27] 이색의 시 가운데 도연명의 영향이 분명하게 드러나 있는 「독귀거래사(讀歸去來辭)」를 살펴본다.

樂夫天命復奚疑,	"저 천명을 즐기니 다시 무엇을 의심하랴"는 구절은,
此老悠然歸去時.	이 노인이 유연히 (고향으로) 돌아갈 때 했던 말이지.
一點何曾恨枯槁,	조금이라도 어찌 고단한 삶을 한탄한 적이 있었는가,
我今三嘆杜陵詩.	나는 지금 두보의 시를 거듭 탄식한다.
乾坤蕩蕩山河改,	천지는 드넓은데 산하는 바뀌어,

---

[27] 충북대학교(忠北大學校) 논문집(論文集) 제27집, pp.37-46 참조.

門巷寥寥日月遲.	문 앞과 골목은 쓸쓸한 채 세월은 갔구나.
長嘯白頭吾已矣,	흰머리 되어 길게 읊조리니 나도 이젠 끝이런가.
閉門空讀去來辭.	문 닫고 그저 「귀거래사」만 읽는다.

도연명의 「귀거래사」 마지막 연을 그대로 끌어다 시의 첫 구(句)로 쓰고 있음은 「귀거래사」의 뜻을 계승하고자 하는 취지이다. 3·4구에서는, 두보가 도연명을 평하여 "그가 지은 시들을 보면, 꽤나 일생이 고고(枯槁)하였음을 한탄하였다.(觀其著詩集, 頗亦恨枯槁.)"[28]라고 한 말을 반박하면서 도연명이 궁달에 초월했던 점을 강조하고 있다. 이어 후반 4구에서는 자신을 읊고 있다. 5·6구를 통해 이 시가 조선 개국 후 은거 생활 중에 지은 시임을 알 수 있다. "산하가 바뀌었다.(山河改.)"는 표현으로 왕조 교체를 의미하고, "문 앞과 골목은 쓸쓸하다.(門巷寥寥.)"로 망국(亡國)의 백성으로서의 고독한 신세를 의미하고, "세월은 갔구나.(日月遲.)"로 자신의 노년을 의미하고 있다. 마지막 구에서 노년의 지향(志向)을 밝히고 있다. 즉 도연명의 귀은 후의 삶의 자세를 배우고자 하였으니, "문닫고 그저 「귀거래사」만 읽는" 목적은 첫 구에서 밝힌 "저 천명을 즐기니 다시 무엇을 의심하랴"는 달관을 계승하고자 한 것이라고 하겠다.

『조선왕조실록(朝鮮王朝實錄)』에는, 조선조 초기의 대학자이자 사림파(士林派)의 태두(泰斗)인 김종직(金宗直: 1431-1492)이 도연명의 「술

---

[28] 「견흥(遣興)」 제3수.

을 말함逑酒」에 빗대어 세조(世祖)의 왕위 찬탈을 비판한 기록이 실려 있다. 이 글을 통해 도연명의 절개가 후인들에게 미친 영향의 정도를 짐작할 수 있다.

　종직(宗直)이 도연명의 「술을 말함」이라는 시에 화작(和作)하였는데, 그 서문에 이르기를, "내가 젊어서 「술을 말함」을 읽고 아예 그 뜻을 살피지 못했는데, 「화도시(和陶詩)」에 탕동간(湯東磵)이 주(註)를 단 것을 본 뒤에야 영릉(零陵)을 애도하는 시임을 소상히 알게 되었다. 아아, 탕공(湯公)이 아니었다면 유유(劉裕)가 찬탈과 시해를 저지른 죄와 도연명의 충분(忠憤)의 뜻이 거의 숨어버릴 뻔하였도다. 그 은회(隱晦)의 말을 하기 좋아한 것은 그 뜻이 '유유가 바야흐로 창궐하니, 이때에는 내 힘이 능히 용납되지 못하므로 나는 다만 내 몸을 깨끗이 할 따름이요, 언어에 드러내어 멸족의 화를 불러들이게 해서는 안 된다.'라고 여긴 것이나, 지금 나는 그렇지 않다. 천년 뒤에 태어났으니 어찌 유유를 두려워하겠는가. 그러므로 유유의 흉역(凶逆)을 모조리 폭로하여 탕공의 주소(註疏) 끝에 붙이노니, 후세의 난신적자(亂臣賊子)가 나의 시를 보고 두려워할 줄을 안다면 나름대로 『춘추(春秋)』의 일필(一筆)에 비교될 수 있으리라." 하였는데 그 시는 없어졌다.(宗直和逑酒詩, 其序曰, 余少讀逑酒, 殊不省其義, 及見和陶詩湯東磵註後, 疏然知爲零陵哀詩也. 嗚呼! 非湯公, 劉裕簒弑之罪, 淵明忠憤之志, 幾乎隱矣. 其好爲廋詞者, 其意以爲裕方猖獗, 于時不能以容吾力, 吾但潔其身耳, 不可顯之言語以招赤族之禍也. 今余則不然. 生於千載之下, 何畏於裕哉. 故畢露裕兇逆, 以附湯公註疏之末, 後世亂臣賊子, 覽余詩而知懼則竊比春秋之一筆云, 其詩逸.)[29]

앞의 내용 분석에서 살폈듯이 「술을 말함」은 유유가 공제를 시해한 일에 분노하여 그 불의를 밝혀 놓으려는 춘추필법(春秋筆法)의 자세로 쓴 시이다. 그러나 김종직이 표현한 것처럼 '멸족의 화'를 염려하여 은회(隱晦)의 수법으로 표현하였다. 김종직도 세조(世祖)를 노골적으로 지칭하지 않고 유유에 의탁하고 있지만, 세조를 비난하는 내용임을 대번에 알 수 있다. 결국 이 글과 「조의제문(弔義帝文)」으로 무오사화(戊午士禍)가 일어나고 자신은 부관참시(剖棺斬屍)의 화를 당하였으니, 도연명의 의분(義憤)은 배웠지만 도연명의 지혜(智慧)는 따르지 못했음이 안타깝다.

김시습(金時習: 1435-1493)은 66수의 「화도시(和陶詩)」를 남겼는데, 그도 혼탁한 세상과 타협하지 않고 벼슬길에서 물러난 도연명의 절조를 본받고자 하였으며, 전원에서 자연과의 조화를 통해 삶의 이치를 깨달았던 도연명을 높이 여겼다. 그의 「화춘회고전사(和春懷古田舍)」 제3수에 이러한 심정이 잘 나타나 있다.

千古柴桑子,	천고의 세월 전 채상(柴桑) 땅의 도연명,
猗歟君子人.	아아! 군자다운 그 인품.
一味歸來篇,	한 번씩 「귀거래사」를 음미할 때마다,
穆如淸風新.	온화하기 청풍(淸風) 같은 그 기상이 새롭다.
入室酒盈樽,	방안에 들어가면 술은 동이에 가득 하고,

29 『조선왕조실록(朝鮮王朝實錄)』 권30, 연산군(燕山君) 4년(年) 무오(戊午) 7월(月).

浪遊榮木欣.	한가한 노닒에 무궁화도 한창이었다.
以此乘化盡,	이렇게 변화 타고 운수를 다해 가니,
悅豫常津津.	기쁜 마음이 항상 넘친다.
余亦畸偏子,	나 또한 기구하게 치우쳐 사는 신세,
山川爲四隣.	산과 내를 사방의 이웃으로 삼았다오.

김시습은 도연명이 벼슬길에서 물러날 때의 마음가짐이 그대로 드러나 있는 「귀거래사」를 읽으며 흠모의 정을 금할 수 없었다. 따라서 도연명의 절조와 기상을 본받으며 때를 잘못 만난 자신의 처지를 스스로 위로할 수 있었다.

퇴계(退溪) 이황(李滉: 1501~1570)은 도연명의 시와 인격을 앙모하여 「이사」 2수, 「술을 마시며」 20수에 화운(和韻)하기도 하였다. 「화도집음주이십수(和陶集飮酒二十首)」라는 제목으로 도연명의 「술을 마시며」 20수의 운(韻)에 따라 지었는데, 그 가운데 첫 수를 살펴본다.

無酒若無悰,	술 없으면 즐거움도 따라서 없을 듯,
有酒斯飮之.	술 생기자 곧바로 마신다.
得閑方得樂,	한가로움 얻으면 바야흐로 즐기니,
爲樂當及時.	즐거움 누리는 일은 때에 맞춰 할 것이다.
薰風鼓萬物,	따뜻한 봄바람이 만물을 고동(鼓動)하니,
亨嘉今若玆.	좋은 때를 누림이 지금 이와 같구나.
物與我同樂,	상대와 나 함께 즐기니,

貧病復何疑.	가난하고 병 있어도 다시 무엇을 의심하랴.
豈不知彼榮,	내 어찌 저들의 영화로움 모르리오만,
虛名難久持.	빈 이름은 오래도록 유지하기 어려우니라.

　퇴계의 이 시도 그 의경(意境)이 도연명의 「술을 마시며」 제 1수와
같다. 인생에는 가난, 병과 같은 불행도 있고 영화도 있다. 이와 같은
인생에서 술이 있어 즐겁고 훈풍(薰風)이 부는 대자연의 베풂 속에
물아일체(物我一體)가 되었으니, 영화와 명예는 부질없는 것임을 깨닫
게 되었음을 읊고 있다. 당시 당파 싸움의 와중에서 관직을 고사(固
辭)하고 물러나 있던 퇴계에게 도연명의 가치관, 생활 방식은 인격 수
양의 한 전범(典範)이 되었다.
　도연명의 시문은 삼국시대에 이미 우리나라에 수용되어 고려와 조
선을 거치며 꾸준히 애호되어 왔다. 그 바탕에는 주로 혼란과 불의의
시대에 절의를 굳게 지켰던 도연명의 인격에 대한 흠모가 자리하고
있다. 즉 우리 선인들은 도연명이 문학에서 이룬 성취 못지않게 인간
적인 면, 즉 인격이나 생활 태도, 가치관 등에 비중을 두어 애호한
측면이 강하다고 하겠다.

　이상에서 도연명의 인격이 후인들에게, 나아가서 후인들의 문학
에 끼친 영향을 살펴보았다. 공자진(龔自珍)은 "사람을 벗어나서, 시
가 없고, 시를 벗어나서 사람이 없다.(人外無詩, 詩外無人.)"[30]라고 하였
고, 유희재(劉熙載)는 "시의 품격은 사람의 품격에서 나온다.(詩品出于

人品.)"³¹라고 하였다. 이러한 견지에서 볼 때 도연명의 문학이 후대에 끼친 영향과 도연명의 인격이 후대에 미친 영향은 불가분의 관계에 있다고 하겠다.

왕국유(王國維)는 또한 "고상하고 위대한 인격 없이 고상하고 위대한 문학을 이룰 수 있는 사람은 아마도 없을 것이다.(無高尙偉大之人格, 而有高尙偉大之文學者, 殆未之有也.)"³²라고 하였으며, 장륭계(張隆溪)는 "도잠에게는 그를 자신이 선택한 길의 고독한 여행자로 만드는 어떤 완고함과 용기가 있었고, 그리고 인간이자 시인으로서의 그를 만든 굽히지 않는 자존심 강한 정신이 있었다. 문체는 사람이다(Le stile est l'homme)는 말은 기만적인 상투어일 수 있다. 그러나 도잠의 경우에는 그의 삶의 스타일과 그의 글쓰기의 스타일(문체) 간에는 밀접한 관계가 있는데, 왜냐하면 양자는 신중히 고려한 선택의 결과이고, 또 양자는 결정적인 특징으로 단순성을 가지고 있기 때문이다."³³라고 하여 다른 사람은 몰라도 도연명의 경우에는 "문체는 사람이다."라는 표현에 잘 부합하는 실례가 됨을 역설하였다. 도연명의 높은 문학 성취는 위에서 살핀 바와 같이, 후인들이 칭송하던 그의 고상하고 위대한 인격에서 나왔다고 할 수 있겠다.

---

30 「서탕해추시집후(書湯海秋詩集後)」

31 「시개(詩槪)」

32 『왕관당선생전집(王觀堂先生全集)·문학소언(文學小言)』

33 쌍룽시 지음, 백승도외 옮김, 『도와 로고스』(서울, 도서출판 강, 1997), P.192.

4. 이상향(理想鄕) 창조

도연명은 왕조 교체기를 살면서 문란하고 암담한 현실에 대한 실망으로, '소국과민(小國寡民)'의 도가적 이상에 기탁하여 「도화원시와 기문」을 지어, '도화원(桃花源)'이라는 이상향을 그려내었다.[34] 노자는 춘추전국시대의 약육강식에 의한 대국주의(大國主義)를 혐오하여 소국과민의 정치철학을 제시하였고, 나라 다스리는 것을 작은 생선을 끓이는 것에 비유[35]하여 자꾸 작위(作爲)를 가하는 것을 반대하였다. 도화원은 노자·장자의 정치관에 입각하여 도연명이 그려낸 별천지(別天地)이다. 그러나 도연명이 그려낸 도화원은 노자의 소국과민보다는 조직적이며 구체적이다. 그는 추상적 세계가 아닌 구체적이고 일상적 현실로 이상향을 형상화하였다.

도화원에 펼쳐진 세계는 도연명이 오랜 농촌 생활 가운데에서 얻은 경험과 느낌을 바탕으로 하여, 상상을 통해 그려낸 이상세계이다. 도연명은 여기에서 직접 노동에 의지하여 자급자족하고 서로 돕고 사랑하며, 계급이 없고 박해가 없는 사회를 그려내었다. 자신의 뜻을 펼 수 없고 자신의 가치관으로 용납할 수 없는 현실에서 억압받은 무의식이 환상을 통해 작품화되었다고 하겠다. 즉 현실에서 불가

---

[34] 번역과 설명은 제2장 3. 사상(思想) 참조.

[35] 『노자(老子)·60장』, "큰 나라를 다스리는 것은 작은 생선을 삶는 것과 같이 해야 한다.(治大國, 若烹小鮮.)"

능한 이상적 세계와 이상적 생활을 환상 속에 형상화시킨 것이다. 전쟁과 사회 혼란으로 점철되었던 중국 역사를 고려할 때, 이상 사회를 동경하는 민중의 원망이 집단무의식으로 형성되었고, 이러한 동경이 도연명에 의해 도화원이라는 이상향으로 구체화되었다고 하겠다.

이후 도화원은 도교의 신선(神仙) 추구와 맞물려 신선세계(神仙世界)로 변질되기도 하였다.[36] 「도화원시와 기문」의 영향으로, 시뿐 아니라 산문(散文)에서도 신선세계를 묘사한 작품들이 나왔다. 예를 들면, 남조 황민(黃閔)의 「무릉기(武陵記)」, 양(梁) 임안빈(任安貧)의 「도원기(桃源記)」, 북송 왕우칭(王偶稱)의 「녹해인서(錄海人書)」, 남송 강여지(康與之)의 「서경은향(西京隱鄕)」 등이 그것이다.[37] 호자(胡仔)도 『초계어은총화(苕溪漁隱叢話)』에서 소식의 말을 빌어, 당대(唐代)에 왕유(王維), 유우석(劉禹錫), 한유(韓愈) 등이 도연명이 그려낸 도화원을 선경(仙境)으로 변화시킨 점을 비판하고 왕안석(王安石)의 「도원행(桃源行)」이 「도화원시와 기문」의 본의를 살린 작품이라고 하였는데,[38] 도연명의 「도화원시와 기문」를 이해하는 데에 올바른 방향을

---

[36] 홍매(洪邁), 『용재수필(容齋隨筆)』, "도연명이 「도화원기(桃花源記)」를 지었다. 이 후로 시인들이 「도원행(桃源行)」을 읊은 것이 많은데, 선가(仙家)의 즐거움을 칭찬한 것에 불과하였다. 오직 한공[韓公:한유(韓愈)]만이, '신선(神仙)의 유무는 허망한 것이고, 도원(桃源)의 설은 진실로 황당하다. 세속에서 어찌 거짓과 참됨을 알리오. 지금까지 전해지는 것은 무릉(武陵) 사람들인데.'라고 읊었는데, 역시 도연명이 「도화원기」를 지은 뜻을 터득하지는 못하였다.(淵明作桃花源記. 自是之後, 詩人多賦桃源行, 不過稱贊仙家之樂. 唯韓公云, 神仙有無何渺茫, 桃源之說誠荒唐. 世俗那知僞與眞, 至今傳者武陵人. 亦不及淵明所以作記之意.)"[홍매(洪邁)가 인용한 부분은 한유 「도원행(桃源行)」의 첫 연과 끝 연이다.]

[37] 유명화(劉明華), 위의 논문, pp.152~157 참조.

제시한 평이라고 하겠다. 도화원을 읊은 여러 시 가운데, 도연명이 그려낸 도화원의 경지에 근접한 작품으로 평가되는 왕안석의 「도원행」을 살펴본다.

望夷宮中鹿爲馬,　망이궁(望夷宮) 안에서 사슴은 말이 되었고,[39]

秦人半死長城下.　진(秦)나라 사람들 장성 쌓다가 반은 죽었다.

避時不獨商山翁,　혼란한 때를 피했던 이들이 상산(商山)의 노인만이
　　　　　　　　　아니었으니,

亦有桃源種桃者.　도화원에서 복숭아 심은 사람들도 있었다.

此來種桃經幾春,　이후로 복숭아 심은 지 몇 해가 흘렀을까,

採花食實枝爲薪.　꽃 따고 열매 먹으며 가지는 땔감으로 한다.

兒孫生長與世隔,　아들 손자 낳고 기르며 세상과 격리된 채,

雖有父子無君臣.　비록 아버지와 아들은 있지만 임금과 신하는 없다.

漁郎漾舟無遠近,　어부가 배 띄워 원근을 모르고 헤매다가,

花間相見因相問.　꽃 사이에 만나서 세상 소식 묻는다.

世上那知古有秦,　세상에 옛날 진(秦)나라 있었던 것도 모르니,

---

38 "동파(東坡)의 이 주장[어부가 만난 것은, 그 자손 들이지 진(秦)나라 때 사람들로 죽지 않은 이들은 아닐 것 같다.]은 당인(唐人)들이 도화원(桃花源)을 선경(仙境)으로 여긴 것을 변증한 것이니, 왕유(王維), 유우석(劉禹錫), 한유(韓愈) 등의 「도원행(桃源行)」이 모두 그것이다. 오직 왕안석(王安石)의 「도원행(桃源行)」이 동파의 주장과 우연히 들어맞는다.(東坡此論(漁人所見, 似是其子孫, 非秦人不死者也.), 蓋辨證唐人以桃源爲仙境, 如王摩詰, 劉夢得, 韓退之諸「桃源行」是也. 惟王介甫「桃源行」與東坡之論暗合.)"

39 진(秦) 조고(趙高)의 '지록위마(指鹿爲馬)'의 고사를 일컬음.

山中豈料今爲晉.　　산중에서 어찌 지금 세상이 진(晉)나라임을 알겠
　　　　　　　　　는가.
聞道長安吹戰塵,　　서울에 전쟁의 먼지가 인다는 소식 듣고는,
春風回首一霑巾.　　봄바람에 머리 돌리며 눈시울을 적신다.
重華一去寧復得,　　순임금 한번 가니 어찌 다시 만나리오,
天下紛紛經幾秦.　　천하는 어지러이 몇 번의 진(秦)을 겪었던가.

　왕안석이 읊고 있는 도화원은 분명 신선 세계가 아니다. 아들 손
자를 나아 대를 이어 살면서 혼란에 고통 받지 않는 이상적 생활 터
전이다.

　도연명이 고대(古代)로부터 이어지던 중국인들의 이상향관(理想鄕
觀)을 종합하여 형상화해 낸 도화원은 기존에 널리 유행하였던 선계
(仙界)가 아닌, 구체적이고 합리적이며 따라서 실존 가능한 이상향이
었다. 도화원은 이후 동양적 유토피아의 전형이 되어 중국문학의 범
위를 확대하였다. 또한 후인들은 도연명이 「도화원시와 기문」에서 제
시한 '도화원(桃花源)', '도원(桃源)', '무릉도원(武陵桃源)', '무릉(武陵)'
등을 이상향의 소재로 하여 시어(詩語)로 인용하곤 하였다. 우리 나
라에서도 고려말(高麗末)의 이인로는 「도화원기(桃花源記)」를 모방하
여 「청학동기(靑鶴洞記)」를 남겼다.[40]

---

[40] 이창룡(李昌龍), 위의 논문, p.134 참조.

맺는 말

도연명은 유가사상의 현실적 바탕 위에 정통 도가사상을 체득하였고, 전원에서 몸소 농사짓는 일상 속에서 삶의 이치를 문학으로 형상화해 내었다. 그의 삶과 작품은 이후 혼란한 시대, 가치관이 사라진 시대에 사람들이 이성을 잃지 않고 참된 자아를 유지하면서 살아가는 지표가 되었다. 노장사상에서 계발된 생사에 대한 달관, 대자연의 변화에 따르는 삶의 자세, 옳고 그름을 따지는 부질없는 다툼에서의 초월을 표현해 낸 시편들은 가치관 부재의 시대를 살아가는 사람들에게 가르침과 위안을 동시에 제공하였다. 이 책은 이 점을 중시하여 도연명의 사상이 시로 형상화된 모습을 추적하는 데에 주안점을 두었다.

현존하는 도연명시 125수를, 전원시(田園詩) · 설리시(說理詩) · 영회

시(詠懷詩)·영사시(詠史詩)·교유시(交遊詩)·기타로 나누어 분석하였
는데, 그 가운데 특히 설리시에는 직접적 체험과 진지한 삶을 통하여
깨달은 이치를 표현해 낸 것들이 많다. 도연명은 '참됨의 회복'을 강
조하는 도가의 주장을 받아들여 혼란한 세상에서 참된 본성을 회복
하고 지켜 나가고자 노력하였고, 자연의 운행에 따라 살아가는 순응
자연(順應自然)을 실천하였다.

혼란의 와중에 처해 있었으면서도 도연명은 명철한 이성(理性)을
유지하여 세속에 휩쓸리거나 동화되지 않았다. 이러한 합리적인 이
성에서 불의를 비판할 수 있는 용기와 현실에 타협하지 않는 인격을
유지할 수 있었다. 즉 현실에 대한 정확한 인식과 불의에 타협하지
않는 올곧은 성품으로부터 자신이 가져야 할 자세를 견지할 수 있었
던 것이다. 그는 어려운 시절에 꺾이지 않는 자신의 절개를, 추위에
도 무성한 소나무와 서리 내려도 꽃을 피우는 국화에 비유하곤 하
였다.

또 도연명이 영회시에서 보인, 공을 이루고자 하는 포부, 불의의
현실에 대한 비판, 이러한 시대에 지식인이 지켜가야 할 태도 등에
대한 마음가짐은 세상사에 관심을 끊고 물외(物外)의 일을 노래한 은
자(隱者)의 모습이 아닌 진취적이고 적극적인 것이었음을 살필 수 있
었다.

다음으로 도연명이라는 사람과 그가 이룬 문학세계가 미친 영향
을 살폈다. 도연명은 「고시십구수(古詩十九首)」, 건안문학(建安文學),

완적(阮籍)·혜강(嵇康) 등의 서정성(抒情性)을 계승하여 오언고시(五言古詩)의 위상(位相)을 최고의 경지로 끌어 올렸다. 이후 사령운(謝靈運) 이하의 남조 문인들은 시의 기교적인 면에 치중하여 도연명에게서 보이는 서정성과 깊이 있는 이취(理趣)를 더 이상 시화(詩化)해 내지 못하였으니, 오언고시는 도연명에게서 그 정점에 이르렀다고 하겠다.

도연명은 전원에서 직접 농사지으면서 전원을 주제로 한 시를 써내어 중국문학사에 전원시라는 새로운 영역을 개척한 시인이다. 이후의 자연시, 전원시는 도연명의 전원시에 그 전범(典範)을 두고 있다. 즉 전원의 생활을 읊는 전원시인들은 도연명을 모델로 하여 시의 내용이나 제재(題材)를 확대하여 나갔다.

도연명은 불의의 시대에 처하여, 일신의 영달과 안일을 추구하지 않고 자신의 절개를 위하여 기한을 감수하였다. 후대의 지식인들은 그의 시 못지않게 그의 인격을 숭상하였다. 이는 중국뿐 아니라 우리나라, 일본에서도 마찬가지였다. 특히 도연명과 비슷한 입장에서 좌절을 맛보거나 뜻을 이루지 못한 지식인들은 더욱 그러하였으니, 중국에서의 소식이나 우리나라 고려말의 삼은(三隱), 조선에서의 김시습(金時習) 같은 사람들이 그러한 경우이다. 우리나라에서의 도연명 애호는 시문 자체에 대한 애호 이상으로 도연명이 지녔던 절개, 인격 등에 큰 비중이 있었다고 하겠다.

도연명이 쓴 「도화원시와 기문」은 노장의 이상향관(理想鄕觀)을 바탕으로 하고, 역사상 혼란과 고통을 겪어 왔던 민중의 이상사회에 대한 동경을 구체화하여 동양적 유토피아의 전형을 제시하였다. 이후로 '도화원', '도원', '무릉도원', '무릉' 등으로 칭해지는 이상향은 현실에 실망한 사람들이나 고통 받는 사람들에게 정신적 위안이 되었다.

혼란과 암흑의 시대를 살았던 도연명은 도가사상의 영향을 많이 받았다. 젊은 시절에 세상을 구제할 큰 뜻을 가지고 있었지만, 자신을 굽혀 세속을 따를 수 없어 전원으로 귀은한 그는 도가의 복귀자연(復歸自然), 순응자연(順應自然)의 가르침에 따라 이상(理想)을 추구하면서 진실된 삶을 살고자 노력하였다. 그가 남긴 자연스럽고 평담한 시는 자연과의 융화 속에서 형성된 그의 인격의 산물(産物)이라고 하겠다.

참고문헌

1. 저서

1) 도연명 시문 역주

王叔岷,『陶淵明詩箋證稿』, 臺北, 藝文印書舘, 1975.

丁福保,『陶淵明詩箋注』, 臺北, 藝文印書舘, 1977, 五版.

古直,『陶靖節詩箋』, 臺北, 廣文書局, 1979, 三版.

陶澍,『靖節先生集』, 臺北, 華正書局, 1987, 8月版.

逯欽立,『陶淵明集』, 臺北, 里仁書局, 1985.

孫鈞錫,『陶淵明集校注』, 新鄕, 中州古籍出版社, 1986.

陶文鵬·丘萬紫 選析,『陶淵明詩文賞析』, 南寧, 廣西人民出版社, 1990.

郭維森·包景誠 譯注,『陶淵明集全譯』, 貴陽, 貴州人民出版社, 1996.

2) 도연명 연구 저서

大矢根文次郎,『陶淵明硏究』, 東京, 早稻田大學出版部, 1969 再版.

中華書局編,『陶淵明詩文彙評』, 臺灣中華書局, 1974.

黃仲崙,『陶淵明作品硏究』, 臺北, 帕米爾書店, 1975.

方祖燊,『陶淵明』, 臺北, 國家出版社, 1975.

蕭望卿,『陶淵明批評』, 臺北, 開明書局, 1978, 六版.

371

劉維崇, 『陶淵明評傳』, 臺北, 黎明文化事業股份有限公司, 1978.

廖仲安, 『陶淵明』, 上海, 上海古籍出版社, 1979.

梁啓超, 『陶淵明』, 臺北, 中華書局, 1980 四版.

鍾優民, 『陶學史話』, 臺北, 允晨文化事業股份有限公司, 1987.

魏正申, 『陶淵明探稿』, 北京, 文津出版社, 1990.

李辰冬, 『陶淵明評論』, 臺北, 東大圖書股份有限公司, 1991.

岡村繁著, 陸曉光・笠征譯, 『世俗與超俗-陶淵明新論』, 臺北, 臺灣書店, 1992.

李華, 『陶淵明新論』, 北京師範學院出版社, 1992.

陳怡良, 『陶淵明之人品與詩品』, 臺北, 文津出版社, 1993.

王定璋, 『陶淵明懸案揭秘』, 四川大學出版社, 1996.

3) 일반 저서

靑木正兒, 『支那文學思想史』, 東京, 巖波書店, 1944.

李唐, 『魏晉南北朝史』, 香港, 宏業書局, 1961.

洪順隆, 『由隱逸到宮體』, 臺北, 河洛圖書出版社, 1980.

朱光潛, 『詩論』, 臺北, 漢京文化事業有限公司, 1882.

何啓民, 『魏晉思想與談風』, 臺北, 臺灣學生書局, 1982.

劉大杰, 『中國文學發達史』, 上海古籍出版社, 1982, 新一版.

劉若愚 著, 李章佑 譯, 『中國詩學』, 서울, 同和出版公社, 1984.

李康洙, 『道家思想의 硏究』, 서울, 高大民族文化硏究所出版部, 1985.

蕭繼宗, 『孟浩然詩說』, 臺北, 臺灣商務印書館, 1985.

胡適, 『白話文學史』, 岳麓書社出版, 1986.

袁行霈, 『中國詩歌藝術硏究』, 北京大學出版社, 1987.

蔣星煜, 『中國隱士與中國文化』, 上海, 三聯書店上海分店, 1988.

裵大洋 主編, 『中國哲學史』, 靑海人民出版社, 1988.

傅勤家, 『中國道敎史』, 臺北, 臺灣商務印書館, 1988.

王治心, 『中國宗教思想史大綱』, 上海, 三聯書店上海分店, 1988.

馮友蘭, 『中國哲學史』, 臺北, 藍燈文化事業股份有限公司, 1989.

萬繩楠, 『魏晋南北朝文化史』, 安徽, 黃山書社, 1989.

金學主, 『中國文學史』, 서울, 新雅社, 1989.

隋樹森, 『古詩十九首集釋』, 香港, 中華書局, 1989.

車柱環, 『中國詩論』, 서울大學校出版部, 1989.

袁濟喜, 『六朝美學』, 北京大學出版社, 1989.

楊明, 『南朝詩魂』, 香港, 中華書局, 1990.

曹道衡·沈玉成, 『南北朝文學史』, 北京, 人民文學出版社, 1991.

任繼愈 主編, 『中國哲學史』, 北京, 人民出版社, 1991.

小尾郊一 著, 尹壽榮 譯, 『中國文學과 自然美學』, 서울, 도서출판 서울, 1992.

王文淸·許輝, 『兩晋史話』, 北京出版社, 1992.

張可禮, 『東晋文藝繫年』, 山東教育出版社, 1992.

王運生, 『論詩藝』, 雲南人民出版社, 1993.

錢鍾書, 『談藝錄』, 北京, 中華書局, 1993.

李春靑, 『魏晋淸玄』, 北京師範大學出版社, 1993.

錢志熙, 『魏晋詩歌藝術原論』, 北京大學出版社, 1993.

鄭在書 譯註, 『山海經』, 서울, 民音社, 1993 개정2판.

마이클·로이, 이성규 역, 『古代中國人의 生死觀』, 서울, 지식산업사, 1993.

김충렬, 『노장철학강의』, 서울, 예문서원, 1995.

容肇祖, 『魏晋的自然主義』, 北京, 東方出版社, 1996.

이강수, 『노자와 장자』, 서울, 도서출판 길, 1999.

2. 논문

1) 도연명 관련 논문

吉川幸次郎,「陶淵明」,『中國詩史』(上), 東京, 筑摩書房, 1967.

朱孟實,「陶淵明」,『中國文學史論文選集』(二), 臺北, 臺灣學生書局, 1978.

權純洪,「陶淵明과 歸園田去五首」,『中國學報』第二輯, 淑大中文科, 1982.

A.R.戴維斯,「陶淵明論」,『中國古代近代文學研究』, 1985, 3.

洪順隆,「略論陶淵明詩的特色」,『六朝詩論』, 臺北, 文津出版社, 1985.

方祖燊,「陶淵明」,『中國文學講話』(五), 臺北, 巨流圖書公司, 1985.

王熙元,「陶淵明田園詩的風格」,『古典文學散論』, 臺灣學生書局, 1987.

王雁水,「陶淵明的歸隱思想探略」,『中國古代近代文學研究』, 1988, 1.

袁行霈,「陶淵明的哲學思考」,『國學研究』, 北京大學出版社, 1993.

韓式朋,「論陶潛的哲理詩」,『中國古代近代文學研究』, 1993, 8.

張子剛,「儒道社會理想與桃花源世界的産生」,『中國古代近代文學研究』, 1994, 2.

林晋士,「陶淵明之仕與隱」,『大陸雜誌』, 臺北, 大陸雜誌社, 1996, 12.

劉啓雲,「論陶淵明田園詩對中國詩境的開拓」,『中國古代近代文學研究』, 1997, 4.

李昌龍,「高麗詩人과 陶淵明」,『건대학술지』제16집, 건대 학술연구원, 1973.

李昌龍,「李朝文學과 陶淵明」,『건대학술지』제18집, 건대 학술연구원, 1974.

宋政憲,「陶淵明과 麗末 三隱詩의 比較研究」,『충북대논문집』27, 1984.

趙麒永,「歸去來의 수용과 문학적 전개」,『淵民學志』第二輯, 淵民學會, 1994.

張基槿,「和陶飮酒20수에 나타난 東坡와 退溪의 情趣」,『葛雲文璇奎博士華甲
紀念論文集』, 1985.

2) 일반 논문

魯迅, 「魏晉風度及文章與藥及酒之關係」, 『魯迅全集』 第六卷, 北京, 人民大學
    出版社, 1973.

魯迅, 「題未定草」, 『魯迅全集』 第六卷, 北京, 人民大學出版社, 1973.

劉紀曜, 「仕與隱」, 『中國文化新論』, 思想第一, 臺北, 聯經出版事業公司, 1982.

呂興昌, 「人與自然」, 『中國文化新論』, 文學第一, 臺北, 聯經出版事業公司,
    1983.

徐斌, 「論嵇康和阮籍的放達」, 『中國古代近代文學研究』, 1984. 6.

李炳漢, 「中國文學과 自然」, 『學術院論文集』, 第二十四輯, 1985.

黙耕, 「莊子思想與竹林玄學」, 『莊子與中國文化』, 安徽人民出版社, 1992.

3) 학위 논문

車柱環, 「陶淵明詩의 特性」, 서울大 碩士學位論文, 1954.

齊益壽, 「陶淵明的政治立場與政治理想」, 國立臺灣大學大學院, 1968.

許成道, 「陶淵明 四言詩考」, 서울大 碩士學位論文, 1974.

崔雄赫, 「陶淵明詩의 形式과 詩語 硏究」 韓國外大 碩士學位論文, 1983.

崔年均, 「陶淵明詩承襲之探析」, 國立臺灣大學中國文學研究所碩士論文, 1987.

李錫浩, 「李白詩硏究」, 서울大 博士學位論文, 1981.

南潤秀, 「韓國의 『和陶辭』硏究」, 高麗大學校 國文科 博士學位論文, 1989.

吳台錫, 「黃庭堅詩 硏究」, 서울大 博士學位論文, 1990.

崔雄赫, 「陶淵明田園詩硏究」, 韓國外大 博士學位論文, 1991.

金萬源, 「謝靈運詩硏究-山水詩를 중심으로」, 서울大 博士學位論文, 1992.

姜聲尉, 「方回의 詩學理論 硏究」, 서울大 博士學位論文, 1996.

李南鍾, 「孟浩然詩 硏究」, 서울大 博士學位論文, 1998.